Sonja Schmitz-Herscheidt

In Deinen Grünen Augen

AF288163

Sonja Schmitz-Herscheidt

In Deinen Grünen Augen

Roman

Bibliografische Information der Deutschen Nationalbibliothek: Die Deutsche Nationalbibliothek verzeichnet diese Publikation in der Deutschen Nationalbibliografie; detaillierte bibliografische Daten sind im Internet über http://dnb.dnb.de abrufbar.

Verlag: BoD · Books on Demand GmbH, Überseering 33, 22297 Hamburg, bod@bod.de

Druck: Libri Plureos GmbH, Friedensallee 273, 22763 Hamburg

Umschlagillustration: © 2025 Sonja Schmitz-Herscheidt

ISBN: 978-3-8192-4466-7

EINS

Helena musste sich festhalten, als die Kutsche durch ein besonders tiefes Schlagloch schaukelte. Nervös schaute sie durch das Fenster hinaus in den Wald, über den sich inzwischen die Dämmerung legte.

Schon bei der Abreise am Vormittag vom Gut ihres Großonkels war klar gewesen, dass sie es kaum vor der Dunkelheit bis nach Hause schaffen würden. Helena fuhr gern zu ihren Verwandten, die Besuche bildeten eine willkommene Abwechslung in ihrem gleichförmigen Leben, aber dies hier war nun absolut nicht nach ihrem Geschmack. Sie wusste nur allzu gut, wie gefährlich es nach Sonnenuntergang in den Wäldern sein konnte.

„Wie weit ist es denn noch?", fragte Helenas Schwester Delia, die neben ihr saß.

Ihr Vater ihnen gegenüber runzelte missmutig die Stirn. „Eine halbe Stunde wird es wohl noch mindestens dauern. Das gefällt mir überhaupt nicht. Wer weiß denn, was sich hier für Gesindel herumtreibt!"

Der gleichen Meinung schien auch der Kutscher oben auf dem Bock zu sein, denn gerade in diesem Moment knallte er mit seiner Peitsche über den Köpfen der Pferde und trieb sie zur Eile an. Er hatte sich nicht einmal Zeit genommen, die Laternen an den Seiten der Kutsche anzuzünden. Nur raus aus diesem Wald!

„Es ist eine Schande, dass das Reisen bei all dem Fortschritt in unserem Land immer noch so gefährlich ist", beschwerte sich Helenas Vater. „Wozu haben wir denn die königliche Polizei und unsere Bürgerwehr?"

Helena warf erneut einen Blick aus dem Fenster. Eigentlich liebte sie die einsamen Wälder rund um ihre Heimatstadt Flussau. Die von alten Eichen umstandenen Lichtungen, die Stellen, wo es im Frühling weiß von Buschwindröschen war. Doch nun lauerte unter den Bäumen die Dunkelheit. Schatten streckten ihre langen Finger nach ihnen aus.

Sie versuchte, sich zu orientieren. Bald müsste die Wegkreuzung kommen, mit dem großen Findling als Wegweiser. Von dort war es dann nicht mehr weit.

Tatsächlich tauchte nun vor ihnen eine Lichtung auf. Die Kutsche verlangsamte kaum ihre Fahrt, als sie sich dem mannshohen Findling am Wegesrand näherte. Im Zwielicht schien sich der Stein zu bewegen. Er entwickelte Arme, einen Kopf, als wäre es ein lebendiges Wesen. Doch im nächsten Augenblick schon erkannte Helena, dass es ein Mann war, der aus dem tiefen Schatten des Findlings heraustrat.

Sie schrie auf. Dann ging alles sehr schnell. Innerhalb von Sekunden schien der Wald um die Kutsche herum zum Leben erwacht zu sein. Dunkel gekleidete Männer schälten sich aus den Schatten wie teuflische Geister und stellten sich dem Wagen in den Weg.

Der Kutscher fluchte laut und holte mit der Peitsche aus, doch die Männer brachten die Pferde trotzdem so plötzlich zum Stehen, dass die Insassen der Kutsche unsanft durchgeschüttelt wurden.

Helena konnte sich gerade noch an einem Griff festklammern. Ein Bandit bedrohte den Kutscher mit seiner wuchtigen Pistole, ein anderer riss jetzt die Tür auf. Er trug eine halb verdeckte Laterne in der einen und eine Pistole in der anderen Hand.

„Alle raus!", befahl der Mann barsch. Weitere Laternen flammten auf.

Helenas Vater versuchte in einem ungewöhnlichen Anfall von Tapferkeit, Widerstand zu leisten. „Was erlauben Sie sich überhaupt? Mein Name ist Greizenich, ich bin ein Bürger, Mitglied im Rat der Stadt. Sie dürfen mit uns nicht so umspringen."

„So, ein Bürger der Stadt also! Dann hast du sicherlich ein hübsches Sümmchen dabei, das du uns nun möglichst schnell herausrücken könntest?" Der Mann hatte sein Gesicht mit einem Tuch verhüllt, sodass er nur undeutlich zu verstehen war, aber Helena hörte seinen ironischen Unterton.

„Raus!", befahl der Mann ein zweites Mal und hielt ihrem Vater die Waffe so dicht vor den rundlichen Bauch, dass er sogleich seinen Widerstand aufgab.

Nacheinander stiegen sie aus der Kutsche und blieben dann im flackernden Schein der Laternen stehen. Während ein anderer Bandit in das

Fahrzeug stieg, um es zu durchsuchen, widmete sich der erste Straßenräuber nochmals Helenas Vater.

„Rück raus, was du hast!", befahl er. Wieder gestikulierte er mit der Pistole.

Herr Greizenich wich zurück und hob verängstigt die Hände. Delia, die neben ihrem Vater stand, drückte sich schutzsuchend an ihn. „Tun Sie uns nichts, bitte", wimmerte er. Seine Würde und Tapferkeit waren ihm gerade sehr schnell abhandengekommen.

Helena beobachtete das Geschehen mit klopfendem Herzen. Sie versuchte, sich an die Seite zurückzuziehen. Noch hatte niemand der Räuber ihr irgendeine Beachtung geschenkt, aber das würde sich sicherlich schon bald ändern.

Sie widerstand dem Impuls wegzulaufen. Das war absolut sinnlos. Sie würde nicht weit kommen in ihrem engen Kleid und einem Korsett darunter, das ihr die Luft abschnürte.

Sie zuckte zusammen, als sich ihr ein Mann näherte. Er war etwas größer als sie, schlank und breitschultrig. Auch er hatte sich ein Halstuch über das Gesicht gebunden, sodass nur noch seine Augen unter einem Schopf leicht gelockter, dunkler Haare zu sehen waren. Er stand so dicht vor Helena, dass sie selbst in dem tanzenden Licht der Laternen bemerkte, wie durchdringend grün seine Augen waren. Einen kurzen Moment lang studierte er sie mit diesen grünen Augen, die von dunklen Wimpern gesäumt waren.

„Los, gib her was du hast." Seine Stimme klang überraschend jung.

Helena zögerte. Aus irgendeinem Grund hatte sie keine Angst vor diesem Mann. Wenn es jemand anders gewesen wäre, hätte sie sofort gehorcht.

Mit einem ungeduldigen Runzeln der Augenbrauen hob der Mann einen Dolch, den er gezogen hatte, um seinen Worten Nachdruck zu verleihen.

Helena zuckte unwillkürlich zurück. Wieder glitt ihr Blick suchend zu den grünen Augen hinauf, als könnte sie dort sehen, was von dem Mann zu erwarten war – oder zu befürchten.

Er wusste, dass diese ganze Sache ein einziger Fehler war. Warum hatte er sich nur darauf eingelassen? Solche Überfälle waren nicht sein Ding. Sie waren viel zu gefährlich, und am Ende blieb für ihn sowieso nur ein kleiner Rest der Beute übrig.

Er konnte so einem hübschen Mädchen einfach keine Gewalt antun. Das war sein Problem.

Sie war noch jung, um die zwanzig, und elegant gekleidet. In dem Licht der Laternen sah er den Seidenstoff schimmern, aus dem ihre Jacke gemacht war.

Ihre großen, grünen Augen schauten ihn angstvoll an, ihre Lippen waren leicht geöffnet. Rotgoldene Locken umrahmten das blasse Gesicht. Sie war reizend, wirklich reizend …

Er gab sich einen Ruck. Nun steckte er mittendrin, da musste er es auch zu Ende bringen, und das möglichst schnell.

Sein Blick fiel auf die goldene Kette mit dem glitzernden Anhänger, die sie um den Hals trug. Besser als nichts. Er würde die nehmen und dann verschwinden.

Ehe sie wusste, wie ihr geschah, hatte der Mann plötzlich seine Hand ausgestreckt und mit einer schnellen Bewegung nach ihrem Hals gegriffen. Sie hatte keine Zeit zur Gegenwehr, spürte nur seine Finger auf ihrer Haut und einen Ruck, als sie an der Kette zogen. Helena durchfuhr ein scharfer Schmerz, bevor die Kettenglieder gleich darauf rissen.

Für gewöhnlich machte er dies auf seine Art: kunstfertiger und nicht mit Gewalt, aber für Taschenspielertricks war jetzt keine Zeit. Er zog die Kette so vom

Das war die Kette, die sie von ihrer Mutter bekommen hatte! Nein, die durfte er ihr nicht nehmen!

Unwillkürlich fuhr ihre linke Hand an ihren Hals, aber seine Finger und die Kette entglitten ihr. Stattdessen griff sie mit der anderen Hand nach dem Tuch in seinem Gesicht und zog daran.

Sie kannte den Mann nicht, aber sie war überrascht, wie jung er war, Mitte zwanzig, kaum älter als sie selbst. Jedenfalls sah er nicht so aus, wie sie sich einen Straßenräuber vorgestellt hätte. Nur einen winzigen Augenblick schaute sie in sein Gesicht, aber sie wusste, dass sie ihn wiedererkennen würde.

Mit einem leisen Aufschrei wich Helena zurück, stieß jedoch sofort gegen das Rad der Kutsche hinter ihr. Durch das Tuch hörte sie den schnellen Atem des Mannes.

Hals der jungen Frau, das der Anhänger nicht verlorenging.

Bevor er den Kopf abwenden konnte, riss sie ihm das Tuch herunter.

Ihre Blicke kreuzten sich.

Sofort drehte er sich von ihr weg und zog dabei das Tuch wieder über sein Gesicht. Wie hatte er sich nur so überrumpeln lassen können! Er hatte dieses Mädchen unterschätzt.

Das Gefühl, einen Fehler begangen zu haben, machte ihn wütend. Er hob den Dolch und näherte die Klinge ihrem Hals.

Er versuchte, sich wieder unter Kontrolle zu bringen. Er musste jetzt einen kühlen Kopf bewahren.

Am besten war es, so schnell wie möglich zu verschwinden. Er wollte nicht auf die anderen warten. Es dauerte jetzt schon alles viel zu lang.

Eine Sekunde musterte der Mann sie, dann wanderte seine Aufmerksamkeit zu der ledernen Tasche, die gerade aus der Kutsche geholt wurde. Helena wusste, was sie darin finden würden.

Offenbar hatten die anderen einen Fang gemacht, aber er musste wohl darauf verzichten.

Einer der Männer drehte sich zu ihnen um und hob die Laterne an, die er in der Hand hielt.

„Was ist mit der da?", wollte er wissen und deutete auf Helena. „Hast du sie abgesucht? Du Anfänger, warte, ich mach das gründlicher!"

Helena versuchte, sich weiter in den Schatten zurückzuziehen. Erst jetzt wurde sie von echter Panik ergriffen. Irgendwie hatte sie eine Ahnung davon, was dieser andere Verbrecher mit ihr anstellen könnte.

Er war der jungen Frau so nahe, dass er spürte, wie sie zusammenfuhr. Sie hatte Angst, das konnte man selbst im Halbdunkel sehen.

Plötzlich erfasste ihn so etwas wie Mitgefühl. Einen wie diesen Kerl hatte sie nicht verdient. Es widerstrebte ihm, sie an ihn auszuliefern. Das Mindeste, was dieser tun würde, wäre, sie von oben bis unten zu begrabschen.

Unwillkürlich machte er einen Schritt nach vorn, sodass er halb vor der Frau stand und sie in seinen Schatten geriet.

„Ich hab sie genug durchsucht, um zu wissen, dass sie nichts bei sich hat. Halt dich an die anderen,

Sie traute ihren Ohren kaum. Erst bestahl dieser Verbrecher sie, dann beschützte er sie?

Sie stieß keuchend die Luft aus. Ihre Knie wurden ganz weich, jetzt, wo ihre Anspannung nachließ. Sie musste sich an das Rad der Kutsche lehnen.

Sie wollte etwas sagen, brachte aber keinen Ton heraus.

Dann, im nächsten Augenblick, hatte sich der junge Mann umgedreht und war im Dunkel des Waldes verschwunden.

da ist mehr zu holen. An ihr ist nichts dran."

Er war sich nicht sicher, ob er den Mann tatsächlich überzeugt hatte, aber in diesem Moment hatten die anderen offenbar die Geldbörse des Bürgers gefunden. Sofort kehrte die Aufmerksamkeit des Räubers dorthin zurück.

Er bemerkte, dass die Frau noch blasser als vorher geworden war. Ihre grünen Augen glänzten feucht.

Er fluchte leise. In was, verdammt nochmal, hatte er sich hier hineingeritten?

Er musste sofort weg von hier. Mit einem Ruck trat er von der Frau zurück, warf ihr einen letzten Blick zu, steckte die Kette in seine Tasche und machte kehrt.

Helena sah zu den anderen hinüber. Der Anführer der Bande war gerade dabei, das erbeutete Geld aus der Börse und die goldene Taschenuhr ihres Vaters in einem Lederbeutel zu verstauen. Unruhe erfasste die Gruppe. Offenbar wollten sie sich nicht länger aufhalten als nötig.

„Das war's", verkündete der Anführer mit rauer Stimme. „Weg hier!" Er wandte sich an den Bürger Greizenich: „Gehabt Euch wohl und gute Nacht!" Er verbeugte sich spöttisch.

Nach einem letzten Blick drehte er sich um und gab mit der Hand das Signal zum Aufbruch.

So schnell wie sie gekommen waren, verschwanden die Banditen auch wieder. Ein Rascheln noch, dann waren sie fort. Plötzlich war es dunkel und still um die Kutsche.

„Ist bei Ihnen alles in Ordnung, Bürger Greizenich?", fragte der Kutscher aus der Dunkelheit. Nach zwei vergeblichen Versuchen gelang es ihm, eine der Kerzen in den Laternen anzuzünden.

Ihr schwacher Schein beleuchtete das bleiche, schweißnasse Gesicht des Mannes. Seinen Hut hatte er verloren, über seine Wange zog sich eine deutliche, rote Schramme. Ansonsten schien er jedoch unverletzt geblieben zu sein.

„Ja, ja, alles in Ordnung. Bis auf die Tatsache, dass wir um einige Taler ärmer sind." Herr Greizenich richtete seinen Zylinder und rang um Fassung. „Fahr uns heim, Kutscher. Es hat keinen Sinn, sie verfolgen zu wollen. Sie sind weg."

Im schwachen Licht der Laterne tasteten sie sich zurück in das Innere der Kutsche. Helena ließ sich dankbar auf das Polster sinken. Ihre Knie waren noch ganz weich. Ihr Vater zog die Tür zu, woraufhin sich die Kutsche sogleich mit einem Ruck in Bewegung setzte.

Delia schluchzte leise. Die Furcht, die sie ausgestanden hatte, ließ sie nicht so schnell los. Zum Glück war ihr nichts geschehen. Helena drückte aufmunternd ihre Hand und dachte, dass sie sich schon bald wieder erholt haben dürfte und ihren Freundinnen demnächst eine aufregende Geschichte würde erzählen können.

Auch sie selbst war aufgewühlt von den Ereignissen. Sie war noch nie überfallen worden, und die konkrete, direkte Bedrohung hatte sie erschüttert. Sie fühlte sich verletzlich und angreifbar, ein Gefühl, das sie sonst sehr selten kannte. Die meiste Zeit war sie die Herrin der Lage, nicht so hilflos und ausgeliefert.

Dass der junge Räuber sie um etwas bestohlen hatte, das ihr ganz besonders am Herzen lag, schmerzte Helena sehr. Es war die Kette ihrer verstorbenen Mutter gewesen, ein unersetzbares Andenken. Ihre Hand glitt an ihren nackten Hals und blieb dort liegen.

**

Nach einer halben Stunde, die sie schweigend zurückgelegt hatten, passierte die Kutsche die ersten Häuser von Flussau. Das Klappern der Hufe auf dem Kopfsteinpflaster hallte laut durch die abendliche Stille des Städtchens.

Aristoteles Greizenich schaute hinaus auf die erleuchteten Fenster, lehnte sich dann zurück und sah Helena an. Dunkle Schatten lagen auf seinem wohlgenährten Gesicht.

„Wir fahren nach Hause. Dort setze ich euch ab und fahre gleich weiter zur Polizeiwache, um von dem Überfall zu berichten. Wir müssen morgen sofort einen Trupp losschicken, der diese Straßenräuber dingfest machen soll." Er schnaubte. „Sie dürfen nicht mit unserem Geld entkommen."

Helena lehnte sich zurück. „Morgen werden sie nichts mehr finden!" Ihre weichen Knie hatten sich wieder beruhigt, genauso wie ihr Herzschlag. „Das Geld ist weg. Die Räuber haben sich in alle Winde zerstreut."

Sie dachte wieder an den Mann mit den grünen Augen. Wenn sie ihm noch einmal begegnete, würde sie ihn sofort erkennen. Da brauchte sie keinen Suchtrupp.

***

Der flackernde Schein der Laternen hinter ihm wurde schwächer, sobald Taron die ersten Meter durch den Wald zurückgelegt hatte. Nach ein paar Sekunden drehte er sich um. Niemand schien bemerkt zu haben, dass er das Weite gesucht hatte. Und wenn, dann war es ihm jedenfalls egal.

Er gehörte nicht zu dieser Bande von Straßenräubern, hatte sich ihnen nur vorübergehend angeschlossen. Aber er hätte im Voraus wissen sollen, dass diese Art von Überfällen nicht sein Bier war. Sie waren riskant und brachten zu wenig ein.

Er hoffte, dass der jungen Frau kein Leid zugefügt werden würde. Man wusste nie, auf was für Ideen diese Gesellen noch kommen würden.

Seine Finger schlossen sich um die Kette in seiner Tasche. Besser als nichts. Er zog das Tuch vom Gesicht und begann, sich in einem großen Bogen zu einem der Wege durchzuschlagen, die aus dem Wald herausführten.

***

„Taron? Bist du das?" Die Stimme seiner Mutter Rubi schallte aus der halb geöffneten Tür des Wagens, noch bevor er die Stufen erreicht hatte, die hinaufführten.

Acht, aus massivem Holz gezimmerte Waggons auf soliden, metallbeschlagenen Rädern standen in einem Kreis um eine Feuerstelle herum. In direkter Nähe grasten die Pferde in einem umzäunten Gelände.

Es war eine günstige Stelle zum Lagern. In der Nähe lag der Fluss, aus dem sie Wasser holen konnten. In Flussau fanden sich genug Zuschauer für ihre kleinen Darbietungen auf dem Marktplatz und Kundschaft für ihre Waren und Dienstleistungen.

Dort führten sie jeden Tag auf einer niedrigen, hölzernen Bühne Musik, Theater und Zauberkunststücke auf. Tarons Schwester Suri sagte den Leuten ihre Zukunft voraus und seine Tante verkaufte Tinkturen und Kräutertränke gegen allerlei Krankheiten.

Taron war für die Zaubereidarbietungen verantwortlich und nahm kleine Aufträge als Tischler an, ein Handwerk in dem er gut war, auch wenn er keine Ausbildung darin besaß.

Sein Geschick und seine flinken Finger waren ihm auch an anderer Stelle immer wieder hilfreich. Wenn er zwischen den Reihen der Zuschauer hin und her ging, um ihnen ein Körbchen unter die Nase zu halten mit der Bitte um eine Spende, dann nutzte er auch manchmal die Gelegenheit, um einige weitere Spenden einzusammeln, die weniger freiwillig gegeben wurden. Seine Berührungen waren so leicht, seine Bewegungen dabei so fließend und unverdächtig, dass niemand den Verlust bemerkte.

Taron sprang die Stufen hinauf zum Eingang des Wagens, aus dem das warme Licht einer Petroleumlampe drang. Seine Mutter saß am Tisch und nähte an einer Hose für Tarons jüngeren Bruder Geron. Als er durch die Tür kam, sah sie von ihrer Arbeit auf.

„Wo bist du gewesen, Junge? Ich habe mir Sorgen gemacht."

Taron ließ sich auf einen Stuhl fallen. „War unterwegs. Nichts Bestimmtes."

„Du sollst nicht bei Nacht herumstreunen! Du könntest überfallen werden oder Schlimmeres! Du weißt doch, dass du ganz besonders auf dich aufpassen musst. Du hast eine Verantwortung."

Taron zuckte die Achseln. Sie hatte dies schon so oft zu ihm gesagt, dass er es einfach überhörte. Er schaute sich um. „Gibt's noch was zu essen irgendwo?"

„Im Topf müsste noch ein Rest sein." Rubi nickte mit dem Kopf hinüber zum Regal, auf dem ein Keramiktopf stand. „Und Brot liegt dort drüben."

Er sprang auf, ging zum Topf und sah hinein. Seine Augen richteten sich vorwurfsvoll auf seine Mutter. „Das ist alles?"

„Mehr gibt es nicht", kam die lakonische Antwort.

Er nahm den Topf und den Kanten Brot, griff nach einem Holzlöffel und kehrte damit zu seinem Stuhl zurück.

„Wo sind die andern alle?", wollte er kauend wissen.

„Die sitzen bei Grato zusammen und besprechen, wie lange wir hierbleiben wollen." Rubi vernähte den Faden und biss das Ende ab, bevor sie den Stoff beiseitelegte. „Als nächstes ist die Hauptstadt dran. Aber dann kommt irgendwann der Herbst …"

Taron nickte nachdenklich. „Wir könnten in den Süden ziehen. Dort ist es wärmer als hier."

„Aber in der Nähe der Hauptstadt sind die Leute wohlhabender", gab Rubi zu bedenken. „Da sitzt das Geld lockerer."

Taron stellte den Topf auf den Tisch. Er hatte das Interesse an dem Thema verloren. Eigentlich war es ihm egal, wohin sie zogen. Er war diese Art zu leben gewöhnt. Ein Ort war da wie der andere.

Manchmal versuchte er sich vorzustellen, wie es wäre, nicht weiterzuziehen. Anstatt die Leute um ihr Geld zu bringen oder Gelegenheitsarbeiten zu verrichten, könnte er eine Lehre als Tischler machen und sein eigenes Geld verdienen. Er könnte in einem echten Haus wohnen, mit einem kleinen Garten vielleicht. Aber das war ein Traum, der nicht in Erfüllung gehen würde. Er schüttelte den Kopf und streckte die Arme, dass es knackte.

„Ich geh mal rüber. Vielleicht gibt's da noch was zu essen …" Er stand auf und verließ den Wagen.

***

15

ZWEI

Helena schlenderte über den Marktplatz, auf dem heute zahlreiche Stände aufgebaut waren. Hier lagen duftende Brotlaibe aufgeschichtet, dort pries jemand sein Gemüse an. Ein Stück weiter konnte man verschiedene Töpferwaren kaufen, von Krügen bis zu großen, kunstvoll bemalten Tellern. Helena flanierte an den Buden vorbei und ließ den Blick schweifen.

Sobald sie am Abend zuvor zu Hause eingetroffen waren, hatte sich die Nachricht von dem Überfall wie ein Lauffeuer in der Stadt verbreitet. Am Morgen war ein Trupp der Bürgerwehr losgezogen. An der Kreuzung im Wald hatten sie nach Spuren gesucht, aber wie erwartet nichts gefunden.

An einem Stand mit Schmuck blieb Helena stehen, um die Ketten zu bewundern, die dort ausgestellt waren. Unwillkürlich musste sie an die andere Kette denken, die ihr gestohlen worden war. Ihre Hand fuhr an ihren Hals, dorthin, wo der Ruck des Abreißens einen roten Striemen auf ihrer Haut hinterlassen hatte. Heute Morgen hatte sie sich im Spiegel begutachtet, tief geseufzt und dann einen Spitzenschal darübergelegt.

Das Rattern von Rädern auf dem Kopfsteinpflaster ließ Helena aufblicken. Eine schwarze Kutsche war um eine Hausecke herum auf den Platz gebogen. Es war ein fremdländisch aussehendes Gefährt, gezogen von sechs schwarzen Rössern, das sofort die Aufmerksamkeit der Leute auf sich zog.

Die Fenster waren verhängt, sodass man nicht sehen konnte, wer darin saß, aber die beiden uniformierten Männer auf dem Kutschbock waren schon interessant genug. Ihre roten Jacken mit den goldenen Tressen leuchteten in der Sonne auf. Sie hielten ihren Blick starr nach vorn gerichtet, als würden sie nicht bemerken, dass sie von zahlreichen Augenpaaren neugierig beobachtet wurden.

Auch Helena musterte die Kutsche aufmerksam, bis sie aus dem Blickfeld verschwunden war.

„Das ist schon die dritte fremde Kutsche in den letzten Tagen, die hier vorbeikommt", hörte sie den Händler hinter dem Schmuckstand sagen. „Erst kamen sie und fuhren alle zum Palast in Herrscherau. Jetzt sieht man sie wieder heimfahren."

„Ach, wirklich?" Helena zog interessiert die Augenbrauen hoch.

„Haben Sie es nicht gehört? Die Königin soll sehr krank sein."

Helena seufzte. Natürlich wusste sie davon. Ja, dies war wirklich eine sehr traurige Angelegenheit. Seit Wochen schon wurde über den Gesundheitszustand der Königin spekuliert. König Leonidas war offenbar in großer Sorge um sie. Das Volk war aufgerufen worden, für seine Gattin zu beten.

Der Schmuckhändler fuhr mit wichtiger Miene fort: „Die Hofärzte haben alles versucht, aber es hat nichts geholfen. Stattdessen ist ihr Zustand immer schlechter geworden. Daraufhin hat der König Boten ausgesandt in alle Teile des Landes und sogar über die Grenzen hinaus, um Ärzte und Gelehrte herbeizuholen, die ihr helfen sollten. Bisher war offenbar noch niemand von ihnen erfolgreich. Sie mussten alle wieder gehen."

Helena senkte betrübt den Kopf. Auch sie nahm großen Anteil an dem Schicksal der Königin. Sie war eine glühende Anhängerin des Königshauses. Alle waren sich einig, dass Königin Sofia sehr schön und eine gütige Frau war. Ihr Tod wäre ein tiefer Verlust für das Land.

„Wollen wir hoffen, dass unsere geliebte Königin doch noch bald gesund wird."

Der Händler nickte und kam dann schnell wieder zum Geschäft. „Und, mein Fräulein? Gefällt Ihnen eine von meinen Ketten? Wollen sie diese hier einmal in die Hand nehmen?" Er zeigte auf eine, die Helena länger angeschaut hatte, als die anderen.

Sie schüttelte lächelnd den Kopf. „Nein, ich danke Ihnen. Ich wollte nur ein wenig schauen. Guten Tag!" Sie schlenderte weiter.

Hinter den Ständen befand sich auf einem freien Platz eine kleine Bühne. Ein niedriger, offener Wagen war von einem rahmenartigen Gerüst überspannt, von dem rote Tücher herabhingen, sodass sie aussahen wie ein beiseite gezogener Vorhang. Davor standen mehrere Reihen Holzbänke, auf denen die Zuschauer Platz nehmen konnten.

Auf dieser Bühne war soeben ein farbenfroh gekleidetes Pärchen damit beschäftigt, derbe Späße zum Gelächter der zahlreichen Zuschauer zum Besten zu geben. Auch Helena sah den Schaustellern für einen Moment zu, aber ihre Witze waren ihr zu grob. Sie rümpfte abfällig die Nase und ließ ihren Blick von der Bühne weg über die Gesichter der Zuschauerinnen und Zuschauer gleiten.

Viele von ihnen fanden das Programm offenbar ausgesprochen unterhaltsam. Einige klatschten begeistert Beifall, andere wischten sich Tränen aus den Augen. Jetzt tauchte von der Seite eine Gestalt auf, die ein Körbchen in der Hand hielt. Offenbar sollten die Leute nun auch für ihr Vergnügen bezahlen.

Der Mann mit dem Körbchen steuerte die ersten Zuschauer an und bat um eine Spende, die gezahlt wurde, wenn auch etwas widerwillig. Jetzt schob er sich an der Bank entlang, um auch die anderen erreichen zu können.

Helena kniff die Augen zusammen. Irgendetwas an diesem Mann kam ihr bekannt vor. Aber was? War es die schlanke Gestalt? Die dunklen Haare? Er näherte sich ihr um einige weitere Schritte. Zufällig drehte er sich so, dass Helena seine Gesichtszüge besser erkennen konnte. Seine überraschend hellen, grünen Augen glitten über das Gesicht einer Frau vor ihm.

Das war es! Helena sog die Luft ein. Diese Augen in diesem Gesicht kannte sie! Es war der Straßenräuber aus dem Wald, der ihr die Kette gestohlen hatte.

Als hätte der Mann gespürt, dass sie ihn anstarrte, hob er plötzlich den Kopf und sah sie an. Es dauerte nur eine Sekunde, da hatte er sich mit einem Ruck umgedreht. Er hatte sie erkannt! Ganz sicher hatte er sie erkannt!

Helena sah sich um. Wenn sie jetzt schreien würde, dass der Mann ein Dieb war, würde irgendein Zuschauer aufspringen und ihn packen. Dann würde er verhaftet werden.

Taron unterdrückte ein Fluchen. Es war die Frau aus der Kutsche. Er war sich ganz sicher. Und er wusste auch, dass sie ihn

Schon öffnete sie den Mund, um Luft zu holen. Da schoss ihr ein anderer Gedanke durch den Kopf: Wenn man ihn jetzt verhaftete, dann wurde es eine öffentliche Angelegenheit. Sie würde die Kontrolle über das verlieren, was dann passieren würde. Sie schloss den Mund wieder.

Nein, diese Sache wollte sie selber klären, ohne dass ihr Vater oder irgendein Amtmann ihr hineinredete. Es ging um ihre Kette. Der Rest war ihr egal.

Aber wenn sie allein ihn erwischen wollte, musste sie sich beeilen. Er war schon dabei, sich zu entfernen.

Helena hob den Saum ihres Kleides an und setzte sich in Bewegung. Sie spürte, wie ihr Herz schneller klopfte. Sie durfte ihn nicht aus den Augen verlieren. Sie musste ihn unbedingt stellen.

„Halt, bleib stehen!", keuchte sie. Das war natürlich Unsinn. Er würde nicht ihr zuliebe stehenbleiben.

erkannt hatte. Verdammt! Gleich würde sie anfangen zu schreien und die halbe Stadt auf ihn hetzen.

Er versuchte, sich möglichst unauffällig an den Zuschauern vorbeizuschieben. Er wagte nicht, sich umzusehen.

Jetzt hatte er den Rand des Platzes erreicht, ohne dass irgendetwas passiert wäre.

Schon keimte wieder Hoffnung in ihm auf. Vielleicht war es ein Irrtum. Er würde einfach für ein paar Minuten in Deckung gehen, zur Sicherheit, und das war's dann.

Taron hatte die Gasse erreicht, die vom Marktplatz wegführte, als er schnelle Schritte hinter sich hörte. Er drehte sich um und sah die junge Frau nur noch wenige Meter entfernt, direkt auf sich zukommen.

Taron hätte einfach weiterlaufen können. Er war sicherlich schneller als sie, hätte sie leicht abhängen können. Irgendetwas brachte ihn jedoch dazu, nach einigen Schritten anzuhalten.

Vielleicht war es ihr hübsches, erhitztes Gesicht, vielleicht war es eine dieser Vorahnungen, die er manchmal hatte. Dass er dieser Frau nicht würde entkommen können.

Zu Helenas Verblüffung blieb der junge Mann tatsächlich in der Gasse stehen, drehte sich um und starrte sie an. Sie war so überrascht, dass ihr für einen Moment die Worte fehlten.

„Ich kenne dich", brachte sie schließlich heraus. „Du warst das im Wald. Du hast meine Kette." Sie reckte herausfordernd das Kinn.

Taron beobachtete die Frau misstrauisch. Er versuchte abzuschätzen, was für ein Typ sie war. Sie wirkte nicht schüchtern oder verängstigt. Sie wusste, was sie wollte.

Und sie hatte Geld. Er bewunderte ihr perfekt geschnittenes, türkisfarbenes Kleid und den zarten Seidenschal um ihren Hals.

Jetzt bei Tageslicht konnte sie sein Gesicht besser sehen: tief gebräunte Haut, kräftige Augenbrauen, eine gerade Nase, volle Lippen.

Um den Hals trug der Mann ein Lederband mit einem Anhänger, der in der Grube am Hals ruhte, wo sich die Schlüsselbeine trafen. Es war ein Drache aus dunklem Metall mit grün schimmernden, eingesetzten Augen.

Der Mann trug ein einfaches Hemd mit einer grünen Weste darüber, dunkle Hosen ohne Strümpfe und grobe Lederschuhe.

„Kette?", fragte er unschuldig. „Was für eine Kette?"

„Die du mir gestohlen hast",
meinte sie noch etwas energi-
scher. „Sie war von meiner Mutter. Du musst sie mir zurückgeben."

„Ich weiß überhaupt nicht, wovon Sie reden."

„Du weißt ganz genau, welche
Kette ich meine! Red dich nicht
raus, ich habe dich sofort wieder-
erkannt!"

„Ich habe sie nicht."

Helena konnte ihre Enttäuschung kaum verbergen. „Du hast
sie schon verkauft?"

Es war beinahe amüsant, das
Wechselbad ihrer Gefühle zu beobachten.

„Nein, ich habe sie nicht bei
mir. Aber selbst wenn ich sie dir
zurückgeben würde, dann würdest du mich doch trotzdem verhaften lassen. Warum sollte ich
das also tun?"

Helena schöpfte neue Hoffnung. „Wenn du sie mir zurückgibst, verspreche ich dir, dass ich
dich nicht anzeigen werde. Ich
werde niemandem von dir erzählen. Das schwöre ich!"
Sie hob die Hand zum Schwur.
Sie meinte es ernst. Wenn sie nur
die Kette wiederbekam, war ihr
dieser Mann ganz egal. Sie hatte
absolut nicht das Verlangen, ihn
im Gefängnis zu sehen. Dafür
war er viel zu attraktiv.

„Und das soll ich dir glauben?", lächelte er. Er hatte selten
Gelegenheit mit so einem Fräulein aus der Stadt zu flirten.

„Du gibst mir die Kette zurück, und ich verrate dich nicht. Schließlich bin ich dir etwas schuldig. Du hast mich vor diesem grässlichen Banditen bewahrt." Helena schauderte, wenn sie nur an den Mann dachte.

Taron betrachtete die junge Frau abwägend. Sie hatte etwas sehr Überzeugendes an sich. Irgendwie fühlte er, dass er einen Handel mit ihr machen konnte. Sie tickten ähnlich. Die Frau wollte nicht etwa Gerechtigkeit oder Rache, sie wollte nur ihre Kette zurück.

„Also gut, ich gebe dir die Kette, und du erzählst nichts."

Wie erleichtert sie war, dass sie ihre Kette wiederbekommen würde! Sie hatte es kaum zu hoffen gewagt.

Er überlegte, wie er sie treffen konnte, ohne dass es irgendjemand sonst mitbekam. Bisher wusste keiner davon. Das sollte am besten so bleiben.

„Okay, wir treffen uns heute Abend in der Dämmerung am See. Da, wo der große Steg ist, weißt du?"

Die Gelegenheit, eine so hübsche Frau wiederzutreffen, ließ er sich auf jeden Fall nicht entgehen.

Helena nickte sofort. Es würde zwar nicht ganz einfach werden, sich aus dem Haus zu schleichen, aber sie würde das schon hinbekommen.

Eine Bewegung am Ende der Gasse ließ sie beide zusammenfahren. Ein älterer Herr mit Gehstock bog vom Platz aus in ihre Richtung ein und kam auf sie zu.

„Bis dann", murmelte der junge Mann und verschwand, ohne sich umzudrehen. Helena schaute ihm nach, ließ den älteren Herrn passieren, der sie mit einem Lüften des Zylinders grüßte, und kehrte dann ebenfalls zum Markt zurück.

Sie schaute noch einmal zur Bühne hinüber, wo der junge Mann sich gerade mit einer Frau unterhielt. Sie beobachtete, wie er dann wieder das Körbchen zur Hand nahm, als wäre nichts gewesen.

Sie drehte sich um. Wenn er heute Abend nicht kam, wüsste sie immerhin, wo sie ihn auftreiben könnte. Während sie an einigen Ständen vorbeischlenderte, ohne die Auslagen zu sehen, dachte sie darüber nach, was an diesem Abend geschehen würde.

Es war recht gewagt, allein in der Dämmerung zum See zu gehen, aber nun hatte sie zugestimmt, da würde sie sicherlich nicht kneifen. Sie wollte die Kette zurück, dann musste sie auch etwas riskieren.

***

Als Taron zur Bühne zurückkehrte und das Körbchen wiederaufnehmen wollte, fasste ihn seine ältere Schwester Suri am Ellenbogen und beugte sich zu ihm hin.

„Cara ist zurück vom Palast", raunte sie ihm ins Ohr.

Er schaute sie fragend an. „Und? Wie war es?"

Suri schüttelte den Kopf. „Viel hat sie nicht erzählt. Sie sagt, dass sie bis zur Königin vorgelassen wurde und sie kurz untersuchen durfte. Das war immerhin eine sehr große Ehre." Sie ließ Tarons Ellenbogen los und blieb stehen, während er das Körbchen in die Hand nahm.

„Und? Weiter?"

Sie zuckte mit den Schultern. „Nichts weiter. Cara konnte ihr nicht helfen, denke ich. Sonst wäre sie nicht so schnell wieder hier gewesen."

„Hat sie sonst nichts erzählt?"

„Ach, sie war müde. Frag sie später selber." Suri wandte sich ab und überließ es Taron, seinen Weg durch die Reihen fortzusetzen.

***

Helena zog die Hintertür zu so leise sie konnte. Eigentlich war es ganz einfach gewesen, sich fortzuschleichen, ohne dass die anderen davon etwas mitbekamen. Sie hatte nach dem Abendessen vorgegeben, starke Kopfschmerzen zu haben und war auf ihr Zimmer gegangen, mit der Bitte, sie nicht mehr zu stören.

Als ihr Vater eine halbe Stunde später noch einmal angeklopft hatte, war sie in heller Panik in ihr Bett gesprungen und hatte die Decke bis ans Kinn gezogen. Zum Glück war er nicht hereingekommen, sondern hatte ihr nur aus der Ferne eine gute Nacht gewünscht.

Das Schwierigste war nun gewesen, durch den Flur bis zur Hintertür zu gelangen, ohne einem Dienstboten oder einem Familienmitglied in die Arme zu laufen. Helena hatte das Gefühl, fünf Minuten die Luft angehalten zu haben, als sie schließlich erleichtert ausatmete und den Weg durch den Garten hinunter bis zu der Pforte in der Mauer eilte. Diese schloss sie so leise wie möglich auf und huschte hindurch.

Die Dämmerung war schon weit fortgeschritten, als Helena die kleine Kapelle erreichte, hinter der sich der See erstreckte. Ruhig lag das Gewässer im Zwielicht da. Irgendwo im Schilfrohr sang ein Vogel sein letztes Abendlied.

Es war niemand zu sehen. Helena ging ein Stück näher an den See heran, bis vor ihr der Steg auftauchte, von dem der Mann gesprochen hatte. Leichter Nebel lag über dem schwarzen Wasser. Über ihr wölbte sich der klare, rosa-violette Himmel.

Was, wenn jetzt plötzlich eine ganze Bande von Banditen vor ihr auftauchte? Was, wenn das Treffen eine Falle war? Oder wenn der junge Mann einfach überhaupt nicht kam und sie hier versauern ließ? Helena blieb am Anfang des Steges stehen und drehte sich einmal um ihre eigene Achse.

Als sie wieder stillstand, war er da, direkt vor ihr, als sei er dort wie durch Zauberei aus dem Boden gewachsen. Unwillkürlich zuckte sie zusammen.

„Du hast mich erschreckt!", stieß sie hervor. Im Dämmerlicht konnte sie seine weißen Zähne aufschimmern sehen, als er lachte.

Wie schon zuvor hatte sie überhaupt keine Angst mehr, sobald er da war. Sie wusste sofort, dass niemand sonst gekommen war, nur er. Sie brauchte sich gar nicht mehr umzuschauen.

Sein Gesicht schien im nachlassenden Licht zu verschwimmen. Seine grünen Augen waren zu grauen Schatten geworden.

Plötzlich hatte sie das Gefühl, als hätten sie sich schon ganz oft getroffen, nicht erst zum zweiten, nein, dritten Mal. Wie sie dort standen, umhüllt vom letzten Abendlicht, fühlte es sich nicht fremd an, sondern ganz vertraut.
„Hast du die Kette?"

Helena griff nach der Kette. Dabei berührte sie die Hand des Mannes. Sofort schlossen sich seine Finger um ihre und strichen an ihnen entlang.

Helena zog ihren Arm zurück und presste die geschlossene Faust an die Brust.
Hatte er sie zurückhalten wollen? Sie konnte seine Gedanken nicht ergründen, aber sie selbst spürte, dass sich etwas in ihr bewegte, sich rührte, das sie gar nicht erwartet hatte.

Es amüsierte ihn, dass er sie erschreckt hatte. Sie wirkte wie jemand, dem man nicht so schnell Angst einjagen konnte. Er mochte das.

„Guten Abend", sagte er leise.
Ein leichter Duft von Parfum wehte ihm entgegen. Es roch nach Rosen.

Ihre Stimme riss ihn aus seinen Gedanken.
„Ja, hier." Er griff in seine Tasche und zog sie heraus, um sie auf seine linke Handfläche zu legen. So hielt er sie ihr hin.

Er erhaschte eine flüchtige Berührung, als sie die Kette nahm.

Als er sie berührte, überkam ihn ein ganz seltsames Gefühl,

fast wie eine Vorahnung. Dies geschah ihm manchmal, wenn auch lange nicht so klar und deutlich, wie bei seiner Schwester, die in die Zukunft sehen konnte. Es fühlte sich an, wie eine Erinnerung, nur, dass er genau wusste, dass er es nie erlebt hatte, sondern dass es noch gar nicht geschehen war. Es war wie ein Bild, ein Blick in eine Variante der Zukunft, von denen es viele gab.

Er fühlte sich dieser Frau plötzlich sehr nahe, viel näher als irgendjemandem sonst. Und einen winzigen Moment lang sah er sie, ihre Kette glitzerte in der Sonne, sie schaute zu ihm hoch, und er küsste sie.

Dann war das Bild weg und sie stand wieder vor ihm in der Dämmerung, die Kette in der Faust. Nur das Gefühl ihrer Lippen auf seinen blieb einen Moment länger.

„Danke", sagte sie leise. „Obwohl ich mich eigentlich gar nicht bedanken muss, weil du mir gerade nur zurückgibst, was sowieso mir gehört." Sie runzelte die Stirn.

„Trotzdem danke. Die Kette ist von meiner Mutter. Sie ist vor ein paar Jahren gestorben. Dies ist das Wichtigste, was ich von ihr habe."

„Sie ist zerrissen. Pass auf, dass der Anhänger nicht herunterrutscht."

Sie nickte. Ihr Blick glitt zur Seite. Jetzt war wohl der beste Augenblick zu gehen. Sie hatte die Kette. Das war es, was sie wollte. Schnell nach Haus, bevor doch noch jemand ihr Fehlen bemerkte. Aber irgendwie blieb sie stehen.

„Na ja, die Umstände waren alles andere als ein Vergnügen, sollte ich sagen. Von Straßenräubern überfallen zu werden …" Sie dachte an die Angst, das Gefühl der Ohnmacht.

Trotzdem hatte er es zumindest einmal getan. „Aber du warst dabei …"

„Wenn ich meinem Vater sagen würde, dass du an dem Überfall beteiligt warst, dann hättest du ein ernstes Problem. Er ist ein einflussreicher Kaufmann, Mitglied im Rat der Stadt."

Er sah ihr an, dass sie eigentlich gehen wollte. Es gab nichts mehr zu sagen.

Er versuchte, den Moment hinauszuzögern.

„Es tut mir leid, dass wir uns unter diesen Umständen begegnet sind. Sonst hätte ich gesagt, dass es mir ein Vergnügen gewesen ist, dich kennenzulernen."

„Das war eine einmalige Sache. Ich gehöre nicht zu dieser Bande. Denk nicht, dass ich das ständig mache. So einer bin ich nicht!" Es war ihm plötzlich wichtig, das richtigzustellen.

„Ja, es war ein Fehler, ich geb es zu. Ich hätte es nicht machen sollen." Es geschah selten, dass er so etwas eingestand.

Wollte sie ihm drohen? „Aber du wirst es nicht tun. Du hast es mir versprochen."

Sie lächelte. „Nein, werd ich nicht." Sie konnte sehen, dass sie ihn beunruhigt hatte.

„Du gehörst zu diesen Leuten, die die Bühne in der Stadt aufgebaut haben, nicht wahr? Ihr seid fahrendes Volk."

Es war unangenehm zu wissen, dass sie die Macht hatte, ihn ins Gefängnis werfen zu lassen.

„Spielt das eine Rolle?" Die typische Reaktion der Leute war immer, dass sie sich abwandten.

Fahrendes Volk, das war der untere Rand der Gesellschaft, die, die keinen festen Wohnsitz hatten und keine ordentliche Arbeit. Mit so jemandem wollte keiner Umgang pflegen.

Sie war erstaunt darüber, wie kühl seine Stimme plötzlich geworden war.

„Eigentlich nicht, ich war nur neugierig. Ich habe noch nie jemanden wie dich getroffen. Habt ihr hier in der Nähe euer Lager?"

„Weiß deine Familie, was du so treibst?"

Er betrachtete sie, fast ein wenig überrascht. Diese Frau hatte offenbar weniger Berührungsängste, als er erwartet hätte.

„Unten am Fluss."

Er fühlte sich unbehaglich. Er wollte die anderen lieber da heraushalten. Sie sollten nichts von dem Raub wissen, nichts von diesem Treffen hier. Und auf keinen Fall sollten sie darunter zu leiden haben.

„Nein, natürlich nicht! Die anderen haben nichts mit dieser Sache zu tun, okay?" Er klang schärfer, als er es beabsichtigt hatte, aber er spürte den Druck.

„Das meinte ich auch gar nicht", versuchte sie lächelnd, ihn zu beruhigen. Sie fand ihn sehr attraktiv.

„Ist es denn ein Spiel?", fragte sie provozierend lächelnd.

Wieder sah sie seine weißen Zähne im Dunkeln aufschimmern.

„Wovon?"

Es war schwer, ihm zu widerstehen. Sie beobachtete, wie er sich eine Strähne seines leicht gelockten Haares aus dem Gesicht schob. Sie hatte noch nie jemanden wie ihn getroffen. Er war so direkt, ohne Umschweife.

„Wie heißt du überhaupt?"

„Ich heiße Helena. Helena Greizenich."

Zu ihrer Überraschung ergriff er in einer geschliffenen Geste ihre Hand und hauchte einen Kuss darauf, nur um dann das vorgebeugte Gesicht zu heben und lächelnd zu ihr hinauf zu schauen.

„Versprich mir, dass du sie aus dem Spiel lässt, ja?"

Gerade hatte sie ihm noch gedroht, jetzt flirtete sie mit ihm?!

„Das hängt davon ab …"

Schade, dass es jetzt zunehmend dunkel wurde. Er konnte ihr Gesicht nicht mehr klar erkennen, um herauszufinden, was sie von ihm dachte.

Er mochte es, dass sie ihn so unverblümt fragte. „Taron. Und du?"

„Sehr erfreut …"

Er ließ seinen Charme spielen. Schließlich beherrschte er auch diese Gesten.

Sie entzog ihm ihre Hand und fragte sich, wie sie an diesen Punkt gekommen waren. Sie konnte es sich nicht erklären.

Sie wusste nur, dass ihr Herz schneller schlug. Dieses fremde Gefühl beunruhigte sie. Es bedeutete, dass sie nicht mehr die Kontrolle hatte.

Er spürte ihre Unsicherheit. Wie es aussah, war er wohl zu weit gegangen. Er fluchte innerlich.

Es entstand eine Pause, in der sie sich anschauten. Das Dämmerlicht des Sommerabends lag über ihnen. Helena hatte plötzlich das Gefühl, eine Entscheidung treffen zu müssen, ohne zu wissen, worüber.

„Nochmal danke für die Kette. Es ist spät geworden. Ich sollte jetzt gehen."

„Vielleicht laufen wir uns noch einmal über den Weg …?" Er fand es sehr schade, sie auf diese Weise gehen zu lassen.

„Vielleicht …" Sie wollte sich umdrehen, blieb jedoch gleich wieder stehen.

„Es war nett, dich kennenzulernen, Taron."

Ohne eine weitere Antwort abzuwarten, machte sie sich auf den Heimweg.

Taron schaute ihr nach, wie sie von der Dunkelheit verschluckt wurde. Er fragte sich, ob er sie tatsächlich wiedersehen würde, unter welchen Umständen auch immer.

***

DREI

Dunkelheit hatte sich über den Fluss gelegt, als Taron zum Lager zurückkehrte. In den Fenstern flackerten Kerzen und in der Mitte des Kreises war ein Feuer entzündet worden. Dort saßen einige alte Frauen beisammen und unterhielten sich. Taron entdeckte auch seine Tante Cara unter ihnen und machte kehrt, um zu ihr zu gehen. Die Frauen schauten hoch, als er sich näherte.

„Taron! Setz dich zu uns!", lud seine Tante ihn ein und zeigte auf einen leeren Hocker. Sie war eine warmherzige, gütige Frau mit einem schmalen Gesicht und langen, grauen Haaren, die sie geflochten und aufgesteckt trug. Ihre grün-braunen Augen konnten sehr tief blicken. Im Moment sahen sie müde aus.

Taron setzte sich und schaute in die Gesichter der anderen. „Redet ihr über Caras Ausflug zum Palast?", wollte er ein wenig scherzhaft wissen. „Wie war es denn, Tante?"

Die Angesprochene wiegte den Kopf. „Oh, es war sehr aufregend. Ins Schloss hineingelassen zu werden und dann bis in die Gemächer der Königin: Das war schon ein beeindruckendes Erlebnis. Überall standen Wachen, aber ich wurde an ihnen vorbeigeführt, als wäre ich ein hoher Gast. Ein paar Stunden musste ich in einem Saal sitzen, wo auch andere Leute darauf warteten, vorgelassen zu werden. Aber schließlich war dann ich an der Reihe."

„Und wie stand es um die Königin?", wollte eine der anderen Frauen, Hela, wissen.

Cara schüttelte mitleidig den Kopf. „Gar nicht gut. Sie lag in diesem riesigen Himmelbett, umgeben von all der Pracht und Herrlichkeit, aber sie selbst sah so bleich aus, dass ich zuerst dachte, sie sei schon tot.

Ich untersuchte sie vorsichtig, aber ich wusste gleich, dass ich ihr mit meinen Mitteln nicht helfen konnte." Sie seufzte. „Ich habe ihr einen Trank zur Stärkung dagelassen, aber ich musste dem Arzt an ihrem Bett sagen, dass ich keinen Rat weiß."

Cara atmete tief ein, wie um die Erinnerungen zu vertreiben und rieb sich die runzligen Hände über die Knie. „Dann haben sie mir zum Dank eine Münze in die Hand gedrückt und mich wieder hinausgeleitet bis zu dem Tor, an dem Loro auf mich wartete."

Für einen Moment herrschte Stille, bis Hela leise meinte: „So gibt es wohl keine Hoffnung mehr für die Königin."

„Nein, leider, so gesehen nicht", stimmte Cara zu.

Taron wartete darauf, dass sie weitersprechen würde. Irgendwie hatte er den Eindruck, dass ihr Gedankengang an dieser Stelle noch nicht zu Ende war.

Schließlich beugte er sich ein wenig vor, um in ihr gesenktes Gesicht zu schauen. „Aber …?", ergänzte er ihren letzten Satz.

„Was, aber?" Sie hob den Kopf, als sei sie tief in Gedanken gewesen, und schaute Taron geradeheraus an.

„Ich meine nur, es klang so, als gäbe es vielleicht doch noch eine andere Möglichkeit, der Königin zu helfen."

Cara seufzte traurig. „Nein, sie haben alles getan, was für sie möglich ist."

Ihre Blicke begegneten sich, ohne dass die anderen es bemerkten, und er wusste, dass da noch mehr war, dass es seine Tante aber nicht sagen wollte.

***

Am nächsten Morgen traf Helena ihren Vater und ihre Schwester am Frühstückstisch. Sie war am Abend zuvor unbemerkt durch das Gartentor zurück ins Haus gelangt, hatte sich in ihr Zimmer geschlichen, sich ausgezogen und war zu Bett gegangen.

Sie hatte gedacht, dass die Müdigkeit sie schnell übermannen würde. Stattdessen hatte sie noch eine ganze Weile wach gelegen und über die Begegnung mit Taron nachgedacht.

Anders als sie erwartet hatte, war die Übergabe der Kette am Ende zu einer Nebensache geworden. Viel interessanter war dieser junge Mann,

Taron, mit seinen blitzenden, grünen Augen und seiner tiefen, weichen Stimme. Sie ertappte sich dabei, wie sie überlegte, wann sie ihn wiedersehen könnte.

Aristoteles Greizenich sah von seiner Zeitung auf, als er seine Tochter hereinkommen sah. „Guten Morgen, meine Liebe. Geht es dir wieder besser?"

Helena sank auf einen Stuhl und ließ sich eine Tasse Kaffee einschenken. „Guten Morgen, Vater. Ja, ja, viel besser." Sie war nur müde, weil sie so wenig geschlafen hatte.

Aristoteles faltete die Zeitung mit einer resoluten Geste zusammen und legte sie neben dem Teller auf den Tisch. „Ich muss euch leider gleich allein lassen. In einer Stunde beginnt die Ratssitzung im großen Saal. Da muss ich unbedingt anwesend sein. Schließlich soll es auch darum gehen, dass die Raubüberfälle rund um die Stadt in letzter Zeit so massiv zugenommen haben. Davon kann ich ja leider aus eigener Anschauung berichten.

Es muss unbedingt etwas geschehen. Dem Verbrechen in dieser Gegend muss endlich ein Riegel vorgeschoben werden."

Mit einem Ruck schob Helenas Vater den Stuhl zurück und stand auf. So energisch hatte sie ihn selten erlebt. Der Verlust seines Geldes und das Erleben der eigenen Ohnmacht hatten ihn offenbar tief getroffen.

„Viel Erfolg, Vater", wünschte Helena ihm, als er an Delia und ihr vorbeiging und ihnen jeweils einen kleinen Kuss auf den Scheitel drückte, bevor er aus dem Zimmer ging.

Eine Viertelstunde später hörte sie ihn das Haus verlassen. Da saß Helena noch am Tisch und unterhielt sich mit ihrer Schwester. Eigentlich musste Delia schon längst bei ihrem Privatlehrer zum Unterricht erscheinen, aber da sie die einzige Schülerin war, würde er wohl oder übel auf sie warten müssen.

Helena hatte ihre schulische Ausbildung bereits beendet. Einen Beruf zu lernen war für sie nicht vorgesehen. Ihr Vater wünschte sich für seine Töchter nur das Beste. Das bestand darin, sie möglichst gut zu verheiraten.

Helena hatte dies nie in Frage gestellt. Trotzdem beneidete sie die Männer in ihrer Verwandtschaft, die eine Karriere machen konnten und sich im Leben behaupteten. Sie selbst fühlte sich manchmal von einer unerklärlichen Leere erfüllt, die sie mit Besuchen von gesellschaftlichen Veranstaltungen und häuslichen Aktivitäten zu füllen versuchte.

Ihr eigener, heimlicher Traum von einer Karriere bestand darin, einmal an den königlichen Hof zu gelangen, wo sich die ganze Pracht und Herrlichkeit des Landes vereinten. Aber um dort Zutritt zu erhalten, musste man einen Adelstitel vorweisen oder zumindest eine Empfehlung eines einflussreichen Gönners.

Als auch Delia gegangen war, beschloss Helena, noch einmal auf den Markt zu gehen, der heute zum letzten Mal in diesem Monat abgehalten wurde. Sie sagte sich selbst, dass sie noch nach einem Geschenk für ihre alleinstehende und mittellose Tante schauen wollte, aber eigentlich war sie darauf aus, einen Blick auf Taron zu erhaschen.

So verließ Helena schließlich das Haus, nachdem sie sich besonders sorgfältig für den Ausgang feingemacht hatte. Ein Samthütchen saß auf ihren makellos frisierten, rotblonden Locken und ihr grüner Mantel betonte die schmale Taille.

Auf dem Markplatz vor dem Rathaus angekommen, hielt sich Helena eine Weile bei den Silberwaren und den Schmuckbändern auf, beschloss jedoch schließlich, ihrer Tante eines von ihren selbstbestickten Kissen zu schenken. Nachdem diese Frage geklärt war, steuerte sie auf die Seite des Platzes zu, wo die Bühne stand.

Eine Vorstellung hatte offenbar gerade begonnen. Helena blieb am Rand der Bankreihen stehen und beobachtete einen Jongleur bei seinen Kunststücken. Ihre Blicke wanderten auch zu den Seiten, aber Taron war zu ihrer Enttäuschung nicht zu sehen.

Sie applaudierte höflich, als der Jongleur sich verbeugte. Ein weiterer Mann betrat die Bühne, den Helena sofort erkannte. Mit neu erwachter Aufmerksamkeit beobachtete sie Taron, der sich zu dem Jongleur hinzugesellte und sich verbeugte.

In den nächsten Minuten führten die beiden in schneller Folge eine ganze Reihe von Zaubertricks vor, die vor allem daraus bestanden, dass Dinge verschwanden und woanders wieder auftauchten. Mit klopfendem Herzen wartete Helena darauf, dass Taron irgendwann einmal zu ihr herüberschauen würde, aber er schien sie nicht zu bemerken.

Zum Ende der Vorstellung nahm er ein buntes Seidentuch und stopfte es sich in die geschlossene Faust. Er hob beschwörend die andere Hand und sprach ein paar Worte, die Helena nicht verstehen konnte. Als er die

Hand wieder öffnete, zog er eine Papierblume daraus hervor. Die Zuschauer applaudierten.

Die beiden Männer verneigten sich lächelnd, bevor Taron die Hand hob und die Blume ins Publikum warf, genau auf Helena zu. Sie musste nur einen kleinen Schritt nach vorn machen und sie auffangen. Sie lachte atemlos, als sie sich wiederaufrichtete, die Blume in der Hand. Mit einem Blick auf die Bühne sah sie jedoch, dass Taron bereits verschwunden war.

Stattdessen trat jetzt eine junge Frau auf, die damit warb, dass sie in einem Zelt hinter der Bühne für einen kleinen Geldbetrag denen, die sich trauten, die Zukunft voraussagen konnte.

Helena schaute sich um, die Blume in der Hand. In diesem Augenblick kamen zwei junge Frauen lachend auf sie zu.

„Guten Morgen, meine liebe Helena", rief die eine ihr entgegen. „Wir haben es genau gesehen! Du hast einen Verehrer!" Ihre Augen blitzten vergnügt. Sie trug ähnliche Kleidung wie Helena, nur in Brauntönen, die auf ihr glattes, kastanienbraunes Haar abgestimmt waren. Ihre Hände steckten in zarten Spitzenhandschuhen. Helena kannte sie schon seit Kindertagen. Es war ihre Cousine mütterlicherseits, Ariadne.

Die andere junge Frau, Persephone, war eine gute Bekannte. Ihre Kleidung war von schlichterer Machart und entsprach, wie Helena mit einem Blick feststellte, nicht dem modischen Chic, der gerade ganz neu aus der Hauptstadt herübergetragen wurde.

Helena begrüßte die beiden Frauen mit einem Lächeln. Sie wollte sich ihre Enttäuschung nicht anmerken lassen. „Was meinst du, Cousine?"

Ariadne wies auf die nun leere Bühne. „Na, der junge, gutaussehende Zauberer eben, der dir die Blume zugeworfen hat!"

Helena schüttelte lachend den Kopf, während sie zu ihrem Ärger spürte, wie sie errötete.

Persephone schien es zu bemerken, jedoch andere Schlüsse daraus zu ziehen. „Ariadne, ich bitte dich, hör auf, unsere Freundin so in Verlegenheit zu bringen. Natürlich würde sie sich nie mit so einem Lump abgeben. Dies fahrende Volk ist doch weit unter unserer Würde, nicht wahr?" Sie lachte etwas schrill.

Ariadne hob abwehrend die Hand. „Ach, es war doch auch nur ein Scherz. Helena versteht mich schon richtig und weiß, dass es nicht ernst gemeint war …"

Sie hakte sich vertraulich bei Helena unter und zog sie kurz an sich. Diese lächelte steif und schaute auf die Blume herab, die sie immer noch in der Hand hielt, die aber nun ganz zerknickt war.

Persephones Augen folgten ihrem Blick. „Wie schade, nun ist sie hin. Du wirst sie wegwerfen müssen."

Ariadne schaltete sich ein. „Ich habe eine grandiose Idee. Habt ihr nicht auch gerade gehört, dass diese Frau auf der Bühne sagte, man könnte sich von ihr die Zukunft weissagen lassen? Wie wäre es, wenn wir es gleich einmal zusammen ausprobieren würden? Was haltet ihr davon?"

„Wir drei zusammen? Wie aufregend!", stimmte Persephone sofort zu und klatschte begeistert in die Hände. „Helena, was sagst du dazu?"

Helenas Blick glitt zu dem Zelt hinter der Bühne. Ob sie dort auf Taron treffen würde? Vielleicht, aber dann war sie in Begleitung ihrer zwei Freundinnen und konnte nicht mit ihm sprechen. Und möglicherweise wollte sie das auch gar nicht mehr. Persephones Worte hallten noch in ihr nach. Sich mit einem Mann wie ihm abzugeben, war für sie nicht schicklich.

Die anderen beiden missverstanden ihr Zögern. „Komm, komm, Helena. Sei nicht so scheu. Es ist doch nur ein Spaß!", versuchte Ariadne sie zu überreden. „Wir glauben sowieso nicht, was da erzählt wird. Wir werden uns nur lustig machen darüber." Sie nahm Helenas Hand und zog daran.

Widerwillig ließ sich Helena von den beiden anderen an der Bühne vorbeizerren, bis sie vor einem Zelt aus rotbraunem Stoff standen, der am Eingang zur Seite gebunden war. Ein Schild daneben warb dafür, dass man für eine Münze Auskunft über seine Zukunft erhalten konnte und dass man einzeln eintreten sollte.

Ariadne ignorierte den letzteren Hinweis und schob ihre Freundinnen nacheinander in das Zelt hinein. Sie blieben einen Moment stehen, während sich ihre Augen an das rötliche Dämmerlicht gewöhnten.

Vor ihnen befand sich ein Tischchen mit einer dunklen Decke, auf dem ein Leuchter stand. Das flackernde Licht der Kerzen fiel auf die Frau, die dahinter saß und sie interessiert betrachtete. Sie war nur wenig älter als sie und hatte dunkles, leicht gelocktes Haar, das sie zu einer losen Frisur aufgesteckt und mit einem Tuch befestigt hatte. Sie trug ein dunkles, schimmerndes Gewand, das den Effekt hatte, dass Hals und

Kopf der Frau im Dämmerlicht zu schweben schienen. Helena spürte eine Gänsehaut über ihren Nacken ziehen.

„Guten Tag, kommen Sie nur herein!", begrüßte die Hellseherin sie mit einer weichen, dunklen Stimme. „Möchten zwei von Ihnen bitte draußen warten?"

Ariadne übernahm die Führung. „Guten Tag. Wir möchten gern zusammenbleiben." Sie drehte sich lächelnd zu den anderen um. „Ich denke, wir haben keine Geheimnisse voreinander, nicht wahr?" Persephone lachte leise.

Die Wahrsagerin nickte langsam. Helenas Augen hatte sich mittlerweile an die Dunkelheit gewöhnt, sodass sie die Frau etwas besser erkennen konnte. Für einen Moment glaubte sie, die Frau zu kennen, weil ihre Gesichtszüge ihr vage bekannt vorkamen. Dann stellte Helena fest, dass sie Taron ähnlich sah. Sie mussten verwandt sein.

„Wer von Ihnen möchte denn beginnen?"

Ariadne stand sowieso ein wenig vor den anderen. Also setzte sie sich vorsichtig auf die Kante des Stuhles, der vor dem Tischchen stand. Helena und Persephone wichen zurück.

Die Hellseherin konzentrierte sich nun auf Ariadne. Sie betrachtete die junge Frau für einen Moment mit ernster Miene und forderte sie dann auf, ihr ihre Hand zu geben, damit sie daraus lesen könne. Ariadne entledigte sich bereitwillig ihrer Handschuhe und streckte ihre rechte Hand aus, nicht ohne jedoch ihren Freundinnen einen Blick zuzuwerfen, der augenzwinkernd sagte: „Ich werde ihr nichts glauben!"

Die Wahrsagerin schien dies zu bemerken, ignorierte es aber und begann stattdessen, die Handfläche zu studieren.

„Sie haben eine schöne Hand, die leicht zu lesen ist." Mit dem Zeigefinger fuhr sie sanft über die Linien. „Sie haben es gut getroffen im Leben. Sie genießen Sicherheit, Wohlstand. Sogar die Liebe ist Ihnen schon begegnet."

Das alles war nicht schwierig zu sehen. Ariadnes Kleidung und Haltung verrieten ihre Herkunft und ihren Wohlstand, der Verlobungsring am Finger erzählte den Rest.

„Das Glück wird Ihnen auch weiterhin hold sein. Sie werden vier Kinder haben, die Ihnen viel Freude machen werden." Persephone unterdrückte ein Kichern. Vielleicht wusste sie mehr als Helena.

Diese hatte bereits genug gehört, um ihre Erwartungen bestätigt zu sehen. Das war keine Wahrsagerei, sondern nur das Resultat von einer guten Beobachtungsgabe und der Kombination aus Hinweisen.

Nachdem die Wahrsagerin Ariadne mit einem freundlichen Lächeln entlassen und das Geld entgegengenommen hatte, schob Helena Persephone nach vorn. Sie hatte keine Lust auf dieses Theater. Sollten die anderen ihren Spaß haben.

Mit Persephone verfuhr die Wahrsagerin auf ähnliche Weise. Es blieb bei Gemeinplätzen und vagen Anspielungen. Immerhin waren in ihrem Fall die Zukunftsaussichten nicht ganz so rosig wie bei Ariadne. So warnte sie auch vor einer unglücklichen Liebe und einem schweren Schicksalsschlag.

Obwohl Persephone geschworen hatte, alles als einen Spaß zu betrachten, war sie doch immer ernster geworden und wirkte regelrecht beunruhigt, als sie schließlich aufstand und bezahlte. Da half auch das aufmunternde Lächeln ihrer Freundinnen nicht.

Helena wäre nun am liebsten gegangen, aber Ariadne nahm ihre Hand und zog daran. „Jetzt fehlst nur noch du!"

„Ich habe keine Lust auf diesen Unsinn!", zischte Helena, aber da hatten die anderen beiden sie schon zu dem Stuhl geschoben und darauf gedrückt. Widerwillig streckte sie ihre Hand aus und schaute hoch in das Gesicht der Frau, die auch sie nun intensiv musterte.

Die Finger der Frau waren kühl, als sie Helenas Hand umfassten. Wie bei den anderen strich der Zeigefinger über die Linien ihre Handfläche – aber anders als bei ihnen verharrte er plötzlich bewegungslos in der Luft.

Helena blickte auf. Das Gesicht der Frau war wie gefroren. Ihr Lächeln war verschwunden und durch einen starren, fast gespenstischen Ausdruck ersetzt worden. Wenn das gespielt war, so war es gut eingeübt. Helena fühlte sich mit einem Mal sehr unbehaglich. Der bisher so sanfte Griff der Finger wurde hart wie ein Schraubstock.

„Was …?", setzte sie an, kam aber nicht dazu, den Satz zu vollenden, weil die Hellseherin in diesem Augenblick ihre Hand losließ und mit einem Ruck von sich stieß. Die Frau lehnte sich zurück und starrte Helena an. Ihr Blick war plötzlich misstrauisch, geradezu feindselig geworden.

„Diese Sitzung ist beendet. Sie brauchen mich nicht zu bezahlen."

Helena stand benommen auf. Ariadne jedoch fragte hinter ihr: „Aber warum? Warum hören Sie jetzt auf? Sie haben doch noch gar nicht angefangen!"

Die Frau erhob sich ebenfalls. Ihr dunkles Gewand entfaltete sich mit einem leisen Knistern. „Es gibt Menschen, denen ich nicht die Zukunft voraussagen kann. Sie gehören dazu. Es tut mir leid."

Sie ging um den Tisch herum zu Helena und hielt ihr zum Abschied die Hand hin. Als Helena sie ergriff, zog die Frau sie näher zu sich heran, bis ihr Gesicht sich dem von Helena bis auf wenige Zentimeter genähert hatte. Die Wahrsagerin starrte sie an, ohne zu blinzeln.

„Halten Sie sich von Taron fern." Ihre Stimme war so leise, dass nur Helena sie hören konnte. Im nächsten Augenblick hatte die Hellseherin ihre Hand losgelassen und hatte sich hinter ihren Tisch zurückgezogen. Mit lauterer Stimme sagte sie nun: „Ich wünsche den jungen Damen einen schönen Tag. Leben Sie wohl."

Nacheinander stolperten die drei Freundinnen hinaus ins Freie, wo sie blinzelnd im hellen Sonnenschein stehen blieben.

Sie alle waren ein wenig mitgenommen. Ariadne war ungehalten, dass sie um den Spaß gebracht worden war, auch Helenas Zukunft zu erfahren. Persephone kämpfte mit ihren widerstreitenden Gefühlen, da sie diese Episode als lachhaft abtun wollte, gleichzeitig aber zutiefst beunruhigt war. Helena schließlich hatte immer noch die Worte der Frau im Ohr: „Halten Sie sich von Taron fern ..."

Woher wusste diese Frau überhaupt, dass sie Taron kannte? Hatte sie nur beobachtet, wie er ihr die Blume zugeworfen hatte und daraus ihre Schlüsse gezogen? Nein, es musste mehr dahinterstecken. Vielleicht hatte sie ja soeben wirklich etwas gesehen! Sie wusste etwas über Helena und Taron, oder sie ahnte es zumindest. Aber was hatte das alles zu bedeuten?

Am liebsten wäre Helena noch einmal zurück in das Zelt gegangen, um die Frau zur Rede zu stellen, aber sie wusste auch, dass das keinen Sinn hatte. Sie würde nichts erfahren.

Ariadnes Stimme schnitt durch ihre Gedanken: „Meine Güte, das war nicht das, was ich mir vorgestellt hatte. Davon muss ich mich erst einmal erholen. Habt ihr Lust auf einen Kaffee? Ich lade euch ein." Gemeinsam steuerten sie auf das Kaffeehaus am Ende des Marktplatzes zu.

***

Als sie das Kaffeehaus wieder verlassen und sich ihre Wege getrennt hatten, ging Helena noch einmal zu der Bühne zurück. Dort war es jedoch menschenleer. Alles lag verlassen da, und auch die Zuschauer waren gegangen. Sie hörte einige Stimmen zwischen den Zelten und sah Bewegung dort, zögerte jedoch, sich zu nähern. Schließlich machte sie kehrt und ging nach Hause.

Die Worte der Hellseherin hatten Helena mehr beeindruckt, als sie zugeben mochte. Andererseits regte sich Widerstand in ihr. Sie war nicht bereit, sich diktieren zu lassen, was sie zu tun oder zu lassen hätte.

***

Tarons Blicke folgten ihr. Er hatte sie von einer Bank hinter der Bühne aus beobachtet, während er mit den anderen Leuten aus der Gruppe zu Mittag aß. Als er sie auftauchen sah, wollte er die Schale mit Suppe wegstellen und aufstehen, um zu ihr zu gehen, aber seine Schwester legte ihm eine Hand auf den Arm und hielt ihn zurück.

„Lass sie", sagte Suri leise.

Er schaute sie verwundert an. „Was meinst du?"

„Ich meine dieses hübsche, junge Ding mit den goldenen Locken, das gerade vor der Bühne stand. Lass sie."

„Woher weißt du, dass ich zu ihr wollte?", fragte Taron mit einem Anflug von Ärger. Er fühlte sich bei etwas ertappt, das er noch nicht einmal angefangen hatte zu tun.

Suri ließ seinen Arm wieder los und lehnte sich zurück. „Ich kenn dich doch. Wie du ihr die Blume zugeworfen hast! Sie hat dich mit den Augen verschlungen."

Taron hob abwehrend die Hand. „Das hast du dir wohl eingebildet. Ich kenne sie nicht."

„Ach, wirklich?" Suri zog eine Augenbraue hoch. „Das kannst du jemand anderem erzählen." Sie sah sich um, ob sie Zuhörer hatten und fragte leiser: „Wo hast du sie getroffen? Du weißt, dass diese Sorte Leute nichts für unsereins übrighat."

Taron griff wieder nach der Suppenschüssel. Helena war gegangen. „Es war ein Zufall, sonst nichts. Ich kenne sie auch nicht näher." Er konzentrierte sich auf die Suppe.

Seine Schwester lachte leise, etwas humorlos.

„Was?" Er schaute hoch.

„Sie war vorhin bei mir, zusammen mit ihren zwei hochnäsigen Freundinnen. Sie hatten Lust auf einen Spaß." Suri zuckte die Achseln, um zu zeigen, dass das normal war.

Taron beugte sich mit neu erwachtem Interesse vor. „Und …? Wie war es?"

„Ich habe ihren Freundinnen das gegeben, was sie für ihr Geld erwartet haben."

Taron bemerkte sofort, dass Helena in diesem Satz fehlte. „Und was war mit Helena?"

„Ach, so heißt sie also?" Suri runzelte unwillig die Stirn. „Das sagt doch alles. Sie ist ein verwöhntes, reiches Mädchen aus der Stadt."

Taron ließ sich nicht abbringen. „Was hast du ihr gesagt?"

„Das Gleiche …" Suri stand auf und wollte gehen, aber dieses Mal war es Taron, der sie aufhielt.

„Hey, bleib hier."

Ihr Vater Uro, der auf der anderen Seite des Feuers saß, hob den Kopf und schaute zu ihnen herüber. Daraufhin stand Taron ebenfalls auf und zog Suri mit sich. Ein paar Schritte weiter blieb er stehen.

„Was hast du ihr gesagt?", wiederholte er flüsternd. „Hast du etwas gesehen?"

Suri versuchte, seinem Blick auszuweichen. „Ja, ich habe etwas gesehen." Taron wollte sie unterbrechen, aber sie hob die Hand mit einem ausgestreckten Zeigefinger, um ihn zum Schweigen zu bringen. „Ich habe etwas aus ihrer Zukunft gesehen. Das sage ich dir. Und ich sage dir, dass du darin vorkamst. Aber mehr werde ich nicht sagen. Es war eine Variante der Zukunft, die vielleicht nie eintreffen wird, ich hoffe es jedenfalls."

„Suri, bitte sag mir, was du gesehen hast", flehte Taron, doch sie schüttelte den Kopf.

„Nein, ich kann es dir nicht sagen. Ich kann es nicht. Versuche nicht, mich zu zwingen." Sie war sichtlich aufgebracht und wandte sich ab, um wieder zum Feuer zurückzukehren, doch dann trat sie ganz nah an Taron und flüsterte: „Ich sage dir nur das Eine: Halt dich fern von ihr, Taron." Bevor er antworten konnte, war sie gegangen.

***

VIER

Helena saß im Salon und las in einem Buch, als ihr Vater aus dem Rathaus zurückkehrte. Sie hörte ihn im Flur mit dem Diener sprechen und dann in sein Arbeitszimmer gehen. Sie legte das Buch auf ein Tischchen neben dem Sofa und stand auf, um zu ihm zu gehen.

Als sie anklopfte und das Zimmer betrat, war ihr Vater gerade dabei, sich eine Zigarre anzuzünden. Seine Gesichtszüge leuchteten auf, wie immer, wenn er seine Tochter sah. Er winkte ihr.

„Helena, wie schön, komm herein!"

„Wie war es bei der Ratssitzung?"

Aristoteles zog an seiner Zigarre, bis sie angebrannt war und winkte dann mit dem Streichholz ab. „Es war so, wie ich es erwartet hatte. Diesem Räuberpack ist schwer beizukommen."

Helena setzte sich auf einen der massiven, lederbezogenen Stühle vor dem Schreibtisch. „Gibt es denn irgendwelche Neuigkeiten?"

„Über diese Räuber? – Nein! Das ist es ja gerade. Diese Verbrecher sind nicht zu packen. Wenn wir nur einen von ihnen erwischen würden, dann könnten wir wenigstens zur Abschreckung ein Exempel statuieren." Er zog erbost an der Zigarre und stieß eine blaue Wolke aus Qualm an die Decke.

Helena betrachtete abwesend die Rauchschwaden und dachte daran, was mit Taron passieren würde, wenn er gefasst würde. Wäre er dann dieses „Exempel"?

„Den ganzen Vormittag haben wir darüber diskutieren müssen, was gegen die Räuber und ihre Überfälle auszurichten ist. Jeder hatte einen anderen Vorschlag zu machen, aber sie alle hatten gemeinsam, dass sie zu nichts führen werden. Diese Verbrecher formieren sich immer wieder neu, tauchen auf und verschwinden. Sie haben kein festes Versteck, das man ausheben könnte. Sie kommen wie aus dem Nichts." Er lehnte sich verärgert in seinem Sessel zurück, dass er knarrte.

Helena konnte verstehen, dass ihren Vater der Verlust des Geldes schmerzte. Und sie hatten in der Tat Glück gehabt, dass niemand zu Schaden gekommen war. Deswegen war es sicherlich richtig, dass man dieser Bande das Handwerk legte. Aber wie das zu geschehen hätte, interessierte sie letztendlich herzlich wenig. Darum hörte sie zunächst nur halb zu, während ihr Vater sich über die verschiedenen Möglichkeiten der Bürgerwehr ausließ.

„Wir wissen zwar nicht, wer genau dies Räuberpack ist", sagte ihr Vater gerade. „Aber ich habe zumindest eine Ahnung, wer an diesen Überfällen beteiligt sein könnte.

Alle wissen doch, dass es mit dem Verbrechen zunimmt, sobald dieses fahrende Volk vor den Toren unserer Stadt auftaucht. Sie kommen hierher, um herumzulungern, unsere Frauen zu belästigen und die Männer zu beleidigen. Und vor allem die Diebstähle und Einbrüche!"

Helena richtete sich auf und war plötzlich ganz Ohr, während ihr Vater weitersprach.

„Es ist doch kein Zufall, dass sie gerade wieder vor der Stadt campieren und wir gleichzeitig Opfer dieses Raubüberfalls wurden. Das hängt zusammen." Aristoteles schlug energisch mit der flachen Hand auf seinen lederbezogenen Schreibtisch. „Wenn wir dieses arbeitsscheue Gesindel von unserer Stadt fernhalten, haben wir auch wieder Ruhe und Ordnung bei uns."

Noch vor ein paar Tagen hätte Helena diesem Temperamentsausbruch recht teilnahmslos zugehört. Nun jedoch beunruhigten sie die Worte ihres Vaters zunehmend. „Du willst diese Leute wegschicken? Ich habe sie auf dem Marktplatz gesehen. Die Zuschauer hatten ihren Spaß. Sie fanden es gut, denke ich."

Aristoteles zog wieder an seiner Zigarre. Mittlerweile war es stickig geworden in dem Zimmer. Helena wäre gern aufgestanden, um ein Fenster zu öffnen. Sie hatte das Gefühl, kaum noch Luft zu bekommen.

„Nun ja, es gibt eine alte Tradition, dass diese Leute unten am Fluss ihr Lager aufschlagen dürfen. Das ist außerhalb unseres Stadtgebietes. Es wäre schwierig, sie so einfach zu verjagen. Schließlich ist es ihnen seit Generationen gestattet worden.

Aber wenn wir nun einen Trupp der Bürgerwehr losschicken, um sie einmal gründlich zu durchsuchen, dann bin ich mir sicher, dass wir etwas finden werden. Und wenn wir etwas finden – Schmuck, Gold, irgendwas – dann werden sie bestraft und fortgeschickt. Das ist beschlossene Sache. Dann kommen die mir nicht mehr in die Stadt. Dafür sorge ich persönlich."

Helena konnte es nicht mehr ertragen. Sie stand auf und ging zum Fenster, um es zu öffnen. Wie ein Fisch auf dem Trocknen schnappte sie nach Luft.

„Ist alles in Ordnung mit dir?", fragte ihr Vater besorgt.

„Ja, ja. Es ist nur der Zigarrenqualm. Entschuldige, Vater."

Er nickte und fuhr fort: „So haben wir also heute die nächsten Schritte verabschiedet. Morgen wird die Bürgerwehr ausrücken und das Lager durchsuchen. Das wird den Bürgern unserer schönen Stadt zeigen, dass wir alle nötigen Maßnahmen ergreifen im Kampf gegen das Verbrechen.

Habe ich eigentlich schon erzählt, dass dein Verehrer Elion Krausenstern zum Kommandanten der Bürgerwehr befördert wurde? Du solltest ihm demnächst einmal dazu gratulieren, Helena, wenn er uns wieder besucht. Das würde ihn sehr freuen."

„Ja, das hattest du mir schon erzählt." Und das mehr als einmal. Es war offensichtlich, dass ihr Vater sie mit Elion verkuppeln wollte. Kein Wunder: Er kam aus gutem Hause, war wohlhabend. Leider war er aber auch fast zehn Jahre älter als Helena.

Sie schloss das Fenster wieder, um zum Schreibtisch zurückzukehren.

„Und wenn die Bürgerwehr nichts findet?", fragte sie möglichst teilnahmslos. Ihr Vater sollte auf keinen Fall merken, dass sie sich für das Thema mehr als nur ein wenig interessierte.

Aristoteles zuckte die Schultern. „Dann werden wir ihnen verbieten, hier auf dem Marktplatz weiter aufzutreten, und so werden sie von allein verschwinden. Und außerdem werden wir auf jeden Fall die nächtlichen Wachen in der Stadt verstärken." Er zog zufrieden an seiner Zigarre.

Helena wusste, dass sie ihren Vater nicht würde umstimmen können. Sie brauchte es gar nicht erst zu versuchen. „Ja, das wird den Leuten zeigen, dass sie sicher sind."

Sie stellte fest, dass das Thema für ihren Vater erledigt war. Dies war ein guter Zeitpunkt, um das Zimmer zu verlassen. Sie ging zur Tür.

„Das Wetter scheint umzuschlagen. Vielleicht kommt heute Abend Regen auf. Ich denke, ich werde vorher noch einen kleinen Spaziergang an der frischen Luft machen."

„Tu das, mein Kind, tu das. Aber bleib nicht zu lange weg. Ich möchte früh zu Abend essen."

Aristoteles zog einen Stapel Briefe, der auf einem kleinen Silbertablett lag, zu sich heran, um ihn durchzugehen. Er schaute nicht mehr auf, als seine Tochter das Zimmer verließ.

Helena ging in den Salon, um sich dort aus einer Karaffe etwas Wasser in ein Glas zu gießen. Ihr Hals war von dem Qualm so schrecklich trocken geworden. Mit dem Glas in der Hand lehnte sie sich an die Anrichte, während sie überlegte.

Sie musste etwas tun, das war klar. Sie konnte nicht einfach hierbleiben und zusehen, wie Taron und seine Familie ein Opfer der Bürgerwehr wurden. Was, wenn diese bei der Durchsuchung etwas fände? Würde man dann vielleicht sogar Taron abführen und ins Gefängnis werfen? Wieder dachte sie an die Worte ihres Vaters: „ein Exempel statuieren".

Bei diesem Gedanken schüttelte Helena den Kopf, dass ihre Locken nur so tanzten. Mit einem Ruck stellte sie das Glas zurück auf das Tablett.

Nur wenige Minuten später verließ sie das Haus. Sie hatte sich feste Schuhe angezogen und einen Mantel mit einer Kapuze, der zweierlei Funktion zu erfüllen hatte. Zum einen sollte er sie vor dem Regen schützen, der sicherlich bald fallen würde, zum anderen wollte sie damit ihr Gesicht vor allzu neugierigen Blicken verhüllen, wenn sie die Stadt verließ.

Zunächst einmal wandte sie sich jedoch dem Markt zu, in der Hoffnung, Taron vielleicht noch dort anzutreffen. Als sie um die Ecke bog, wusste sie sofort, dass sie keinen Erfolg haben würde. Die Bühne lag verlassen da. Alles war verhängt und für die Nacht befestigt und gesichert worden. Hier war niemand mehr. Wahrscheinlich hatten sie das schlechte Wetter vorausgesehen und festgestellt, dass sich eine weitere Vorstellung nicht lohnen würden.

Helena seufzte ergeben und schaute zum Himmel empor, über den immer dunklere Wolken zogen. Auf ihrem Weg aus der Stadt hinaus wählte sie die weniger stark frequentierten Gassen, bis sie die Stadtmauer und die letzten Häuser hinter sich gelassen hatte. Sie wusste nicht genau, wo sich das Lager der Schausteller befand, aber ihr Vater und Taron auch hatten den Fluss erwähnt, und sie erinnerte sich an eine große Wiese an dessen Ufer, die dafür sehr gut geeignet war.

Dunkle Wolken spiegelten sich in dem unruhigen Wasser des Sees, als sie daran entlangging. Der Wind frischte spürbar auf, ein Zeichen, dass auch bald der Regen kommen würde. Helena musste ihre Kapuze festhalten, als ihr ein feuchter Windstoß ins Gesicht fuhr. Schon fielen die ersten Tropfen.

Aber sie ließ sich davon nicht abhalten. Es konnte nicht mehr weit sein. Sie beschleunigte ihre Schritte und schaute nach vorn, wo in einiger Entfernung schon der Fluss sein musste.

Tatsächlich sah sie jetzt mehrere hölzerne, bunt gestrichene Wagen, die aussahen, wie kleine Wohnungen, mit Gardinen an den Fenstern und einer Tür und Stufen nach hinten heraus. Sie standen in einem Kreis um eine große Feuerstelle. Weitere Zelte gruppierten sich darum herum. Rechts von ihr sah sie einige Pferde grasen.

Nun, da sie ihr Ziel erreicht hatte, blieb Helena unentschlossen stehen, weil ihr erst jetzt klar wurde, dass sie nicht einfach an einen dieser Wagen klopfen und nach Taron fragen konnte. Sie würde vermutlich nur fragende Blicke ernten. Sie kannte nicht einmal seinen vollen Namen. Und wie sollte sie erklären, was sie wollte?

Inzwischen hatte es richtig angefangen zu regnen. Helena versuchte, sich unter einer Buche unterzustellen, wo es einigermaßen trocken war. Während sie noch überlegte, was sie tun sollte, sah sie einen kleinen Jungen aus einem der Wagen steigen und daran entlanglaufen.

Unwillkürlich winkte sie. Er blieb stehen und schaute neugierig zu ihr herüber. Als sie ihm noch einmal winkte, kam er heran, blieb aber ein paar Meter entfernt stehen.

„Guten Tag", sagte Helena freundlich.

„Hallo. Wer bist du?"

„Ich heiße Helena. Und ich habe eine kleine Bitte an dich. Kennst du einen Mann, der Taron heißt?" Der Junge nickte misstrauisch. „Kannst du zu ihm gehen und ihm sagen, dass ich hier stehe?"

„Warum sollte ich das machen?"

Helena zuckte etwas hilflos die Schultern. „Weil du ein netter kleiner Junge bist?"

Der Junge wirkte nicht überzeugt. Helena griff in die Tasche ihres Mantels und fischte eine Münze heraus. „Dafür vielleicht?"

Der Junge nickte sofort eifrig, kam näher und streckte die Hand aus. Sobald Helena das Geldstück in seine Finger hatte gleiten lassen, machte er kehrt und rannte zurück zu den Wagen.

Helena schnaufte verärgert. Jetzt war sie ihr Geld los, aber keinen Schritt weiter. Es sah jedenfalls nicht so aus, als würde der Junge ihre Bitte erfüllen.

Mehrere Minuten vergingen, in denen es selbst unter dem Baum immer feuchter wurde. Schon überlegte Helena, ob sie wieder nach Hause gehen sollte. Sie hatte doch irgendwie ihre Pflicht und Schuldigkeit getan. Sie musste sich nichts mehr vorwerfen, wenn morgen etwas passieren würde, oder? Seufzend beschloss sie, noch eine weitere Minute zu warten, obwohl sie spürte, wie die Tropfen sie immer mehr durchnässten.

Doch jetzt bewegte sich etwas an einem Wagen, der weiter links von Helena stand. Der kleine Junge erschien in der Tür und hinter ihm eine größere Person. Helena sah, wie der Junge auf sie zeigte und dann zur Seite trat. Zu ihrer größten Erleichterung war es Taron, der nun sichtbar wurde. In der Tür stehend zog er sich eine Jacke an und sprang dann die Stufen herunter. Er joggte auf Helena zu und blieb vor ihr stehen.

„Hallo", begrüßte er sie. „Was machst du hier bei diesem Wetter? Gehst du spazieren?" Seine grünen Augen funkelten belustigt.

Helena lächelte flüchtig. „Ja, klar. Das ist mein liebster Zeitvertreib, mich nassregnen zu lassen." Sie wurde sofort wieder ernst. „Ich muss mit dir reden. Es ist wichtig."

Sobald er jetzt vor ihr stand, wusste sie wieder, warum sie ihn so attraktiv fand. Er war völlig anders als alle Männer, die sie kannte. Und er löste etwas in ihr aus, das sie bisher noch nie erlebt hatte. Dies Herzklopfen, dieser Wunsch, in seiner Nähe zu sein. Das beunruhigte sie und verärgerte sie auch gleichzeitig ein wenig.

Was machte sie hier? Sie war die letzte, die er jetzt erwartet hätte. Taron musste sofort an die Worte seiner Schwester denken: „Halt dich fern von ihr." Schwierig, wenn sie immer wieder auftauchte.

Er betrachtete sie. Jede andere Frau im Regen, in einem durchnässten Mantel, mit feuchten Locken, die sich um ihr Gesicht kringelten, wäre ein Bild des Jammers gewesen. Sie war schön.

Und sie wirkte nervös. Was war los?

„Komm, lass uns woanders hingehen, wo es weniger nass ist." Er wusste einen Platz, wo sie ungestört waren.

Er führte sie an den Rand des Lagers, wo ein Zelt stand, das offenbar als Werkstatt diente. Auf einem Tisch lag Werkzeug. Daneben standen mehrere Holzbretter.

Helena schob sich die Kapuze vom Kopf und sah sich kurz um, bevor sie sich wieder Taron zuwandte.

„Hast du eigentlich auch einen Nachnamen? Vorhin, als ich diesen Jungen nach dir gefragt habe, fiel mir auf, dass ihn gar nicht weiß."

„Ich bin Taron, Sohn von Uro. Mehr gibt es da nicht." Wozu brauchte sie seinen Nachnamen? Ihm war so etwas egal.

Sie nickte langsam. Wie sonderbar, keinen festen Nachnamen zu haben …

„Also, was ist los? Weshalb bist du hier?" Er wollte schnell zur Sache kommen. Er hätte zu viele Frage zu beantworten, wenn man sie hier zusammen anträfe.

„Ich bin gekommen, um dich zu warnen. Morgen soll die Bürgerwehr hier anrücken."

Im ersten Moment fühlte er sich geschmeichelt, dass sie extra zu ihm gekommen war, um ihn zu warnen. Im nächsten Augenblick erkannte er die Gefahr.

„Die Bürgerwehr?"

„Ja, der Stadtrat hat es heute erst beschlossen." Es beunruhigte sie zu sehen, wie sein gerade noch so freundlicher Blick bei ihren Worten hart und kalt wurde.

„Kommen die wegen mir? Sie wollen mich morgen verhaften?" Er hatte doch gewusst, dass er diese Nacht noch bereuen würde.

Verdammt! Die Schlinge zog sich zu! Hatte dieses Weibsstück ihn etwa verraten? Hatte sie deswegen gerade nach seinem Namen gefragt? Er ballte die Fäuste vor Anspannung.

„Was? Nein!" An so etwas hatte sie gar nicht gedacht.

„Sie kommen, um mich zu holen. Sie wissen, dass ich bei dem Überfall dabei war! Du hast ausgepackt! Du hast mich verraten!"

Sie hustete ungläubig. Wie konnte er nur so etwas behaupten! Eine absolute Frechheit, ihr das zu unterstellen!

Er hätte ihr nie vertrauen dürfen. Am Ende war sie doch wie all die anderen aus der Stadt, trotz der hübschen Fassade. Sie war eine von denen. Sie steckten alle unter einer Decke.

„Wie konntest du das tun? Du hattest es mir geschworen! Oh,

ich hätte es wissen müssen! Verdammt!"

Er musste sich zusammenreißen, um sie nicht anzuschreien.

Er ließ sie ja gar nicht zu Wort kommen!

„Aber nein! Jetzt hör mir doch mal zu! Ich habe dich nicht verraten!"

„Dann hast du dich halt verplappert. Und die anderen haben eins und eins zusammengezählt!"

„Nein! Was für ein Unsinn! Wie kommst du denn darauf? Ich bin doch gekommen, um dich zu warnen!"

Das machte es doch nicht besser, sondern schlimmer! Das war nur ihr schlechtes Gewissen, das sich jetzt meldete.

„Ja, danke dafür!" Seine Worte trieften vor Sarkasmus.

Jetzt reichte es aber! Helena stemmte die Fäuste in die Hüften und funkelte ihn an.

„Nun hör mir doch endlich zu! Ich habe nichts damit zu tun! Und es geht auch gar nicht um dich! Sie kommen nicht, um dich zu verhaften!"

Er atmete tief durch. Er wollte ihr ja zuhören.

„So? Und warum schicken sie uns dann die Bürgerwehr auf den Hals?"

Endlich kam sie dazu, es zu erklären. „Nach dem Raubüberfall sucht der Stadtrat einen Sündenbock, dem man alles in die Schuhe schieben könnte. Bisher haben sie ja niemanden dingfest machen können.

Die Bürgerwehr soll bei euch nach möglichem Diebesgut suchen. Sie hoffen darauf, dass sie Schmuck oder Gold finden, das euch nicht gehört.

Wenn sie etwas finden, werden sie wohl Einige von euch bestrafen und den Rest fortschicken. Die Bürger sollen sehen, dass etwas unternommen wird, gegen das Verbrechen."

Helena entging nicht, dass Taron gar nicht erstaunt war.

„Es tut mir trotzdem leid, dass sie überhaupt kommen."
Noch vor Kurzem wäre es ihr völlig egal gewesen. Jetzt nicht mehr. Es war, als hätte sich in ihr irgendetwas verschoben.

Er verschränkte die Arme vor der Brust, während er sie beobachtete.
Helena hatte ihn nicht verraten. Plötzlich wurde ihm bewusst, wie sehr es ihn erschüttert hätte, wenn sie ihn wirklich ans Messer geliefert hätte. Es hätte ihn tiefer getroffen, als er sich vielleicht eingestehen wollte.

‚Das Verbrechen' … Das waren sie. Er nickte mit einem kalten Lächeln. Das kannte er schon. Es geschah immer wieder, dass sie als Sündenböcke herhalten mussten. Manchmal kamen sie glimpflich davon, manchmal war es aber auch schon zu sehr unschönen Szenen gekommen.

„So ist das also. Nun, sie können ja suchen, aber sie werden nichts finden."

Er lächelte etwas gequält. „Das ist nicht das erste Mal … Wir kommen schon klar."
Er sah so etwas wie Mitgefühl in ihrem Blick. Sie war doch anders, als die anderen.

„Ich wollte euch halt warnen, dich warnen … Ich bin doch auf deiner Seite."

Sie starrte ihn an, ihre eigenen letzten Worte noch im Ohr.

Sie mochte ihn, das war klar. Sonst wäre sie nicht gekommen. Vielleicht war da sogar mehr.

Wie gern hätte er sie an sich gezogen, sie vielleicht sogar geküsst, aber wieder hörte er die Worte seiner Schwester. Er sollte diese Situation besser schnell beenden, auch wenn es ihm schwerfiel.

„Und dafür bin ich dir dankbar. Du hast uns wirklich sehr geholfen – mir geholfen." Er lächelte ihr zu, bevor er hinaus in den Regen schaute.

„Ich muss langsam zurück zu den anderen." Er wäre gern noch mit ihr hiergeblieben.

„Ja, ich sollte auch besser gehen. Zu Hause wundern sie sich sicherlich schon, wo ich bei diesem Wetter bleibe."

Sie stellte sich neben Taron und schaute hinaus auf die Bäume, unter denen die Tropfen im alten Laub knisterten.

„Was wirst du jetzt machen?"

Er ging zum Ausgang des Zeltes und blieb dort stehen.

„Und dann?"

„Ich werde den anderen erzählen, was du gesagt hast." Er warf ihr einen Seitenblick zu.

„Normalerweise würden wir einfach schon heute die Zelte abbrechen. Dadurch könnten wir dem Ganzen aus dem Weg gehen, auch wenn es dann so aussieht, als hätten wir wirklich etwas zu verbergen." Er rieb sich mit der Hand über die Stirn, während er laut nachdachte.

„Das Problem ist aber, dass mehrere von uns im Moment krank sind. Vielleicht war es das Wasser. Wir wissen es nicht. Aber jedenfalls können wir nicht so einfach weg. Wir müssen abwarten."

Es würde nicht angenehm werden, das war mal sicher. Wenn sie durchsucht wurden, bedeutete das allzu häufig, dass alles durchwühlt wurde. Meistens ging auch etwas dabei zu Bruch. Es war entwürdigend und für die Kinder auch beängstigend. Er selbst konnte sich noch gut an seine ersten Erlebnisse dieser Art erinnern. Es waren Erfahrungen wie diese, die ihn geprägt hatten in seinem Misstrauen gegenüber den Leuten aus den Städten.

„Was passiert, wenn sie doch etwas finden?"

„Du denkst, wir hätten etwas zu verbergen?"

„Was weiß denn ich?", verteidigte sie sich. Sie kannte diese Leute nicht. Und selbst von Taron wusste sie, dass er nicht davor zurückschreckte, unschuldigen Familien im dunklen Wald aufzulauern.

Er lächelte zynisch. Er hatte ihre Kette genommen, aber er

hortete keine geheimen Gold-schätze von irgendwelchen Raub-zügen.

„Sie werden nichts finden."
Sie würden der Bürgerwehr nicht den Triumph gönnen. Dafür wür-den sie sorgen.

„Mein Vater sagt, sie werden euch verbieten, weiter auf dem Markt aufzutreten."

„Das ist noch das kleinste Problem. Schlimmer wäre es, wenn sie uns verhaften würden. Wir können ja weiterziehen, so-bald alle wieder gesund sind."

Er würde mit ihnen weggehen! Jetzt, wo sie ihn gerade erst ken-nengelernt hatte, würde er ein-fach wieder verschwinden! Die-ser Gedanke gefiel Helena absolut nicht.

„Werde ich dich wiederse-hen?"

Er zuckte die Schultern. Es war Teil seines Lebens, nie lange an einem Ort zu sein. Das bedeu-tete auch, Menschen hinter sich zu lassen. Bisher war es ihm nie sonderlich schwergefallen. Jetzt plötzlich ahnte er, dass es dieses Mal anders sein würde.

„Ich werde es versuchen." Er nahm ihre Hand. Ihre Finger wa-ren kühl. „Ich muss gehen. Adieu. Und danke."

Er lächelte ihr zu, bevor er wieder hinaus in den Regen trat.

„Pass auf dich auf!", rief Helena ihm halblaut nach, als er im Regen verschwand.

Sie zog die Kapuze wieder über den Kopf und stapfte los auf dem Weg, den sie gekommen war. Jetzt hatte sie Zeit, sich eine gute Entschuldigung für ihren durchnässten Zustand auszudenken.

„Mach ich."

Er widerstand dem Impuls, sich umzudrehen. Er kannte sie doch kaum. Aber er musste sich eingestehen, dass er sich trotzdem in sie verliebt hatte.

***

FÜNF

Taron kehrte zu seinem Wagen zurück. Als er die Tür öffnete und sich den Regen aus der Jacke schüttelte, bemerkte er, dass seine Tante am Tisch saß und sich mit seinem Bruder Geron unterhielt. Dieser war zwei Jahre jünger als er, aber ein wenig größer, mit den gleichen dunklen Locken, die sie von ihrem Vater hatten. Im Gegensatz zu Taron hatte Geron jedoch auch Uros braune Augen geerbt.

„Ah, Taron, wie schön", begrüßte Cara ihn. „Ich war auf der Suche nach dir."

Er setzte sich zu ihr an den Tisch. „Was ist denn? Geht es den Kranken schlechter?"

Seine Tante wirkte bedrückt. „Bei den meisten ist der Zustand gleichgeblieben. Er ist weder besser noch schlimmer geworden. Aber um Dora mache ich mir Sorgen. Sie hat hohes Fieber und ist nicht mehr ansprechbar."

Dora war eine junge Mutter. Sie hatte drei Kinder, ihr jüngstes war erst drei Monate alt.

„Liegt es noch an der Geburt?", wollte Geron wissen.

Cara nickte. „Sie hatte sich davon einfach noch nicht genug erholt. Nun weiß ich nicht, was ich noch für sie tun kann. Ich fürchte, sie hat etwas anderes als die übrigen Kranken. Sie wird immer bleicher und schwächer. Und vorhin nun kam noch etwas anderes hinzu. Ich bin mir nicht sicher, aber ich habe den Eindruck, als wäre ihre Iris heller geworden. Ich kann nicht ausschließen, dass es die Bleiche ist. Wenn es aber wirklich so ist, dann wisst ihr, was das heißt."

„Sie könnte sterben." Gerons Worte hingen in der stillen Luft, während sich die Betroffenheit über alle legte.

Dora war eine herzensgute Frau, ein wichtiger und geliebter Teil ihrer Gemeinschaft. Sie zu verlieren war undenkbar, nicht nur für ihren Mann und ihre Kinder.

Caras müde Augen richteten sich auf Taron. „Ich wollte dir sagen, dass ich noch bis morgen abwarten werde, ob sich mein Verdacht bestätigt. Wenn sie wirklich die Bleiche hat, dann muss ich morgen dem Rat Bescheid sagen. Er sollte dann beraten, ob wir sie retten müssen." Sie atmete tief ein. „Noch kann ich es nicht sicher sagen, aber ich möchte, dass du dich jetzt schon auf deine Rolle vorbereiten kannst, sollte es zum Äußersten kommen."

Taron erwiderte ihren Blick. „Danke, Cara, dass du mir das jetzt sagst. Ich wäre immer bereit dafür."

Schon bei seiner Geburt war klar gewesen, dass er diese Aufgabe würde erfüllen müssen. Es war vorherbestimmt, denn er war schon mit grünen Augen zur Welt gekommen. Eine Hellseherin hatte sein Schicksal vorhergesehen.

Sie hatten es ihm gesagt, als er noch ein Kind war. Damals hatte er es nicht verstanden. Aber es war ihm immer und immer wieder vorgebetet worden. Dass es eine große Ehre war, dass er eines Tages ein Opfer für seine Leute bringen würde. Dass er dadurch zu einem Helden werden würde. Dass er stolz darauf sein sollte, dass er diese grünen Augen hatte.

Grün wie das Leben, wie die Kraft, die in allen Dingen schlummert. Eines Tages würde der Zeitpunkt kommen, wenn jemand aus seiner Gemeinschaft unheilbar, sterbenskrank wurde, leidend an einer seltenen Krankheit, bei der er immer blasser und schwächer wurde.

Das typische Merkmal dieser Krankheit war die Tatsache, dass die Iris des Kranken immer mehr ihre Farbe verlor, bis sie weiß war und dass dabei auch die Sehkraft nachließ.

Ohne eine Medizin war dieser Mensch verloren. Zum Glück gab es diese, aber sie war sehr selten, so selten wie die Krankheit selbst und sie war nur den Mitgliedern der Gemeinschaft vorbehalten. Es war die grüne Farbe der Iris eines anderen Menschen. Und dieser Mensch war Taron.

Wenn es so weit wäre, dann würde der Rat darüber entscheiden und es beschließen. Und Taron wusste, dass er dann bereit sein musste. Er würde gehorchen, so wie er es gelernt hatte und würde es tun.

Unter der Aufsicht seiner Tante oder einer anderen Heilerin würde er eine Droge zu sich nehmen, die ihm half, sich in einen bestimmten Zustand der Konzentration zu versetzen. Er würde dann das tun, was sie ihn gelehrt hatten. Und wenn der Zeitpunkt schließlich gekommen war, würde er die Farbe seiner Augen abscheiden, wie Tränen. Niemand sonst war dazu in der Lage. Und diese Substanz war kostbarer als Gold. Mit ihr konnte man diese Krankheit heilen. Sie war wie ein Elixier des Lebens selbst.

Es war eine große Ehre, Träger dieses Stoffes zu sein. Deswegen haderte er auch nicht mit dem Wissen, dass er damit sein eigenes Augenlicht riskierte.

***

Helena schaute sich ein letztes Mal um, als sie die Buche erreichte. Die Wagen und Zelte lagen scheinbar verlassen da. Sie versuchte sich vorzustellen, wie es hier am nächsten Morgen aussehen würde, wenn die bewaffneten Bürger mit Elion an der Spitze kamen, um alles zu durchsuchen. Sie hoffte nur inständig, dass sie tatsächlich nichts finden würden, wie Taron versprochen hatte. Wie schrecklich es wäre, wenn er verhaftet werden würde.

Schließlich kehrte sie dem Platz den Rücken und machte sich auf den Heimweg. Der Mantel war bereits völlig durchnässt. Sie spürte die kalte Feuchtigkeit in ihr Kleid dringen. Sie versuchte, so schnell zu gehen, wie sie konnte, um sich selbst zu wärmen. Der Matsch klebte an ihren Stiefeln. Sie fragte sich, wie sie ihren langen Spaziergang im Regen erklären sollte. Niemand würde ihr glauben, dass sie freiwillig so nass geworden war.

Zu ihrem Glück öffnete nur das Dienstmädchen die Tür und ließ sie herein. Im Flur und im Salon war niemand zu sehen. Helena drückte dem verdutzten Mädchen ihren nassen Mantel und die Schuhe in die Hand mit dem Befehl, sie trocken und sauber zurückzubringen und niemandem davon zu erzählen. Auf ihre Frage hin versicherte das Mädchen ihr, dass sie nicht vermisst worden war.

Dann verschwand sie eiligst die Treppe hinauf in ihr Zimmer, um sich dort in Ruhe umzuziehen. Zitternd schloss sie die Tür hinter sich und machte sich daran, die feuchte Kleidung von ihrer Haut zu pellen.

Ein Blick in den Spiegel zeigte ihr ein gerötetes Gesicht, an dem ihre Haare in feuchten Strähnen klebten. Sie fragte sich, ob sie schon so ausgesehen hatte, als sie bei Taron gewesen war.

Als sie sich umgezogen hatte, fror Helena immer noch. Deshalb legte sie sich ins Bett und zog die Decke hinauf bis ans Kinn. Den Blick zum Fenster gerichtet, vor dem immer noch der Regen fiel, dachte sie an Taron. Sie musste ihn unbedingt wiedersehen.

***

Früh am nächsten Morgen ging Taron sofort hinüber in das Zelt, das für die Kranken bereitgestellt worden war. Er hatte in der Nacht lange wach gelegen und darüber nachgedacht, was passieren würde, wenn Dora tatsächlich die Bleiche hätte.

Er hatte eine ähnliche Situation schon einmal erlebt, als sein Onkel schwer an der Bleiche erkrankt war. Auch damals war erwogen worden, ihn zu retten. Dies war immer eine heikle Entscheidung, bei der viele Dinge abgewogen werden mussten. Schließlich gab es diese Möglichkeit, jemanden vor dem Tod zu retten, nur ein einziges Mal. Zum Glück hatte sich sein Onkel letztendlich von allein wieder erholt.

Damals hatte Taron überlegt, wie es wäre, sich dieser Prozedur zu verweigern. Doch seine Fantasie reichte aus, um sich die Konsequenzen vorzustellen. Inzwischen hatte Taron akzeptiert, dass es irgendwann so kommen würde und dass er dann bereit sein musste.

Möglichst leise betrat er das Zelt. Drinnen lagen in mehreren schmalen Betten drei Kinder und zwei Erwachsene. Dazwischen sah er Cara, die auf einem Stuhl eingeschlafen war.

Als er sich näherte, erwachte sie. Mit einem Ruck hob sie den Kopf und blinzelte ihn an. „Oh, Taron, bist du das?" Sie rieb sich die Augen. Ihre sonst so ordentlich aufgesteckten Haare wirkten zerzaust.

„Ich wollte sehen, wie es Dora geht", flüsterte Taron. „Weißt du, ob …" Sein Blick glitt zu dem Bett direkt neben ihm, in dem Dora lag, die Augen in dem blassen, schmalen Gesicht fest geschlossen.

Er konnte den Satz nicht zu Ende bringen, aber Cara wusste trotzdem, was er meinte. „Nein, Taron, zum Glück hat sich mein Verdacht nicht bestätigt. Das Fieber ist in den Morgenstunden deutlich gesunken. Sie war vorhin sogar kurz wach und hat etwas getrunken. Dabei habe ich ihre

Augen untersucht. Sie sind nicht heller geworden." Cara lächelte müde. „Es ist nicht die Bleiche. Sie wird wieder gesund."

Taron atmete erleichtert aus. „Da bin ich aber froh, wirklich froh." Der Rat würde keinen Beschluss fassen müssen. „Und die anderen?"

„Sind auch auf dem Weg der Besserung, denke ich. Es wird noch ein wenig Zeit brauchen, aber sie werden bald wieder auf den Beinen sein."

„Dank deiner Medizin", lächelte Taron, seine Tante winkte jedoch bescheiden ab.

„Ich kann immer nur versuchen zu helfen und dankbar sein, wenn es gelingt."

***

Die Sonne war über dem Fluss aufgegangen, als die Bürgerwehr den Fahrweg hinuntermarschiert kam. Die Soldaten aus der Stadt wurden schon erwartet.

Taron stand an den Stufen zum Wagen seiner Familie und beobachtete, wie die zwanzig uniformierten und bewaffneten Männer auf der Wiese Aufstellung nahmen. Ihre blank polierten Helme und Waffen glänzten im Morgenlicht. Überall kamen Menschen aus den Wagen heraus und beobachteten schweigend den Aufmarsch.

Der Kommandant der Truppe baute sich in der Mitte des Platzes auf. Er war ein wenig älter als Taron, groß gewachsen und von massiger Statur. Sein rundliches Gesicht wurde von einem stattlichen, schwarzen Schnurrbart beherrscht.

Die stahlblauen Augen schweiften herrisch über das Gelände, bevor er mit scharfer Stimme verkündete: „Die Bürgerwehr der Stadt Flussau ist vom Stadtrat dazu beauftragt worden, dieses Lager auf Geld, Wertgegenstände und anderes Diebesgut hin zu durchsuchen. Es besteht der Verdacht, dass ein oder mehrere Bewohner dieser Stätte hier …", er schien die Nase zu rümpfen, „… an Raubzügen und Diebstählen in der Gegend beteiligt gewesen sind."

Taron überlegte unwillkürlich, ob Helena vielleicht doch – freiwillig oder unfreiwillig – der Grund für diese Durchsuchung war. Aber nein, sie hatte es abgestritten, und er glaubte ihr. Das, was dieser Kommandant dort von sich gab, war nur eine Behauptung, mehr nicht.

„Wenn dies der Fall ist, werden wir die Täter verhaften. Niemand darf das Lager mehr verlassen. Meinen Befehlen ist Folge zu leisten. Wer sich widersetzt oder versucht zu fliehen, wird verhaftet. Was wir an Diebesgut finden, wird beschlagnahmt."

„Das ist Schikane! Wir haben nichts getan!", rief irgendjemand aus dem Hintergrund.

„Ihr wollt uns was anhängen!", kam es aus der gleichen Richtung.

Der Kommandant fuhr herum. „Noch ein Wort, und ihr werdet verhaftet!", bellte er und ließ den Blick herausfordernd über die Anwesenden gleiten. Als es still blieb, nickte er befriedigt.

Auf seinen Befehl hin teilten sich jetzt die Soldaten auf und begannen mit der Durchsuchung. Taron beobachtete mit verschränkten Armen, wie zwei von ihnen auf ihn zukamen. Er warf ihnen einen finsteren Blick zu, als sie an ihm vorbei zu den Stufen gingen, die hinauf in den Wagen führten.

***

Eigentlich hatte Helena beabsichtigt, am nächsten Morgen früh aufzustehen, um zu beobachten, wie die Bürgerwehr zum Lager am Fluss aufbrach, aber sie war mit Kopfschmerzen aufgewacht und fühlte sich erschöpft. Das mochte daran liegen, dass sie die halbe Nacht nicht geschlafen hatte.

Sie ließ sich das Frühstück auf ihr Zimmer bringen und entschuldigte sich bei ihrem Vater und ihrer Schwester. Als Aristoteles vom Rathaus zurückkehrte, war sie jedoch angezogen und ging gleich zu ihm hinunter in den Salon.

Er begrüßte sie und erkundigte sich nach ihrem Befinden. Dann erzählte er, was vorgefallen war.

Die Bürgerwehr war wie geplant losmarschiert. Sie hatten den gesamten Platz am Fluss abgesperrt, damit sich niemand fortschleichen konnte und dann damit begonnen, alle Personen und die Wagen zu durchsuchen. Niemand hatte Widerstand geleistet.

Aristoteles klang fast ein wenig enttäuscht. Alles war nach Aussage von Elion Krausenstern geordnet und zügig durchgeführt worden.

„Und? Haben sie etwas gefunden?", wollte Helena wissen.

Aristoteles ging zur Anrichte hinüber und goss sich Wasser in ein Glas. „Nein, haben sie nicht. Keine einzige Goldmünze." Er gestikulierte mit der Karaffe. „Es war, als hätten sie gewusst, dass wir kommen. Niemand schien offenbar so richtig überrascht zu sein."

Helena beschloss, diesen Gedanken besser unkommentiert zu lassen. „Also haben diese Leute nichts mit den Überfällen zu tun."

„Oder sie haben es zumindest gut zu verbergen gewusst." Aristoteles trank einen Schluck. „Jedenfalls gelten sie als unschuldig. Sie werden bleiben dürfen. Aber auf dem Marktplatz treten sie nicht mehr auf, dafür hat der Stadtrat gesorgt. Also sind wir sie sicherlich bald los."

Helena hoffte, dass dies nicht allzu schnell der Fall sein würde.

***

Nach dem Mittagessen bot sich Helena eine Gelegenheit, das Haus unbeobachtet zu verlassen. Ihre Schritte führten sie zum Marktplatz. Dort angekommen, konnte sie sofort sehen, dass die Befehle des Stadtrates schon in die Tat umgesetzt wurden.

Mehrere Männer und Frauen waren damit beschäftigt, die Bühne und die Zelte abzubauen und zu verpacken, aufmerksam beobachtet von zwei uniformierten Mitgliedern der Bürgerwehr, die ein Stück abseits standen.

Helena ließ den Blick über die Szene gleiten, auf der Suche nach Taron, während sie sich langsam näherte. Sie überlegte, ob sie jemanden ansprechen sollte, aber das hätte die zwei Soldaten misstrauisch gemacht. Also begann sie, die Bühne langsam zu umrunden, um den Bereich dahinter überblicken zu können. Tatsächlich war dort Taron gerade damit beschäftigt, zusammen mit der Wahrsagerin und zwei jungen Männern eines der Zelte abzubauen.

Die Frau bemerkte Helena zuerst. Sie runzelte verärgert die Stirn, beugte sich jedoch einen Moment später zu Taron und sprach ihm etwas ins Ohr. Sein Kopf hob sich, und er schaute zu ihr hinüber.

Sie konnte seinen Blick nicht genau deuten. Er wirkte angespannt. Sein Gesichtsausdruck war hart, der Mund zu einer schmalen Linie zusammengekniffen. Er schüttelte den Kopf, ob an die Wahrsagerin oder Helena gerichtet, konnte sie nicht ausmachen. Jedenfalls machte er keine Anstalten, zu ihr zu gehen.

Einen Moment stand Helena unschlüssig da. Einfach wieder zu gehen, kam für sie nicht in Frage. Sie wollte mit Taron sprechen, wollte von ihm wissen, wie es ihm ergangen war.

Er dagegen schien nicht wirklich bereit zu sein, ihr entgegenzukommen. Helena sah sich verstohlen um, ob sie jemand beobachtete. Langsam wurde es auffällig, dass sie so herumstand.

Schließlich atmete sie tief durch und ging auf Taron zu, der gerade ein paar Schritte von den anderen entfernt damit beschäftigt war, einige Stäbe zusammenzubinden. Er richtete sich auf, sobald er sie bemerkte, und schaute sie mit seinen durchdringend grünen Augen abwartend an.

Er konnte jetzt nicht mit Helena sprechen. Seine Schwester beobachtete ihn.

Nach dem, was an diesem Morgen am Fluss passiert war, konnte er sich nicht vor aller Augen mit einem Fräulein aus der Stadt unterhalten. Das wäre wie ein Verrat.

Als Helena nah genug war, sagte sie halblaut: „Ich wollte dich wiedersehen …"

Wieder schüttelte er den Kopf und sah zu seiner Schwester hinüber. „Es geht jetzt nicht, Helena. Bei uns ist niemand gut auf euch zu sprechen."

Helena holte Luft, um etwas zu entgegnen, aber er schnitt ihr das Wort ab.

„In einer halben Stunde, in der Gasse hinter dem Rathaus."

Er würde einen Augenblick abpassen, an dem er unbemerkt verschwinden konnte.

Helena nickte leicht. Offenbar war es am Morgen nicht so glatt gelaufen, wie ihr Vater ihr erzählt hatte. Aber das war nicht ihre Schuld. Sie hatte versucht, Schlimmeres zu verhindern.

Als Helena sich zum Gehen wandte, bemerkte sie, dass die zwei Soldaten der Bürgerwehr inzwischen nicht mehr allein waren, sondern Gesellschaft bekommen hatten. Es war Elion Krausenstern, der sich da mit den beiden Männern unterhielt und ihr dabei den Rücken zuwandte.

Helena setzte sich sofort in Bewegung, in der Hoffnung, dass er sie bisher noch nicht bemerkt hätte. Sie hatte jedoch nur wenige Schritte zurückgelegt, als sie seine Stimme hörte.

„Guten Tag, Fräulein Helena!" Als guter Freund der Familie durfte er sie bei Ihrem Vornamen ansprechen.

Sie drehte sich zu ihm um und setzte ein überraschtes Lächeln auf. „Herr Elion! Guten Tag! Entschuldigen Sie! Ich hatte Sie gar nicht bemerkt!" Sie näherte sich ihm, während auch er mit einem Lächeln auf sie zusteuerte, den Zylinder vom Kopf zog und ihr die Hand reichte. Er trug heute wieder einen perfekt geschnittenen Anzug, mit gestreifter Weste und einem makellos gebundenen, weißen Halstuch.

„Wie schön, dass wir uns hier so zufällig treffen." Er wollte ihre Finger kaum loslassen. „Noch gestern dachte ich an Sie und dass wir uns schon so lange nicht mehr begegnet sind." Sein Blick glitt kurz an Helena vorbei zu dem Platz hinter ihr. „Kann ich Ihnen vielleicht behilflich sein?"

Helena zog verwundert die Augenbrauen hoch. „Wobei, bitte?"

Elion Krausenstern runzelte die Stirn. „Nun, ich hatte vorhin zufällig bemerkt, dass Sie sich mit einem von diesen Vagabunden unterhielten und ihn etwas zu fragen schienen."

Helena drehte sich unwillkürlich um und sah, dass Taron inzwischen verschwunden war.

„Wenn Sie etwas wissen wollen, dann wenden Sie sich ruhig an mich. Ich kann Ihnen über alles Auskunft geben, was dieses Gesindel angeht.

Heute Morgen erst war ich mit meiner Truppe bei ihrem Lagerplatz draußen am Fluss. Sie wissen sicherlich durch Ihren geschätzten Herrn Vater, dass der Stadtrat der Bürgerwehr den Befehl erteilt hatte, sie zu durchsuchen." Helena nickte. „Wussten Sie übrigens schon, dass ich zum Kommandanten unserer Bürgerwehr befördert worden bin?" Er zog sich seine Uniform zurecht.

Helena lächelte pflichtschuldigst. „Oh, ja, herzlichen Glückwunsch! Das ist ein verantwortungsvoller Posten. Ich bin sicher, Sie werden ihre neue Aufgabe mit Bravour erfüllen." Herr Krausenstern nahm die Gratulation mit einem warmen Lächeln entgegen. „Wie ist denn die Durchsuchung heute Morgen verlaufen? Haben Sie etwas gefunden?"

Er zwirbelte mit wichtiger Miene seinen Schnurrbart. „Nun, ich muss sagen, es war ein schwieriges Unterfangen, das meine Männer jedoch tadellos gemeistert haben." Er räusperte sich. „Ich hatte es von Anfang an gesagt: Man muss vorsichtig sein bei diesen Leuten. Sie wollen einen hinters Licht führen, wo sie nur können. Man muss einfach hart und konsequent durchgreifen. Das ist die einzige Sprache, die sie verstehen."

„Aber Sie haben nichts gefunden?"

Sein Gesichtsausdruck wurde düster, während er noch einmal zu den Schaustellern hinüberschaute. „Nein, Beweise haben wir nicht gefunden, aber das soll ja nichts bedeuten. Sie können sie versteckt oder bereits weiterverkauft haben. Zumindest dürfen sie jetzt nicht mehr hier auftreten. Es ist auf jeden Fall besser, wenn dieses diebische Pack endlich weg ist."

Helena musste an Taron denken. Pack.

„Was wollten Sie denn von diesem Kerl da wissen?", fuhr nun der Kommandant fort. „Oder hat er sie etwa belästigt?"

Helena schüttelte lächelnd den Kopf. „Ach, nein, es war nichts. Ich habe nur neulich einen Handschuh verloren und wollte wissen, ob er gefunden worden ist."

Ihr Gegenüber lachte auf. „Selbst, wenn er ihn gefunden hätte. Sie würden den Handschuh nie wiedersehen."

Helena presste die Lippen aufeinander, um nichts zu antworten. In diesem Moment schlug die Turmglocke die Stunde. Helena nutzte die Gelegenheit, um scheinbar überrascht zusammenzufahren.

„Oh, ist es tatsächlich schon so spät? Es tut mir furchtbar leid, Herr Elion. Ich muss Sie leider verlassen." Sie reichte ihm die Hand, die er sofort ergriff. „Ich hoffe, Sie bald einmal wieder im Haus meines Vaters begrüßen zu dürfen? Er würde sich sicherlich sehr darüber freuen."

Elions Gesicht leuchtete auf. „Vielen Dank, Fräulein Helena, für diese Einladung. Ich werde Sie gern ganz bald einmal besuchen, wenn ich darf. Ich freue mich schon darauf."

Helena verabschiedete sich eilig und verließ den Marktplatz. Als sie sich nach einer Weile umdrehte, hatte sich auch Elion entfernt. Von Taron keine Spur.   ***

Eine halbe Stunde später bog Helena hinter dem Rathaus ab in die dunkle Gasse, die sich dort zwischen zwei Fachwerkhäusern auftat, und die so eng war, dass sich die Dächer über ihr zu berühren schienen. Nur wenig Sonnenlicht drang hier herein. Helena bemerkte Taron erst, als er sich von der Hauswand löste, an die er sich gelehnt hatte, und auf sie zukam.

„Hallo Helena." Selbst in dem Dämmerlicht sah sie hinreißend aus. Es war ihm egal, was Suri sagte und was die anderen über die Bürger dieser Stadt dachten. Er hatte sich in diese Frau verliebt. Es gab da kein Zurück.

„Hallo Taron." Ihre Stimme hallte seltsam wider. „Ich wollte dich fragen, wie es heute Morgen gelaufen ist." Sie blieb ein wenig unschlüssig stehen.

„Heute Morgen?"

Bei der Erinnerung daran traten ihm sofort wieder die Bilder vor Augen: wie die Soldaten den Wagen seiner Familie durchsuchten, alles aus den Kisten und Schubladen herausrissen und auf dem Boden verstreuten. Er hörte wieder das Klirren der Vase, als sie zerbrach, die anfeuernden Befehle dieses widerlichen Kommandanten, der vor ihnen auf den Boden gespuckt hatte. Er sah seine kleine Schwester, Romy, die sich von einem dicken, schwitzenden Soldaten befummeln lassen musste, angeblich, um sie zu durchsuchen.

Helena spürte, wie distanziert er war. Es war, als stände etwas zwischen ihnen, wie eine Mauer. Sie wusste, dass es nicht ihre Schuld war, aber es schmerzte sie, dass sich die Nähe zwischen ihnen so schnell wieder verflüchtigte.

Taron atmete tief ein und zog die Schultern hoch.

„Oh, sie haben nichts gefunden", sagte er lakonisch. „Aber ihren Spaß haben sie wohl trotzdem gehabt."

„Wie meinst du das?"

„Na ja, wenn man Spaß daran hat, die Sachen anderer Leute zu durchwühlen."

Aus Elions Mund hatte das ganz anders geklungen. Unerklärlicherweise fühlte sich Helena durch Tarons Worte angegriffen. Diese Bürgerwehr war auch von ihrem Vater geschickt worden, und Elion Krausenstern war ein ehrenwerter, pflichtgetreuer Mann.

„Die Bürgerwehr hat nur den Auftrag des Stadtrates erfüllt." Es war sicherlich alles mit rechten Dingen zugegangen.

Taron zuckte die Schultern. Er wollte keinen Streit anfangen. Vielleicht würde er es ihr später einmal erklären, damit sie es verstand.

„Ja, ja, so heißt das immer." Er steckte die Hände in die Hosentaschen.

Helena versuchte, ihre Verärgerung herunterzuschlucken. Sie war nicht hier, um sich mit Taron zu streiten. Er verstand einfach nicht, wie die Dinge in dieser Stadt gehandhabt wurden. Sie hatten ihre Regeln und Gesetze, diese wurden durchgesetzt und das war gut so.

„Jedenfalls haben wir jetzt hier abgebaut. Wir warten noch, bis wieder alle gesund sind, und dann ziehen wir weiter."

Dieser Gedanke quälte sie. „Müsst ihr denn wirklich immer herumziehen? Warum lasst ihr euch nicht einfach irgendwo nieder und bleibt da?"

Taron dachte daran, dass er immer davon geträumt hatte, irgendwo sesshaft zu werden. Das wäre ein völlig anderes Leben. Aber das kostete Geld. Geld, das sie nicht hatten.

Außerdem widersprach es der Tradition. Seine Familie und die Generationen vor ihr waren immer herumgezogen. Dies war ihr Schicksal. Sie waren überall zu Hause und nirgends.

„Das geht nicht. Wir haben es schon immer so gemacht und werden es auch immer so machen. Das ist nun mal unser Leben."

„Aber wäre es nicht auch schön, sich niederzulassen, an einem Ort Wurzeln zu schlagen? Muss man nicht irgendwo dazugehören?" Sie konnte nicht verstehen, warum man so eine Stadt wie die ihre hier verlassen sollte. Sie liebte ihre Familie, ihre Freundinnen, die Landschaft, ihre Heimat.

„Wir können nicht dazugehören." Wieder dachte er an den Morgen. Wie sollte man zu diesen Menschen gehören wollen? „Wir haben unser eigenes Leben. Wir … sind eben einfach anders."

„Anders?" wiederholte Helena. „Weil ihr Kunststücke aufführt und den Leuten vorgaukelt, ihr könntet in die Zukunft schauen?" Er nahm sich doch sehr wichtig.

Seine Schwester? Das war wohl tatsächlich die Wahrsagerin gewesen, die sich so seltsam benommen hatte und die vorhin mit ihm das Zelt abgebaut hatte. Ob sie wirklich in die Zukunft gesehen hatte?

Helena ließ sich nicht so leicht beeindrucken. Sie konnte sich einfach nicht vorstellen, dass diese Leute etwas besser konnten, als ihre Mitbürger in der Stadt.

„Und? Was kannst du?" Sie wollte ihn ein wenig provozieren.

Er hörte den abfälligen Ton in ihrer Stimme. Was das anging war sie doch wie alle anderen. Er hätte das auf sich beruhen lassen können, aber plötzlich wollte er sie überzeugen, sie beeindrucken.

„Meine Schwester kann tatsächlich die Zukunft voraussehen, ob du es glaubst oder nicht. Aber sie macht es nur selten und nicht für jeden.

Wir alle haben besondere Fähigkeiten, die du dir vielleicht nicht so vorstellen kannst.

Manche, wie meine Tante, kennen sich mit der Heilung von Krankheiten aus, besser als so mancher Arzt. Sie kennen Kräuter und Heilpflanzen, aus denen sie Medizin herstellen können. Andere sind eben begabte Artisten oder Handwerker."

„Ich kann Blumen herzaubern." Er grinste sie an, wurde aber gleich wieder ernst. „Ich bin ein ganz passabler Tischler. Ich repariere und baue Möbel und so weiter. Ansonsten helfe ich aus, wo es nötig ist.

Manchmal sehe ich ein wenig von der Zukunft, aber nicht so gut wie meine Schwester. Es sind eher kurze Bilder.

Helena beobachtete Taron im Dämmerlicht der Gasse. Plötzlich hatte sie eine Ahnung davon, wie anders dieser Mann war, sein Leben, seine Geschichte. Das faszinierte und beunruhigte sie gleichzeitig. Hier war ein Mensch, den sie nicht so leicht beeinflussen oder nach ihren Wünschen manipulieren konnte. Er entzog sich ihr.

Und dann habe ich noch eine Fähigkeit geerbt, die sehr selten ist."

Er durfte ihr davon nichts erzählen, das wusste er sehr genau. Es war ein absolutes Geheimnis. Niemand wusste davon. Dies Geheimnis hatte ihn immer von allen anderen Menschen getrennt.

Aber war es nicht auch eine Erleichterung, dass sie noch nie davon gehört hatte? Für sie war er ein ganz normaler Mann.

„Was meinst du? Was für eine Fähigkeit?"

Er schüttelte den Kopf. „Ich kann es dir nicht sagen."

„Dann schwindelst du mich an." Sie wollte ausprobieren, ob sie ihn nicht doch ein wenig manipulieren konnte.

Taron wusste, dass sie versuchte, ihn zu reizen, damit er weitersprach, aber er konnte diese Schwelle einfach nicht überschreiten.

„Das würde ich nicht tun", antwortete er nur und versuchte das Thema zu wechseln.

„Ich muss langsam zurück. Wollen wir uns nachher noch einmal am See treffen?"

Sie musste zugeben, dass es nicht funktionierte. Vielleicht würde sie später noch einmal versuchen, dieses Geheimnis aus ihm herauszukitzeln.

„Heute Nachmittag haben wir Besuch. Da muss ich anwesend sein. Aber heute Abend könnte ich es noch einmal versuchen, auch wenn ich es nicht versprechen kann."

Sie lächelte kokett. Sie wusste nicht, wie lange die Gäste bleiben würden, aber sie wollte ihn auch ein wenig zappeln lassen. Sich rar zu machen, erhöhte die Anziehungskraft.

Er hatte schon fast erwartet, dass sie Nein sagen würde.

Helena schenkte ihm ein Lächeln. Irgendwie ahnte sie, dass er in sie verliebt war. Und sie stellte sich vor, wie viel er für sie zu tun bereit wäre.

„Dann werde ich heute Abend am See auf dich warten." Er nahm ihre Hand und widerstand mit Mühe dem Impuls, einen echten Kuss darauf zu drücken. Er war sich einfach nicht sicher, wie sie darauf reagieren würde.

***

SECHS

„Noch etwas Kaffee?"

Helena winkte dem Dienstmädchen, damit es den Damen nachschenkte, während sich ihr Vater weiter mit dem älteren Herrn unterhielt, der ihm gegenüber am Kaffeetisch saß.

Prof. Dr. Hohentraun wohnte mit seiner Familie zwar in der Hauptstadt, reiste jedoch regelmäßig zu seiner Verwandtschaft nach Flussau und ließ es sich bei dieser Gelegenheit nur selten nehmen, auch seinem alten Freund Aristoteles und dessen Töchtern einen Besuch abzustatten. Überraschend hatte sich heute zudem noch ihr guter Bekannter Elion Krausenstern hinzugesellt, den sie auf der Straße getroffen hatten.

Beim Eintreten hatte er Helenas Hand geküsst und auch sonst keinen Hehl daraus gemacht, dass er vor allem ihretwegen gekommen war.

„Wie glücklich ich mich schätzen kann, Sie schon so bald wiederzusehen, verehrte Helena", hatte er gemurmelt.

Aristoteles schaute wohlgefällig zu. Helena hatte versucht, sich am Tisch möglichst weit von Elion entfernt zu setzen, aber ihr Vater war eingeschritten und hatte sie direkt neben ihm platziert.

Zunächst hatte Prof. Dr. Hohentraun den Anwesenden am Tisch von seiner Arbeit berichtet. Er war ein älterer, hagerer Herr mit gepflegten Koteletten und wachen, blauen Augen hinter einer Nickelbrille. Als ein hoch angesehenes Mitglied der Universität von Herrscherau hielt er dort Vorlesungen für seine Studenten und forschte im Bereich der Medizin. Es gab viel Unterhaltsames und Interessantes aus der Wissenschaft zu berichten, und Prof. Hohentraun konnte lebhaft erzählen.

Schließlich wandte sich das Gespräch jedoch auch anderen Themen zu. Frau Hohentraun, die Helena gegenübersaß, richtete ihr Wort an

Elion, während sie eifrig in ihrer Tasse rührte. „Sagen Sie, Herr Krausenstern, gibt es Neuigkeiten aus dem Palast? Ich weiß doch, dass Sie gute Verbindungen nach ganz oben haben! Wie geht es der Königin?"

Elion lächelte geschmeichelt. „Das stimmt, ich kann mich glücklich schätzen, immer die neuesten Nachrichten vom Hofe zu erhalten, sogar noch bevor sie an die Zeitung gegeben werden. Man hat so seine Beziehungen." Er räusperte sich mit wichtiger Miene. „Was die Gesundheit unserer geliebten und hochverehrten Königin angeht, lässt sich leider nichts Gutes vermelden. Ihr Zustand hat sich nicht verbessert. Es wird berichtet, dass sie immer blasser und schwächer geworden sei. Schon ihre Mutter war davon befallen. Sie ist jung gestorben. Die Königin soll so geschwächt sein, dass sie nicht mehr das Bett verlassen kann.

In der Tat ist ihr Zustand so schlecht, dass der König offenbar alle Hoffnung aufgegeben hat. Er möchte seine Gattin nur noch mit Geschenken und schönen Gesten erfreuen, um ihr die letzten Tage ihres allzu kurzen Lebens zu verschönern.

Wie ich aus sicherer Quelle erfahren habe, hat er den Wunsch geäußert, dass zwanzig junge Menschen im Land ausgewählt werden sollen – echte Patrioten, die unser Königshaus aus ganzem Herzen lieben und zu jedem Opfer bereit wären – um der Königin Gesellschaft zu leisten, sie zu trösten und zu unterhalten. Sie sollen besonders schöne grüne Augen, ein liebevoll sanftes, hingebungsvolles Wesen und eine herausragende Gabe haben, wie zum Beispiel eine schöne Stimme.

Ihre einzige Aufgabe soll sein, der Königin ihre letzten Tage hier auf Erden so schön und erträglich wie nur möglich zu machen. Als Dank für ihren Einsatz winkt ihnen das Angebot einer dauerhaften Anstellung im Palast, auch über diese unmittelbare Aufgabe hinaus."

Helena starrte in ihre Tasse. „Was für ein seltsamer Wunsch …"

Elion rümpfte darüber missbilligend die Nase. „Was König Leonidas wünscht, ist zu tun, egal wie seltsam es klingen mag."

„Jeder wird versuchen, dem Wunsch des Königs zu entsprechen", beschwichtigte ihn Helena. Ihr kam der Gedanke, dass sie selbst sich auch bewerben könnte. Sie war doch sicherlich hübsch genug, konnte gut singen und Klavierspielen, und schöne, grüne Augen hatte sie auch …

Frau Hohentraun schien den gleichen Gedanken zu hegen. „Wie wäre es mit Ihnen, Fräulein Greizenich? Wollen Sie sich nicht auch für diese besondere Aufgabe zur Verfügung stellen?"

Elion war sofort Feuer und Flamme. „Oh, aber ja! Ich bin sicher, dass Sie alle Voraussetzungen erfüllen würden. Sie sind nicht nur hübsch, sondern sogar schön von Gesicht und Gestalt, begabt, gefühlvoll …" Helena sah, wie das Begehren in seinen Augen glitzerte.

Ihr Vater hatte der Unterhaltung zugehört und schaltete sich jetzt ein. „In der Tat, absolut. Helena ist ganz ausgezeichnet geeignet für diese Aufgabe. Du solltest dich unbedingt melden, Kind!"

Ihr Blick blieb an ihrer Schwester hängen, die aufmunternd lächelte, auch wenn sie ihren Neid nicht ganz verhehlen konnte. Für sie kam diese Einladung nicht in Frage. Sie hatte blaue Augen.

Helena trank einen Schluck Kaffee. Vielleicht war dies tatsächlich ein Wink des Schicksals. Hatte sie nicht schon immer davon geträumt, einmal in den Palast eingeladen zu werden? Diese Sache konnte die Eintrittskarte für sie sein. Und nach Elions Aussage winkte sogar eine Anstellung! Sie würde Zugang zu dem innersten Kreis des Königshauses erlangen! Und auch wenn der Anlass traurig genug war: Vielleicht ergab sich daraus wirklich die Chance auf eine Karriere am Hof, die Gelegenheit, von der sie ihr halbes Leben geträumt hatte!

Je länger Helena darüber nachdachte, desto mehr war sie von diesem Gedanken begeistert. Hier bot sich endlich eine Möglichkeit, ihrem Traum ein ganzes Stück näher zu kommen und gleichzeitig die Leere zu füllen, die sie immer verspürte. Sie wollte ihrem Leben eine Bedeutung, eine Richtung und einen Sinn geben, der aus mehr bestand, als auf einen Mann zu warten. War dies nicht ein wunderbarer Weg, genau dies zu erreichen?

***

Nach dem Kaffee ergab es sich, dass die Familien noch ein wenig spazieren gehen und das angenehme Wetter genießen wollten. Helena entschuldigte sich jedoch unter dem Vorwand, mit ihrer Cousine Ariadne verabredet zu sein.

Auf dem Weg zu ihr kreisten ihre Gedanken immer noch um das, was Elion erzählt hatte. Zunächst war es nur eine Idee gewesen, sich für den Palast zu melden. Aber nun war ihre Entscheidung gefallen. Sobald der Aufruf erfolgte, würde sie sich bewerben.

Bei Ariadnes Haus angekommen, führte das Dienstmädchen sie in den geräumigen Salon, wo ihre Freundin ihr entgegenkam.

„Wie schön, dass du mich besuchen kommst!" Sie streckte Helena beide Hände entgegen und zog sie auf das Sofa. „Gibt es etwas Neues?"

Helena berichtete ihr alles, was sie von Elion gehört hatte. Ihre Cousine lauschte atemlos.

„Schade, dass ich keine grünen Augen habe. Sonst hätte ich mich sofort beworben. Aber du! Du kannst gehen!" Sie klatschte in die Hände. „Das ist doch eine einmalige Gelegenheit! Du – im Palast!"

Helena nickte lachend. „Ja, ich muss schon sagen. Es wäre die Chance meines Lebens. Aber ich weiß natürlich noch nicht, ob sie mich überhaupt nehmen."

„Natürlich werden sie dich nehmen, das ist doch klar!" Sie stieß ihrer Cousine den Ellenbogen in die Seite. „Was für eine aufregende Sache. Und dann hast du es auch noch von Elion gehört! Sei ehrlich! Ist da etwas zwischen euch beiden?"

Helena riss erschrocken die Augen auf. „Nein, auf keinen Fall! Ich weiß, dass mein Vater es gern sehen würde, aber ich hege absolut keine Gefühle für diesen Mann."

Ariadne war davon unbeeindruckt. „Pah! Man muss ja auch nicht verliebt sein, wenn man heiratet. Andere Gründe spielen schließlich auch eine Rolle."

Helena schaute ihre Cousine entgeistert an. „Meinst du das ernst? Liebst du Philemon etwa nicht?"

Ariadne lachte angesichts des Entsetzens von Helena. „Doch, natürlich liebe ich ihn. Ich meine ja nur, dass ich ihn auch heiraten würde, wenn ich ihn nicht lieben würde. Jetzt schau doch nicht so entsetzt!" Sie lehnte sich zurück. „Entscheidend ist doch, ob er vermögend genug ist, gebildet, anständig, einigermaßen ansehnlich. Der Rest kommt von allein."

Helena schüttelte fassungslos den Kopf, doch Ariadne fuhr fort: „Welche anderen Möglichkeiten habe ich denn? Meine Eltern wollen, dass ich abgesichert bin, und ich will nicht als arme, alte Jungfer enden. Du kannst versuchen, dich am königlichen Hof beliebt zu machen, aber letztendlich wirst du dann auch nur jemanden heiraten, der dir genug Sicherheit und ein angenehmes Leben bietet."

Helena ließ sich davon nicht überzeugen. „Ich will einmal aus Liebe heiraten. Nichts sonst."

Jetzt richtete sich Ariadne mit neu erwachtem Interesse auf. „Hast du da etwa jemanden im Blick? Ja? Sag schon! Hast du dich verliebt? Willst du deswegen nichts von Herrn Krausenstern wissen?"

Sofort stand Taron vor Helenas inneren Auge. Sie wusste noch nicht so recht, ob sie sich in ihn verlieben könnte, aber da war etwas zwischen ihnen, das war sicher. Im gleichen Augenblick wurde ihr aber klar, dass sie ihn nicht erwähnen konnte. Sie durfte nicht einmal seinen Namen nennen.

Ariadne hatte Lunte gerochen. „Ich sehe doch, dass da jemand ist! Warum hast du mir nichts davon erzählt? Sag! Wer ist es? Kenne ich ihn?" Sie fasste Helenas Hand, doch die versuchte, sich zu entziehen.

„Nein, Unsinn, da ist niemand. Ich bin nicht verliebt. Ich habe das nur allgemein gesagt."

„Das glaube ich dir nicht!"

„Es ist aber so! Da ist nichts!"

Ariadnes Enttäuschung war ihr anzusehen. „Wie schade … Das hätte ich gern als erste erfahren." Sie lachte. „Aber ich werde dich im Auge behalten."

Helena lachte ebenfalls. Im Innern jedoch spürte sie einen Stich, als sie erkannte, dass sie Taron verleugnet hatte. Wenn sie in Elion verliebt gewesen wäre, dann hätte sie es wahrscheinlich erzählt und danach lang und breit mit Ariadne über ihn getratscht. Aber Taron? Wie hätte Ariadne reagiert, wenn sie von ihm erfahren hätte? Hätte sie die Nase gerümpft? Hätte sie versucht, ihn Helena auszureden, weil er eine unvorteilhafte Verbindung darstellte?

Mit Sicherheit hätte sie sich nicht einfach nur für Helena gefreut. Stattdessen hätte Helena Spott und Unverständnis geerntet, dass sie sich mit so einem Landstreicher abgab.

Helena versuchte, das Gespräch wieder zurück auf die Bewerbung am Hofe zu lenken. „Das wird dir schwerfallen, wenn ich tatsächlich in den Palast eingeladen werde. Ich werde dann erst einmal eine Weile weg sein."

Ariadne seufzte theatralisch. „Ja, du wirst ein richtiges Abenteuer erleben, und ich bleibe hier allein zurück. Aber wenigstens musst du mir später alles erzählen!"

Sie hakte sich bei ihrer Cousine unter und drückte sie an sich.

„Erst einmal muss ich dort hinkommen", gab Helena lachend zu bedenken.

„Das wird schon!"

***

Schon bald verabschiedete sich Helena von Ariadne, um Taron am See zu treffen. Sie hob blinzelnd den Kopf, als sie das Haus verließ. Die niedrigstehende Sonne schien warm von einem strahlend blauen Himmel und tauchte die Natur in einen goldenen Schein.

Es war ein herrlicher Sommerabend, den viele Bürger der Stadt noch bei einem Spaziergang genießen wollten. Auf den Straßen und in den Parks der Stadt herrschte lebhafter Betrieb.

Helenas Herz klopfte, als sie sich der Kapelle näherte. Sofort schaute sie sich suchend um. Auf dem großen Steg stand ein Ehepaar und sah seinen zwei Kindern dabei zu, wie sie Steine ins Wasser warfen. Zwei Frauen gingen Arm in Arm auf dem Uferweg spazieren. Hinter ihnen machte Helena eine einzelne Gestalt aus, bei der es sich um Taron handelte. Sie hielt auf ihn zu.

Sobald auch er sie bemerkt hatte, bog er auf einen kleinen, kaum genutzten Steg ab, der so in den See hineinführte, dass er auf den Seiten von hohem Schilf umgeben war. Als Helena die Stelle erreicht hatte, sah sie, dass er neben einer Bank am Ende des Steges stand und dort auf sie wartetet.

„Hallo!", sagte sie atemlos, als sie ihn erreicht hatte.

„Hallo, schön, dass du gekommen bist!"

Auf dem Weg zu ihm hin war ihr aufgefallen, wie einfach seine Kleidung war: das abgenutzte Baumwollhemd, die dunkle Weste und schlichte Tuchhose.

Was für ein Kontrast zu den Gästen, mit denen sie vorhin noch am Tisch gesessen hatte und zu ihren eigenen spitzenbesetzten Kleidern.

Er bewunderte ihre elegante Erscheinung. Wie verrückt, dass er sich hier mit so einer feinen Dame traf. Sie kamen doch aus verschiedenen Welten. Wenn sie beide jetzt jemand sah, dann würde er sich fragen, was sie miteinander zu schaffen hätten.

„Es ist viel los hier!", stellte sie fest und zeigte dabei vage über die Schulter. „Die halbe Stadt scheint auf den Beinen zu sein."

Er nickte lächelnd. „Viel mehr jedenfalls, als bei unserem letzten Treffen hier am See."

Sie dachte daran, wie er in der Dämmerung ihre Hand ergriffen und sich darüber gebeugt hatte.

Er sah sich um. Auf dem Uferweg flanierte gerade ein einzelner Herr vorbei, der ihnen einen kritischen Blick zuwarf und dann weiterging.

Helena beobachtete Tarons dunkles Profil, die gerade Nase mit den kräftigen Wangenknochen. Wieder fiel ihr der Drache an seinem Hals auf.

„Das ist ein hübscher Anhänger", stellte sie unwillkürlich fest.

Er wandte sich wieder ihr zu.

„Der?" Er hob die Hand und berührte ihn mit den Fingern. Er war ihm so vertraut, dass er ihn ganz vergaß. „Das ist mein Talisman. Wegen seiner grünen Augen."

„Warum ein Drache?" Er war so kunstvoll gemacht, dass er aussah, als würde er sich gleich bewegen.

Der Anhänger war ihm schon zu seiner Geburt geschenkt worden war. Er sollte ihn beschützen und ihm gleichzeitig Kraft geben. „Weil er stark ist, unbesiegbar."

„So ähnlich geht es mir mit der Kette von meiner Mutter. Ich bin froh, dass ich sie wiederhabe. Aber wenn du sie mir nicht gestohlen hättest, dann hätte ich dich nicht kennengelernt."

Sie war so hübsch, er hätte sie auf der Stelle küssen können.

„Das wäre doch wirklich sehr schade gewesen …", lächelte er. Das war nicht einmal gelogen.

„Ja, nicht wahr?", flirtete sie zurück, wurde jedoch wieder ernst als sie daran denken musste, dass sich ihre Wege auch bald wieder trennen würden.

„Weißt du inzwischen, wann ihr aufbrecht?"

„Nein, noch nicht. Ein paar Tage wird es wohl noch dauern. Dann wollen wir weiter nach Herrscherau."

„Ach, in die Hauptstadt?" Sie musste sofort an ihre neuen Chancen denken, an den Königshof zu gelangen.

„Tja, was für ein Zufall! Es könnte tatsächlich sein, dass ich bald auch dort bin. Na ja, vielleicht …" Sie lachte auf, während sie versuchte, nicht den Eindruck zu erwecken, dass sie sich ihrer Sache zu sicher wäre.

Taron bemerkte das Glitzern in ihren Augen. Offenbar hatte sie etwas Erfreuliches erfahren und brannte darauf, es ihm zu erzählen.

„Warum? Hast du dort Verwandte?"

„Ja, tatsächlich, mein Onkel wohnt dort mit seiner Familie. Aber das meinte ich gar nicht. Es hat sich etwas ergeben …"

„Was hat sich denn ergeben?" Er setzte sich auf die Bank und schaute zu ihr hoch, bis sie seinem Beispiel folgte.

Es fühlte sich gut an, so nah bei ihm zu sein.

„Du weißt doch sicherlich, dass die Königin sehr schwer erkrankt ist?"

„Jeder weiß das …" Er runzelte die Stirn, weil er den Zusammenhang nicht verstand.

„Es waren viele Ärzte bei ihr, aber keiner konnte ihr helfen."

„Ja, weiß ich, sogar meine Tante war bei ihr. Sie wurde bis zur Königin vorgelassen, aber auch sie hatte kein Heilmittel für diese mysteriöse Krankheit."

Er musste wieder daran denken, dass sie ihm nicht alles erzählt hatte.

Helena war für einen Moment abgelenkt. „Deine Tante war bei der Königin?", fragte sie verdutzt. Sie hätte nicht erwartet, dass jemand von dem fahrenden Volk bis zu ihr vorgelassen würde. Das zeigte wohl, wie verzweifelt die Ärzte am Hof sein mussten.

„Heilt sie nur oder macht sie auch magische Tränke? Liebestränke und sowas?"

„Ja, sie ist eine sehr gute Heilerin, besser als viele von den Ärzten, die sich für die Größten halten."

Taron musterte sie scharf. Machte sie sich lustig über Cara

Helena hatte eigentlich nur etwas Neckendes sagen wollen, aber begriff jetzt, dass sie eine empfindliche Stelle getroffen hatte. Dabei war ihr Tarons Tante eigentlich ganz egal.

„Ich meinte das nicht so", versuchte sie einzulenken. „Ich wollte ja eigentlich erzählen, dass es in nächster Zeit einen Aufruf vom König geben wird.

Königin Sofia ist so krank, dass es wohl keine Aussicht auf Heilung mehr für sie gibt. Der König wünscht sich nur noch, sie ein wenig zu erfreuen.

Dazu sollen zwanzig Untertanen in den Palast eingeladen werden. Es gibt einige Voraussetzungen, die ich aber alle erfülle.

Deswegen werde ich mich natürlich melden. Und wenn alles gut geht, bin ich in wenigen Tagen auch in Herrscherau, und zwar am königlichen Hof."

Sie reckte ein wenig das Kinn bei diesen letzten Worten. „Und wer weiß? Vielleicht ist das ja der Beginn einer Karriere am Hof?"

oder wiederholte sie, was andere behaupteten?

„Sie ist keine Hexe, wenn es das ist, was du meinst. Sie kennt sich nur besonders gut mit Heilpflanzen aus."

Es meldete sich ein vages Gefühl der Beunruhigung, erst ganz leise. Noch hatte er nicht wirklich verstanden, worum es ging, aber er spürte, wie sich etwas in ihm sträubte.

„Weswegen sollen diese Leute in den Palast kommen, wenn die

Helena zuckte die Schultern. „Der König will ihr eine Freude machen. Ich denke, es soll darum gehen, die Königin zu unterhalten und zu zerstreuen, mit Musik, Tanz, Gesang ...“

„Traust du mir so etwas nicht zu?“, fragte sie empört. Meinte Taron etwa, dass andere besser geeignet wären als sie? Das kränkte sie. Nun ergab sich diese einzigartige Gelegenheit, aber er schien nicht halb so begeistert davon zu sein, wie sie ...

„Nun, es sollen zwanzig Männer und Frauen ausgewählt werden, die hübsch sind, singen, tanzen oder ein Instrument spielen können und sich aufopfernd um die Königin kümmern sollen.

Königin doch so krank ist? Was hat sie davon?“

Das Gefühl der Beunruhigung wurde stärker. Irgendetwas stimmte doch dabei nicht ...

„Was für eine seltsame Idee. Ist sie dafür nicht zu krank?

Und warum solltest du dorthin gehen? Sie haben doch genug Musiker und Hofangestellte, die die Königin unterhalten können.“

„Doch, doch, ich wundere mich ja nur.“ Er lächelte, um seinen Worten die Schärfe zu nehmen.

Es war doch nur, dass er spürte, dass dies nicht alles war, dass irgendwo eine Falle lauern könnte.

„Welche Voraussetzungen muss man denn erfüllen?“

Ach, und grüne Augen sollen sie haben."

„Ich habe keine Ahnung. Vielleicht liebt die Königin grüne Augen? Ist doch auch egal. Ich habe jedenfalls zufällig grüne Augen." Sie wurde ungeduldig angesichts seiner Reaktion.

Sie hatte sich Bewunderung erhofft, vielleicht ein bisschen Neid und dass er sich mit ihr freuen würde über diese aufregende Perspektive für sie. Stattdessen saß er da und sah aus, als wäre es ein Fluch.
„Nein, muss es nicht. Sie wollen Leute mit grünen Augen. Ich werde mich dafür bewerben. Da ist mir doch egal, warum."

Taron konnte sich ein schnelles Lächeln nicht verkneifen. Offenbar hegte sie keine Zweifel, dass dies alles auf sie zutraf.

Sein Lächeln erlosch.
„Was hast du gesagt? Grüne Augen? Warum denn gerade grüne Augen?"

Es mochte gar nichts zu bedeuten haben, doch die warnende innere Stimme war deutlich lauter geworden.
„Aber es muss doch einen Sinn dahinter geben!"

Taron bemerkte Helenas Ungeduld. Sie verstand ihn nicht. Aber er konnte es ihr nicht erklären, warum er plötzlich diese Ahnung hatte. Es handelte sich um irgendeine Gefahr, aber er wusste selbst nicht so genau, welche.

Unwillkürlich fasste er ihren Arm.

Sie spürte den Griff seiner kräftigen Finger, aber es war ihr unangenehm.

„Helena, wenn ich dir jetzt sagen würde, dass du nicht dorthin gehen solltest, würdest du dann zu Hause bleiben?"

Sie riss sich los. „Nein, natürlich nicht. Warum sollte ich?", fragte sie gereizt.

Er versuchte zu erklären. „Es ist nur – irgendetwas scheint dabei faul zu sein. Es kommt mir seltsam vor." Er konnte es ja nicht einmal selbst richtig in Worte fassen.

Sie schüttelte unwillig den Kopf.

„Ist diese Sache denn wirklich so wichtig für dich? Ich meine, nur, weil es der Palast ist …"

Seine Worte brachten sie in Rage.

„Ach, so ist das! Du meinst, ich soll es lassen, weil du selbst es unwichtig oder seltsam findest? Wie kommst du darauf, mir Ratschläge erteilen zu wollen?!" Sie sprang auf.

„Das will ich doch gar nicht …"

„Du hast ja keine Ahnung von meinem Leben. Es ist so eng, so langweilig! Ich freue mich auf diese Aufgabe. Es ist etwas Neues, die Chance, etwas aus meinem Leben zu machen. Davon habe ich schon immer geträumt!" Sie schüttelte vehement den Kopf.

„Aber das verstehst du nicht. Dir reicht es ja, herumzuziehen und Leuten Faxen vorzumachen. Oder sie gar zu bestehlen. Du hast keine Träume, du willst nichts aus deinem Leben machen."

Bei ihren Worten war er zuerst weiß geworden, dann stieg ihm die Zornesröte ins Gesicht.

Sie ahnte, dass sie verletzend und ungerecht war. Aber sie war so wütend auf ihm. Er gönnte ihr nichts. Er wollte ihr sagen, was sie zu tun hätte, wie alle anderen Männer auch.
Sie funkelte ihn zornig an.

Helena holte Luft, um zu antworten, aber es kam nichts heraus. Jetzt wäre der Augenblick gewesen, sich zu entschuldigen, aber das kam ihr wie eine Niederlage vor.
„Taron, ich …"

Wie konnte sie ihn so beleidigen! Er stand auf.

Wie wenig sie von ihm wusste, von seinen Träumen, von all dem, was ihm verschlossen war. Sie hatte doch keine Ahnung davon, wer er war. Wie konnte sie nur so auf ihn spucken. Er atmete hörbar aus.

In seiner Hand zuckte es, sie grob zu fassen und zu schütteln, aber er bot alles auf, um sich zu beherrschen. Trotzdem zitterte seine Stimme leicht vor unterdrückter Emotion.
„Du weißt gar nichts von mir. Halte deinen Mund, wenn du nichts Besseres zu sagen hast, als das."

Er machte eine abwehrende Handbewegung. „Tu, was du für

Sie wollte etwas antworten, bemerkte jedoch in diesem Augenblick über seine Schulter hinweg mehrere Gestalten am Ufer.

Unwillkürlich zuckte sie zusammen. War das nicht ihre Schwester? Zusammen mit Elion Krausenstern!

Verdammt! Wie lange standen sie wohl schon da?

„Das ist meine Schwester und Herr Krausenstern!", flüsterte sie aufgeregt.

Sie nickte hektisch. „Wir sollten uns jetzt besser trennen."

Helena fühlte, wie ihr die Situation entglitt. Sie konnte Taron nicht aufhalten, um ihn zu beschwichtigen. Aber sie musste sich erst einmal um Wichtigeres kümmern.

„Auf Wiedersehen. Es tut mir leid!", flüsterte sie, aber das hörte

richtig hältst. Was ich sagen würde, ist dir ja offensichtlich sowieso egal."

Taron schaute sich um. Am Anfang des Steges bemerkte er eine ihm unbekannte junge Frau. Neben ihr stand ein Mann, den er dafür umso besser kannte. Es war der Kommandant der Bürgerwehr.

Sie benahm sich, als hätte sie etwas Verbotenes getan. Vielleicht war es sogar so.

„Du kennst ihn?"

Er warf ihr einen kühlen Blick zu. „Ich wollte sowieso gerade gehen."

Sie hatte ihm gesagt, was sie wirklich von ihm hielt. Sollte sie doch zu ihresgleichen gehen. Dorthin passte sie zweifellos besser.

„Leb wohl."

er wohl nicht mehr, denn er hatte
sich schon abgewandt.

***

SIEBEN

Helena sah zu, wie Taron an Delia und Elion vorbeischritt, ohne sie eines Blickes zu würdigen. Ihre Schwester drehte sich halb um und sah ihm für einen Moment nach, bevor sie sich wieder Helena zuwandte und auf sie zueilte.

Elion blieb abwartend stehen, da nun auch Helenas Vater und Familie Hohentraun auftauchten und sich zu ihm gesellten.

„Was machst du hier?", wollte Helena halblaut wissen, als Delia sie erreicht hatte.

„Wir wollten gerade unseren Spaziergang beenden und nach Hause gehen."

Wie dumm! Helena ärgerte sich, dass sie nicht daran gedacht hatte, dass sie ihrer Familie begegnen könnte. Dann wäre sie vorsichtiger gewesen.

„Wer war denn das gerade?", wollte Delia wissen.

Helena schüttelte ungeduldig den Kopf. „Niemand."

„War das einer von den fahrenden Leuten?" Delia ließ nicht so schnell locker. Sie schaute noch einmal den Steg hinunter, wo die anderen warteten. Taron war schon lange um die Ecke verschwunden.

„Das kann dir völlig egal sein!" Helena wollte sich auf keinen Fall weiter auf dieses Fragespiel einlassen. Wenn sie aber dachte, dass sie der Neugier ihrer Schwester so ohne Weiteres entkommen konnte, hatte sie sich geirrt.

„Woher kennst du ihn? Habt ihr euch hier heimlich getroffen?"

Helena fasste ihre Schwester ungeduldig bei den Schultern und schaute ihr in die Augen. „Delia! Delia! Hör zu! Da ist nichts, da war nichts! Ich habe diesen Mann zufällig getroffen. Wir haben uns unterhalten. Er ist wieder gegangen. Das war alles."

War es nicht schrecklich, wie leicht sie lügen konnte? Aber sie sah keine Alternative. Sie musste ihrer Schwester diese Flausen so schnell wie möglich austreiben.

Delia runzelte misstrauisch die Stirn. „So sah das aber gerade nicht aus. Ihr habt euch gestritten."

Helena seufzte. „Das mag aus der Ferne vielleicht so ausgesehen haben, aber es stimmt nicht. Ich kenne den Mann nicht."

Plötzlich wurde ihr bewusst, dass es bereits das zweite Mal an diesem Tag war, dass sie Taron verleugnete. Schon wieder brachte sie nicht den Mut auf, zu ihm zu stehen. Sie begann, den Steg hinunter zu den Wartenden zu gehen.

Delia folgte ihr. „Warum bist du denn überhaupt hier am See?", fragte sie jetzt. „Ich dachte, du wolltest zu Ariadne."

Helena drehte sich halb zu ihr um, während sie weiterging. „Da war ich ja auch. Aber danach wollte ich einfach noch ein wenig nachdenken, und deswegen bin ich an den See gegangen."

„Helena!", rief ihr Vater, als sie sich ihm nun näherte. „Was für eine Überraschung! Ich dachte, du wärest bei Ariadne."

Helena widerholte, was sie bereits ihrer Schwester gesagt hatte und fügte hinzu: „Ich wollte ein wenig auf der Bank dort hinten sitzen. Ein junger Mann, der darauf saß, machte mir Platz, und wir unterhielten uns kurz."

Ihren Vater und die Familie Hohentraun schien diese Erklärung zufrieden zu stellen. Gemeinsam setzten sie sich wieder in Bewegung. Nur Elion Krausenstern hielt Helena zurück, indem er eine Hand leicht auf ihren Arm legte, und sagte leise: „Meine liebe Helena, geht es Ihnen gut? Sie wirken so erhitzt, wenn ich das sagen darf."

Widerwillig sah sie den anderen hinterher, die sich langsam entfernten. „Danke der Nachfrage. Mir geht es ausgezeichnet." Sie wollte weitergehen, doch Herr Krausenstern hielt sie nochmals zurück.

„Hat dieser Mann auf dem Steg Sie etwa belästigt? Mir scheint, ich habe ihn schon einmal gesehen. Heute Mittag war das, auf dem Marktplatz. War das nicht derselbe Mann, mit dem Sie dort gesprochen hatten?"

„Da müssen Sie sich irren. Es war wohl jemand anderes. Und der Mann vorhin hat mich auch nicht belästigt. Er war sehr höflich."

„Für mich sah es aus, als würden Sie streiten …"

„Nein, so war es nicht. Ich kannte den Mann ja gar nicht." Sie beschleunigte ihre Schritte. „Lassen Sie uns gehen. Wir wollen die anderen nicht warten lassen."

Den Rest des Spazierganges versuchte Helena, einem Gespräch mit Elion Krausenstern aus dem Wege zu gehen. Dieser schien sie jedoch seinerseits zu beobachten, als wolle er ihr Geheimnis ergründen, indem er sie studierte.

Vor dem Haus der Familie Greizenich trennten sich ihre Wege. Elion verabschiedete sich von Helena mit einem Handkuss. Dabei lächelte er so charmant, dass auch sie ihm ein freundliches Lächeln zur Antwort schenkte. Er meinte es schließlich nur gut.

***

Bereits am nächsten Morgen sollten sie sich wiedersehen.

„Guten Morgen, Fräulein Helena!", strahlte Elion sie an, als der Diener ihn eintreten ließ. „Und was für ein schöner Morgen! Denn ich habe ganz wunderbare Neuigkeiten für Sie."

„Guten Morgen, Herr Elion.", erwiderte Helena den Gruß freundlich lächelnd. „Was für eine Überraschung, Sie schon so früh wieder zu sehen!" Sie führte ihn in den Salon. „Sie wirken ja sehr aufgeräumt! Sie sagen, es gibt gute Nachrichten?"

Elion sprudelte sofort heraus: „Oh ja, die gibt es! Ich kann Ihnen sagen, dass heute Vormittag ein Komitee in unser Rathaus kommen wird, um dort die Bitte des Königs um Gesellschafter für seine kranke Gattin zu überbringen. Vielleicht sind sie bereits dort! Und schon heute Nachmittag wird es eine Gelegenheit geben, sich zu bewerben."

Er machte eine erwartungsvolle Pause, um Helenas begeisterte Reaktion abzuwarten. Sie war in der Tat sehr erfreut über diese Neuigkeiten. Die Dinge entwickelten sich noch schneller, als sie erhofft hatte. Schon heute Abend würde sie möglicherweise wissen, ob sie an den Hof eingeladen werden würde. Sie spürte sofort, wie sie die Aufregung packte.

„Das sind aber wirklich gute Neuigkeiten! Schon heute Nachmittag!"

Elion nickte begeistert. „Und damit nicht genug!" Er beugte sich ein wenig vor zu ihr und senkte verschwörerisch die Stimme. „Ich habe mir darüber hinaus erlaubt, mich ein wenig um diese Angelegenheit zu kümmern. Wie Sie wissen, verfüge ich über einige Verbindungen." Er lächelte vielsagend. „Ich habe diese genutzt, um bereits im Vorfeld ein gutes Wort für Sie einzulegen, liebe Helena."

Unwillkürlich sprach auch Helena leiser. „Was haben Sie gemacht?", fragte sie ungläubig.

„Nun, ich habe Ihre Person in den höchsten Tönen gepriesen und mich persönlich für Sie verbürgt." Er zog die Augenbrauen vielsagend hoch. „Ich denke, der Rest wird eine reine Formsache sein."

Helena bemerkte sein zufriedenes Lächeln. Einerseits freute sie sich, dass Elion sich für sie einsetzte und ihre Erfolgschancen damit erhöhte. Andererseits beschlich sie das ungute Gefühl, dass er sich dafür eine Art Gegenleistung erhoffte. Er wollte ihre Zuneigung, ihre Nähe, irgendwann wollte er womöglich mehr.

„Das ist überaus freundlich von Ihnen. Ich bin Ihnen sehr zu Dank verpflichtet."

Elion strahlte sie an. „Es ist mir eine Ehre, Ihnen diesen Dienst zu erweisen. Ich möchte, dass Sie wissen, dass Sie sich immer auf mich verlassen können. Auch wenn Sie einmal Hilfe benötigen …"

Helena hielt inne. „Wie meinen Sie das bitte?"

Er räusperte sich. „Nun ja, ich dachte noch einmal an diesen Vagabunden, der Sie gestern am See belästigt hatte. Mit mir an Ihrer Seite wäre das nicht passiert. Das kann ich Ihnen versichern."

„Ich danke Ihnen vielmals, aber das war in diesem Fall zum Glück nicht nötig."

Er nickte lächelnd, als hätte sie ihn kaum überzeugt.

***

Taron bemerkte die Soldaten der Bürgerwehr sofort, als sie sich dem Lager näherten. Es war ein kleiner Trupp, an ihrer Spitze dieser widerliche Typ mit dem geleckten Schnurrbart.

Taron blieb stehen und beobachtete, wie sich der Trupp näherte und dann am Rand des Lagers stehenblieb. Der Kommandant sah sich für einen Augenblick selbstbewusst um, als wollte er nur abwarten, bis alle Augen auf ihn gerichtet waren.

Mit einer herrischen Geste winkte er ein Mädchen heran. „Wie ich sehe, seid ihr ja immer noch da. Geh und hole mir euren Anführer her, damit ich ein Wort mit ihm sprechen kann."

Sein Blick folgte dem Mädchen, das davoneilte, schweifte dann jedoch abermals stolz umher, als wollte er das Gelände persönlich in Besitz nehmen, bis sein Blick an Taron hängen blieb.

Augenblicklich verfinsterte sich seine Miene. Er winkte ihm zu, dass er kommen solle, aber Taron lehnte sich betont lässig an den Wagen, neben dem er stand, und verschränkte die Arme vor der Brust.

Dieser Möchtegern-General konnte ihm überhaupt nichts befehlen. Er war ihm schon bei der Durchsuchung der Wagen mehr als unangenehm aufgefallen. Offenbar war ihm seine Stellung zu Kopf gestiegen. Er glaubte wohl, dass er sich alles erlauben konnte.

Als der Kommandant erkennen musste, dass Taron seiner Aufforderung nicht Folge leisten wollte, befahl er seinen Leuten zu warten und marschierte dann mit festen Schritten auf Taron zu. Die blank geputzten Knöpfe seiner Uniform blinkten in der Sonne, als er schließlich vor ihm stehenblieb.

„Wie ist dein Name?", fuhr er ihn ohne eine Begrüßung an.

„Warum wollen Sie das wissen?" Der Offizier war offenbar auf Streit aus.

Der Mann atmete ein, als wollte er etwas darauf antworten, schien es sich aber anders zu überlegen. Stattdessen sagte er barsch: „Ich weise dich darauf hin, dass du dich von Bürgerinnen unserer Stadt fernzuhalten hast."

Taron zog verblüfft die Augenbrauen hoch. „Was? Was soll ich?" Mit allem hatte er gerechnet, aber nicht damit. Wie kam dieser Typ auf so einen Unsinn?

„Stimmt es, dass du gestern Abend auf dem Steg am See eine Frau belästigt hast?"

Er meinte sein Gespräch mit Helena? Was zum Teufel hatte er sich da zusammengereimt?

„Wie kommst du denn darauf?" Dies war das Ende der Höflichkeiten. Taron stieß sich von dem Wagen ab.

Das Gesicht des Mannes verfinsterte sich weiter angesichts dieses Affronts. „Werd nicht noch frech. Ich habe es selbst beobachtet."

„Ich habe diese Dame nicht belästigt. Hat sie das etwa behauptet?"
War es möglich, dass Helena diesem Mann gegenüber gelogen hätte, um
ihn anzuschwärzen?

Der Kommandant wollte diese Frage offenbar nicht beantworten.
Stattdessen hob er drohend einen Zeigefinger. „Lass dir eines gesagt sein,
Freundchen. Nähere dich dieser Frau auch nur ein einziges weiteres Mal,
dann bekommst du es mit mir persönlich zu tun."

Jetzt reichte es langsam. Taron trat einen Schritt auf den Mann zu, der
nicht zurückwich. „Was soll das heißen?"

Womöglich wäre diese Unterhaltung sehr schnell eskaliert, aber eine
Bewegung ließ sie jetzt beide innehalten. Gerade tauchten mehrere Männer hinter einem der Wagen auf und steuerten auf den Trupp der Bürgerwehr zu.

„Verschwinde doch einfach von hier!", stieß der Mann zwischen zu-
sammengebissenen Zähnen unter seinem Schnurrbart hervor und machte
im nächsten Moment kehrt, um zu seinen Männern zurückzumarschie-
ren. Taron sah ihm feindselig hinterher. Was für ein edler Vertreter dieser
Stadt!

Er sah zu, wie sich der Kommandant vor Grato, Uro und einigen weiteren Mitgliedern des Rates aufbaute. „Wir sind hier, um festzustellen,
wann dieses Lager geräumt wird. Offenbar ist hier ja noch nichts passiert."

Tarons Vater ergriff das Wort. „Uns war keine Frist gesetzt worden.
Wir haben die Stadt nicht mehr betreten, so wie es uns befohlen worden
ist. Darüber hinaus hatten wir keine Verpflichtungen. Wir haben ein
Recht darauf, hier unser Lager aufzuschlagen."

Der Kommandant zwirbelte seinen Schnurrbart. „Nun, ihr habt keine
Einnahmequelle mehr. Da versteht es sich doch wohl von selbst, dass ihr
in eurem ganz eigenen Interesse bald weiterzieht."

Ein weiterer Mann aus dem Rat sagte: „Wir hatten einige Krankheits-
fälle in unseren Reihen und mussten warten, bis es ihnen wieder besser-
geht. Wenn es soweit ist, werden wir weiterziehen."

Der Kommandant nickte zufrieden. „Gut, dann lasst dies möglichst
bald der Fall sein. Wenn ihr in einer Woche nicht weg seid, werden wir
Maßnahmen ergreifen." Für ihn schien das Gespräch nun beendet zu
sein. Er deutete einen Gruß an und gab gleich darauf seiner Truppe den
Befehl zum Abmarsch.

Taron schaute den Männern nach, bis sie zwischen den Bäumen verschwunden waren. Dass dieser eitle Bürger es für nötig gehalten hatte, ihn so aggressiv anzugehen, war wirklich bemerkenswert. Taron fragte sich, in welcher Beziehung er wohl zu Helena stand, dass er meinte, sich so für sie ins Zeug legen zu müssen.

***

„Der Nächste, bitte." Die Stimme des Schreibers schallte aus der offenen Tür der Stube heraus.

Helena richtete sich unwillkürlich auf. Als sie vor einer halben Stunde das Rathaus betreten hatte, um sich für den Dienst im Palast zu melden, hatte sie feststellen müssen, dass sich dort bereits eine Schlange aus Frauen und Männern gebildet hatte, die allesamt das gleiche Anliegen hatten wie sie. Mit einem leisen Seufzer hatte sie sich hinter einer Dame eingereiht, die einen grünen Hut mit einer prachtvollen Straußenfeder daran trug. Als sie sich zu Helena umdrehte, bemerkte diese sofort deren wunderschöne, grüne Augen, die sie kühl musterten.

Ermüdend langsam bewegte sich die Schlange voran. Helenas Nervosität stieg, je mehr sie sich der offenen Tür näherte. Sie versuchte auf Zehenspitzen stehend, über die Köpfe der anderen hinweg einen Blick in das Büro zu erhaschen, doch mehr als einen großen Schreibtisch und zwei Männer dahinter konnte sie nicht ausmachen.

Nun, endlich, war sie an der Reihe. Das Herz schlug ihr bis zum Hals. Sie zog noch einmal ihre Spitzenhandschuhe zurecht. Sie hatte sich für diesen Anlass ganz besonders sorgfältig gekleidet, in ein blauweißes Kostüm, dessen passender Hut ihre rotblonden Locken und grünen Augen besonders hervorheben sollte. Eilig steuerte sie nun auf die Tür zu und trat in die Schreibstube.

„Guten Tag", begrüßte sie ein Mann in der Uniform des Königspalastes, der neben dem Schreibtisch stand.

„Guten Tag." Helena machte einen kleinen Knicks und näherte sich vorsichtig dem Schreibtisch.

Der Schreiber hob seinen gleichgültigen Blick. „Sie wissen, worum es geht, oder soll ich es Ihnen noch einmal erklären?"

„Nein, ich weiß Bescheid." Helena versuchte, ein wenig zu lächeln.

„Gut, wie heißen Sie, Fräulein?"

Als Helena ihren Namen nannte, veränderte sich plötzlich die Haltung des Mannes. Er räusperte sich und schob seine Brille auf der Nase zurecht, um sie mit neu erwachtem Interesse zu mustern.

„Greizenich, sagten Sie?"

„Ja, Helena Greizenich."

Der Mann lehnte sich auf seinem Stuhl zurück, um sie besser betrachten zu können. „Sie sind die Tochter unseres angesehenen Ratsmitgliedes Aristoteles Greizenich?"

„Das ist richtig," nickte Helena.

„Sie haben einen sehr überzeugenden Fürsprecher, wissen Sie das? Er hat sich bereits im Vorfeld für Sie eingesetzt."

Helena nestelte nervös an ihrem Handschuh. „Ach, wirklich?"

„Es ist schwer, dem Kommandanten der örtlichen Bürgerwehr eine Bitte abzuschlagen …" Der Schreiber zwinkerte vielsagend und ein bisschen zu vertraulich.

Er meinte Elion. Wie unangenehm!

Der Schreiber warf dem Mann in Uniform einen vielsagenden Blick zu und beugte sich dann wieder über sein Blatt. „Sagen Sie dann bitte Ihr Alter und wo sie wohnhaft sind."

Er schrieb auf, was Helena ihm sagte und schaute dann wieder hoch zu ihr, um sie anzugrinsen. „Nun, dann haben wir alles, was wir brauchen. Bitte melden Sie sich in drei Tagen bis zum Abend am Haupttor des Palastes an. Von dort wird man sie weitergeleitet. Und bringen Sie bitte Kleidung und alles Nötige für mindestens eine Woche mit."

Helena schaute ihn ungläubig an. „Heißt das, Sie nehmen mich? Müssen Sie nicht erst noch alle anderen Bewerber anschauen?"

Der Schreiber nickte ungerührt. „Das werde ich natürlich. Aber bei Ihnen bin ich mir jetzt schon ganz sicher, dass Sie genommen werden. Da können wir das Verfahren ein wenig abkürzen."

Wenige Minuten später verließ Helena das Büro wieder.

„Der Nächste, bitte!", hörte sie noch, als sie etwas benommen an den restlichen Wartenden entlang den Flur hinunterging.

Ihr Lächeln wurde immer breiter, während sie das Gebäude verließ. Sie hatte es geschafft! Schon bald würde sie zum ersten Mal den Palast betreten und die Königin treffen.

***

ACHT

Es war noch nicht Mittag, doch die Sonne stand schon warm über dem See. Vögel sangen in den Zweigen der Bäume, das Röhricht am Ufer neigte sich sanft im Wind. Helena wanderte zielstrebig an dem Steg vorbei, auf dem sie Taron das letzte Mal getroffen hatte.

Seit sie im Rathaus gewesen war und erfahren hatte, dass sie tatsächlich in den königlichen Palast eingeladen war, hatte sie kaum an etwas anderes als diese wunderbare Karrierechance denken können. Sie hatte sich darüber mit ihrer Schwester ausgetauscht, ihrem Vater, ihrer Cousine und allen anderen, von denen sie wusste, dass sie sich mit ihr freuen oder sie vielleicht insgeheim beneiden würden. Aber dann waren ihre Gedanken doch immer wieder zu Taron gewandert. Es reute sie, dass sie im Streit auseinandergegangen waren.

Natürlich hatte sie sich über ihn geärgert, aber im Nachhinein fragte sie sich, ob sie ihn missverstanden haben könnte. Vielleicht waren seine Worte nur ein Ausdruck seiner Sorge um sie gewesen. Vielleicht hatte er sie auch einfach nicht gehen lassen wollen.

Je länger sie über ihr letztes Zusammentreffen nachdachte, desto mehr spürte sie, dass sie Taron noch einmal sehen musste. Möglicherweise war dies die letzte Gelegenheit. Sie wollte sich immerhin ordentlich von ihm verabschieden und versuchen, den Streit zwischen ihnen beizulegen.

Schon als sie sich dem Fluss näherte, erkannte Helena, dass das Lager im Aufbruch war. Die Zelte um die Wagen herum waren bereits abgebaut. Teilweise lagen Stangen, Seile und andere Materialien herum. Im Lager herrschte rege Betriebsamkeit. Überall waren Menschen mit ihren Aufgaben beschäftigt, trugen Krüge, Kisten oder Bretter und riefen sich etwas zu.

Helena blieb am Rand der Wiese im Schatten der großen Buche stehen, um nach Taron Ausschau zu halten. Niemand schien sie zu beachten. Nach einigen Augenblicken hatte sie ihn entdeckt.

Offenbar war er gerade dabei, verschiedene Gegenstände in einer Kiste zu verstauen. Er bemerkte Helena erst, als sie direkt vor ihm stand. Dann jedoch richtete er sich abrupt auf.

„Helena! Was für eine Überraschung! Was machst du denn hier?" Er strich sich eine lockige Strähne aus dem Gesicht.

Er trug grobe, teilweise geflickte Arbeitskleidung, aber selbst darin sah er gut aus: körperlich fit und athletisch. Neben ihm wirkten die Männer aus der Stadt alle nur aufgeblasen und künstlich.

Seit ihrem letzten Zusammentreffen hatte er häufig an Helena gedacht. Als am Morgen beschlossen worden war, das Lager nun schließlich abzubrechen, hatte er zunächst vorgehabt, zu ihr zu gehen, um sich von ihr zu verabschieden. Dann hatte er doch gezögert.

Er hatte an den Kommandanten der Bürgerwehr gedacht, der offenbar sehr besitzergreifende Gefühle für Helena hegte. Er wusste nicht, in welchem Verhältnis sie zueinander standen, aber es schien eng genug zu sein.

Konnte er gegen einen solchen Mann konkurrieren? Wollte er das überhaupt? War das nicht eher Helenas Welt? Was wollte er denn überhaupt von ihr, und was wollte sie von ihm?

Man konnte es drehen und wenden, wie man wollte: Eine Beziehung zwischen ihnen beiden hatte keine Zukunft. Da war zu viel, das sie trennte. Es war besser, wenn er es einfach auf sich beruhen ließ.

So hatte er sich getröstet, obwohl er wusste, dass er sich etwas vormachte. Jetzt, wo sie vor ihm stand, war alles vergessen.

„Hallo Taron." Sie ließ den Blick schweifen. „Ich sehe, dass es bald losgeht?"

„Ja. Inzwischen sind alle von uns wieder einigermaßen gesund. Heute wurde der Aufbruch beschlossen."

„Da habe ich ja Glück, dass ich dich noch antreffe." Wäre er wohl ohne einen Abschied abgereist? Allein der Gedanke versetzte ihr einen Stich.

„Taron, ich wollte dich noch einmal sehen und mich entschuldigen. Es war nicht schön, wie wir beim letzten Mal auseinandergegangen sind."

Er konnte sehen, dass ihr die Worte nicht ganz leichtfielen. Es imponierte ihm, dass sie es trotzdem sagte. Der Streit war unnötig gewesen. Warum waren sie überhaupt so schnell aneinandergeraten?

„Ist schon alles vergessen. Die Frau auf dem Steg war deine Schwester?"

Helena verdrehte die Augen. „Ja, sie und die anderen waren auf einem Spaziergang. Ich hatte nicht damit gerechnet, dass sie zum See gehen würden."

Er überlegte, ob er Helena über die Situation ausfragen sollte, aber da sprach sie schon weiter.

„Fahrt ihr heute noch?"
Sie betrachtete die lebhafte Betriebsamkeit.

„Die Bürgerwehr? Davon wusste ich gar nichts."

Helena runzelte irritiert die Stirn. Wovon sprach er jetzt?

„Ach, Elion Krausenstern!" Jetzt verstand sie. „Ja, er ist ein enger Freund der Familie." Sie sah ihn vor sich mit seinem gut gepflegten Bart. Er hatte sich sehr für sie eingesetzt. Das war sehr nett von ihm gewesen.

„Ach, wirklich?" Der warme Glanz um Elions imaginäres Gesicht verblasste ein wenig.

„Nein, morgen früh. Normalerweise lassen wir uns mehr Zeit, aber wir hatten Besuch von der Bürgerwehr, was unsere Abreise – sagen wir – beschleunigt hat." Er konnte sich einen ironischen Unterton nicht verkneifen bei dem Gedanken daran.

„Ja, unter dem Kommando eines Mannes, der dich übrigens sehr gut zu kennen schien."

„Mittelgroß, dunkle Haare, Schnurrbart, ziemlich eitel …", half er weiter. „Er war auch da, auf dem Steg, in Begleitung deiner Schwester."

War da wohl mehr?

„Er hat mir unmissverständlich zu verstehen gegeben, dass ich mich von dir fernhalten sollte."

„Nun, offenbar hat er seine eigenen Schlüsse aus dem gezogen, was er auf dem Steg gesehen hat?"

„Oh, er hat mich auf dem Rückweg vom See darauf angesprochen, aber ich habe so getan, als würde ich dich nicht kennen."

Dies war natürlich nur naheliegend gewesen. Trotzdem verletzte es seinen Stolz, dass sie ihn verleugnet hatte.

„Tja, das scheint er dir wohl nicht geglaubt zu haben. Jedenfalls hat er sich ziemlich aufgeblasen", meinte er kühl.

Elion hatte Taron also als Konkurrenz ausgemacht. Zwei Männer, die sich um sie stritten? Sie unterdrückte ein Lächeln.

Taron bemerkte ihre Reaktion. Offenbar machte es ihr nichts aus, dass dieser Mann sich auf so eine Weise um sie bemühte. Es schien ihr sogar zu gefallen.

„Herr Krausenstern nimmt sich immer recht wichtig", versuchte Helena, sich lächelnd ein wenig von ihm abzusetzen.

Er schaute sich um, ob sie jemand beobachtete. Tatsächlich waren mehrere Leute stehengeblieben. Helena war auch kaum zu übersehen.

„Komm, lass uns irgendwo hingehen, wo es etwas ruhiger ist."

Er beugte sich herunter, verschloss die Kiste mit einem Deckel und stellte sie zur Seite.

Sie nickte, wartete, bis er soweit war, und schlenderte dann mit ihm zum Fluss hinunter.

Möglichst nebensächlich griff Taron die Unterhaltung wieder auf: „Habt ihr etwas miteinander,

Helena lachte leise. „Um Himmels Willen, nein! Natürlich nicht! Wie gesagt: Er ist ein Freund der Familie." Taron war eifersüchtig! Wie süß!

Sie hatten den Fluss erreicht und blieben am Ufer stehen, um einen Moment auf das sich träge dahinwälzende Wasser zu blicken, das in der Sonne glitzerte.

Nach ein paar Schritten ergriff Helena das Wort: „Schön ist es hier. Weißt du schon, wie euer nächster Lagerplatz aussehen wird?"

Während Helena neben Taron herging, dachte sie an ihre eigenen Pläne.
Die Hauptstadt! So wären sie sich sogar einige Zeit noch nahe, aber es würde wohl kaum mehr möglich sein, sich zu treffen.

du und dieser Herr Krausenstern?"

Im Gehen versuchte er, ihr ins Gesicht zu schauen. Er war sich nicht sicher, ob sie ihn ernst nahm.

Taron drehte sich zur Seite und begann, am Ufer entlang zu gehen, das an dieser Stelle aus einem breiten, flachen Grasstreifen bestand.

„Ja, wir waren schon einige Male dort, in der Nähe von Herrscherau. Dort wollen wir für ein paar Monate bleiben, bevor es weiter Richtung Süden geht."

Er blieb am Ende des Uferstreifens stehen. Das Lager waren hinter der Uferböschung verschwunden.

„Übrigens: Ich werde tatsächlich auch morgen nach Herrscherau fahren! Das, wovon ich dir erzählt hatte, ist wirklich eingetreten."

Sie beobachtete Tarons Reaktion. Beim letzten Mal hatte er versucht, es ihr auszureden.

„Ich habe mich gestern im Rathaus gemeldet und bin sofort genommen worden." Elions Rolle dabei ließ sie lieber unerwähnt.

„Ich bin so aufgeregt! Das ist eine ganz einmalige Chance für mich! So etwas kommt nie wieder." Sie wollte so sehr, dass er sie verstand. „Morgen früh geht es los."

Ihr Vater hatte schon alle Vorkehrungen getroffen. Er würde sie in der Familienkutsche begleiten und direkt zum Palast bringen.

Taron sah ihre Begeisterung, ihre Vorfreude. Doch im gleichen Augenblick beschlich ihn wieder dieses Unbehagen. Er konnte es nicht erklären, aber irgendetwas war faul dabei.

Dieses Mal versuchte er, es nicht zu zeigen. Sie hatte sich für diese Sache entschieden. Wenn er es sowieso nicht ändern konnte, wollte er es ihr wenigstens nicht verderben.

„Das freut mich wirklich sehr für dich, Helena", brachte er einigermaßen überzeugend heraus. „Was für eine großartige Sache. Du wirst das sicherlich ganz toll machen."

Helena strahlte über das ganze Gesicht. Es war schön, ihn doch auf ihrer Seite zu wissen und seine Unterstützung zu bekommen. Dies war ihr wichtiger, als sie es vielleicht zugeben wollte.

„Danke!" Sie trat näher an ihn heran. Sie mochte ihn wirklich sehr. „Das Einzige, was mich ein wenig traurig macht, ist, dass ich dich nun nicht mehr sehen werde."

Sie schaute mit einem wehmütigen Lächeln zu ihm hinauf. „Ich werde dich vermissen." Ohne nachzudenken nahm sie seine Hand.

Sie sah sein Gesicht auf sich zukommen. Im nächsten Augenblick spürte sie seine Lippen auf ihrem Mund. Sie hielt den Atem an. Ihr Herz hämmerte. Sie schloss die Augen. Es war ihr erster Kuss.

Verdammt, sie war so hübsch, wenn sie lächelte.

Sie war ihm so nahe. Er sah, wie ihre Halskette in der Sonne glänzte, die Kette ihrer Mutter, die er einmal gestohlen hatte. Ihre grünen Augen leuchteten. Ihr zarter Mund war leicht geöffnet.

Er hatte dies schon einmal gesehen, als sie vor ihm stand, in der Abenddämmerung am See. Und er wusste deshalb genau, was als nächsten passieren würde.

Langsam beugte er sich vor und küsste sie.

Dies hatte er schon so lange vorgehabt, eigentlich schon, seit er sie zum ersten Mal gesehen hatte. Ihre Haut war weich und glatt. Sie roch nach Rosenblättern. Ihre Lippen schmeckten süß. Er hatte schon so manches Mädchen geküsst, aber nie so wie jetzt.

„Taron? Wo bist du?" Die Stimme seiner Schwester schallte hinter den Büschen hervor.

Er wusste gar nicht, wie lange sie schon weggewesen waren. Sein Zeitgefühl war ganz durcheinandergeraten. Er trat von Helena weg, als wären sie ertappt worden.

Helena hörte die Stimme und spürte gleich darauf, wie sich Taron von ihr zurückzog. Unwillkürlich öffnete sie wieder die Augen und blickte sich um.

Wie peinlich, hier gesehen zu werden …

„Ich muss zurück", flüsterte er entschuldigend.

Helena nickte. Trotzdem blieb sie noch stehen. Sie wollte diesen Moment nicht so schnell aufgeben.

„Jetzt werde ich dich noch mehr vermissen …"

Er lächelte wehmütig. „Ich dich doch auch."

Während er sie noch anschaute, erfasste ihn plötzlich wieder ein Gefühl der Vorahnung. Es überkam ihn wie ein kalter Windhauch. Er hatte keine Zeit, sich darauf vorzubereiten. In der nächsten Sekunde war es da.

Es traf ihn wie ein physischer Schlag. Noch nie hatte er eine so starke Vorahnung gehabt, einen Blick in eine mögliche Zukunft.

Plötzlich geschah etwas sehr Seltsames. Taron war innerhalb von Sekunden leichenblass geworden. Seine Augen schauten ins Leere direkt vor ihr, als würde er dort etwas sehen.

„Taron? Was ist? Was hast du denn?", fragte sie beunruhigt. Er schien sie überhaupt nicht zu hören. Helena fasste seine Hand, aber er reagierte nicht.

„Geht's dir gut?"

„Taron?"
Er war so verändert und das so plötzlich, dass es geradezu gespenstisch wirkte. So etwas hatte sie noch nie erlebt.

Er sah Helena vor sich wie ein Bild, das sich vor die Wirklichkeit schob.

Da war ihr Gesicht, aber die Augen waren weit aufgerissen, voller Angst, in Panik, ihr Mund ein einziger Schrei um Hilfe, obwohl er es nicht hören konnte. Er sah nur ihre Furcht und ihre Verzweiflung. Tränen rannen über ihre Wangen.

Dann Schmerz, wie eine rote Welle, alles überschwemmend, stechender Schmerz bis zur Ohnmacht, durch die Augäpfel direkt in den Kopf. Blut legte sich über sein Sichtfeld wie ein roter Vorhang. Er spürte es warm, schmeckte es.

Schon im nächsten Augenblick löste sich die Vision wieder auf. Dies alles dauerte nur wenige Sekunden, aber Taron taumelte unter diesem Eindruck, als wäre er ins Gesicht geschlagen worden. Er hob die Hände an den Kopf und beugte sich schwer atmend vornüber.

Er hörte Helenas Stimme und richtete sich langsam wieder auf. Sein Herz hämmerte immer noch und er spürte den Schweiß auf seiner Haut. Aber ansonsten war es, als wäre nichts geschehen.

Alles war wie vorher. Die Sonne schien, ein Vogel zwitscherte im Gebüsch, der Fluss zog glitzernd an ihnen vorbei.

Er richtete seinen Blick auf Helena und konnte sehen, wie alarmiert sie war.

„Ist alles in Ordnung mit dir?" Sie war ernsthaft in Sorge.

Er musste ihr irgendeine Erklärung für sein Verhalten liefern, auch wenn er es selber nicht verstanden hatte.

„Es geht schon wieder. Entschuldige, Helena. Es tut mir leid. Es ist schon wieder weg. Mach dir keine Sorgen."

„Was ist denn passiert?"

Er konnte ihr nicht die Wahrheit sagen, das konnte er einfach nicht. Sie hätte es nicht verstanden. Es hätte ihr Angst gemacht.

„Vielleicht war es dein Kuss. Er war so umwerfend …", versuchte er zu scherzen.

Helena lächelte ein wenig schwach.

Er musste all seine Kraft zusammennehmen, um weiterzumachen, als wäre nichts geschehen. Später war noch genug Zeit, um sich wieder zu besinnen.

„Geht's dir wirklich gut? Du bist so blass." Sie war immer noch sehr beunruhigt.

„Es war nichts. Ganz ehrlich. Es ist schon wieder vorbei. Nur ein ganz kurzer, heftiger Kopfschmerz, nichts weiter. Das passiert manchmal."

„Bist du sicher?" Er sah eigentlich nicht aus wie jemand, der unter Kopfschmerzattacken litt.

Ihr wurde klar, dass sie Taron eigentlich gar nicht richtig kannte. Was wusste sie eigentlich von ihm? Benahm er sich vielleicht häufiger so seltsam?

Sie wollte nicht gehen, aber es sah so aus, als hätte sie keine Wahl. Es war so viel passiert in den letzten Minuten. Sie fühlte sich ganz durchgeschüttelt.

„Taron!" Sie griff nach seiner Hand, um ihn festzuhalten, weil er sich bereits von ihr abwandte.

„Ja, vergiss es einfach, okay?" Es war ihm bewusst, dass er gereizt klang, aber er war einfach nicht in der Lage, sich so schnell wieder in den Griff zu bekommen.

„Taron?" Wieder Suris Stimme, diesmal näher. Sie sollte sie besser nicht hier finden.

„Ich muss gehen", drängte er. Jetzt war es ihm sogar ganz lieb, dass sie sich trennen mussten. Er konnte Helena kaum in die Augen sehen.

Er blieb stehen. „Helena, wir müssen uns jetzt trennen. Sei nicht traurig."

Er hob die Hand und berührte damit ihre Wange. Plötzlich sah er wieder die Tränen, die in seiner Vision über ihr Gesicht gelaufen waren. Er ließ seine Hand wieder sinken.

„Das ist kein Abschied für immer. Wir werden uns wiedersehen, okay? Ganz bald."

„Aber wann? Wann?"

Sie nannte ihm ihre Anschrift.

Sie nickte nur. Es blieb keine Zeit, weiter darüber zu diskutieren.

„Auf Wiedersehen, Taron." Jetzt, wo jeder sie sehen konnte, war es zu spät, um sich zu umarmen. Dies musste reichen.

Er überlegte fieberhaft.
„Lass uns in Kontakt bleiben. Ich kann dir schreiben. Wie ist deine Adresse?"

Er nickte, während er sie sich einprägte. „Ich werde dir Bescheid sagen, wenn wir wieder in der Nähe sind. Ich komme so schnell wie möglich wieder, okay?"

„Lass uns gehen." Gemeinsam traten sie den Rückweg an, bis das Lager vor ihnen auftauchte und sie stehenblieben.
„Adieu! Ich bin sehr froh, dass wir uns getroffen haben." Taron hielt immer noch Helenas Hand.

Er ließ ihre Hand los.
„Mach's gut. Und pass auf dich auf! Das Leben da draußen kann sehr gefährlich sein."

Jetzt kam Tarons Schwester auf sie zu. Helena wandte sich zur Seite.
„Adieu, bis bald", sagte sie leise. Sie setzte sich in Bewegung und steuerte auf den Rand des Lagers zu. Taron sah ihr noch hinterher, als seine Schwester ihn erreichte.

***

N E U N

„Was habt ihr beide da am Fluss gemacht?", wollte Suri wissen, sobald sie ihn erreicht hatte. Sie stellte sich neben ihn und schaute ebenfalls Helena hinterher.

„Nichts, nichts", murmelte Taron.

„Ich habe dir gesagt, du sollst die Finger von dieser Frau lassen." Sie drehte sich um und musterte ihren Bruder. „Was ist los mit dir? Alles in Ordnung? Du siehst aus, als hättest du einen Geist gesehen."

Taron machte eine müde Handbewegung. „Lass mich in Ruhe, okay?" Er ließ sie stehen und wollte zurück an den Fluss gehen, aber Suri rief ihm hinterher: „Du sollst zu Cresta kommen und ihr bei ihren Sachen helfen!"

„Ja, ja. Sag ihr, ich komm gleich." Ohne sich umzudrehen ging er weiter hinunter an den Fluss. Er fühlte sich immer noch, als hätte ihm jemand einen Faustschlag in die Magengrube versetzt. Er stolperte, als er das letzte Stück hinab zum Ufer ging.

Dort angekommen hockte er sich hin und tauchte seine Hände ins Wasser. Er schöpfte ein wenig davon, um sich das Gesicht zu kühlen. Sobald er aber die Augen schloss, sah er wieder das angstverzerrte Gesicht von Helena auftauchen, ihren stummen Hilfeschrei. Er erinnerte sich an den plötzlichen Schmerz, das Gefühl von warmem Blut.

Eine Welle der Übelkeit erfasste ihn. Er rang um Fassung und versuchte, sich wieder zu beruhigen. Es war nur eine Vorahnung gewesen, eine Variante der Zukunft, die vielleicht nie eintreten würde.

Seine vorherige Vision von dem Kuss war einfach gewesen, und sie war heute in Erfüllung gegangen. Aber was um Himmels willen musste passieren, um Helena in eine solch schreckliche Lage zu bringen? Und welche Rolle spielte er selbst dabei?

Nur langsam beruhigte sich sein Herzschlag. Er wusste, was er gesehen hatte, und er würde es so schnell nicht vergessen, aber er hatte keine Ahnung, was es bedeuten sollte.

Vielleicht konnte Suri ihm weiterhelfen. Er musste aus ihr herausbekommen, was sie von Helenas Zukunft gesehen hatte und warum sie ihn vor ihr gewarnt hatte. Vielleicht kam er auf diese Weise zu einer Erklärung.

Nach einer Weile erhob sich Taron und wischte sich die sandigen Hände an der Hose ab. Für einen Moment schaute er noch über den Fluss, dann kehrte er zum Lager zurück.

Er suchte Cresta, doch als er sie gefunden hatte, stellte sich heraus, dass schon jemand anders ihr geholfen hatte. Also sah er sich nach Suri um. Er traf sie in dem Wagen ihrer Familie an, wo sie gerade damit beschäftigt war aufzuräumen. Als er sah, dass sie allein waren, schloss er die Tür hinter sich.

„Hast du eine Minute Zeit?"

„Klar", lächelte sie, während sie noch eine Kanne in den Schrank räumte. „Hast du Cresta geholfen?"

„Hatte sich schon erledigt." Er trat an den Tisch.

„Geht es um vorhin? Was war denn los?"

Taron verfluchte die Tatsache, dass seine Schwester ihn so gut kannte. Manchmal war es, als würde sie seine Gedanken lesen. Er ließ sich auf einen Stuhl fallen und versuchte ihre Fragen zu ignorieren.

„Suri, ich muss es dich einfach noch einmal fragen: Was hast du gesehen, als du Helena die Zukunft voraussagen solltest?"

Sie kniff ihre braunen Augen missbilligend zusammen und stellte einen Topf zur Seite. „Fängst du wieder damit an? Ich habe dir gesagt, dass ich nicht darüber sprechen will."

„Bitte, du musst es mir sagen." Er fuhr sich verzweifelt durch die dunklen Locken. „Ich … ich kann es dir nicht erklären, aber es ist sehr wichtig für mich. Bitte!"

Suri setzte sich auf die Bank am Tisch und stützte ihre Arme auf. „Warum? Warum ist es so wichtig?"

Taron überlegte, ob er ihr von seiner Vision erzählen sollte, aber er stellte fest, dass es im Moment unmöglich für ihn war. Er musste mit diesen Bildern allein fertig werden. „Ich kann es dir nicht sagen, aber es ist wirklich entscheidend. Mehr als du dir vorstellen kannst."

Suri musterte ihn mit einem liebevollen Blick. Als seine ältere Schwester hatte sich auch immer ein wenig verantwortlich gefühlt. Schließlich seufzte sie ergeben.

„Also gut. Ich erzähl es dir. Aber ich warne dich: Es ist nicht so offensichtlich." Sie schaute für einen Moment durch das Fenster auf das Treiben draußen, um sich zu konzentrieren, bevor sie anfing.

„Da war ein großes Schachbrett mit vielen schwarzen und weißen Figuren. Ich wusste, dass diese Figuren Menschen waren. Da war die weiße Dame: Helena. Der weiße König: ein Mann in Uniform mit einem grässlichen Schnurrbart. Er erinnerte mich an diesen räudigen Kommandanten der Bürgerwehr.

Die schwarze Dame: unsere Königin Sofia, der schwarze König: König Leonidas. Ein schwarzer Läufer: ein Mann mit einer seltsamen Brille, weißem Bart und einer ledernen Tasche. Eine ganze Reihe anderer Figuren. Und unter den weißen Bauern: du.

Dann begannen die Figuren, sich zu bewegen, und es geschah dies: Die weiße Dame rückt weit vor und bringt sich dadurch in eine gefährliche Position, denn dort droht sie von dem schwarzen Läufer geschlagen zu werden. Der weiße Bauer rückt vor und stellt sich in den Weg des Läufers. Der Läufer schlägt den Bauern. Die weiße Dame entkommt."

Suri lehnte sich zurück. „Das war's."

„Wie! Das war's! Mehr nicht?" Er runzelte die Stirn. „Was soll das? Ich meine, was soll das bedeuten?" Er war enttäuscht, weil er so viel mehr erwartet hatte. Dies war so unklar wie nur irgendetwas. Er verstand gar nicht, warum seine Schwester es so lange zurückgehalten hatte.

Suri legte beide Hände flach auf den Tisch und lehnte sich vor. „Ja, verstehst du denn nicht?" Sie starrte ihn herausfordernd an. „Helena bringt sich auf irgendeine Weise in Gefahr, und du bist derjenige, der versucht sie zu retten. Dafür hast du aber dann den Schaden, und sie kann einfach ungestört weitermachen."

Taron überdachte noch einmal Suris Worte. Er als Bauer verhindert, dass Helena, die Dame, geschlagen wird, und wird dadurch selbst geschlagen. So machte es wohl Sinn. Kein Wunder, dass seine Schwester wollte, dass er sich von Helena fernhielt, wenn diese ihn doch nur dazu bringen würde, sich selbst ins Unglück zu stürzen.

„Ach, so meinst du das."

Sie nickte nachdrücklich. „Genauso. Lass die Finger von dieser Frau. Sie wird dir nur Unglück bringen. In diesem Spiel kannst du nur verlieren." Sie stand auf. „Ich muss draußen weiter mithelfen. Hör auf meine Worte, Bruder. Sie ist nichts für dich." Sie seufzte. „Ich weiß, dass die Alten es dir seit deiner Kindheit vorgebetet haben. Dass du dich vielleicht eines Tages opfern musst. Aber nicht so. Und nicht für sie." Mit diesen Worten schob sie sich an ihm vorbei und verließ den Wagen. Taron blieb allein mit seinen Gedanken zurück.

Er versuchte, die neu gewonnenen Informationen mit seiner eigenen Vision in Einklang zu bringen. Er hatte vielleicht gesehen, was passieren würde, wenn Helena tatsächlich in ihr Unglück rannte. Sie war in Gefahr gewesen, so wie die weiße Dame in Suris Vision. Er hatte ihren Schmerz gespürt. War dies dann die Variante der Zukunft gewesen, in der er sie nicht rettete?

Aber in welcher Gefahr schwebte Helena überhaupt? Wenn er es früh genug wüsste, könnte er es dann nicht verhindern, ohne dass er selbst sich dem Läufer in den Weg werfen musste? Könnte er sozusagen das komplette Spiel ändern?

Taron beugte sich vor und stützte seine Arme auf den Tisch, um sich mit den Händen durch das Gesicht zu fahren. Er hatte das Gefühl, dass die Zeit drängte. Er musste jetzt etwas unternehmen, es konnte nicht warten. Aber was?

Wo lauerte eine Gefahr für Helena? Das Erste, das ihm einfiel, waren ihre Pläne, von denen sie erzählt hatte. Sie wollte, nein, sie würde ganz sicher, in den nächsten Tagen an den königlichen Hof gehen, um der Königin und dem König beizustehen: den beiden schwarzen, gegnerischen Schachfiguren in dem Spiel. Der Kommandant der Bürgerwehr, Krausenstern, war dabei Helenas Begleiter, denn der war ganz eindeutig der weiße König. Bei diesem Gedanken spürte Taron einen Stich der Eifersucht. Die Zukunft hatte offenbar ihn an Helenas Seite gesehen, diesen unerträglichen Wichtigtuer.

Aber was sollte Helena denn am Hofe passieren? Welche Gefahren sollten dort lauern? Er hatte von Anfang an ein ungutes Gefühl gehabt, was diese Sache anging, aber er konnte es nicht begründen. Es wirkte alles völlig seriös, offiziell und im Gegenteil sehr ehrenvoll. Helena sollte die todkranke Königin unterhalten. Das konnte doch nicht so gefährlich sein, oder?

Auf der anderen Seite wusste er auch nicht genug über die kranke Königin. Vielleicht war ihre Krankheit ja überaus ansteckend, und man hatte dies absichtlich verschwiegen? Aber dann wäre seine Tante Cara nicht so entspannt gewesen, als sie zurückgekehrt war.

Taron sprang auf. Cara! Das war überhaupt die Idee! Er musste Cara finden und sie noch einmal gründlich über ihren Aufenthalt im Palast befragen. Vielleicht konnte er daraus Rückschlüsse ziehen, worin die Gefahr für Helena bestand.

Er verließ den Wagen und machte sich auf die Suche nach seiner Tante. Es dauerte eine Weile, weil sie sich nicht im Lager selbst befand, sondern in den nahen Wald gegangen war, um noch ein paar Kräuter zu sammeln.

***

Als Taron Cara ausfindig gemacht hatte, stand sie gerade am Rande einer sonnenbeschienenen Lichtung und ließ den Blick über die dort üppig wachsenden Pflanzen schweifen. Sie schaute hoch, als er sich näherte und lächelte ihm zu.

„Es ist eine Schande, sie mitten am Tag zu sammeln, abends ist es besser. Aber ich habe nicht mehr so viel Zeit", sagte sie statt einer Begrüßung. „Hier gibt es die besten Heilkräuter der ganzen Gegend." Sie wies auf den Boden und nannte mehrere Namen. „Aber du bist doch wahrscheinlich nicht hierhergekommen, um mir beim Sammeln zu helfen, oder?" Sie beobachtete ihn freundlich lächelnd. „Worum geht es denn, Taron?"

„Tante Cara, wir hatten doch neulich darüber gesprochen, wie du bei der Königin warst …" Sie nickte abwartend, doch Taron bemerkte, dass ihr Lächeln etwas steif wurde. „Kannst du mir noch mehr davon erzählen?"

„Warum interessiert dich das so sehr?" Plötzlich wirkte sie reserviert, zurückhaltend, so als müsste sie sich in Acht nehmen.

Taron überlegte, wieviel er seiner Tante erzählen sollte. „Wollen wir uns hier einen Moment setzen?", schlug er vor und zeigte auf einen umgefallenen Baum, dessen Stamm sich als Sitzgelegenheit anbot. Er wartete, bis seine Tante ihren Korb abgestellt und es sich bequem gemacht hatte.

„Als du mir neulich davon erzählt hast, hatte ich das Gefühl, dass das nicht alles gewesen ist. Als wenn da noch mehr wäre. Ich muss das aber unbedingt wissen. Es ist wichtig für mich."

Cara betrachtete ihn für einen Moment und ließ dann den Blick über die Wiese im Sonnenlicht schweifen. „Nein, da war nichts mehr. Ich konnte der Königin nicht helfen." Sie fuhr sich über ihre grauen Haare, die sie zu einem Knoten im Nacken zusammengebunden hatte und aus denen sich eine Strähne gelöst hatte.

„Ich konnte ihr nicht helfen", wiederholte sie. „Das war traurig und bitter für mich, aber nicht zu ändern."

„Das war wirklich alles?" Er konnte es nicht so recht glauben.

„Warum ist es denn so wichtig für dich?"

Da er auf diese Weise nicht weiterzukommen schien, entschied er, dass er zumindest einen kleinen Teil seiner Überlegungen teilen musste.

„Ich kenne eine Frau, die hat mir erzählt, dass es eine Einladung des Königs gibt an Bürger dieses Landes. Sie sollen die kranke Königin in ihren letzten Tagen trösten, erfreuen und unterhalten. Ich habe aber das Gefühl, dass daran etwas faul ist, dass sie sich in Gefahr begibt, wenn sie dorthin geht. Wozu braucht man für die Königin irgendwelche Leute, die sie unterhalten sollen? Die gibt es dort doch schon genug. Und die Königin ist garantiert viel zu krank, um noch fremde Leute um sich herum haben zu wollen."

Cara musterte Taron genau, als wollte sie die Wahrheit zwischen seinen Worten ergründen. „Welche Frau ist das denn?" Typisch, dass sie daran hängenblieb.

„Das ist nicht so wichtig. Ich habe sie zufällig kennengelernt. Sie kommt aus der Stadt." Er rupfte einen Grashalm ab und studierte ihn, während er ihn zwischen den Fingern drehte, um seine Tante nicht anschauen zu müssen. Sie konnte einem bis ins Herz schauen, wenn sie es wollte.

„So, so …", sagte sie leise. Nach einer kleinen, bedeutungsvollen Pause sprach sie weiter. „Und jetzt machst du dir Sorgen um sie?"

Er nickte und warf ihr einen kurzen Blick zu. „Sie hat sich beworben und ist genommen worden. Also geht sie jetzt bald da hin. Ich habe schon versucht, es ihr auszureden, aber sie will nichts davon hören. Sie freut sich so darauf und ist stolz, dass sie genommen wurde. Schließlich erfüllt sie alle Kriterien. Sie ist hübsch, begabt …

Ach ja, und grüne Augen hat sie! Sie nehmen nur Leute mit grünen Augen. Ich frage mich, warum gerade grüne Augen? Wozu?"

Bei seinen letzten Worten erstarrte das sanfte Lächeln seiner Tante. Es war beunruhigend zu sehen, wie sich ihr Ausdruck veränderte. Plötzlich sah Taron Bestürzung darin und eine große Sorge.

„Was sagst du da, Taron?"

„Es werden nur Leute mit grünen Augen in den Palast eingeladen." Taron spürte, wie die Betroffenheit seiner Tante auf ihn abfärbte und seine eigene Unruhe noch verstärkte. „Was hast du? Was ist denn los? Du weißt doch etwas!" Er beugte sich vor in dem Versuch, sie zu einer Antwort zu drängen.

Sie hatte sich jedoch schon wieder in der Gewalt. „Nein, es ist nichts. Gar nichts. Ich musste nur an etwas denken. Aber das ist nicht von Belang." Sie winkte ab.

„Was denn? Bitte sag es mir!"

Cara strich sich den weiten Rock glatt. „Nein, ich kann es dir nicht sagen." Sie langte nach ihrem Körbchen und stand auf. „Bitte frag nicht. Ich kann dir da nicht weiterhelfen."

Sie zögerte einen Moment. „Vielleicht versuchst du noch einmal, es dieser Frau auszureden, in den Palast zu gehen. Es wäre wohl tatsächlich besser für sie." Sie lächelte bedauernd. „Und nun lass mich hier noch ein wenig in Ruhe Kräuter sammeln."

Taron musste einsehen, dass er nichts mehr aus seiner Tante herausbekommen würde.

„Okay …, dann werde ich mal wieder gehen."

„Ja, ich komme bald nach."

Als Taron die Lichtung verließ, stand seine Tante immer noch am Waldrand und starrte hinaus in den Sonnenschein.

***

Taron kehrte nicht direkt zum Lager zurück, sondern machte noch einen kleinen Umweg am Fluss entlang, um Zeit zum Nachdenken zu haben. Er hatte den Eindruck, dass seine Tante ihm bewusst Informationen vorenthalten hatte. Aber warum? Sie war sonst ein sehr ehrlicher und offener Mensch. So zugeknöpft kannte er sie überhaupt nicht. Sie musste ihre Gründe gehabt haben, ihm nichts zu sagen.

Trotzdem war das Gespräch aber nicht umsonst gewesen. Ein paar Dinge hatte er herausgefunden. Das Wichtigste war, dass Cara ganz offenbar sehr betroffen gewesen war, als sie von den grünen Augen gehört hatte. Sie hatte daraus etwas geschlossen, das sie Taron nicht erzählen wollte. Sie ahnte jedoch offenbar so wie er selbst auch, dass eine Gefahr drohte. Sonst hätte sie ihm nicht aufgetragen, Helena noch einmal zu warnen.

Wenn sie aber wusste, dass sich Helena in Gefahr brachte, warum erzählte sie ihm nicht einfach alles, damit er es verhindern konnte?

Inzwischen hatte Taron den Fluss erreicht und blieb stehen. Das Wasser zog träge an ihm vorbei, während es an einigen Stellen glitzerte, wo sich Strudel und Wellen bildeten. Er jedoch war viel zu sehr in Gedanken versunken, um den Anblick zu genießen.

Es ging um Helenas grüne Augen. Er musste an seine eigenen Augen denken und an das Schicksal, dass für ihn damit verknüpft war. Das Grün seiner Augen war für ihn eine Verpflichtung, ihre Augen waren nur schön. Sein Blick glitt über das satte Grün der Bäume auf der anderen Seite des Flusses. Grün, die Farbe des Lebens. Grün wie auch Helenas Augen.

In diesem Moment begriff er. Er begriff alles. Es war wie ein Schock.

Warum war er nicht sofort darauf gekommen? Aber diese zwei Dinge waren so weit voneinander entfernt gewesen. Er hatte sie nicht in Verbindung bringen können! Plötzlich wusste er es, und es traf ihn wie ein Blitz aus heiterem Himmel.

Königin Sofia hatte die Bleiche. Und sie würde daran sterben. Erst jetzt bemerkte er, dass Cara es die ganze Zeit vermieden hatte, die Krankheit zu nennen oder zu beschreiben, an der die Königin litt. Sie hatte immer nur gesagt, dass sie ihr nicht helfen konnte. Das stimmte ja auch. Aber sie hatte nicht gesagt, dass sie die Krankheit sehr wohl kannte.

Natürlich! Das war es! Warum hatte er es nicht schon früher gesehen? Jetzt wusste er, was passiert war. Das war die Antwort auf all seine Fragen.

Am Hofe des Königs waren die weisen Ärzte ein und aus gegangen. Und einer hatte vielleicht davon gehört und hatte es König Leonidas erzählt: dass es Menschen gäbe, die einen Stoff in ihren Augen tragen, der diese Krankheit besiegen kann.

Sie hatten wahrscheinlich alle anderen Heilmittel versucht, und nur dieser eine Hinweis war übriggeblieben. Aber ihnen war nicht klar, dass dies nur ein Teil der Information war! Sie wussten offenbar nicht, dass es nicht für jeden Menschen mit grünen Augen galt. Und sie wussten auch nicht, wie sie an diesen Stoff herankommen sollten!

So hatten König Leonidas oder seine Berater einen kühnen und gewissenlosen Plan entworfen: Sie wollten versuchen, auf irgendeine Weise an den grünen Farbstoff zu gelangen, um damit zu experimentieren. Dazu brauchten sie Menschen mit grünen Augen. Niemand würde sich freiwillig melden, wenn man um so etwas bäte. Also wurden zwanzig Leute unter einem Vorwand ins Schloss eingeladen. Waren sie einmal dort, so würde man Mittel und Wege finden mit dem Ziel, den Farbstoff zu extrahieren.

Sie wollten an das Grün von Helenas Augen herankommen! Was für ein Horror! Taron holte keuchend Luft. Jetzt verstand er seine Vision. Jetzt machte alles Sinn, ganz schrecklichen Sinn!

Er musste sofort zu Helena gehen und noch einmal versuchen, sie von ihrem Vorhaben abzubringen. Sie war dabei, direkt in ihr Unglück zu rennen!

Taron setzte sich mit einem Ruck in Bewegung. Er erreichte den Rand des Lagers, streifte es jedoch nur am Rand und eilte stattdessen weiter in die Richtung des Sees und der Stadt.

***

Taron musste einen Umweg nutzen, um in die Stadt zu kommen, da er befürchtete, am Stadttor kontrolliert und abgewiesen zu werden. Am Marktplatz fragte er eine Frau nach der Adresse, die Helena ihm genannt hatte. Dort angekommen, blieb Taron einen Moment stehen, um sich zu sammeln.

Das erste Hindernis war, überhaupt bis zu Helena vorgelassen zu werden, aber er musste den direkten Weg wählen. Er ging die drei Stufen zur Tür hinauf und zog an der Klingel.

Drinnen hörte er das Läuten der Glocke. Nach einer Minute öffnete sich die Tür und ein Diener schaute heraus. Seine Miene versteinerte, als er Taron erblickte.

„Was ist?", fragte er barsch.

„Guten Tag, könnte ich bitte Fräulein Helena Greizenich sprechen?" Der Mann schloss die Tür wieder und ließ Taron auf der Schwelle zurück. Dort stand er immer noch, unschlüssig, was er als nächstes tun sollte, als die Tür sich erneut öffnete und Helena erschien. Sie war sichtlich verblüfft.

„Hallo Taron! Du hier?" Ihr Blick schweifte über ihn, von oben bis unten. Sie hatte nicht mit ihm gerechnet. Irgendwie wirkte er wie ein Fremdkörper vor ihrem Haus. Er gehörte nicht hierher, sondern draußen vor die Stadt.

„Hallo Helena. So schnell sehen wir uns wieder ..." Er lächelte etwas steif.

„Aber ich muss dich unbedingt sprechen. Es ist wichtig." In dieser Situation spürte Taron sehr unangenehm, wie unterlegen er wirkte. Er kam sich wie ein Bittsteller vor.

Helena überlegte kurz, ob sie ihn hereinlassen konnte, aber ihr Vater saß im Arbeitszimmer. Wenn er mitbekäme, wer da in seinem Haus war, gäbe es einen riesigen Ärger.

Sie murmelte: „Es tut mir leid. Du kannst nicht hereinkommen."

Für einen Moment erwog sie, ihn zum Dienstboteneingang zu schicken, aber das würde ihr nicht weiterhelfen.

„Geh links die Gasse hinunter, dann rechts und wieder rechts, dann kommst du an unser Gartentor, es ist schwarz mit einem goldenen Griff. Ich werde gleich dort sein."

Taron nickte wortlos und machte sich auf den Weg.

Sie schloss die Tür und eilte durch das Haus nach hinten in den Garten.

Wenige Minuten später hatte er das Tor erreicht. Gerade als er

„Komm rein!", sagte sie atemlos.

Helena schloss das Tor hinter ihm.

Sobald sie sich unbeobachtet fühlte, nahm sie Tarons Hand und lächelte zu ihm hoch.

Auch dieser Kuss war für sie, als würde sie um- und umgedreht. Ihr war regelrecht schwindelig, als er sie wieder losließ. So etwas hatte sie noch nie erlebt.

„Bist du dafür gekommen?", flüsterte sie lächelnd, als sie wieder zu Atem gekommen war.

überlegte, wie er in den Garten hineingelangen könnte, öffnete sich das Tor.

Er trat in einen von einer hohen Mauer umgebenen Garten mit Rosenrabatten und Spalierbäumen an den Seiten.

Sie war so unwiderstehlich. Er spürte, wie sein Körper auf sie reagierte. Unwillkürlich zog er sie an sich und küsste sie. In diesem Moment wusste er, dass er sie unbedingt retten musste.

„Eigentlich nicht, aber es wäre schon ein Grund gewesen", lächelte er zurück, wurde dann aber ernst. Er wusste nicht, wieviel Zeit er hatte, bevor sie jemand stören würde. Deshalb musste er sich beeilen.

„Nein, es ist etwas anderes." Er räusperte sich. „Helena, der Grund, warum ich gekommen bin, ist sehr ernst."

„Worum geht es denn?" Er wirkte plötzlich so angespannt und nervös.

Der Palast! Darum ging es also. Sobald sie begriff, worauf es hinauslief, fühlte sie schon den Widerstand in sich aufsteigen. Er hatte sich doch für sie gefreut. Warum wollte er ihr diese Sache nun plötzlich doch wieder ausreden?

„Eine Falle? Dein Ernst? Wie kommst du denn auf so einen Quatsch?" Sie entzog sich seinem Griff. „Das ist der Palast unseres Königs!"

„Woher willst du das so genau wissen? Was soll denn so Schlimmes passieren? Ich gehe zur Königin, nicht zu irgendeiner Verbrecherbande ..."

So ein Unsinn! Sie verstand nicht, was Taron eigentlich wollte. Warum sollte sie nicht in den Palast gehen? Gönnte er ihr etwa nicht diese Karrierechance,

„Die Einladung in den Palast. Ich hatte von Anfang an ein komisches Gefühl dabei. Aber jetzt fürchte ich, dass mehr dahinterstecken könnte." Er fasste ihre Schultern.

„Helena, es kann sein, dass dies eine Falle ist, dass sie dir etwas Böses antun wollen. Du solltest besser nicht dorthin gehen!"

„Das ist kein Quatsch. Du musst es mir glauben. Wenn du dorthin gehst, schwebst du in großer Gefahr."

Ja, was sollte er ihr denn sagen?
„Sie wollen euch nicht dort haben, um die Königin zu unterhalten. Sie wollen euch benutzen, für ihre Zwecke missbrauchen."

die er nie haben würde? Wollte er es ihr einfach verderben?

„Mal ehrlich: Was ist denn dein Problem? Das ist für mich die Chance meines Lebens! Ein einziges Mal will ich meine eigenen Entscheidungen treffen, ohne dass mir jemand dreinredet.

Traust du mir diese Sache nicht zu, ist es das?"

Taron musste erkennen, dass er nicht zu ihr durchdrang. Sie hörte ihm ja gar nicht richtig zu.

„Nein, natürlich traue ich es dir zu. Darum geht es doch gar nicht. Ich versuche doch nur, dich vor einer großen Gefahr zu bewahren. Es wird etwas sehr Schlimmes passieren."

„Woher willst du das so genau wissen?"

Sie blieb misstrauisch. Was Taron da sagte, erschien ihr so abwegig …

Er holte tief Luft. Er konnte doch nicht sagen, dass er sich das alles zusammengereimt hatte, auf der Grundlage einer Vision und der Erzählungen seiner Tante.

„Ich weiß es einfach. Vertrau mir doch. Sie werden dir Leid antun."

„Was haben sie denn deiner Meinung nach so Schlimmes vor?"

Taron zögerte. Wenn er ihr alles erzählte, würde sie ihn für total verrückt halten. Es war so abwegig.

„Ich kann es dir hier und jetzt einfach nicht sagen. Du musst mir

„Tja, ich glaube dir aber nicht. Taron, wirklich! Was soll das?" Sie schüttelte den Kopf.

Helena erwiderte störrisch seinen Blick. Sie spürte seine ehrliche Sorge, aber sie konnte nicht nachvollziehen, warum er sich so aufregte. Es machte einfach keinen Sinn.

„Nein, Taron, es steht fest, ich werde morgen abreisen. Ich wäre sogar schon heute gefahren, aber mein Vater begleitet mich.

Bis morgen Abend sollen sich alle am Palasttor melden. Ich werde da sein. Daran kannst weder du, noch irgendjemand sonst etwas ändern. Es ist eine einmalige Chance für mich, und die werde ich ergreifen."

vertrauen. Es ist die Wahrheit! Sie wollen euch benutzen, wie Versuchskaninchen, um die Königin zu retten. Glaub es mir!"

Er hatte keinen guten Start erwischt, und nun entglitt ihm das Gespräch immer weiter.

Taron ergriff ihre beiden Hände und schaute ihr in die Augen.

„Helena, ich meine es Ernst. Ich bitte dich, inständig, geh nicht!"

In diesem Moment wusste er, dass sein Versuch gescheitert war. Er konnte sie tatsächlich nicht aufhalten. Es brach ihm schier das Herz.

„Ach, Helena!"

Er zog sie an sich und schlang seine Arme um sie. Wenn er sie nur ewig so an sich drücken

In seinen Armen liegend wusste Helena, dass er aufgegeben hatte, sie umzustimmen, aber das erfüllte sie nicht mit Genugtuung. Sie wusste, dass seine Besorgnis echt war und das beunruhigte sie auch ein wenig, aber sie sah keinen Anlass dafür. Er hatte kein Recht, sie zurückzuhalten.

Sie war so irritiert, dass sie sich nicht sofort auf seinen Kuss einließ, aber dann gab sie nach. Trotz ihrer Differenzen fühlte sie sich immer noch so sehr angezogen von ihm, dass sie ihm nicht widerstehen konnte.

Schließlich riss sie sich los von ihm. „Ich muss wieder zurück ins Haus", flüsterte sie. „Es ist noch viel zu packen."

Helena musste lächeln. „Ja, ja, ich verspreche es, du Schwarzseher! Und wenn wir uns wiedersehen, werden wir gemeinsam darüber lachen, welche Sorgen du dir gemacht hast."

Sie nickte.
„Auf Wiedersehen, Taron."

könnte, um sie vor allem zu bewahren. Wieder sah er ihr Gesicht vor sich, die Todesangst in ihren Augen.

„Es tut mir leid …"
Er löste sich ein wenig von ihr, um sie zu küssen.

Taron nickte traurig. „Versprich mir, dass du auf dich aufpasst. Sei immer wachsam, hörst du?"

Er lächelte schwach. „Wollen wir es hoffen. Bis dahin, leb wohl, Helena. Ich werde dir schreiben, versprochen."

Er küsste sie noch einmal zärtlich, bevor er das Gartentor in der Mauer öffnete und hindurchtrat.

Sie schloss das Tor hinter ihm.

Als er sich umdrehte, flüsterte er: „Ich liebe dich", aber das hörte sie nicht mehr.

***

ZEHN

Taron lehnte sich gegen die Mauer. Er hatte es versucht, obwohl er von Anfang gewusst hatte, dass die Chancen, Helena umzustimmen, nicht groß waren. Sie würde in den Palast gehen. Das konnte er nicht mehr verhindern.

Er senkte den Kopf. Sie hatte ihm einfach nicht geglaubt. Er fragte sich, ob er ihr alles hätte erzählen sollen, wusste jedoch selbst sofort, dass es nichts geändert hätte. Er konnte diesen Plot schließlich nicht beweisen, obwohl er sich selbst so sicher war. Um dies alles zu glauben, musste man unterstellen, dass dort am Hofe Böses am Werk war. Das war doch praktisch mit Majestätsbeleidigung gleichzusetzen. Niemand außer ihm käme darauf, dem König eine solche Gewissenlosigkeit zu unterstellen.

Während er zum Lager zurückkehrte, versuchte er, sich selbst einzureden, dass er seine Pflicht getan hatte und deshalb aus der Verantwortung entlassen war.

Er hatte es versucht, sie hatte nicht auf ihn gehört. Damit war die Sache doch eigentlich für ihn erledigt. Er war schließlich nicht für ihr Leben verantwortlich. Sie kannten sich doch erst seit wenigen Tagen. Was kümmerte ihn also diese fremde Frau?

Doch im nächsten Augenblick musste er sich eingestehen, dass er sich selbst zu belügen versuchte. Er liebte sie, er konnte es nicht ändern. Er fühlte sich für sie verantwortlich. Er konnte sie doch nicht in ihr Unglück rennen lassen! Er würde sich das nie verzeihen.

Inzwischen hatte er den See erreicht und blieb am Ufer stehen. Was konnte er denn jetzt noch tun? Er hatte schließlich alles versucht.

Während Taron über das Wasser blickte, wanderten seine Gedanken wie in einem Labyrinth hin und her. Er bog in Wege ein, nur um zu erkennen, dass es Sackgassen waren und er wieder umkehren musste. Er erwog Möglichkeiten und verwarf sie wieder.

Er konnte zum Palast gehen, um Helena dort abzufangen. Aber sie würde sich ihm widersetzen und trotzdem hineingehen. Er könnte Helena entführen. Nein, das war absurd.

Er könnte versuchen, mit ihr zusammen hineinzugehen, um sie zu beschützen, wenn es nötig war. Aber wie sollte er in den Palast hineingelangen? Und wie sollte er sie tatsächlich vor ihrem Schicksal bewahren, wenn er allein dann mit einer Übermacht von Palastwachen konfrontiert war?

Er konnte versuchen, mit ihrem Vater zu sprechen, aber der würde ihn wahrscheinlich gar nicht zu sich vorlassen und wenn doch, würde er ihm nicht zuhören. Er könnte sich an Elion Krausenstern wenden, aber der würde ihn wahrscheinlich eher zum Duell fordern, als ihm zu helfen. Gab es sonst niemanden? Taron suchte in Gedanken alles ab, ohne Erfolg. Er schüttelte verzweifelt den Kopf.

Wieder sah er Helenas weit aufgerissene Augen vor sich, spürte ihre Angst, ihren Schmerz.

Wenn er diese Vision nicht gehabt hätte, dann wäre er überhaupt nie darauf gekommen, was der Palast vorhatte. Er hätte dieses ungute Gefühl, das ihn befallen hatte, beiseitegeschoben und Helena viel Erfolg gewünscht. Aber nun wusste er es leider besser.

Warum hatte Cara sich eigentlich so sehr bemüht, ihm nichts von der Krankheit der Königin zu erzählen? Selbst als sie ahnte, was im Palast geschehen würde, hatte sie ihn weggeschickt. Sie hatte ihn die ganze Zeit zwar nicht gerade belogen, aber alle wichtigen Informationen zurückgehalten. Das sah ihr eigentlich nicht ähnlich. Sie war zu ihm immer ehrlich gewesen, und er wusste, dass sie ihn gernhatte.

Plötzlich kam ihm ein furchtbarer Gedanke. Cara hatte ihm nichts von der Krankheit der Königin erzählt, gerade *weil* sie ihn so gernhatte und weil sie befürchtete, dass er seine eigenen Schlüsse daraus ziehen würde. Sie wollte ihn vor sich selbst schützen!

Denn wenn Königin Sofia die Bleiche hatte, dann war doch er derjenige, der ihr das Leben retten könnte! Er hatte die Medizin, sie war in seinen Augen! Aber Cara hatte immer gesagt, dass es unmöglich war, der

Königin zu helfen. Der Grund dafür war, dass diese Substanz nicht für sie bestimmt war. Die Regeln verboten es.

Ohne seine Hilfe würde Königin Sofia sterben. Das war sicher. Es gab kein anderes Mittel gegen diese Krankheit. Cara hatte für sich entschieden, den Regeln ihrer Gemeinschaft zu gehorchen, auch wenn es den Tod der Königin bedeutete. Darüber hinaus wollte sie diese Entscheidung niemandem sonst zumuten. Auch Taron nicht.

Aber nun war es geschehen. Er wusste von der Königin und was im Palast mit Helena geschehen würde. Er wusste, dass er es verhindern konnte. Und er wusste jetzt auch, was er zu tun hatte, selbst wenn er damit gegen alle Regeln verstieß.

Sein Atem ging schwer, seine Augen schauten ins Leere. Die Erkenntnis fiel wie eine schwere Last auf ihn. Er war das Bauernopfer. Um Helena zu retten, musste er sich nicht nur vor sie stellen, er musste sich schlagen lassen.

***

Als er das Lager erreichte, saßen viele schon beim Abendessen um das große Feuer in der Mitte herum. Jetzt erst merkte Taron, dass er am Verhungern war. Er hatte seit dem Frühstück nichts gegessen. Er ging grüßend an mehreren Grüppchen vorbei zum Kochzelt.

Dort griff er nach einem Stück Brot, das in einem Korb lag, strich Butter darauf und goss sich Bier aus einem Krug in einen Becher daneben. In einem anderen Korb lagen Äpfel. Taron setzte sich etwas abseits auf eine Kiste und begann zu essen. Es dauerte jedoch nicht lange, bis seine Mutter Rubi auf ihn zukam.

„Taron, wo bist du die ganze Zeit gewesen?", fragte sie ihn erzürnt. „Wir haben dich überall gesucht. Du wurdest gebraucht."

„Ja, Entschuldigung, ich musste noch etwas Dringendes erledigen …", murmelte er mit vollem Mund.

„Erledigen? Was soll denn das gewesen sein? Du hast dich vor der Arbeit gedrückt, so sieht es aus. Du hast die anderen schuften lassen und dir selbst einen lauen Lenz gemacht!"

„Nein, das stimmt doch gar nicht!", protestierte Taron, nachdem er jetzt den letzten Bissen heruntergeschluckt hatte. „Es war wirklich wichtig!"

Tarons Mutter machte ein Geräusch des Missfallens, sagte aber nichts weiter, da sie gerade von jemandem gerufen wurde und weitermusste. Schon im Fortgehen meinte sie noch: „Morgen zählen wir auf dich."

Taron sah ihr nach und zuckte dann die Schultern. Rubi vergaß leider immer wieder, dass er schon erwachsen war und sie ihm eigentlich nichts mehr zu sagen hatte.

Er hatte kaum einen weiteren Bissen im Mund, als seine Schwester auftauchte, einen Hocker in der Hand, und sich neben ihn setzte. „Wo warst du? Wir haben dich vermisst."

Taron rollte mit den Augen. „Jetzt fang du nicht auch noch an damit. Ich musste etwas erledigen, okay? Es war wichtig."

Suri reagierte sofort auf seinen gereizten Ton. „Ganz ruhig, kleiner Bruder. Reg dich nicht auf." Sie schaute einen Moment den anderen am Feuer zu, deren Gesichter im Licht der Flammen aufleuchteten. „War es wegen Helena? Hast du sie noch einmal getroffen?"

Taron biss die Zähne aufeinander. Er hätte so gern mit seiner Schwester über alles gesprochen, aber das war unmöglich. Normalerweise hatten sie keine Geheimnisse voreinander, aber jetzt war es etwas Anderes. Wenn er ihr von seinen Plänen erzählte, würde sie ihn aufzuhalten versuchen, da war er sicher.

Suri beugte sich vor, um Taron ins Gesicht schauen zu können. „Du hast dich in sie verliebt, nicht wahr?" Sie wartete auf seine Reaktion. Als er nicht antwortete, sagte sie weiter: „Und jetzt droht das zu passieren, was ich in meiner Vision gesehen habe?"

Taron fragte sich zum hundertsten Mal, wie sie immer so genau wusste, was in ihm vorging. Er konnte sich nicht mehr zurückhalten. Es brach aus ihm heraus. „Oh, Suri, was soll ich denn machen? Es wird etwas sehr Schlimmes passieren. Helena ist in großer Gefahr, das weiß ich. Und ich muss versuchen, sie zu retten."

Suri betrachtete ihn ernst. „Wie in dem Schachspiel?"

Taron nickte.

Sie stöhnte leise. „Ich habe dir gesagt, dass du die Finger von dieser Frau lassen sollst."

„Es ist zu spät. Ich liebe sie." Es war komisch, das so auszusprechen, aber es war wahr. „Ich habe mich in sie verliebt, eigentlich schon in dem Augenblick, als ich sie das erste Mal gesehen habe." Er zuckte die Schultern. „Ich konnte es einfach nicht verhindern. Und jetzt schwebt sie in

Gefahr, und ich kann nicht tatenlos zusehen, wie sie in ihr Unglück rennt. Ich kann es einfach nicht."

„Aber du musst, Taron, du musst." Sie fasste ihn am Arm, um ihren Worten Nachdruck zu verleihen. „Sie ist keine von uns. Sie geht dich nichts an. Wenn du dich jetzt opferst, wie dieser Bauer im Schachspiel, dann könnte das sogar deinen Tod bedeuten! Begreifst du das? Dann ist es kein Spiel. Dann ist es bitterer Ernst. Ist es das wert?"

Taron riss sich los. Er konnte die Berührung ihrer Hand nicht ertragen. „Ich kann nicht anders, Suri. Es ist so. Ich muss es tun."

„Was musst du tun?" Suris Stimme wurde noch drängender. „Was um Himmels Willen hast du denn vor, Taron?"

Er sprang auf. „Ich kann es dir nicht sagen. Du würdest versuchen, mich daran zu hindern. Besser, du weißt es nicht." Er hatte ein Gefühl, als würde es ihm den Brustkorb zuschnüren. Bevor Suri noch etwas sagen konnte, wandte er sich um und ging weg. Während er den Becher zurückstellte sah er sich um, aber Suri saß immer noch an der gleichen Stelle und schaute ihm nach.

***

Taron fand seine Tante in ihrem Wagen, wo sie damit beschäftigt war, Kräuter zum Trocknen aufzuhängen.

„Hallo Cara, störe ich?"

„Taron! Nein, nein, komm ruhig rein!"

Er trat ein und schloss die Tür sorgfältig hinter sich. Er war froh, Cara hier allein sprechen zu können. Normalerweise war sie immer von Leuten umgeben.

„Ich bin dabei, noch etwas Ordnung in meinen Vorräten zu machen", erklärte Cara. „Setz dich doch. Möchtest du einen Kräutertee? Dort in der Kanne. Becher stehen da drüben."

Taron bediente sich, während sie weiterarbeitete und setzte sich dann auf eine Bank, um ihr zuzusehen. Der Tee war noch heiß und schmeckte süß. Er schlang seine Finger um den Becher, während er überlegte, wie er anfangen sollte. Schließlich nahm Cara ihm dies ab.

„Du bist doch nicht gekommen, um deiner alten Tante Gesellschaft zu leisten, oder? Was ist los?" Sie warf ihm einen prüfenden Blick über die

Schulter zu. „Geht es wieder um die kranke Königin? Oder um die Frau, die du erwähnt hast?"

Taron beschloss, sofort die Karten auf den Tisch zu legen. „Du hast nie gesagt, an welcher Krankheit die Königin leidet. Es ist die Bleiche, nicht wahr?"

Cara hielt inne und drehte sich um. „Wie kommst du …"

„Nein, du brauchst es nicht abzustreiten. Ich weiß, dass es so ist. Aber warum hast du es mir nicht gesagt?"

Cara stellte den Korb weg, den sie in der Hand hielt und setzte sich langsam zu ihm an den Tisch. Sie schien die Zeit zu brauchen, um ihre Gedanken zu sammeln.

„Es stimmt. Sie hat die Bleiche. Aber ich habe es nicht gesagt, weil es keine Bedeutung für uns hat. Wir können ihr nicht helfen."

„Doch."

„Nein, Taron. Genau das hatte ich befürchtet." Sie seufzte tief. „Auch du kannst ihr nicht helfen. Das heißt, du könntest es natürlich theoretisch, aber du darfst es nicht einmal denken!"

„Warum denn nicht? Sie ist die Königin!"

„Es ist gegen unsere Gesetze. Wir kümmern uns um uns selbst. Die Königin hat nie etwas für uns getan. Warum sollten wir etwas für sie tun?"

Taron stellte den Becher weg. „Eigentlich geht es mir aber auch gar nicht um die Königin.

Ich habe versucht, Helena ihre Pläne auszureden, aber sie bleibt dabei. Sie will in den Palast gehen. Als ich dir von den grünen Augen erzählt habe, da warst du für einen Moment ganz erschrocken. War es, weil du begriffen hast, warum sie eingeladen wurde?"

„Taron, das geht uns nichts an!"

„Doch, mich geht es etwas an. Die im Palast wissen, dass in den grünen Augen ein Heilmittel steckt, aber sie wissen nicht, wie sie drankommen können. Das stimmt doch, oder?"

Cara nickte müde. „Ich befürchte es. Sie haben keine Ahnung. Sie meinen wohl, es würde bei allen Menschen funktionieren."

„Cara! Sie werden diese Leute sinnlos quälen, ohne ein Ergebnis! Es ist zum Scheitern verurteilt!"

„Es geht uns nichts an!", wiederholte sie.

„Sie werden Helena quälen, und das kann ich nicht zulassen." Er schaute Cara direkt in die Augen. „Ich werde sie retten."

Cara erwiderte seinen Blick. „Du meinst …?" Sie atmete scharf ein. „Nein!"

„Ich werde zum Palast gehen und mich stellen. Ich werde König Leonidas sagen, dass ich die Königin retten kann, dass er aber zuerst alle anderen wegschicken muss."

Cara langte über den Tisch und fasste seine Hände. „Taron! Bist du noch bei Sinnen? Weißt du, wie gefährlich das ist?"

„Ich sehe keinen anderen Weg …"

„Du denkst vielleicht, dass du weißt, wie es funktioniert, dass es ganz einfach ist. Aber, Taron! Du bringst dich damit in ernste Gefahr!" Sie ließ seine Hände los und lehnte sich zurück. „Das ist kein Spaziergang!"

Von solchen Worten ließ er sich nicht beeindrucken. „Ich bin bereit, das zu riskieren."

Cara änderte ihre Taktik. „Aber es ist dir verboten! Du darfst es nicht. Du brichst unsere Gesetze, wenn du es tust. Der Rat wird dich bestrafen."

„Und wenn mir das egal ist?", erwiderte Taron trotzig. Als wenn ihn irgendwelche Regeln aufhalten würden!

Cara war ganz außer sich. „Taron, tu es nicht, bitte! Du darfst es nicht tun."

„Ich muss. Ich liebe sie, Cara."

Auf diese Worte hin wurde seine Tante für einen Moment ganz still. Sie verstand ihn, das sah er. Dennoch versuchte sie gleich darauf weiter, ihn davon abzuhalten: „Du weißt, dass du den Trank dafür brauchst, den ich dir herstellen müsste. Was, wenn ich dir das verweigern würde, damit du nicht gehst?"

Taron dachte kurz nach. „Ich würde es trotzdem machen. Du weißt, dass es auch so geht. Wenn ich in den Palast gehe und alle anderen nach Hause geschickt werden, dann habe ich mein wichtigstes Ziel schon erreicht. Was danach kommt, muss das Schicksal zeigen."

„Du bist verrückt!" Tränen der Verzweiflung traten Cara in die Augen. „Taron, bitte, was muss ich tun, damit du es dir noch einmal überlegst?"

„Du kannst mich nicht umstimmen, Tante."

„Ich könnte es deinen Eltern erzählen, damit sie dich aufhalten."

„Das wird ihnen nicht gelingen."

„Oh, Taron …" In ihren Augen sah er ihre Zuneigung und ihre Angst um ihn, aber er konnte seltsamerweise auch sehen, dass sie ihn verstand.

In diesem Moment ahnte er, wie sehr es sie gequält haben musste, Königin Sofia nicht helfen zu dürfen. Sie war eine Heilerin. Es war ihr Lebensinhalt, Menschenleben zu retten.

Einen Moment herrschte Stille. Cara hatte den Blick auf ihre Hände gesenkt. Als sie ihn wieder hob, hatte sich etwas in ihrem Gesicht verändert. Sie wirkte immer noch besorgt, aber auch traurig.

„Ich wünschte so sehr, dass ich dich davon abhalten könnte. Aber ich spüre, wie entschlossen du bist." Sie fuhr sich mit den Händen über das hagere Gesicht. „Ich werde dir den Trank herstellen." Taron atmete erleichtert aus. „Das Problem wird sein, dass ich nicht dabei sein kann, um dir zu helfen und dir beizustehen, falls etwas schiefgeht. Es ist ein gefährliches Unterfangen, umso mehr, wenn du es allein machen musst. Du könntest erblinden oder sogar sterben."

Er biss die Zähne aufeinander. „Das muss ich riskieren."

Sie lächelte traurig und zugleich wissend. „Du warst schon immer der größte Dickkopf", seufzte sie liebevoll. „Ich werde alles tun, damit du heil da wieder herauskommst, aber es ist ein großes Risiko, das du eingehst."

„Ich weiß."

Sie lehnte sich vor zu ihm. Ihre Hände schlossen sich schützend um seine und hielten sie fest, während sie ihm in die Augen schaute, diese grünen Augen, die schon sehr bald ihre Farbe verlieren sollten.

***

Helena war nicht so unbeeindruckt von dem Gespräch mit Taron, wie sie es sich vielleicht einreden wollte. Als sie ins Haus zurückkehrte, traf sie dort auf ihre Schwester, die ihr verkündete, dass Elion zum Abendessen erwartet wurde.

Helena unterdrückte ein Seufzen. Wieviel lieber hätte sie den ganzen Abend auf ihrem Zimmer verbracht, ihre Sachen gepackt und über Taron nachgedacht. Nun musste sie auch noch Elions Gesellschaft ertragen. Sie ging hinauf, um sich frisch zu machen.

Anstatt dort jedoch die ihr verbleibende Zeit zu nutzen, setzte sie sich in ihren Lieblingsstuhl am Fenster und schaute hinaus in den Garten.

Dort unten am Tor hatten sie vorhin gestanden. Taron war so aufgewühlt gewesen, das hatte sie gemerkt. Aber sie verstand nicht, warum er sie nicht in den Palast gehen lassen wollte. Was sollte ihr denn dort passieren? Sie war doch einer Einladung gefolgt und damit sozusagen ein Gast des Königs!

Sie ließ sich von ihren Plänen nicht abbringen. Natürlich würde sie morgen abreisen. Dennoch blieb ein vages Gefühl des Unbehagens zurück. Sie war Taron beinahe ein wenig böse, dass er ihr die Vorfreude auf diese Weise verdorben hatte. Es wäre schöner gewesen, sich ganz unbeschwert auf den Weg zu machen, als mit seinen Worten im Ohr.

Als Helena schließlich am Tisch neben Elion saß, war sie immer noch missgestimmt. Wortkarg schob sie das Essen auf ihrem Teller hin und her, bis es selbst Elion auffiel.

„Ist Ihnen die Aufregung auf den Magen geschlagen, Fräulein Helena? Oder mögen Sie keinen Zander? Sie essen ja kaum etwas."

Helena sah überrascht auf. Sie hatte ihren Tischnachbarn ganz vergessen. „Oh, ich habe einfach keinen rechten Hunger, Herr Elion."

Er lehnte sich vertraulich zu ihr herüber. „Ich verstehe Sie ja. Es ist eine ganz wunderbare, aufregende Chance, am Hofe vorgestellt zu werden. Sie werden diese kostbar ausgeschmückten Gemächer zu Gesicht bekommen, die sonst kaum ein Untertan betreten darf …!"

Helena nickte mechanisch. „Ja, eine große Ehre."

Elion runzelte die Stirn. „Wirklich glücklich sehen Sie allerdings nicht darüber aus."

Sie machte eine abwehrende Handbewegung. „Ach, es ist nur, dass jemand, den ich seit Kurzem kenne, mich davor gewarnt hat, dorthin zu gehen. Er hat sogar behauptet, dass ich mich in Gefahr begeben würde."

Elion lachte erstaunt auf. „Wer behauptet denn so etwas? Völlig absurd! Was für eine Gefahr sollte das denn sein?"

„Ja, das frage ich mich auch."

„Wahrscheinlich war derjenige nur neidisch auf Ihren Erfolg und wollte Ihnen damit die Vorfreude verderben. So ist es leider häufig, da spreche ich aus Erfahrung. Wenn man die Karriereleiter erklimmt, dann wird dies nicht nur wohlwollend beobachtet. Sie sollten solchen Kommentaren keinen Wert beimessen."

Helena nickte. Wahrscheinlich hatte Elion recht. Taron war einfach nur neidisch wegen ihrer gesellschaftlichen Position. Er verstieg sich in diese Idee von der Gefahr, damit er nicht ansehen musste, wie sie etwas aus ihrem Leben machte. Sie hatte Ziele, Träume. Er lebte doch nur in den Tag hinein.

Vielleicht hatte er auch einfach Angst, dass sie das Interesse an ihm verlieren würde, wenn sie erst einmal den Glanz des Hofes erlebt hatte.

„Sie haben recht, Herr Elion. Die Warnungen waren ganz unsinnig."

Elion nickte vehement. „Absolut! Wer war das denn überhaupt, der Ihnen diesen Floh ins Ohr gesetzt hat?" Er schien kurz zu überlegen, bevor sich dann seine Miene verdunkelte. „Vielleicht dieser Taugenichts, der Sie neulich am See belästigt hat?"

Helena schaute überrascht auf. „Wie kommen Sie darauf?"

Elion zwirbelte wichtig an seinem Schnurrbart. „Nun, nach dem Vorfall auf dem Steg habe ich es mir nicht nehmen lassen, diesen erbärmlichen Leuten in ihrem Lager am Fluss einen Besuch abzustatten.

Offiziell ging es natürlich darum, mich davon zu überzeugen, dass sie bald abreisen würden. Aber ich hatte das Glück, diesem Mann, der Sie belästigt hat, zu begegnen und ihm ein wenig die Leviten lesen zu können."

Helena schoss das Blut ins Gesicht, als sie sich diese Begegnung vorzustellen versuchte. „Was haben Sie gesagt?"

„Nun, ich habe ihm unmissverständlich zu verstehen gegeben, dass er sich von Ihnen fernzuhalten hätte und schleunigst abreisen sollte." Er räusperte sich. „Mit Erfolg, wie ich meine, denn ich habe erfahren, dass diese Vagabunden uns morgen endlich verlassen werden."

Helena dachte daran, wie Taron die Sache geschildert hatte. Offenbar war Elion eifersüchtig geworden und hatte versucht, den Nebenbuhler auszuschalten. Er schien es wirklich ernst mit ihr zu meinen.

Inzwischen hatte er sein Glas gehoben und prostete ihr lächelnd zu. Sie hob ihres an und beantwortete seinen Blick mit einem leichten Lächeln.

***

ELF

Am nächsten Morgen erwachte das Leben schon früh im Lager am Fluss. Alles, was noch übriggeblieben war, wurde zusammengepackt und die Pferde schließlich vor die Wagen gespannt.

Taron half überall, wo er gebraucht wurde. Er wollte sich unauffällig verhalten, bis sie Herrscherau erreicht hatten. Dort angekommen würde er dann so schnell wie möglich versuchen, zum Palast zu gelangen. Er wusste nicht, wann genau Helena und die anderen Bewerber dort erscheinen sollten und was danach geschehen würde.

Seine größte Sorge war, dass er zu spät kommen könnte. Daher hatte er auch überlegt, schon in der Nacht das Lager zu verlassen und sich auf den Weg zu machen. Allerdings hätte das bedeutet, auf Caras Trank zu verzichten. Sie hatte ihm versichert, dass sie sofort mit dessen Herstellung beginnen würde. Trotzdem würde es einen Tag dauern, bis er einsatzbereit war.

Also hatte Taron beschlossen, mit dem Tross zu reisen, auch wenn dies bedeutete, dass ihm zeitlich gesehen nur ein geringer Spielraum blieb, um Helena zuvorzukommen.

***

Suri schien ihm aus dem Weg gehen zu wollen. Trotzdem hatte er manchmal den Eindruck, dass sie ihn aus der Distanz beobachtete.

Dann kam der Moment, wo alles abgebaut und zusammengepackt war. Sie standen in der Mitte des Platzes und schauten sich ein letztes Mal um. Taron blickte zum Fluss hinüber, zum Ufer, wo er Helena geküsst hatte. An diesem Ort waren nun so viele Erinnerungen geknüpft.

Tarons Vater, Uro, erhob die Stimme und sprach ein paar Worte darüber, dass die letzten Tage eine harte Zeit gewesen seien, erinnerte an die Durchsuchung und drückte schließlich seine Hoffnung auf mehr Glück an ihrem nächsten Lagerplatz aus. Alle applaudierten und stiegen dann auf die Wagen um abzufahren.

Taron sah, dass sich Suri zu ihrem Vater auf den Bock des Wagens setzte. Er selbst übernahm die Zügel bei einem anderen Wagen, zusammen mit Geron. Sie würden sich später abwechseln. Langsam rollte der erste Wagen vom Lagerplatz herunter, die anderen folgten ihm, einer nach dem anderen.

***

Helena warf einen letzten Blick aus dem Fenster der Kutsche auf die Haustür, wo Delia und Elion standen und ihr zuwinkten.

Früh am Morgen schon war sie aufgestanden, hatte die letzten Dinge in ihren Koffer gepackt und gefrühstückt, auch wenn sie vor Aufregung kaum etwas herunterbrachte. Dann kam auch schon die Kutsche, und ihr Vater drängte zum Aufbruch.

Eilig wurde der Koffer herausgetragen, während Delia mit neidischen Blicken zusah. Nicht einmal mitfahren durfte sie. Stattdessen war ihre Tante gekommen. Sie würde bei Delia bleiben, bis Aristoteles in drei Tagen heimkehrte. Er hatte geplant, seinem Bruder in der Hauptstadt einen kurzen Besuch abzustatten.

Kurz vor der Abfahrt war dann noch Elion aufgetaucht. Er hatte Helena mit ernstem Gesicht die Hand gereicht und dann einen Kuss darauf gedrückt. „Ich werde Sie vermissen, Helena", hatte er geflüstert.

„Ich bin doch nicht lange weg", hatte sie gelacht.

„Zu lange für einen verliebten Mann", hatte er geseufzt und mit seinen stahlblauen Augen tief in die ihren geschaut.

In diesem Moment hatte ihr Vater sie zur Eile gemahnt. Auf diese Weise blieb ihr nur, „Leben Sie wohl" zu sagen, ihre Schwester ein letztes Mal zu umarmen und in die Kutsche zu steigen. Erst als sie sich setzte, verstand sie, was Elion gemeint hatte. Er war in sie verliebt?

Sie schaute aus dem Fenster auf ihn, wie er dort stand und winkte. Er sah gut aus in seinem perfekt geschnittenen Anzug mit der seidenen Weste. Er war in sie verliebt.

Jetzt zogen die Pferde an und die Kutsche setzte sich mit einem Ruck in Bewegung. Ein letzter Blick, ein Winken, dann lehnte sie sich zurück. Sie ließ dies alles jetzt hinter sich. Elions sehnsuchtsvollen Blick. Auch Tarons Mahnung, nicht zu gehen. Nun wollte sie nur noch nach vorn schauen. Sie wollte sich auf dieses Abenteuer freuen und es auskosten.

Noch nie war sie so lange allein fortgewesen. Das war eine neue Herausforderung, aber eine, die sich lohnte. Sie schaute hinaus auf die Häuser der Stadt und dachte, dass diese sich nicht verändert haben würden, wenn sie zurückkam, dass sie selbst jedoch sicherlich eine ganz andere sein würde, mit neuen Erfahrungen und Eindrücken. Und hoffentlich sogar der Aussicht auf eine Karriere am Hof.

***

Da die Straßen trocken und hier, so nahe der Hauptstadt, in gutem Zustand waren, kam der Tross der Wagen zügig voran. Zum Mittag machten sie am Rand eines Dorfes halt, wo sie die Pferde an einem Bach tränken konnten. Während Taron die Tiere dorthin führte, bemerkte er zufällig, dass sein Vater Cara beiseite genommen hatte und ein Stück von den anderen entfernt in ein ernstes Gespräch mit ihr vertieft war. Zuerst dachte er sich nichts dabei. Als er jedoch eine Minute später noch einmal zu den beiden hinüberschaute, ertappte er sie dabei, wie sie ihn beobachteten. Plötzlich regte sich ein Verdacht in ihm.

Suri war bei Uro gewesen. Jetzt redete er mit Cara über ihn? Konnte das ein Zufall sein? Es blieb ihm zunächst einmal nichts anderes übrig, als abzuwarten, was passieren würde. Tatsächlich dauerte es jedoch nicht lange, bis sich sein Verdacht bestätigte.

Am Nachmittag erreichte der Tross die Hauptstadt. Nicht weit von den ersten Häusern bogen die Wagen auf eine Nebenstraße ab und näherten sich nach einiger Zeit einer flachen Senke, durch die ein kleiner Bach plätscherte. Die Pferde zogen die Wagen in einen losen Kreis und machten schließlich Halt.

Taron sprang vom Bock herunter und ging zu den Pferden, um sie auszuspannen. Als er sie versorgt hatte, kehrte er zum Wagen seiner Familie zurück. Dort wartete sein Vater auf ihn.

„Taron, kommst du bitte mit mir?", sagte er mit seiner ruhigen, tiefen Stimme. „Ich muss mit dir reden."

Taron nickte und folgte Uro hinein in den Wagen, der leer war. Hier waren sie völlig ungestört, wie Taron feststellte. Er spürte, wie seine Anspannung stieg, weil er ahnte, dass die Unterhaltung, die jetzt kommen würde, auf einen Konflikt hinauslief.

Uro war ein hoch geachteter Mann in der Gemeinschaft. Taron hatte seine dunklen Locken geerbt, aber nicht seine braunen Augen, die die meiste Zeit ruhig und gelassen in die Welt blickten. Jetzt gerade sahen sie aus wie ein drohendes Gewitter. Uro kam sofort zur Sache.

„Taron, mir sind heute Dinge zu Ohren gekommen, die mir gar nicht gefallen." Er setzte sich auf eine Bank unter dem Fenster und schaute ihn abwartend an.

Taron schwieg störrisch. Er musste zunächst einmal herausfinden, wieviel sein Vater überhaupt wusste. Langsam setzte er sich auf einen Hocker Uro gegenüber.

„Deine Schwester war heute Morgen bei mir. Sie war sehr beunruhigt deinetwegen. Wie ich höre, hatte sie eine Vision von einer jungen Frau aus der Stadt, in der auch du vorkamst. Und offenbar prophezeite diese Vision, dass du dich in ernste Gefahr begeben würdest, um diese Frau vor irgendetwas zu bewahren." Uro schaute Taron fragend an. „Stimmt das?"

Er nickte widerstrebend. Suri hatte ausgepackt. Das hatte er befürchtet.

Uros Miene verfinsterte sich weiter. „Mehr wusste sie nicht, aber sie hatte beobachtet, dass du bei Cara gewesen warst. Also hatte ich heute Mittag ein langes und sehr erhellendes Gespräch mit deiner Tante." Uro wartete. „Hast du jetzt irgendetwas dazu zu sagen?"

Taron schwieg.

„Also gut, wenn du es so willst." Uro lehnte sich zurück. „Zunächst hat sie sich geweigert, mir etwas zu erzählen. Aber meine Schwester hat mich noch nie belügen können. Dafür kenne ich sie zu gut, und sie ist viel zu ehrlich.

Du willst also zum Palast gehen und die Königin mit dem Grün deiner Augen heilen? Stimmt das?"

„Darum geht es doch …"

„Stimmt das?", unterbrach ihn Uro scharf. „Du hast vor, gegen eines unserer Gesetze zu verstoßen?"

Taron spürte, wie ihm das Blut ins Gesicht schoss. „Darum geht es doch gar nicht!", wiederholte er. „Hat Cara dir das nicht gesagt? Sie haben zwanzig Leute mit grünen Augen in den Palast eingeladen. Da wollen sie versuchen, ihnen den grünen Farbstoff herauszunehmen. Sie benutzen sie als Versuchskaninchen. Und eine davon ist eine Frau, die mir sehr viel bedeutet. Ich kann nicht zulassen, dass ihr das zustößt."

Uro musterte seinen Sohn. „Du hast dich schon immer gern über unsere Regeln hinweggesetzt, aber das ist nun wirklich etwas Neues. Du hast dich auf eine fremde Frau eingelassen, die nicht zu uns gehört, und sie hat dir den Kopf verdreht. Und nun bist du ihr so verfallen, dass du zu jedem Tabubruch bereit bist? Ich hätte dich wahrlich für vernünftiger gehalten."

„Du verstehst das nicht!", widersprach Taron hitzig. „Ich liebe sie. Ich habe mir das so nicht ausgesucht. Und ich habe wirklich alles andere versucht, um sie zu retten."

„Nein, Taron! *Du* verstehst nicht!" Uro hielt einen Moment inne, wie um sich zu sammeln, und fuhr dann ruhiger fort. „Du weißt nicht, was du da tust. Unsere Gesetze gibt es nicht einfach so. Sie haben einen Grund. So ist es auch bei der Regel, dass du das Grün deiner Augen nur für einen Kranken aus unserer Gemeinschaft opfern darfst. Nur bei uns gibt es diese Medizin überhaupt. Deshalb soll sie auch nur uns zugutekommen."

„Aber andere haben sie doch auch verdient!"

„Ja, aber wenn du sie einmal verschenkt hast, ist sie fort." Er atmete tief durch. „Stell dir vor, Dora würde wirklich an der Bleiche erkranken. Dann könntest du sie nicht mehr retten. Du hättest ihr diese Möglichkeit zur Heilung genommen, weil du sie eigenmächtig verschenkt hättest. Deinetwegen würde sie dann sterben."

Taron stöhnte auf. „Oh, das ist so unfair! Du willst mich einfach nicht verstehen!" Er wollte aufspringen, um sich dieser unerträglichen Unterhaltung zu entziehen, aber sein Vater fasste ihn hart am Arm.

„Lass mich los! Was soll das?" Taron versuchte, sich aus dem Griff seines Vaters herauszuwinden.

„Verstehst du nicht, dass ich dich jetzt nicht mehr gehen lassen kann?" Uro fasste nur noch härter zu. „Solange du mir nicht versprichst, dass du hier bei uns bleibst und nicht wegläufst, solange werde ich dich dazu zwingen."

„Ich lasse mir von dir nicht vorschreiben, was ich zu tun oder zu lassen habe!" Taron schrie beinahe.

„Versprich mir, dass du nicht wegläufst."

„Nein! Das kann ich nicht. Ich kann das nicht versprechen!"

„Dann muss ich dich wohl zwingen.", sagte Uro kalt. „Es ist zu deinem Besten." Er ließ Tarons Arm los, stellte sich aber so vor ihn, dass er ihm den Weg zur Tür versperrte. „Wenn ich das richtig sehe, sind die nächsten Tage entscheidend, während wir in Herrscherau sind. Ich kann es nicht mehr ändern, dass wir hier sind. Wir können nicht einfach weiterziehen.

Gleichzeitig siehst du deinen Fehler aber ganz offenbar nicht ein. Nun, ich hoffe, dass du irgendwann verstehst, dass ich als Vater, aber auch als Mitglied des Rates, verhindern muss, dass du unser Lager verlässt und diese Dummheit begehst."

Taron wollte ihn unterbrechen, aber er schnitt ihm das Wort ab. „Ich werde dafür sorgen, dass du für die nächsten Tage nicht mehr auf freiem Fuß bist. Und versuche nicht, mich auszutricksen. Ich meine es ernst! Ich lasse dich nicht weg."

„Du willst mich einsperren?!"

„So sieht's aus. Wenn du keine Vernunft annimmst, lässt du mir keine Wahl." Er hob einen mahnenden Zeigefinger. „Und solltest du versuchen zu entkommen, dann überlege dir die Konsequenzen. Falls du vorhast, dies wirklich durchzuziehen, dann musst du dich auf Strafen gefasst machen, wenn du wiederkommst. Wir werden dich dann nicht so einfach mit offenen Armen wiederaufnehmen. Der Rat könnte sogar beschließen, dich aus der Gemeinschaft auszuschließen."

„Du machst wohl Witze!" Taron lachte ungläubig.

„Nichts läge mir ferner. Aber so ist es. Und es würde mir das Herz brechen", gab Uro zu. „Also, versuche es erst gar nicht."

Er zog ein Seil aus einer Kiste. „Ich werde dich fesseln müssen, sonst springst du womöglich aus dem Fenster. Glaube mir, es macht mir keine Freude, das zu tun, aber es ist zu deinem Besten."

„Das wirst du nicht wagen!", schäumte Taron.

„Oh, doch, Taron, du lässt mir keine Wahl."

Taron starrte ihn hasserfüllt an. Er hätte Uro in diesem Moment vielleicht überwältigen können. An Stärke waren sie sich mindestens ebenbürtig. Aber es war für Taron ein solcher Schock, von seinem eigenen Vater festgesetzt zu werden, dass er nicht reagieren konnte. Ohne Widerstand zu leisten, ließ er es zu, dass Uro seine Hände fesselte und diese dann an einen Metallhaken an der Seite festband.

„Ich komme nachher wieder." Mit diesen Worten war Uro verschwunden. Taron sah ihm nach, bis die Tür sich schloss und der Schlüssel umgedreht wurde.

Sobald er allein war, versuchte er, an dem Strick zu ziehen. Nach ein paar Minuten musste er einsehen, dass sein Vater sein Handwerk verstand. Die Fesseln hatten sich keinen Millimeter bewegt. Er schaute sich nach einem Messer oder einem scharfen Gegenstand um, aber es war nichts in erreichbarer Nähe. Schließlich lehnte er sich mit einem Stöhnen zurück. Vielleicht hätte er einfach lügen und behaupten sollen, dass er bleiben würde. Dann hätte er irgendwann unbemerkt das Weite suchen können. So aber saß er in der Falle. Er kannte seinen Vater. Er würde gründlich dafür sorgen, dass er in den nächsten Tagen nicht mehr wegkam.

Taron fluchte. Er musste die Lage realistisch einschätzen. Allein hatte er keine Chance zu entkommen. Also musste er versuchen, mit Cara Kontakt aufzunehmen. Sie war die Einzige, die ihm vielleicht noch helfen würde. Aber die Zeit drängte. Helena war bereits in der Stadt. Noch heute würde sie sich am Palast melden. Er wusste nicht genau, wieviel Zeit ihm noch blieb. Er wusste nur, dass die Uhr tickte.

Er lehnte sich zurück und schloss ungeduldig stöhnend die Augen.

***

Nachdem Helena und ihr Vater bei dessen Bruder eingekehrt waren, um sich dort zu stärken und ein wenig auszuruhen, waren sie nun kurz vor dem Ziel. Die Kutsche rumpelte durch die engen Gassen der Stadt auf dem Weg zum Tor des Palastes.

Helena spürte, wie ihre Nervosität und Vorfreude von Minute zu Minute anstiegen. Schon bald würde sie alles Vertraute hinter sich lassen und in ein ganz neues Leben eintauchen, auch wenn es nur für ein paar

Tage oder Wochen sein würde. Aber sie spürte, dass sie an einem Wendepunkt in ihrem Leben war. Dies hatte sie sich so sehr gewünscht. Nun war es bald soweit.

Die Kutsche ratterte um die letzte Hausecke und hinaus auf einen großen Platz, in dessen Mitte ein monumentaler Brunnen mit mehreren Figuren plätscherte. Diesen umrundete die Kutsche, bis sie schließlich an dem schmiedeeisernen Tor Halt machte, neben dem rechts und links die Soldaten Wache standen. Jenseits des Tores erstreckte sich ein weiterer Platz, der von zwei Flügeln des Palastes eingefasst wurde und an dessen Ende die Stufen zum Haupteingang hinaufführten.

Sobald die Kutsche zum Stehen gekommen war, stieg Aristoteles Greizenich heraus und richtete sein Wort an einen der Wachsoldaten.

„Guten Tag, Greizenich mein Name. Hier in der Kutsche sitzt meine Tochter Helena Greizenich. Sie ist eine der zwanzig Auserwählten, die in den Palast eingeladen wurden. Können Sie uns bitte anmelden?"

Der Soldat nickte und versuchte, durch das Fenster einen Blick in die Kutsche zu erhaschen. „Guten Tag, Bürger. Ja, es sind heute schon eine ganze Reihe von Leuten eingetroffen. Ich werde Bescheid sagen, dass jemand kommt, um Sie in Empfang zu nehmen."

Mit diesen Worten trat er durch das Tor und marschierte nach links, um in einer Tür des vorderen Flügels zu verschwinden. Einige Minuten später tauchte er wieder auf, gefolgt von einem wichtig aussehenden älteren Herrn in Uniform, einem Diener und einer Magd.

Nachdem die Wache wieder ihren Platz eingenommen hatte, wandte sich der uniformierte Herr an Helenas Vater.

„Guten Tag, Herr ...?"

„Greizenich, Aristoteles Greizenich", ergänzte Helenas Vater. „Ich bringe hier meine Tochter Helena. Sie wurde ausgewählt, um der Königin Gesellschaft zu leisten."

„Sehr erfreut." Sie verneigten sich höflich und lüpften die Hüte.

Helena fand, dass es jetzt an der Zeit war, sich zu zeigen. Sie öffnete die Tür, und ihr Vater half ihr, aus der Kutsche zu steigen.

Die Augen der Hofangestellten lagen allesamt auf ihr. Der Herr richtete sich an sie.

„Herzlich willkommen, schönes Fräulein. Ich freue mich, Sie hier im Palast begrüßen zu dürfen. Wir nehmen erst einmal Ihr Gepäck in Empfang, und ich erkläre Ihnen dann, wie es weitergehen wird. Wir müssen heute noch ein wenig warten, da noch nicht alle Gäste eingetroffen sind. Ich bin Graf von Kressebronn, der Hofmeister."

Helena knickste zur Begrüßung. Das Gepäck wurde abgeladen, und dann war es auch schon Zeit, Abschied zu nehmen. Aristoteles umarmte seine Tochter und drückte sie an sich.

„Pass auf dich auf, mein Kind, und mach deiner Familie keine Schande."

„Natürlich, Vater."

Er gab ihr einen Kuss auf die Stirn und schob sie dann von sich. „Wenn er nichts von dir hört, kommt dein Onkel in genau einer Woche, um dich an dieser Stelle wieder abzuholen."

Helena nickte. „Adieu!" Sie spürte einen Kloß im Hals, den sie schnell herunterschluckte.

„Adieu, meine Liebe." Sein Doppelkinn zitterte verdächtig vor Rührung. Mit einem Ruck drehte er sich um und ging zurück zur Kutsche.

Die Angestellten hatten schon nach dem Koffer und der Tasche gegriffen und waren dabei, sie durch das Tor zu tragen. Helena folgte ihnen. Als sie sich noch einmal umdrehte, war ihr Vater bereits in die Kutsche eingestiegen und winkte ihr durch das geöffnete Fenster zu. In diesem Moment zogen die Pferde an und ein Ruck ging durch das Gefährt.

Helena kehrte dem Vorplatz den Rücken und atmete tief durch. Das Abenteuer konnte beginnen!

**

Taron hörte, wie sich der Schlüssel im Schloss drehte. Er hatte Uro erwartet, aber stattdessen kam Suri herein und schloss hinter sich wieder ab. Sie hatte einen Krug mit Wasser bei sich und einen Becher.

„Was willst du? Dich über mich amüsieren? Du hast mir das hier eingebrockt", schnauzte er sie an.

Suri schaute für einen Moment auf ihn hinunter und füllte dann den Becher mit Wasser.

„Hier. Du musst durstig sein." Sie beugte sich zum ihm hinunter und hielt ihm den Becher an die Lippen. Gern hätte er den Kopf von ihr weggedreht. Aber er war tatsächlich sehr durstig, und wer konnte wissen, wann er wieder etwas bekommen würde?

Als er den Becher ausgetrunken hatte, richtete sich Suri wieder auf und stellte ihn zurück.

„Du denkst, dass ich das hier lustig finde? Absolut nicht. Es ist unerträglich für mich, dich so zu sehen." Sie setzte sich auf eine Bank an der Seite, von wo aus sie ihn gut sehen konnte. „Aber ich hatte keine Wahl. Ich musste etwas tun, versteh das doch. Ich konnte dich nicht einfach in dein Unglück rennen lassen."

„Und das Einzige, was dir eingefallen ist, war, mich zu verpfeifen?"

„Das stimmt doch so gar nicht", widersprach Suri. „Ich wollte dich beschützen!"

„Du hast ja keine Ahnung, was du mir damit antust. Und Helena und den anderen, die in den Palast gehen werden."

„Davon wusste ich doch gar nichts! Das habe ich erst erfahren, als Cara es mir erzählt hat." Sie lehnte sich zurück. „Jetzt macht das alles natürlich Sinn, ganz schrecklichen Sinn …"

Taron schöpfte Hoffnung. „Dann hilf mir, es zu verhindern. Lass mich gehen und sie alle retten!"

Suri schüttelte den Kopf. „Ich kann nicht, Taron. Uro hat recht. Du darfst es nicht tun, auch wenn du meinst, es sei das einzig Richtige." Sie schaute ihn an. „Vielleicht irrst du dich ja auch. Cara sagt, dass du es dir zusammengereimt hast. Vielleicht ist es in Wirklichkeit ganz anders."

Taron schüttelte müde den Kopf. „Nein, Suri, ich weiß, was passieren wird." Er zögerte, aber was hatte er denn noch zu verlieren? „Ich habe eine Vision gehabt, am Fluss, als Helena bei mir war."

Suri beugte sich vor. „Du hast etwas gesehen? Was? Was war es?"

„Es war entsetzlich. Zuerst war da Helenas Gesicht, und ich konnte sehen, dass sie große Angst hatte. Sie schien um Hilfe zu rufen. Dann war da plötzlich ein sehr scharfer Schmerz. Alles färbte sich blutrot. Blut war überall, ich konnte es sogar schmecken. Dann war es vorbei." Selbst bei der Erinnerung spürte er noch die Übelkeit in sich aufsteigen.

Suri war sichtlich erschüttert. „Taron, warum hast du mir nichts davon erzählt? Du hättest es mir sagen müssen!"

„Verstehst du jetzt, warum ich gehen muss, warum ich Helena retten muss? Sie ist in großer Gefahr!"

„Ja, ich verstehe dich. Aber ich werde dich trotzdem jetzt noch weniger gehen lassen."

Taron stöhnte auf vor Frustration. „Warum denn nicht?"

„Ja, merkst du es denn nicht? Du hast nicht nur Helena gesehen. Vielleicht hast du hast ja auch gesehen, was mit dir selbst geschehen könnte! Was, wenn es zwei verschiedene Versionen der Zukunft sind, die du gesehen hast?

Das Blut! Hast du mal überlegt, dass es auch von dir sein könnte? Warum bist du dir so sicher, dass es von Helena ist? Taron! Du begibst dich in Lebensgefahr. Du könntest sterben!" Suri war ganz außer sich. „Verstehst du? Das ist Selbstmord!"

„Aber das weißt du doch gar nicht! Es war doch nicht klar in der Vision."

„Doch, für mich ist es sonnenklar."

„Ich würde es trotzdem tun", beharrte Taron.

Suri fasste ihn an der Schulter und schüttelte ihn. „Taron! Hörst du mir überhaupt zu? Was du vorhast, ist absoluter Irrsinn! Du darfst das nicht tun, verstehst du? Nicht nur, weil du damit alle Regeln brichst, sondern auch, weil du blind vor Liebe bist und nicht siehst, dass du ins Unglück rennst!"

Taron versuchte, ruhig zu bleiben. „Suri, es ist ja schön, dass du dich so um mich sorgst. Aber ich bin alt genug, um selbst zu entscheiden, was ich tue. Also versuche nicht, mir meine Pläne auszureden. Es wird dir nicht gelingen." Sie starrten sich gegenseitig an.

Schließlich seufzte Taron und hielt seine gefesselten Hände hoch. „Kannst du Vater bitten, dass er mich losmacht? Ich müsste mal ganz dringend …"

Suri betrachtete ihn einen Moment wortlos. Dann drehte sie sich um und verließ den Wagen.

Eine Weile später kam Uro. Nachdem er die Tür geschlossen hatte, meinte er: „Suri hat mir gesagt, dass du deine Meinung bisher nicht geändert hast. Außerdem sagte sie, dass du einmal raus musst?"

Taron nickte ironisch.

Wortlos machte sein Vater ihn los von dem Haken, beließ es aber vorerst bei den Fesseln und führte ihn aus dem Wagen heraus.

Draußen wartete sein Freund Marten. Der untersetzte, kräftige junge Mann war immer ein Freund zum Pferdestehlen gewesen. Jetzt setzte er eine grimmige Miene auf, als Taron rief: „Marten, ist das dein Ernst?! Du hilfst ihm?"

„Das könnte ich dich fragen! Du bist doch der, der sich gegen uns gestellt hat."

Marten und Uro nahmen Taron in die Mitte und hielte ihn an den Oberarmen fest.

Inzwischen war das Lager aufgeschlagen worden. Überall herrschte reges Treiben. Es wurden die Zelte aufgebaut, ein neuer Ofen errichtet und Feuerstellen vorbereitet. Auch eine der Abortgruben war schon ein Stück entfernt ausgehoben worden. Dorthin führte Uro Taron, unter den Blicken der anderen, die stehenblieben, um ihn anzustarren. Offenbar hatte es sich schon herumgesprochen, dass er Ärger machte.

Cara kam gerade aus ihrem Wagen mit einem Kübel in der Hand. Sie erstarrte, als sie Taron erblickte.

„Taron!" Sie stellte den Kübel auf den Boden.

„Ja, Cara, siehst du, wie weit es mit uns gekommen ist? Ich werde gefesselt und bewacht wie ein Verbrecher."

„Du hättest dir das ersparen können", brummte Uro.

„Du hättest mich gehen lassen können", gab Taron zurück. Er schaute zu Cara hinüber, die die Hände vor den Mund geschlagen hatte. Er sah das Mitleid in ihrem Gesicht. Sie war die einzige, auf die er hoffen konnte.

***

Auf dem Rückweg fesselte Uro Taron erneut. Er wollte offenbar kein Risiko eingehen. Cara kam ihnen entgegen. Sie hatte den Kübel weggebracht, trug jetzt jedoch eine Jacke über dem Arm.

„Hier, Taron, ich hatte dir doch noch versprochen, eine alte Jacke von Loro für dich herauszusuchen."

„Er wird keine Jacke brauchen. Schließlich geht er in der nächsten Zeit nicht mehr weg", meinte Uro dazu, aber er ließ es trotzdem zu, dass seine Schwester Taron die Jacke um die Schultern legte und ihn dann fest umarmte.

146

Taron wusste sofort, was er tun musste, als sie ihn an sich drückte. Unter dem Schutz der lose fallenden Jacke tastete er mit seinen gefesselten Händen nach ihrem Gürtel, an dem immer ein kleines Kräutermesser steckte. Er spürte sogar, dass sie sich ein wenig zu ihm hindrehte, damit er es besser zu fassen bekam. Schon hatte er es herausgezogen und unter seinem Hemd in den Bund seiner Hose gesteckt.

„Es tut mir leid, Taron. Ich konnte Uro nicht belügen. Verzeih mir", flüsterte sie in sein Ohr, bevor sie sich wieder von ihm löste. Ihre Blicke trafen sich. Er nickte leicht. Er verstand sie, auch wenn sie ihn nun in eine schwierige Lage gebracht hatte. Es war zumindest gut, sie immer noch auf seiner Seite zu wissen.

Sie kehrten zum Wagen zurück, wo Uro Taron wieder festband. Dann verließ er ihn und verschloss die Tür.

Jetzt hatte Taron Gelegenheit, die Jacke von den Schultern gleiten zu lassen und neben sich zu legen. Dabei bemerkte er, dass in einer der Taschen ein Zettel steckte. Es kostete ihn etwas Mühe, ihn herauszuziehen, aber schließlich hielt er ihn zwischen den Fingern.

„Ich habe noch etwas für dich."

Taron nickte grimmig. Sie hatte den Trank hergestellt, den er brauchte.

***

ZWÖLF

Helena ließ den Blick über die Gesichter der anderen Anwesenden schweifen, die sich in dem großen Raum mit der hohen Stuckdecke versammelt hatten. Manche von ihnen saßen allein oder in Grüppchen, einige gingen umher oder schauten aus dem Fenster in den Hof hinunter.

Wohl zum hundertsten Mal zählte sie sie durch. Es waren mittlerweile neunzehn Menschen anwesend. Zum größten Teil waren es junge Frauen, nur wenige junge Männer. Niemand war älter als dreißig Jahre. Und sie alle hatten tatsächlich wunderbar grüne Augen. Mit einem leichten Stich des Neides hatte Helena bemerkt, dass manche davon sogar noch ausgeprägt grüner waren, als ihre eigenen.

Die Gäste schienen aus allen Teilen des Landes angereist zu sein. Und sie stammten auch aus unterschiedlichen gesellschaftlichen Schichten. Manche Frauen trugen einfache Trachten, andere den neuesten Chic aus der Hauptstadt.

Von irgendwo hörte Helena eine Glocke läuten. Es war sechs Uhr. Die Zeit kroch im Schneckentempo.

Dabei war es zunächst ganz schnell gegangen. Die Diener hatten ihr Gepäck in eine der oberen Etagen im rechten Flügel gebracht, wo sie ein schlichtes, aber sauberes Zimmer mit zwei einzelnen Betten bezogen hatte. Eines der Betten war schon belegt gewesen. Man hatte ihr gesagt, dass die andere junge Dame bereits einige Stunden zuvor angereist war.

Gleich danach hatte ein Diener Helena wieder hinunterbegleitet und sie in diesen Raum gebracht, in dem sie nun schon seit einer gefühlten Ewigkeit wartete.

Sie hatte versucht, mit einer anderen Frau ins Gespräch zu kommen, die neben ihr am Fenster saß. Sie hatte strahlend grüne Augen und trug ein sehr modisches Kleid, für das gleich mehrere Lagen Spitze verwendet worden waren. Die Frau hatte sie gründlich gemustert, während sie einige Gemeinplätze ausgetauscht hatten. Darüber hinaus hatte sie jedoch signalisiert, dass sie Helena offenbar eher als Konkurrenz betrachtete, zu der sie keinen näheren Kontakt haben wollte.

In diesem Moment öffnete sich die hohe Flügeltür. Helena reckte den Hals, um zu sehen, ob endlich die noch fehlende, zwanzigste Person erschien, aber stattdessen trat Graf von Kressebronn ein. Mit erhobenem Kinn ließ er den Blick schweifen, während er wartete, bis die letzten Unterhaltungen erstarben.

Dann räusperte er sich. „Sehr verehrte anwesende Damen und Herren, leider ist der noch erwartete Gast ausgeblieben. Wir wissen nicht, ob er noch erscheinen wird. Daher wollen wir Sie nun nicht länger warten lassen und mit unserem Programm beginnen.

Ich freue mich, Sie alle zu einem gemeinsamen Abendessen geleiten zu dürfen. Nach diesem Essen werden wir Sie nacheinander einzeln für ein persönliches Gespräch herausbitten.

Den Abend können Sie nach Ihrem Belieben im Salon oder auf Ihrem Zimmer verbringen. Morgen früh werden Sie dann die Ehre haben, seiner Majestät vorgestellt zu werden.

Wenn Sie mir nun bitte folgen wollen …"

Helena stand auf und gesellte sich zu den anderen, die auf die Tür zustrebten.

***

Taron steckte eilig das Messer zurück in seine Hose, als sich der Schlüssel in der Tür drehte. Es war seine Mutter, die hereinkam, mit einem Korb in der Hand. Sie stellte ihn auf den Boden, um die Tür von innen abzuschließen und trug ihn dann zu ihm hin.

„Oh, Taron …" Sie schüttelte halb liebevoll, halb verärgert den Kopf. „Du verdammter Dickkopf." Sie zog einen niedrigen Hocker hervor und setzte sich zu ihm. „Was hast du nur angestellt?"

„Nichts habe ich angestellt", erwiderte Taron trotzig. „Hat Vater es dir nicht erzählt?"

„Doch, natürlich. Er war sehr verärgert." Sie griff in den Korb und holte ein Stück Brot, eine Schüssel mit Graupensuppe und einen Apfel heraus. „Ich habe dir etwas zu essen mitgebracht." Sie goss noch einmal Wasser in den Becher, der noch auf dem Tisch stand.

Mit etwas Mühe schaffte Taron es, den Becher zu halten. Bei der Schüssel musste ihm seine Mutter helfen. Sie hielt sie ihm an den Mund, sodass er die Suppe schlückchenweise trinken konnte.

„Kannst du mich nicht losmachen? Dann wäre das hier bedeutend einfacher."

Seine Mutter schüttelte bedauernd den Kopf. „Uro hat es ausdrücklich verboten." Sie stellte die Schüssel wieder weg. „Ich kann dich ja verstehen, Taron, dass du dieser Frau und der Königin helfen willst, aber du musst unsere Regeln akzeptieren. Du kannst nicht einfach tun und lassen, wie es dir gefällt. Du hast eine Verantwortung gegenüber unserer Gemeinschaft."

„Das weiß ich doch alles."

Sie reichte ihm ein Stück von dem Apfel. „Begreifst du denn auch, wie gefährlich es wäre? Normalerweise ist bei dieser Prozedur eine Heilerin dabei. Ohne Caras Hilfe wäre es viel zu riskant."

„Ich würde es trotzdem versuchen."

Sie reichte ihm das nächste Stück. „Weißt du, ich war dabei, als es das letzte Mal passiert ist, ich meine als dein Großonkel das Grün seiner Augen hergegeben hat."

Taron richtete sich auf. „Davon hast du mir nie etwas erzählt!"

Seine Mutter lächelte flüchtig. „Ich war noch ein Mädchen. Aber ich erinnere mich trotzdem gut daran." Sie reichte Taron ein Stück Brot, das er aber nicht aß. „Ein Mann aus unserer Gemeinschaft hatte diese Krankheit, die Bleiche." Rubis grüne Augen schauten ins Leere, als sie sich erinnerte. „Der Rat beschloss darauf, dass dein Großonkel, Aaron, den Farbstoff spenden sollte. Er war damals schon ein stattlicher Mann, Vater von vier Kindern und ein sehr guter Goldschmied." Sie lächelte versonnen, wurde dann jedoch ernst. „Ich erinnere mich, dass er sich zunächst weigerte. Er musste für seine Familie sorgen. Er war gut in seinem Handwerk. Aber schließlich gab er doch nach. Es war nun mal seine Pflicht."

„Wie ist es dann abgelaufen?"

„Oh, ich war nicht dabei. Sie haben es nicht vor aller Augen gemacht. Aber ich weiß noch, dass wir alle um den Wagen herumstanden und warteten und beteten. Schließlich kam die Heilerin heraus und hatte ein winziges Glas mit dem Farbstoff in der Hand. Sie flößte es sofort dem Kranken ein.

Tatsächlich ging es ihm schon nach wenigen Stunden wieder besser. Aaron trug für kurze Zeit einen Verband über den Augen. Als dieser schließlich entfernt wurde, sah ich, dass seine Augen hellgrau geworden waren. Das wirkte auf mich damals sehr seltsam, so kalt."

„Konnte er sehen?"

Rubi seufzte. „Er konnte sehen, aber nicht mehr ganz so gut wie früher. Mit den feinen Goldschmiedearbeiten, die er davor angefertigt hatte, war es vorbei. Aber ich habe nie gehört, dass er sich beklagt hätte. Stattdessen ist er Schmied geworden, und ein sehr guter." Sie legte ihre Hand auf Tarons Arm. „Siehst du? So etwas macht man nicht leichtfertig, einfach so. Solch ein Opfer willst du nicht für jemand Fremdes bringen. Niemand dort würde es dir danken!"

Taron starrte das Brot in seinen Händen an. Hatte seine Mutter recht? Sollte er seine Pläne aufgeben? Würde Helena ihm sein Opfer überhaupt jemals danken? Dann dachte er wieder an seine Vision, an Helenas angstverzerrtes Gesicht. Er konnte das nicht zulassen. Er konnte sie nicht diesem Schicksal ausliefern.

Seine Mutter hing ebenfalls ihren Gedanken nach. „Damals, als du geboren wurdest, ich weiß es noch genau … Da hatte Bea, du kennst sie nicht mehr, sie ist schon seit fünfzehn Jahren tot, da hatte Bea diese Vision über deine Zukunft, und sie sah, dass du diese Gabe haben würdest.

Alle um mich herum waren hoch erfreut, dass es nach so vielen Jahren wieder einen Auserwählten gab. Nur ich, ich habe um dich geweint, mein Sohn. Weil ich wusste, welche Last auf dir liegen würde. Ich wollte nicht, dass du aufwachsen würdest in dem Bewusstsein, dass du eines Tages solch ein Opfer bringen müsstest. Ich habe das nicht für dich gewollt, Taron. Egal wie." Ihr Blick war traurig und liebevoll. „Aber so, wie du es machen willst, so darf es nicht sein …" Sie legte ihre Hände um seine gefesselten und hielt sie fest.

Taron senkte den Blick. „Es tut mir leid."

„Ich weiß."

***

„Helena Greizenich?"

Helena blickte auf, als sie ihren Namen hörte. Vor ihr waren schon sechs andere Gäste herausgerufen worden. Nun war sie an der Reihe. Sie stand von dem Tisch auf, an dem sie zu Abend gegessen hatte und ging zur Tür, wo ein Mann in Uniform auf sie wartete.

Keine der anderen, die vorher weggewesen waren, hatte darüber berichtet, wie es ihr ergangen war. Daher wusste Helena nicht, was sie erwartete, als sie dem Herrn durch einen langen Gang folgte und dann eine Treppe hinaufstieg. Schließlich hielten sie vor einer halb geöffneten Tür an.

Der Mann ließ ihr den Vortritt und schloss dann die Tür hinter sich. In dem Raum warteten bereits ein Diener und ein älterer Herr, der einen weißen Kittel trug. Er stellte sich als Dr. Dromeas Aspenbroch vor.

Helena knickste höflich. Der Mann, der Helena hergebracht hatte, setzte sich an einen Tisch, auf dem Papier, Bücher und Schreibutensilien lagen. Während Dr. Aspenbroch Helena nach ihrem Namen, nach Alter, Herkunft und Familie befragte, schrieb er alles eifrig mit.

„Bitte haben Sie Verständnis, Fräulein Greizenich, dass wir gern etwas mehr über die Gäste des Königs wissen möchten. Da Sie sich auch in der unmittelbaren Nähe der schwerkranken Königin aufhalten werden, ist es außerordentlich wichtig, im Vorfeld sicher zu stellen, dass Sie nicht an ansteckenden Krankheiten leiden, die eine Gefahr darstellen könnten." Er setzte sich einen Zwicker auf die Nase und wandte sich einem Tisch zu, auf dem verschiedene Untersuchungsinstrumente aufgereiht waren.

„Sie selbst müssen übrigens nicht befürchten, sich bei der kranken Königin anzustecken. Die ‚Bleiche', wie sie im Volksmund genannt wird, ist nicht ansteckend." Er hielt ein Stethoskop in der Hand. „Gestatten Sie mir, dass ich Sie nun untersuche. Waren Sie in letzter Zeit krank? Hatten Sie Husten, Schnupfen, Fieber, Ausschlag?"

Er horchte sie ab, nahm ihren Puls, schaute in ihren Rachen und in die Ohren. Sie war jedoch erleichtert, dass sie sich dabei nicht ausziehen musste. Stattdessen hielt er sich abschließend am längsten an ihren Augen auf. Er beleuchtete sie, schaute sie mit einer Lupe an und ließ Helena in alle Richtungen schauen. Schließlich brummte er zufrieden und legte die Lupe wieder weg.

„Sie sind kerngesund, Fräulein Greizenich."

„Das freut mich zu hören."

„Morgen, gleich in der Früh werden wir mit Ihnen anfangen. Ich denke, Sie werden als eine der ersten zu der Königin gehen dürfen."

Helena strahlte vor Stolz. Und sie hatte schon befürchtet, dass andere sie ausstechen würden. Nun war sie sogar bevorzugt worden. Was für eine außerordentliche Ehre! Sie konnte ihr Glück kaum fassen. Als sie zum Salon zurückgebracht wurde, lag immer noch ein breites Lächeln auf ihrem Gesicht.

***

Taron wusste nicht, wie spät es war. Schon lange hatte sich die Dunkelheit über das Lager gesenkt. Die anderen Familienmitglieder, die im gleichen Wagen schliefen wie er, waren einer nach dem anderen hereingekommen. Anders als sonst hatten sie sich jedoch nicht unterhalten. Niemand hatte einen Scherz gemacht. Es herrschte betretenes Schweigen. Am Ende hatte Uro allen eine gute Nacht gewünscht und das letzte Licht gelöscht.

Nun lag Taron wach und wartete. Erst wenn er sicher sein konnte, dass sie alle schliefen, konnte er versuchen, mit Caras Messer den Rest der Fesseln durchzuschneiden. Einen Teil des Seiles hatte er bereits durchtrennt, aber er hatte dafür gesorgt, dass man es nicht sehen konnte. Nun musste er noch den Rest erledigen.

Er dachte an Helena. Mit Sicherheit befand sie sich bereits im Schloss. Er konnte nur hoffen, dass ansonsten noch nichts geschehen war. Allerdings würden die Ärzte dort ohne Zweifel am nächsten Morgen damit beginnen, erste Experimente zu machen. Warum sollten sie länger warten? Der Zustand der Königin verschlechterte sich angeblich immer weiter. Also war absolute Eile geboten. Taron wusste, dass er bis zum Morgen am Tor des Palastes stehen musste. Andernfalls war alles umsonst gewesen.

***

In der Kammer lag Helena in ihrem Bett und lauschte auf den gleichmäßigen und tiefen Atem ihrer Zimmergenossin. Sie selbst konnte nicht so schnell einschlafen. Dafür war sie viel zu aufgeregt. Schon morgen früh würde sie den König und die Königin treffen. Sie würde in die innersten Gemächer des Palastes gelangen. Sie konnte es immer noch kaum fassen, dass ihr diese Ehre widerfuhr.

Sie stellte sich vor, wie sie Elion davon erzählen würde, wenn sie wieder zu Hause war. Er würde sie beglückwünschen und bewundern, das wusste sie. Wieder kam ihr sein Abschied am Morgen in den Sinn, ein Abschied, der schon zu einem anderen Leben zu gehören schien.

Er war in sie verliebt, so hatte er gesagt. Sie versuchte sich vorzustellen, wie es wäre, wenn er ernsthaft um sie werben, ihr vielleicht sogar irgendwann einen Antrag machen würde. Er war eine gute Partie, genoss hohes Ansehen und war wohlhabend. Aber wollte sie mit ihm den Rest ihres Lebens verbringen?

Unwillkürlich wanderten ihre Gedanken zu Taron. Er war so völlig anders als Elion. Sie sah ihn vor sich, mit seinem weiten Hemd aus grobem Leinen, den zerzausten Haaren und den blitzenden, grünen Augen. Im Vergleich zu Elion sah er abgerissen aus, wie ein Landstreicher. Es hatte ihr bisher nichts ausgemacht, aber ihre Treffen waren auch geheim gewesen.

Sie versuchte sich vorzustellen, wie sie mit ihm in aller Öffentlichkeit spazieren gehen würde. Die Leute würden sie anstarren. Wenn sie es nun tatsächlich schaffte, gesellschaftlich noch weiter aufzusteigen, würde er noch weniger in ihr Leben passen. Ihn zu heiraten kam nicht in Frage. Er hatte ihr nichts zu bieten: kein Vermögen, keine Stellung, nicht einmal eine feste Adresse.

Außerdem war sie sich nicht mehr sicher, was er überhaupt für sie empfand. Seitdem sie sich kannten, hatten sie sich immer wieder gestritten. Anstatt ihr den Aufstieg zu gönnen, hatte er von Anfang an versucht, ihr diese Chance auf eine Karriere zu verderben und auszureden. Sie fragte sich, ob er sich entschuldigen würde, wenn sie sich einmal wiedersahen, war sich darüber aber nicht sicher.

Er hatte ihr zwar ihren ersten Kuss beschert, aber sie wusste nicht, ob er sie wirklich liebte. Wahrscheinlich hatte er sie schon bald vergessen. Helena drehte sich auf die andere Seite und versuchte, endlich einzuschlafen.

***

Mühsam zog Taron das Messer aus seinem Gürtel und begann, möglichst geräuschlos an dem Seil zu schneiden. Nach der langen Zeit in Fesseln waren seine Finger taub und steif geworden, sodass er immer wieder abrutschte. Eine gefühlte Ewigkeit später gab das Seil endlich nach.

Vorsichtig streckte er seine verkrampften Glieder und zog die Hände auseinander. Wieder wartete er eine Minute und lauschte. Es war vollkommen ruhig.

Unter größter Vorsicht stand er von seiner Pritsche auf und zog die Jacke mit sich. Um zur Tür zu gelangen musste er über seine kleine Schwester hinwegsteigen, die auf dem Boden schlief. Immer wieder hielt er inne und lauschte.

In dem Wagen war es so stockfinster, dass Taron sich nur tastend fortbewegen konnte. Jetzt hatte er die schlafende Gestalt zu seinen Füßen überstiegen und fühlte nach dem Schlüssel in der Tür. Er wusste, dass er von innen steckte.

Vorsichtig drehte er ihn. Ein leises Knacken, das in der Stille wie ein Schuss klang. Taron gefror in seiner Bewegung und lauschte wieder. Nichts. Er drehte weiter, drückte die Klinke hinunter, bis die Tür sich öffnete.

Ganz langsam schob er sie einen Spalt breit auf, dann weiter, bis er hindurchpasste. Dann schloss er sie ebenso vorsichtig wieder. Erst jetzt erlaubte er sich einen tiefen Atemzug.

Kalte Nachtluft umströmte ihn.

Behutsam schlich er die Stufen hinunter und versuchte, sich im Dunkeln zu orientieren. Zum Glück war der Mond fast voll, und es segelten nur wenige Wolken über den Himmel.

Taron zog sich die Jacke an und schlich zum Schatten des nächsten Wagens und weiter, bis er den von Cara erreichte. Er wusste, dass sie dort nicht allein schlief, sondern auch ihr Mann, ihre Schwester und deren Tochter. Das bedeutete, dass er nicht an die Tür oder das Fenster klopfen konnte, um sich bemerkbar zu machen.

Er umrundete den Wagen. Dabei bemerkte er einen dunklen Gegenstand, der aus einem der Fenster heraushing. Vorsichtig tastete er danach. Es war eine Tasche aus grobem Stoff. Er zog daran und stellte fest, dass sie nachgab und ihm entgegenrutschte.

Taron ließ sie zu Boden gleiten und griff hinein. Er ertastete eine kleine Flasche, eine größere, einen Apfel, eingepacktes Butterbrot und mehrere Kleidungsstücke. Außerdem steckte ein Zettel dazwischen, den er in der Dunkelheit nicht lesen konnte. Aber er war sich sicher, dass diese Tasche für ihn bestimmt war.

Es tat ihm leid, dass er sich nicht dafür bedanken konnte, aber das Risiko war zu groß, jemanden zu wecken. Also schlang er sich den langen Griff der Tasche quer über die Schulter und machte sich auf den Weg, durch das taufeuchte Gras, hin zu der Straße, die ihn nach Herrscherau führen würde.

Nach einer Weile näherte er sich einem Dorf. Eine Turmuhr schlug die Stunde. Ein Uhr. Es war noch zu früh, um bis in die Stadt zu laufen. Er musste ein paar Stunden warten.

Am Rande einer Wiese stand ein verlassener Heuschober. Taron stapfte durch das Gras dorthin und rüttelte sachte an der Tür. Sie war nicht verschlossen. Er blieb einige Sekunden vor dem Eingang stehen, um zu lauschen. Er wollte weder einem nächtigenden Landstreicher, noch einem Tier begegnen.

Schließlich schob er das Tor auf und blieb nochmals stehen. Drinnen herrschte schwarze Finsternis. Alles war ruhig.

Taron tastete sich hinein und schob das Tor bis auf einen Handbreit wieder zu. Es roch nach Heu und Staub. Er blieb direkt am Eingang, tastete sich nur seitwärts ein Stück, bis seine Füße gegen das Heu stießen und setzte sich vorsichtig hinein. Mit der Schulter gegen die Bretterwand gelehnt, schloss er die Augen.

***

Taron schreckte hoch. Er hatte versucht zu schlafen, aber jedes noch so kleine Geräusch hatte ihn wieder aufgescheucht. Schließlich war er aus lauter Erschöpfung doch eingenickt.

Gerade schlug die Glocke halb fünf. Graue Dämmerung kroch durch die Ritzen der Scheune. Mühsam rappelte er sich auf und streckte die steifen Glieder. Nachdem er das Tor ein Stück weiter aufgeschoben hatte, schaute er hinaus auf die Wiese. Irgendwo krähte ein Hahn. Menschen waren nicht zu sehen.

Taron atmete die kühle Morgenluft und rieb sich mit den Händen über das Gesicht. Er nahm die Tasche und schaute nun endlich hinein.

Als erstes zog er die große Flasche heraus, in der sich offenbar verdünnter Wein befand. Er trank einen großen Schluck daraus. In der zweiten, bedeutend kleineren Flasche befand sich eine dunkle Flüssigkeit. Dies musste der Trank sein, den Cara für ihn zubereitet hatte.

Als nächstes zog er nacheinander mehrere Kleidungsstücke aus der Tasche, die von besserer Qualität waren, als das, was er auf dem Leib trug, und eindeutig Caras Mann gehörten. Zum Glück hatten sie die gleiche Größe. Schließlich biss er in eine Scheibe Brot, die er ausgepackt hatte und nahm den Zettel zur Hand, auf den Cara einige Zeilen geschrieben hatte.

„Lieber Taron", las er. „Es tut mir leid, dass es so gekommen ist, aber wenn du diese Tasche gefunden hast, ist es dir offenbar gelungen, dich zu befreien. Ich hoffe, dass die Kleidung einigermaßen passt. Sei vorsichtig mit dem Trank in der Flasche. Wenn du ihn einnimmst, trinke ihn vollständig, langsam, aber ohne abzusetzen.

Wie du weißt, tritt die Wirkung sehr schnell ein. Warne den Arzt, der hoffentlich bei dir ist, dass es schwierig sein kann, den Farbstoff aufzufangen. Jemand sollte dich festhalten. Denk daran, dass sie es dir laut sagen sollen, wenn sie den Farbstoff haben.

Es betrübt mich sehr, dass ich nicht bei dir sein kann, aber ich werde Uro bitten, dass er mich zum Palast gehen lässt. Dort werde ich versuchen, möglichst schnell Zutritt zu dir zu bekommen. Bis dahin bin ich in Gedanken bei dir und wünsche dir viel Glück!

Deine Tante Cara"

Taron steckte den Zettel zurück in die Tasche und aß das Brot auf. Er war immer noch fest entschlossen, seinen Plan umzusetzen, aber die Zeilen seiner Tante hatten ihn beunruhigt. Plötzlich schien alles so konkret zu werden. Was, wenn kein Arzt da war, der ihm so wie Cara geholfen hätte? Was, wenn alles schiefging? Hatte Suri recht gehabt? Könnte er bald sterben?

Er schüttelte den Kopf. Nun war er so weit gekommen, er konnte nicht mehr zurück. Helena brauchte ihn. Er musste einfach auf sein Glück vertrauen. Bisher war immer alles gut gegangen. Seine Finger tasteten nach dem Drachen an seinem Hals, seinem Glücksbringer.

Er packte alles zurück in die Tasche. Es war höchste Zeit aufzubrechen. Schließlich musste er damit rechnen, dass schon bald jemand aus seiner Familie bemerkte, dass er entkommen war. Er fragte sich, ob sie versuchen würden, ihn aufzuhalten. Sie wussten, welches Ziel er hatte. Sie mussten nur vor ihm am Palast sein. Er würde sich am nahen Fluss waschen und umziehen und dann in die Hauptstadt wandern. Spätestens um sechs Uhr wollte er am Palast sein.

***

Nachdem er sich am Fluss erfrischt und die Kleidung aus Caras Tasche angezogen hatte, fühlte sich Taron wieder etwas besser. Auf seinem Weg nach Herrscherau versuchte er, die großen Straßen zu meiden und wich immer wieder auf Nebenstraßen aus. Trotzdem konnte er nicht vermeiden, dass er schließlich zwischen Häuserzeilen hindurchwanderte, hinter deren Fenstern sich inzwischen das Leben zu regen begann. Immer mehr Menschen kamen ihm entgegen. Kaum jemand beachtete ihn. Er erreichte eine Kreuzung und wollte sie überqueren, als er plötzlich seinen Namen hörte.

„Taron!"

Nur wenige Meter entfernt standen Suri und Geron. Er zuckte zurück. Sie schienen mindestens ebenso erschrocken wie er selbst. Für eine Sekunde wollte sich Taron einfach umdrehen und weglaufen, aber dann ging er stattdessen auf sie zu und drängte sie in den Schatten eines Hauses. Er zog das Messer, das er von Cara hatte.

„Was macht ihr hier?"

„Wir suchen dich, du Dummkopf!", zischte Suri. „Als wir deine Flucht bemerkt haben, war die Hölle los. Vater ist völlig ausgerastet. Er ist außer sich vor Wut, dass du nicht gehorcht hast. Er hat mehrere von uns losgeschickt, um dich aufzuhalten."

„Das könnte euch so passen!" Er hob das Messer an, sodass sie es sehen konnten. Geron zuckte zurück und hielt den Arm vor Suri. Diese starrte erst auf das Messer, dann auf Taron.

„Ist es so weit gekommen, Bruder?", sagte sie leise.

Taron stöhnte auf. „Versteh mich doch. Ich kann nicht anders."

„Du wirst dich zugrunde richten", stellte Geron fest.

„Lasst es mich doch einfach tun, es ist meine Entscheidung", flehte Taron. „Lasst mich gehen, bitte." Er steckte das Messer weg.

Suri schob Geron zur Seite, trat auf Taron zu und legte ihre Hand leicht auf seinen Arm. Sie schloss die Augen. Es war, als würde sie in sich hineinschauen. Sie sog die Luft ein und atmete dann langsam wieder aus. Einen Moment verharrte sie so. Schließlich öffnete sie die Augen wieder und zog ihre Hand zurück.

„Also gut, wir halten dich nicht auf", sagte sie leise.

Taron atmete auf.

Geron runzelte die Stirn. „Aber Vater …! Er wird uns die Hölle heiß machen! Bist du sicher?"

Sie nickte langsam. „Ich habe eine Variante der Zukunft gesehen, in der wir Taron zurückhalten." Ihr traten Tränen in die Augen. „Das ist nicht die Lösung. Ich weiß nicht, was mit dir passieren wird, Taron, dort in dem Palast. Aber ich sehe, dass es der Weg ist, den du gehen musst."

„Suri!", widersprach Geron, doch sie schüttelte den Kopf.

„Geh, Taron, geh sofort. Ich werde versuchen, die anderen von dir fortzulocken. Aber du solltest direkt zum Palast gehen, schnell."

Taron wollte sie umarmen, aber sie drehte sich weg von ihm und wiederholte nur: „Geh!"

Als er sich Geron zuwandte, hob der die Hände und trat einen Schritt zurück, als würde er sich der Verantwortung entziehen. „Mach was du willst, … aber pass auf dich auf", fügte er leiser hinzu.

Taron drehte sich um und rannte los.

***

DREIZEHN

Taron war schon einige Male in der Herrscherau gewesen. Deshalb kannte er sich recht gut aus. Zielstrebig hielt er auf den Palast zu. Eine Viertelstunde später lag der Platz vor ihm, in dessen Mitte der gewaltige Brunnen plätscherte. Alles war ruhig. Irgendwo läutete eine Glocke. Sechs Uhr.

***

Helena erwachte von dem Schlagen der Turmuhr, die sechsmal erklang. Für einen kleinen Moment lag sie da und versuchte sich zu erinnern, wo sie war und warum diese fremdartigen Geräusche an ihr Ohr drangen. Dann jedoch öffnete sie mit einem Ruck die Augen.

Sie war im Palast! Heute war ihr Tag! Sie setzte sich auf.

Ihre Zimmernachbarin schlief noch. Ihr roter Haarschopf war halb unter ihrer Bettdecke verborgen. Helena stand auf und tappte barfuß zu dem Tisch, auf dem ein Krug mit Wasser zum Waschen stand. Sie schüttete davon in eine Porzellanschüssel, die daneben stand und begann sich zu waschen.

***

Taron joggte über den Platz auf das Tor zu, vor dem zwei Soldaten Wache standen. Als er bei ihnen angekommen war, schaute er sich um, ob ihm jemand gefolgt war, aber alles schien ruhig.

„Guten Morgen", wandte er sich höflich an den rechten Soldaten. Dieser musterte ihn kurz.

„Geh weiter. Hier gibt es nichts zu sehen."

„Ich muss mit jemandem da drinnen sprechen. Es ist wichtig."

Der Wachmann beäugte ihn misstrauisch. „Aber ‚da drinnen‘ ist niemand, der mit dir sprechen will. Also verschwinde."

Taron atmete tief durch. „Es geht um die Königin und die Gäste, die zu ihr eingeladen worden sind …" Wieder schaute er sich um. Je länger er hier herumstand, desto größer war die Gefahr, dass er doch noch von jemandem aufgehalten wurde. „Bitte, es ist wichtig."

„Was kannst du denn wollen?"

Jetzt schaltete sich der andere Wachsoldat ein. „He, warte mal!" Er kam zu Taron herüber. „Bist du etwa der zwanzigste Bewerber, der gestern nicht gekommen ist? Die Schlafmütze, die den Termin verpennt hat?" Er grinste.

Taron überlegte nicht lange. „Ja, aber sicher, der bin ich. Lasst mich rein, ich bin doch eh zu spät dran." Neue Hoffnung keimte in ihm auf.

Beide Männer musterten ihn skeptisch. „Ach nein, weißt du, ich glaube es ist zu spät. Sie haben sowieso schon genug von diesen Leuten da drin." Ihnen gefiel Tarons Aussehen nicht.

Taron ließ nicht locker. „Und ihr beide wollt das entscheiden? Was ist, wenn sich später herausstellt, dass ich doch noch erwartet wurde? Was macht ihr dann?"

Sie tauschten Blicke aus. Der eine sagte zum anderen. „Wir können ja fragen."

„Aber es ist noch so früh. Die schlafen alle noch."

Der erste zuckte die Schultern. „Irgendjemand wird doch wohl wach sein." Er drehte sich um. „Geh du los und frag. Ich halte derweil den Kerl hier zurück."

Der andere seufzte, marschierte dann jedoch los, durch das Tor und nach links zu dem ersten Eingang, der in dem linken Flügel des Palastes zu sehen war. Während er durch die Tür verschwand, schaute sich Taron nochmals um.

„Was hast du? Wartest du auf jemanden, oder was?", wollte der Soldat wissen.

Taron zwang sich, nach vorn zu schauen. „Nein, es ist nichts."

Es dauerte eine gefühlte Ewigkeit, bis die Tür sich wieder öffnete und nacheinander der Soldat und hinter ihm ein Diener heraustraten und zum

Tor kamen. Der Diener trug eine schwarze Uniform und glänzende Lack-
schuhe. Seine grauen Haare waren straff zurückgekämmt. Er musterte
Taron mit einem ähnlichen Blick wie die beiden Wachsoldaten.

„Worum geht es denn?"

Taron räusperte sich und deutete eine Verbeugung an. „Guten Tag. Ich
bin der noch fehlende Bewerber, der ausgewählt wurde, um die Königin
zu unterhalten. Ich möchte gerne mit jemandem sprechen, der für diese
Angelegenheit zuständig ist."

Die Augen des Dieners glitten über Tarons Kleidung und wanderte zu
seinen Füßen. „Wo ist Ihr Gepäck?"

„Das kommt später", log Taron und widerstand dem Impuls, sich ein
weiteres Mal umzusehen.

Der Diener schien kurz zu überlegen. Schließlich verdrehte er die Augen, als wollte er signalisieren, dass dies alles eine Zumutung für ihn war
und wandte Taron den Rücken zu.

Taron sank das Herz. Wie sollte er jetzt hineinkommen? Jeden Moment konnte Uro oder jemand anderer auftauchen. Der Diener ging einige Schritte durch das Tor hindurch, blieb dann jedoch stehen und
drehte sich wieder um.

„Wo bleiben Sie denn nun?", fragte er gereizt.

Taron konnte es kaum glauben. Sofort setzte er sich in Bewegung,
eilte zwischen den beiden Wachen hindurch, durch das Tor und an die
Seite des Dieners. Gemeinsam gingen sie zu der linken Tür hinüber, aus
der der Diener gekommen war.

Bevor Taron das Gebäude betrat, warf er einen letzten Blick über den
Platz. Gerade waren mehrere Männer aufgetaucht. Einer von ihnen war
Uro. Taron zog die Tür hinter sich zu.

Während er dem Diener einen langen Gang hinunter folgte, überschlugen
sich seine Gedanken. War dies womöglich seine letzte Chance, das Spiel
zu drehen? Wenn er es schaffte, sich als der fehlende zwanzigste Gast
auszugeben, konnte er sich auf diese Weise irgendwie auf Helenas Seite
schlagen und versuchen, sie doch noch aus dem Palast zu lotsen, bevor
es zum Äußersten kam. Zu diesem Zweck musste er aber erst einmal weiter vorgelassen werden.

Sie erreichten eine Tür, an die der Diener klopfte. Er wartete einen
Moment und drückte dann die Klinke.

Sie betraten nacheinander einen schlichten Raum mit vielen Schränken und einer hohen Decke, der mit einem Parkettfußboden ausgelegt war. An einem Tisch in der Mitte saß ein älterer Herr in einer Uniform, der nun von dem Blatt aufsah, auf das er geschrieben hatte.

„Was gibt es denn?"

Der Diener verbeugte sich. „Guten Morgen. Entschuldigen Sie bitte die Störung. Ich habe hier einen jungen Mann, der behauptet, der zwanzigste Bewerber zu sein, der gestern nicht eingetroffen ist. Er möchte mit jemandem sprechen, der mit dieser Angelegenheit betraut ist."

Taron verbeugte sich. „Guten Morgen."

Der Mann am Tisch stand auf und betrachtete Taron eingehend. „Wie ist Ihr Name, junger Mann?"

„Taron."

„Ist das Ihr Vor- oder Nachname?", fragte der Mann irritiert und griff nach einem Blatt Papier, das auf dem Tisch lag.

„Ich heiße Taron, Sohn von Uro."

Der Mann runzelte die Stirn und schüttelte gereizt den Kopf, als sei allein schon dieser Name eine Zumutung. Er studierte die Liste auf seinem Zettel. „Egal, Ihr Name steht hier nicht."

Taron hatte nichts anderes erwartet. „Ich komme als Ersatz für denjenigen, der eigentlich hier sein sollte."

„Soso?" Misstrauen keimte in den Augen des anderen. Er wollte ansetzen, etwas zu sagen, als sich eine weitere Tür zur Linken öffnete und ein blonder, junger Mann in einem weißen Kittel hereintrat. Er war etwas älter als Taron, mit einem hageren Gesicht und schmalen, leicht gebeugten Schultern, die wirkten, als wollte er sich klein machen. Als er bemerkte, dass er in ein Gespräch hineinplatzte, murmelte er eine Entschuldigung und wollte kehrtmachen, aber der Herr am Schreibtisch hielt ihn zurück.

„Nein, nein, Dr. Kaltenkrais. Bleiben Sie ruhig. Sie stören nicht." Der junge Mann rückte verlegen an seiner Brille.

Der Palastbeamte wandte sich wieder an Taron. „Ich glaube, wir können diese Angelegenheit schnell beenden. Ihr Name, Herr Taron, steht nicht auf dieser Liste. Darüber hinaus war der Zeitpunkt der Ankunft für den gestrigen Tag vorgesehen. Sie sind zu spät."

Daher denke ich, werden Sie verstehen, wenn ich Sie bitten muss, wieder zu gehen. Wir haben leider keine Verwendung mehr für Sie." Er wies auf den Diener. „Demetrios wird Sie wieder zum Ausgang geleiten."

Das war's. Er hatte es wenigstens versucht. Nun blieb nur noch die eine, letzte Option.

„Warten Sie!" Er richtete sein Wort an den hageren Mann im weißen Kittel, der offenbar Arzt war. „Behandeln Sie die Königin?"

Der Arzt lächelte bescheiden. „Ich bin nur ein Assistent, mehr nicht. Ich komme von der Universität und soll die Ärzte hier unterstützen, weil ich zu diesem Thema Forschungen anstelle."

Taron setzte alles auf eine Karte. „Aber Sie wissen Bescheid? Es geht um die einzige Medizin, die es gibt, um die Königin vor dem Tod zu bewahren. Es geht um den grünen Farbstoff. Wissen Sie, was ich meine?"

Dr. Kaltenkrais war sichtlich erschrocken. Seine blauen Augen hinter den Brillengläsern musterten ihn eingehend. „Woher wissen Sie davon? Niemand sonst …"

„Wovon reden Sie überh…?", fuhr der Schreiber dazwischen.

„Aber Sie wissen es?", unterbrach Taron ihn. Der Arzt nickte. „Dann müssen Sie mich jetzt unbedingt anhören. Ich kann Ihnen helfen. Ich bin …"

An dieser Stelle fiel ihm Dr. Kaltenkrais ins Wort. „Nicht hier!" Er zögerte nur kurz. „Kommen Sie bitte mit." Er öffnete die Tür hinter ihm und machte eine auffordernde Handbewegung.

Vor den Augen der verdutzten Anwesenden verließ Taron mit dem Arzt das Zimmer. Sie betraten einen kleineren Raum mit nur einem Fenster, der offenbar als Arbeitszimmer diente. Auf einem großen Tisch lagen mehrere dicke Bücher geöffnet neben- und übereinander. Auf der Fensterbank standen Reagenzgläser und ein Mikroskop.

Der Arzt nahm sich nicht die Zeit, sich zu setzen, sondern kam gleich zur Sache. „Was wissen Sie von diesem grünen Farbstoff?"

Zum ersten Mal hatte Taron jetzt das Gefühl, dass er vorankam. Nun hatte er jemanden vor sich, mit dem er Klartext reden konnte. „Königin Sofia leidet an der Bleiche, nicht wahr?"

Nach einem kurzen Zögern nickte Dr. Kaltenkrais. „Ja, das stimmt. Ich forsche an der Universität zu den Ursachen dieser seltenen Krankheit und zu deren Behandlungsmöglichkeiten."

„Und Sie haben herausgefunden, dass es nur eine einzige Medizin dagegen gibt, den grünen Farbstoff."

Wieder nickte der Arzt. „Es war ein Heiler hier, aus dem Süden, der uns davon erzählte. Leider konnte er nicht mehr darüber sagen, als dass dieser Farbstoff aus den grünen Augen eines lebenden Menschen gewonnen werden kann. Aber woher wissen Sie davon?"

Taron machte eine abwehrende Handbewegung. „Das kann ich Ihnen später erklären. Was ist mit den Leuten, die Sie einbestellt haben?"

Dr. Kaltenkrais unterbrach ihn mit einem Stirnrunzeln: „Ich habe niemanden einbestellt. Im Gegenteil, ich haben den königlichen Ärzten davon abgeraten, aber sie wollten nichts davon hören."

„Aber ich meine, diese anderen … haben Sie schon … haben Sie angefangen …" Er konnte es nicht über sich bringen, den Satz zu beenden.

Der Arzt verstand trotzdem, was er meinte. „Die Vorbereitungen laufen. Nach dem Frühstück soll es losgehen, hat Dr. Aspenbroch gesagt."

Taron fuhr sich nervös mit dem Handrücken über den Mund. „Stoppen Sie das! Sofort! Schicken Sie alle nach Hause."

„Aber warum denn?"

„Ich weiß, wie Sie an den grünen Farbstoff gelangen können. Sie brauchen diese Leute dafür nicht!"

Dr. Kaltenkrais zog ungläubig eine Augenbraue hoch. „Und woher wollen Sie das so genau wissen?"

Taron holte tief Luft. „Ich … ich kann Ihnen diesen Farbstoff liefern."

Für einen Moment herrschte absolute Stille. Der Arzt starrte ihn an, als hätte er einen Geist gesehen.

Dann, plötzlich, kam Leben in den Mann. Er stürzte zu der Tür, die zurück auf den Flur führte.

„Kommen Sie sofort mit." Taron folgte ihm.

***

Der junge Arzt rannte fast, als er den Flur hinter sich ließ und eine Treppe erklomm. Der nächste Flur, eine andere Treppe. Schließlich klopfte er an eine Tür, wartete aber nicht auf eine Antwort, sondern riss sie auf.

Drinnen saßen an einem Tisch vier ältere Herren in weißen Kitteln, vor ihnen zahlreiche Bücher und Schriften. Sie sahen auf, als der junge Arzt mit Taron den Raum betrat.

„Sie stören, Dr. Kaltenkrais. Warum platzen Sie hier so herein?", kam die barsche Frage von einem weißhaarigen Herrn mit einer Hakennase.

„Ja, guten Morgen, entschuldigen Sie bitte, aber es ist etwas sehr Wichtiges. Es geht um diesen Mann hier." Während er noch die Tür schloss, zeigte der junge Arzt auf Taron.

„Was ist mit ihm?"

„Er sagt, dass er den grünen Farbstoff beschaffen kann."

Stille legte sich über den Raum. Eine Standuhr tickte die Sekunden.

Einer der Männer am Tisch erhob sich. Es war ein älterer Herr mit einem weißen Bart. Auch er trug einen weißen Kittel, doch dieser hatte sogar goldene Knöpfe. Der Mann musterte Taron misstrauisch mit schmalen, dunklen Augen.

„Wer sind Sie? Wie heißen Sie?"

„Mein Name ist Taron. Ich bin hier, weil ich der Einzige bin, der weiß, wie Sie an die Medizin für die Königin herankommen können."

„Woher wissen Sie überhaupt davon?"

Taron zuckte die Schultern. „Ist das wichtig? Sie brauchen den grünen Farbstoff, ich kann ihn liefern."

„Wie? Wie wollen Sie das machen? Woher nehmen Sie ihn?"

„Ich habe ihn."

Die Stimme des Arztes war scharf und durchdringend. „Woher haben Sie ihn?"

„Er ist in meinen Augen. Ich kann dafür sorgen, dass Sie ihn bekommen, indem ich ihn …", er suchte nach einem Ausdruck, „… ausweine."

„Tatsächlich? Das sollen wir glauben?"

Taron nickte ungeduldig. „Es funktioniert nur bei ganz wenigen Menschen. Auf jeden Fall nicht bei denen, die Sie hier in den Palast eingeladen haben. Es liegt bei mir in der Familie."

Der Arzt zog erstaunt die Augenbrauen hoch und wechselte Blicke mit seinen Kollegen. „Sie meinen, es ist so etwas wie ein vererbter Defekt? Eine Mutation?"

Taron hatte von so etwas noch nie gehört. „Nennen Sie es wie sie wollen, aber es ist so." Er trat näher an den Tisch heran. „Ich biete Ihnen Folgendes an: Ich stelle Ihnen das Grün meiner Augen zur Verfügung, damit die Königin geheilt werden kann. Im Gegenzug schicken Sie zuerst all die anderen Kandidaten, die Sie eingeladen haben, nach Hause. Ich werde Ihnen erst den Farbstoff liefern, wenn Sie alle fortgeschickt haben.

Ihnen werden ein Transportmittel und eine sichere Heimreise angeboten, falls sie es benötigen, damit sie zu ihren Familien zurückkehren können."

Der Arzt nickte langsam. „Wenn Sie Ihr Versprechen halten, brauchen wir diese Leute nicht mehr."

„Sie müssen sie zuerst nach Hause schicken", betonte Taron.

„Ja doch, das werden wir", bekräftigte der Arzt ein wenig ungeduldig.

„Außerdem müssen Sie als Ärzte mich überwachen, falls etwas schiefgehen sollte."

„Das würden wir selbstverständlich übernehmen", versicherte Dr. Kaltenkrais eifrig.

Der Arzt, der die ganze Zeit gestanden hatte, ging zu einem Tisch hinüber, auf dem eine lederne Tasche stand. Er zog eine Brille ohne Bügel hervor, die er sich auf die Nase klemmte.

Tarons Herzschlag verdoppelte sein Tempo, als er begriff, wen er da vor sich hatte. Dies war der Läufer, den Suri in ihrer Vision gesehen hatte. Mit einem weißen Bart, einer seltsamen Brille und einer Ledertasche. Dies war der Mann, der ihn schlagen konnte, wenn er ihn ließ.

Der Arzt winkte Taron zu sich an den Seitentisch. „Kommen Sie her." Als er vor ihm stand, stellte Taron fest, dass der Arzt kleiner war als er selbst. „Ich habe mich noch nicht vorgestellt. Dr. Drameon Aspenbroch ist mein Name. Ich möchte Sie kurz untersuchen." Er wies auf einen Stuhl und Taron setzte sich.

Dr. Aspenbroch nahm eine Lupe aus der Tasche und näherte sich Tarons Augen, um sie zu untersuchen. Er hielt auch eine Lampe mit einem Spiegel vor sein Gesicht und befahl ihm, nach oben und unten zu schauen.

Schließlich nahm er seinen Zwicker wieder von der Nase und brummte zufrieden. Zu seinen Kollegen gewandt sagte er: „Ich sehe tatsächlich eine deutliche Anomalie am Rand der Iris. Dies könnte der Grund sein."

Die anderen Männer an dem Tisch nickten zustimmend. Einer beugte sich vor. „Wie wollen wir nun vorgehen?"

„Zunächst einmal sollten wir König Leonidas über die neue Entwicklung informieren", begann ein Herr mit schwarzen Haaren.

„Außerdem sollten wir sofort die Vorbereitungen in den medizinischen Räumen stoppen und dafür sorgen, dass alle Patienten wieder nach Hause geschickt werden."

„Was sollen wir ihnen denn sagen?", fragte Dr. Kaltenkrais.

„Nun, wir sagen ihnen, dass sich der Zustand der Königin so verschlechtert hat, dass sie keinen Besuch mehr empfangen kann. Die Leute erhalten ein kleines Geschenk als Anerkennung ihrer Mühe, und das war's", meinte Dr. Aspenbroch gelassen. „Ich werde das mit seiner Majestät abstimmen." Er wandte sich noch einmal an Taron. „Brauchen Sie eine Vorbereitung? Wir sollten ansonsten so schnell wie möglich mit der Durchführung beginnen."

Taron atmete tief ein. „Nein, ich brauche keine Vorbereitung."

„Dann warten Sie bitte hier noch einen Moment, während wir alles Nötige in die Wege leiten. Meine Herren? Ans Werk."

Alle vier Ärzte standen auf und verließen zusammen mit Dr. Aspenbroch den Raum. Nur Kaltenkrais blieb noch zurück, die Hand auf der Türklinke.

„Warum sind Sie jetzt gekommen? Warum nicht früher?", fragte der junge Arzt. Seine klugen, blauen Augen lagen auf Tarons Gesicht.

„Ich wusste nichts davon."

„Und warum wollen Sie unbedingt, dass alle anderen gehen? Was haben Sie davon?"

Taron dachte an Helena, die jetzt gerade irgendwo in diesem Schloss war und bald die Nachricht bekommen würde, dass sie unverrichteter Dinge abreisen musste.

„Ich will ihnen Leid ersparen."

Dr. Kaltenkrais schaute nachdenklich. „Das ist sehr ehrenwert von Ihnen … Sie bringen ein Opfer, für diese Menschen, für unsere Königin. Das ist sehr heldenhaft. Die Dankbarkeit des Herrscherhauses wird Ihnen sicher sein. Das ganze Volk wird Ihnen dankbar sein." Er lächelte aufmunternd.

Taron nickte nur, weil er nicht wusste, was er darauf antworten sollte. Er war kein Held.

„Wir alle sind Ihnen zu Dank verpflichtet – wenn es klappt."

Die letzten Worte hallten noch in Taron Ohren, als die Tür sich schon geschlossen hatte.

***

Helena war schon als eine der ersten aufgestanden. So saß sie bereits am Tisch, als die meisten anderen gegen sieben Uhr den Speiseraum betraten. Helena aß ihr Frühstück, beteiligte sich jedoch nicht an den Unterhaltungen, die sich vor allem um die Frage drehten, was die Aufgabe der Gäste sein mochte, wenn sie ans Bett der Königin gerufen wurden.

Als sie fertig war, blieb sie an ihrem Platz sitzen und wartete, was als nächstes passieren würde. Da sie als eine der ersten zur Königin vorgelassen werden sollte, würde sie sicherlich schon bald aufgerufen werden. Sie spürte, wie sich ihre Vorfreude und Aufregung von Minute zu Minute steigerte. Auch die anderen Anwesenden wirkten erwartungsvoll und gut gelaunt.

Als sich kurze Zeit später die Tür öffnete, drehten sich neunzehn hoffnungsvolle Augenpaare zu der eintretenden Person. Es war der gleiche Herr, der Hofmeister Graf von Kressebronn, der Helena tags zuvor in Empfang genommen hatte. Auch heute Morgen trug er eine makellose Uniform und sein Haar war perfekt frisiert. Im Kontrast dazu waren seine Gesichtszüge jedoch weit weniger geordnet. Im Gegenteil wirkte er verwirrt und geradezu erhitzt.

Er schloss die Tür hinter sich und räusperte sich geräuschvoll. „Meine sehr verehrten Damen und Herren", setzte er an. „Wie es zu meinem größten Bedauern aussieht, muss ich Ihnen eine sehr enttäuschende Ankündigung machen." Er knetete nervös seine Hände. „Mir ist soeben von der Ärzteschaft mitgeteilt worden, dass sich der Zustand der Königin noch einmal dramatisch verschlechtert hat. Die Ärzte halten es für völlig ausgeschlossen, dass jemand von Ihnen noch zu ihr vorgelassen werden kann." Er ließ den Blick über die fragenden Gesichter seiner Zuhörer gleiten.

„Es tut mir wirklich sehr leid, aber ich muss Ihnen mitteilen, dass Sie umsonst erschienen sind. Sie müssen leider wieder abreisen." Jemand stöhnte auf. „Ich weiß, wie enttäuschend dies für Sie sein muss. Der König ist Ihnen wirklich außerordentlich dankbar für Ihren Einsatz und Ihre Bereitschaft, hierher zu kommen. Er lässt mich Ihnen seinen herzlichen Dank ausrichten und beauftragt mich, jeder und jedem von Ihnen als Zeichen des Dankes und für Ihre Unkosten einen kleinen Geldbetrag zu überreichen. Sie werden ihn gleich erhalten, wenn Sie den Raum verlassen, um Ihr Gepäck aus den Zimmern zu holen." Er zeigte auf die Tür.

„Natürlich sorgen wir bei Ihnen allen dafür, dass Sie wieder in Ihre Heimatorte zurückgebracht werden. Es stehen mehrere Kutschen bereit, die Sie dorthin bringen werden, wohin Sie es wünschen." Unruhiges Murmeln entstand, während die ersten aufstanden. „Ich möchte Sie nun zuletzt noch bitten, sich zu beeilen, da die Kutschen nicht so lange warten können."

Graf von Kressebronn musste die Stimme heben, um noch Beachtung zu finden. „Ich danke Ihnen noch einmal für Ihr Verständnis und wünsche Ihnen allen eine gute Heimfahrt."

Mit diesen Worten ging er ein paar Schritte rückwärts in die Richtung der Tür und verschwand dann eilig.

Helena war so vor den Kopf gestoßen, dass sie stumm sitzen blieb. Das musste ein Irrtum sein! Sie konnten nicht ernsthaft alle wieder nach Hause schicken? Nach diesem ganzen Aufwand wurde die Veranstaltung einfach wieder abgeblasen? Das konnte doch nicht wahr sein! Sie war so kurz davor gewesen! Sie schüttelte verblüfft den Kopf. Sie konnte es einfach nicht glauben.

Dann, einen Augenblick später, setzte die Enttäuschung ein. Es war alles umsonst gewesen. Sie hatte sich so gefreut. Ihre Karriere, ihre Chancen am Hof! Alles zunichte. Tränen traten ihr in die Augen, als sie erkannte, dass alle ihre Träume gerade zerplatzten wie Seifenblasen.

Mechanisch stand sie auf und folgte den anderen. Im Flur drückte jemand ihr einen Samtbeutel mit einigen Talern darin in die Hand. Sie bedankte sich ganz automatisch, obwohl sie ihn am liebsten aus dem Fenster geworfen hätte.

Oben in der Schlafkammer packte sie die wenigen Dinge, die sie herausgeholt hatte, zurück in den Koffer. Ihre Zimmernachbarin saß auf ihrem Bett und heulte. Helena verspürte kein Bedürfnis, sie zu trösten. Lieber hätte sie sich neben sie gesetzt und es ihr gleichgetan.

Gerade hatte sie ihren Koffer geschlossen, da erschien schon ein Diener in der Tür, um ihn abzuholen und nach unten zu bringen. Sie hatten es aber wirklich eilig, konnten es offenbar kaum erwarten, sie loszuwerden.

Helena zog sich ihren Mantel an, in dem sie erst vor weniger als einem Tag angekommen war. Ihre Füße fühlten sich an wie Blei, als sie langsam den Flur hinunterging.

***

Taron hatte das Gefühl, schon eine Ewigkeit zu warten. Die Anspannung war kaum noch zu ertragen. Er stand er auf und ging an eines der Fenster, das hinunter in den Innenhof blickte. Gerade öffnete sich eine Tür, und heraus traten zwei Männer, gefolgt von einigen Dienern, die mit Koffern beladen waren. Eilig bewegten sich die Menschen auf das schmiedeeiserne Tor zur Stadt zu, vor dem mehrere Kutschen warteten. Dies waren offenbar Gäste, die nach Haus geschickt wurden. Taron nickte zufrieden.

Bald schon würde auch Helena das Schloss verlassen. Dann war sie in Sicherheit. Erst vorhin bei dem Gespräch mit den Ärzten, war ihm klargeworden, wie bald schon es hätte zu spät sein können. Sie hatten schließlich schon mit den Vorbereitungen begonnen.

Nun war er erleichtert, dass der wichtigste Teil seines Vorhabens erfolgreich abgelaufen war. Er hatte den Palast erreicht, hatte sein Anliegen rechtzeitig vorbringen können und Helena vor dem Schlimmsten bewahrt.

Allerdings war dies für ihn selbst nur der Anfang gewesen. Was nun folgen würde, war ungleich furchteinflößender. Er spürte das Adrenalin in seinem Körper, als er daran dachte, was in den nächsten Stunden passieren würde. Er hatte sich vollständig in die Hände dieser Ärzte begeben, die nun vollkommene Macht über ihn hatten. Er war allein, auf sich gestellt, ohne Caras Hilfe. Dies musste er allein durchstehen.

***

VIERZEHN

Es klopfte an der Tür, und herein trat Dr. Kaltenkrais, dem die Anspannung anzusehen war.

„So", meinte er. „alles läuft wie am Schnürchen." Er rieb sich die Hände. „Die Gäste wurden wieder ausgeladen. Die ersten reisen schon ab. Natürlich hat diese Absage zu einigem Unmut geführt, aber alles in allem sind sie sehr kooperativ.

Ein Problem stellt der Abtransport dar. Es sind nicht genügend Kutschen und Pferde für alle Gäste einsatzbereit, aber es hat sich herausgestellt, dass mehrere Personen sich auch zunächst eine Kutsche teilen können, die sie zur nächsten Poststation bringt." Er nickte energisch. „Und nun zu Ihnen, Herr Taron. Seine Majestät der König ist hoch erfreut über Ihr Erscheinen. Er möchte Sie persönlich in Empfang nehmen, bevor wir Sie dann in das königliche Behandlungszimmer bringen. Dort werden bereits die letzten Vorkehrungen getroffen. In Anbetracht des sehr schlechten Gesundheitszustandes der Königin will Dr. Aspenbroch keine unnötige Zeit verlieren."

Er machte eine einladende Geste. „Kommen Sie mit. Ich bringe Sie jetzt auf kürzestem Weg in die königlichen Gemächer."

Taron folgte ihm aus dem Zimmer, den Flur entlang und dann über mehrere Treppen hinunter ins Erdgeschoss. Dort wurde ihnen von einem Diener die Tür nach draußen zum Innenhof geöffnet.

Taron blinzelte in das morgendliche Sonnenlicht, das von dem hellen Kies reflektiert wurde. Dr. Kaltenkrais wandte sich nach links und hielt auf das Hauptportal auf der Stirnseite des Platzes zu. Taron folgte ihm.

Gerade öffnete sich auf der anderen Seite ebenfalls eine Tür, durch die mehrere Menschen heraustraten. Taron schaute zunächst nur kurz hinüber, sah dann jedoch genauer hin. Drei junge Frauen waren als erstes herausgekommen. Sie wurden gefolgt von zwei Dienern, die schwer mit mehreren Koffern beladen waren. Zwei der Frauen strebten sofort auf den Ausgang zu. Eine dritte folgte langsamer. Es war Helena.

Helena war so in Gedanken versunken, dass sie kaum bemerkt hatte, wie sie die Treppe hinuntergestiegen war.

Als sie nun aus dem dunklen Flur in das helle Morgenlicht hinaustrat, wurde ihr wieder bewusst, dass sie dabei war, den Palast zu verlassen, den Ort, auf den sich all ihre Träume konzentriert hatten. Ihre große Chance zunichte, ihre Karriere beendet, bevor sie überhaupt begonnen hatte!

Nun musste sie wieder abreisen, obwohl sie doch gerade erst angekommen war. Sie wurde nach Hause geschickt, weil man sie nicht brauchte, weil sie überflüssig geworden war.

Wieder kämpfte sie mit den Tränen. Sie hob den Blick, um noch einmal auf das majestätische Schlossportal zurückzublicken. Dort, in den Gemächern der Königin, hätte sie in diesem Augenblick sein sollen.

Tarons erster Reflex war, nach einer Rückzugsmöglichkeit zu suchen. Er drehte sich um, aber sie waren schon zu weit von der Tür entfernt, durch die sie herausgekommen waren.

Er fluchte leise. Warum musste Helena gerade jetzt auftauchen? Er wollte ihr nicht begegnen! Das würde nur unnötige Fragen aufwerfen, denen er lieber aus dem Weg gegangen wäre.

Weil ein Ausweichen unmöglich war, blieb ihm nichts anderes übrig, als stoisch weiterzulaufen, in der Hoffnung, dass Helena ihn nicht bemerken würde.

Ihr Blick blieb an zwei Männern hängen, die fast zeitgleich aus dem Palastflügel auf der anderen Seite getreten waren und nun offenbar auf das Portal zusteuerten.

Sie traute ihren Augen nicht, wen sie da sah!

„Taron?", sagte sie halblaut. Sie blinzelte ungläubig. Doch, er war es. „Taron? Taron!", rief sie jetzt lauter. Ihre Stimme hallte über den Platz.

Er blieb stehen, als er seinen Namen hörte. Soviel dazu. Langsam hob er den Kopf.

Ihr erster Reflex war Freude über dieses unerwartete Wiedersehen. Mit jedem hätte sie gerechnet, aber nicht mit ihm. Unwillkürlich lief sie auf ihn zu.

„Was machst du denn hier?" Einige Schritte vor ihm blieb sie stehen.

„Taron, sie schicken uns alle wieder nach Hause! Es ist eine Katastrophe. Ich verstehe das alles nicht! Angeblich geht es jetzt nicht mehr, weil die Königin zu krank ist. Was für eine Enttäuschung!"

Obwohl er dieser Begegnung gerne entgangen wäre, freute er sich doch, Helena wiederzusehen. Sie trug ihr rotblondes Haar hochgesteckt. Ihr kornblumenblauer Mantel betonte ihre schmale Taille.

Sie war so schön. Sein Herz schlug schneller bei ihrem Anblick. Er liebte sie so sehr.

Sie hielt inne. Irgendetwas stimmte doch hier nicht. Wie kam es, dass Taron im Palast war? Sie bemerkte, dass er andere Kleidung trug. Er hatte einen Stoppelbart und dunkle Schatten unter den Augen.

„Was machst du überhaupt hier?" Warum wirkte er so angespannt? Irgendetwas war doch faul. Ihr Verstand fing an, zu arbeiten.

„Warte mal, hast du etwa irgendwas damit zu tun, dass wir alle wieder gehen müssen?"

„Nein, halt, was willst du mir erklären?" Warum benahm er sich so seltsam?

Ein schrecklicher Verdacht stieg in ihr auf.

Plötzlich begriff sie: Natürlich! Er hatte ein schlechtes Gewissen! Er war nämlich aus dem gleichen Grund hier, wie sie! Er wollte zur Königin! Und sie hatte

Er versuchte, sich ihren Anblick einzuprägen. Vielleicht war dies das letzte Mal, dass er sie wiedersah.

Plötzlich durchfuhr ihn der Gedanke, dass es das letzte Mal sein mochte, dass er sie überhaupt sehen konnte. Diese Erkenntnis durchfuhr ihn wie ein physischer Schmerz.

„Helena."

Er brachte kein weiteres Wort heraus. Sein Blick glitt zu Dr. Kaltenkrais hinüber, der am Palasteingang stehen geblieben war und wartete. Dies war weder der Ort, noch der Zeitpunkt, um ihr die ganze Situation zu erklären.

Taron atmete tief durch und versuchte, sich zu konzentrieren.

„Helena, hör zu. Ich habe nicht viel Zeit. Irgendwann werde ich es dir vielleicht erklären können."

ihn dabei ertappt, wie er sie hinterging.

Die Erkenntnis raubte ihr schier den Atem. „Ach so! Jetzt verstehe ich! Du!" Sie zeigte mit dem Finger auf ihn. „Du bist der zwanzigste Bewerber, der gestern nicht gekommen ist, richtig?" Sie hustete ungläubig.

„Du bist der Grund, warum wir alle nach Hause geschickt werden, nicht wahr? Du hast dich selber beworben und hast uns alle ausgestochen.

Während du versucht hast, mich daran zu hindern herzukommen, bist du selber angetreten! Ich fasse es nicht!" Sie lachte hysterisch auf.

„Was hast du gemacht, ha? Was hast du getan, um sie so zu überzeugen, dass sie uns sogar alle nach Hause schicken und nur noch dich behalten wollen?" Sie war so zornig, dass sie kaum noch sprechen konnte.

„Hast du sie mit deinen Taschenspielertricks beeindruckt? Mit deiner billigen Masche mit der Blume? Sie belogen, so wie du mich die ganze Zeit belogen hast?

Ich glaub es einfach nicht!" Sie drehte sich um ihre eigene

Er konnte sehen, wie es hinter ihrer Stirn arbeitete. Verwunderung,
dann Verstehen,
dann Empörung ...

„Nein, Helena, nein!"

Aus Empörung wurde Wut.

Es war schmerzhaft zu sehen, wie sie sich in diesen Gedanken verrannte. Dass sie es ihm ohne Weiteres zutraute, sie so zu verraten!

Achse und stampfte mit dem Fuß auf vor lauter Wut.

„Ich hätte dir so Einiges zugetraut, aber diese Niedertracht schlägt wirklich alles."

„Was? Was verstehe ich nicht?" Sie trat auf ihn zu und funkelte ihn an. Am liebsten hätte sie ihn geohrfeigt.

Und warum bist du dann hier?"

Helena schnaubte verächtlich.
„Du lügst! Genauso wie du mich die ganze Zeit belogen hast! Aber ich hätte es wissen müssen. Mit Pack wie dir soll man sich nicht abgeben. Ihr lügt doch alle, wenn ihr nur den Mund aufmacht. Verdorben seid ihr, alle! Und du bist der Schlimmste. Abschaum."

Sie hasste ihn so sehr, sie wollte ihn verletzen, treffen, wo sie wusste, dass sie ihn am härtesten treffen konnte. Tatsächlich

„Das stimmt nicht, Helena! Nein!" Er hob die Hände und versuchte, ihren Redefluss zu stoppen. „Jetzt hör mir doch zu. Du verstehst das nicht!"

„Ich bin nicht dieser fehlende zwanzigste Gast. Ich habe nie versucht, mich zu bewerben und wollte dir auch nie irgendetwas streitig machen."

Er ließ die Hände sinken. „Ich kann es dir jetzt nicht erklären. Es ist kompliziert …"

Das saß. Sein ganzes Leben lang hatte er sich solche Sprüche anhören müssen. Es aus ihrem Mund zu hören war wie ein Schlag ins Gesicht.

sah sie mit Befriedigung, wie er schneeweiß wurde.

Seine Worte drangen kaum zu ihr durch. Was redete er da von „beschützen"? Sie verstand ihn nicht und wollte ihn auch nicht verstehen.

„Du lügst", wiederholte sie nur. „Das ist alles eine einzige Lüge. Wie konntest du mir das antun? Du wusstest genau, wie wichtig mir das hier war. Du hast es absichtlich zerstört. Die ganze Zeit hast du mir etwas vorgemacht. Du bist wirklich das Letzte."

Sie kämpfte mit den Tränen.

Ihre Wut war plötzlich verraucht. Sie war nur müde, so müde. Enttäuscht und niederge-

„Spar dir deine Beleidigungen", stieß er zwischen den Zähnen hervor. „Du verstehst es nicht. Ich bin nicht hier, um die Königin zu unterhalten." Er holte Luft.

„Ich habe einen Handel abgeschlossen, um dich vor etwas Schlimmem zu bewahren. Sie hätten dir etwas Schreckliches angetan. Ich wollte dich davor beschützen."

Dr. Kaltenkrais räusperte sich hörbar. Er drängte zum Aufbruch. Taron schaute hektisch zu ihm hinüber. Ihm lief die Zeit davon.

„Helena, es tut mir leid. Ich muss gehen. Ich muss …" Er atmete tief ein. „Ich muss da jetzt rein. Sie warten auf mich."

Er versuchte, sich ihr Gesicht einzuprägen, ihre schönen, glänzenden Augen.

schlagen. Er hatte ihr alles genommen, was ihr wichtig war. Er hatte sie belogen, betrogen, hintergangen und ausgenutzt. Sie senkte den Blick.

Sie schaute hoch zu ihm. Irgendwo tief drinnen spürte sie, dass etwas nicht stimmte, aber sie konnte nicht ergründen, was es war. Und irgendwie war es jetzt auch egal.

Sie spürte seine kalten, harten Finger, die ihre Hand umfassten und wünschte sich weit weg. Sie wollte fortgehen von hier, wollte

Sie schaute ihn nicht mehr an. Wahrscheinlich hörte sie ihm gar nicht mehr zu.

„Ich kann nicht mehr zurück. Ich habe versucht, das Spiel zu drehen, aber wie es aussieht, werde ich verlieren." Er lachte bitter. „Verdammt. was mach ich hier überhaupt?"

Er wusste, dass er unverständliches Zeug redete, aber er konnte seine Gedanken nicht mehr verständlich in Worte fassen.

„Was für ein Wahnsinn!" Er fuhr sich mit einer nervösen Geste durch die Haare und versuchte, sich noch einmal auf den Moment zu konzentrieren.

Er spürte, wie sie sich von ihm zurückgezogen hatte.

„Lass uns so nicht auseinandergehen. Vielleicht werde ich dein Gesicht nie wieder sehen. Reich mir die Hand zum Abschied. Verzeih mir."

Als sie nicht auf seine Worte reagierte, griff er nach ihrer rechten Hand.

ihn, wollte dies alles so schnell wie möglich hinter sich lassen und vergessen.

Ihre Finger lagen kraftlos auf seiner eiskalten Haut. Seine Augen glitten über ihre Gesichtszüge. Dies Bild wollte er sich ins Gedächtnis brennen, wenn er vielleicht bald in die Dunkelheit ging.

„Leb wohl, Helena."

Wortlos ließ sie seine Hand los und drehte sich um. Die Kutsche wartete.

Taron sah ihr nach. Für einen verrückten Augenblick überlegte er, was passieren würde, wenn er ihr hinterherliefe. Dies war seine letzte Chance, dem zu entkommen, das ansonsten unvermeidbar war. Sobald er durch das Portal den Palast betrat, konnte er nicht mehr zurück.

Aber wenn er jetzt versuchte davonzulaufen, würden ihn spätestens die Wachen am Tor aufhalten. Er hatte sich selbst etwas vorgemacht, zu denken, dass er noch zurückkonnte. Sobald er heute Morgen das Tor durchschritten hatte, war die Falle zugeschnappt.

Taron drehte sich um und ging durch den knirschenden Kies zum Palastportal. Dr. Kaltenkrais schaute ihn einen Moment lang prüfend an.

„Jetzt weiß ich, warum Sie hier sind. Sie tun es für diese Frau, nicht wahr?"

Taron nickte stumm.

„Sie lieben sie", stellte der andere fest.

„Ich habe sie gerade verloren."

***

Die Türen des Portals öffneten sich, und sie wurden von zwei Dienern hereingelassen, die sie sogleich eine breite Prachttreppe hinaufbegleiteten. Hier, im Hauptteil des Palastes waren die Wände mit kostbaren Seidentapeten bespannt. Überall glänzten goldene Ornamente und dunkles, poliertes Holz. Kronleuchter funkelten um die Wette.

Aber Taron hatte keine Zeit, sich genauer umzusehen. Er wurde in einen großen, prachtvoll ausgestatteten Raum geführt, in dem sich auch die Ärzte eingefunden hatten. In ihrer Mitte stand ein älterer Herr in einer Paradeuniform, mit einem prächtigen, weißen Schnauzbart.

Als er die beiden Neuankömmlinge bemerkte, unterbrach er das Gespräch. „Ist er das?", fragte er, an Dr. Aspenbroch gewandt, welcher zur Antwort nickte.

König Leonidas richtete das Wort an Taron. „Kommen Sie her zu mir, kommen Sie!"

Er winkte ihn zu sich. Taron näherte sich ihm und verbeugte sich tief. Als er sich wiederaufrichtete, schüttelte ihm der König die Hand.

„Wir sind Ihnen außerordentlich zu Dank verpflichtet, Herr Taron. Sie sind ein wahrer Held!" Es lag ein Lächeln auf seinem runzligen Gesicht. Taron bemerkte die schweren Tränensäcke unter den blutunterlaufenen Augen, ein Zeugnis der durchwachten Nächte und der Sorgen, die er sich um seine Frau machte. Er sah in diesem Moment nicht einen König vor sich, sondern einen Mann, der litt, weil seine geliebte Frau sterbenskrank war.

„Unser Dr. Aspenbroch hier hat mir bereits die medizinischen Umstände erklärt. Es bleibt nur zu hoffen, dass dieses Unterfangen von Erfolg gekrönt sein wird. Sie alle, meine Herren, haben dabei meine volle Unterstützung." Der König ließ seine Blicke über die Ärzte gleiten, bevor er sich wieder an Taron wandte. „Ich danke Ihnen, Herr Taron, dass sie sich bereit erklären, meiner Frau durch Ihren Einsatz das Leben zu retten. Dies ist die allerletzte und einzige Chance. Meine Ärzte werden Sie dabei so gut unterstützen, wie es nur in ihrer Macht steht."

„Danke, Majestät."

„Sollte meine Frau wieder gesund werden, werde ich Ihnen in ewiger Dankbarkeit verbunden bleiben. Selbstverständlich verleihe ich Ihnen den höchsten Orden unseres Landes, die Auszeichnung für besondere Dienste. Außerdem werde ich sie in den Ritterstand erheben, verbunden mit einer jährlichen Apanage von fünftausend Talern."

Taron wusste kaum, was er dazu sagen sollte. Er wollte keinen Orden und keinen Titel. Für diese Dinge war er nicht gekommen. Aber die Aussicht auf einen so großen Geldbetrag war natürlich nicht von der Hand zu weisen. Fünftausend Taler, das war mehr als viermal so viel, wie er als Tischler je verdienen konnte.

„Das ist sehr gütig, Majestät."

Der Monarch hob abwehrend die Hände. „So, nun will ich Sie aber nicht weiter aufhalten, meine Herren. Schreiten Sie schnell zur Tat. Meine Wünsche für ein gutes Gelingen begleiten Sie. Ich hoffe sehr, dass Sie Erfolg haben werden."

„Wir werden unser Möglichstes tun", antwortete Dr. Aspenbroch. „Sind Sie bereit, Herr Taron?"

Er nickte, obwohl er spürte, wie ihm der Schweiß ausbrach.

Der König schüttelte ihm noch einmal aufmunternd die Hand. „Gehen Sie und retten Sie die Königin!"

Die Ärzte waren bereits dabei, den Raum zu verlassen. Dr. Aspenbroch geleitete Taron hinaus auf den Flur.

***

Helena hatte Glück, dass die Kutsche des Königs sie nicht weit bringen musste. Ihr Vater weilte immer noch bei seinem Bruder. Also nannte sie dem Kutscher die Adresse und lehnte sich zurück. Durch das Fenster sah sie, wie sie den Platz umrundeten, um dann in das Straßengewirr der Stadt einzutauchen. Die Hufe der Pferde klapperten laut auf dem Kopfsteinpflaster.

Helenas Gedanken schweiften zurück zu den vergangenen Stunden. Am Morgen war sie noch aufgestanden in der festen Erwartung, bald die Königin aufsuchen zu dürfen. Innerhalb kürzester Zeit war dieser Traum zunichtegemacht worden. Dies war eine Enttäuschung, die sie noch lange verfolgen würde. Sie malte sich aus, wie sie nach Hause zurückkehren würde, mit dem Gefühl, irgendwie versagt zu haben.

Als wäre dies nicht schon genug, war dann auch noch die Demütigung durch Taron. Er hatte sie belogen und ausgenutzt. Nichts von dem, was er ihr erzählt hatte, war wahr. Von Anfang an hatte er doch nur mit ihr gespielt. Wahrscheinlich hatte er sie hinter ihrem Rücken ausgelacht. Er hatte sich über ihre Dummheit amüsiert, mit der sie ihm auf den Leim gegangen war.

Wie hatte sie sich nur überhaupt auf ihn einlassen können? Sie errötete bei dem Gedanken, dass sie ausgerechnet so jemandem wie ihm den ersten Kuss geschenkt hatte.

Sie schloss die Augen. Sie war so müde und enttäuscht. Es würde eine Weile dauern, bis sie sich von diesem Schlag erholt haben würde.

***

Dr. Aspenbroch zeigte auf eine hohe Flügeltür mit vergoldeten Schnitzereien. „Dies ist das Schlafzimmer der Königin. Sie ist sehr schwach. Wenn wir sie nicht retten, wird sie in den nächsten Tagen sterben." Einer Eingebung folgend klopfte er leise an die Tür, die durch einen Diener geöffnet wurde.

Taron schaute in ein großes Zimmer mit abgedunkelten Fenstern, das von einem ausladenden Himmelbett beherrscht wurde. Hier herrschte völlige Stille.

Taron folgte Dr. Aspenbroch, der den Raum durchquerte und sich behutsam dem Bett näherte. Im Dämmerlicht erkannte er eine Person, die in dem riesigen Bett geradezu verloren wirkte. Sie lag, sorgsam zugedeckt, ganz still, bleich und mit geschlossenen Augen da. Kaum hob und senkte sich die Brust. Das graue Haar war straff zurückgekämmt und unter einer Haube verborgen.

Taron spürte, dass kaum noch Leben in ihr war. Er verstand, warum der Arzt ihn zu ihr geführt hatte. Er sollte sehen, für wen er das Opfer brachte, das ihm bevorstand.

„Retten Sie die Königin", flüsterte der Doktor.

Taron nickte nur. Die Luft in dem Raum war so drückend, dass er meinte, ersticken zu müssen. Er war dankbar, dass er gleich darauf das Schlafzimmer wieder verlassen durfte.

Die Tür wurde hinter ihnen geschlossen, und sie setzten ihren Weg den Flur hinunter fort. Nur wenige Meter weiter ließ Dr. Aspenbroch Taron in einen weiteren Raum eintreten. Es handelte sich um einen geräumigen Salon, der in so etwas wie ein Behandlungszimmer umfunktioniert worden war. Unwillkürlich stellte sich Taron vor, dass auch Helena in dieses Zimmer geführt worden wäre.

In der Mitte des Raumes befand sich ein langer Tisch, um den herum mehrere Stühle standen und auf dem eine weiße Tischdecke ausgebreitet war. Auf dieser waren verschiedene medizinische Instrumente aufgereiht, aber auch braune Flaschen mit Flüssigkeiten, Tinkturen und, sauber aufgewickelt, Verbandsmaterialien aus Stoff.

Auf der rechten Seite stand ein Bett, das mit dem Kopfende an die seidenbezogene Wand stieß, damit der darin Liegende von beiden Seiten erreicht werden konnte. Zur Linken sah Taron mehrere Schränke mit verglasten Türen und einen Waschtisch mit einer Schüssel, einem Krug und Handtüchern. Durch die Fenster, die nur durch eine durchlässige Gardine verhängt waren, fiel helles Tageslicht.

„Setzen Sie sich doch bitte." Dr. Aspenbroch wies auf einen der Stühle am Tisch.

Taron nahm die Tasche von seiner Schulter und zog seine Jacke aus, die er sorgsam über die Rückenlehne hängte, bevor er sich auf dem Stuhl niederließ. Die anderen Ärzte setzten sich ebenfalls.

„Nun", begann der leitende Mediziner. „Beschreiben Sie uns bitte den Ablauf. Wie werden Sie vorgehen?"

Taron schaute in die Runde erwartungsvoller Gesichter. Wussten sie so wenig darüber? Er griff in die Tasche und holte nach kurzem Suchen die kleine Flasche hervor, um sie vor sich auf den Tisch zu stellen. Das Morgenlicht fiel auf die rote Flüssigkeit und ließ sie aufleuchten.

„Ich bin gelehrt worden, was ich zu tun habe. Ich war allerdings selbst nie Zeuge davon, wie es tatsächlich abläuft." Er bemerkte, wie sich einige Ärzte einen Blick zuwarfen. Vielleicht trauten sie es ihm nicht zu.

Er versuchte, sich davon nicht beeinflussen zu lassen und fuhr fort: „Ich werde diese Flüssigkeit hier trinken. Es ist eine schnell wirkende Droge, die mir dabei hilft, mich in einen Zustand absoluter Konzentration zu versetzen. Wenn es so weit ist, werde ich es Ihnen sagen. Sie müssen dann bereit sein, den grünen Farbstoff sofort aufzufangen, bevor er verloren geht, am besten mit einem zarten Glas. Es ist …" Er schluckte. „Es ist von Vorteil, wenn Sie mich dabei festhalten. Ich muss Sie bitten, mir laut und deutlich zu sagen, wenn sie die Tropfen aufgefangen haben, damit ich nicht länger als irgend nötig in diesem Zustand bleibe. Danach kann es sein, dass ich das Bewusstsein verliere. Ich muss mich darauf verlassen, dass Sie sich um mich kümmern." Die Ärzte nickten ernst.

Dr. Kaltenkrais fragte: „Welche Menge dieses Stoffes ist zu erwarten?"

„Ich weiß es nicht. Genug jedenfalls, um die Königin heilen zu können."

Dr. Aspenbroch räusperte sich ungeduldig. „Ich weiß, worauf Sie hinauswollen, Kaltenkrais. Sie werden schon noch bekommen, was sie brauchen." Er warf seinem Kollegen einen verärgerten Blick zu.

Ein anderer Arzt am Tisch ergriff das Wort: „Sind bei der Anwendung dieser Medizin Nebenwirkungen zu erwarten?"

Taron zuckte die Schultern. „Nein, nicht dass ich wüsste. Sie müssen es ihr nur einflößen und abwarten."

„Sehen Sie Gefahren für Ihre eigene Gesundheit bei diesem Verfahren, Herr Taron?"

Er überlegte. „Na ja, es dreht sich vor allem um meine Augen. Sie verlieren die Farbe und werden stattdessen grau."

„Und ansonsten?", fragte Dr. Aspenbroch.

Taron legte die Hände in den Schoß, damit niemand sehen konnte, dass sie anfingen zu zittern. „Ich habe das noch nie gemacht. Wenn etwas schiefgeht, könnte ich erblinden – oder sterben." So schlicht seine Worte waren, so schwer fiel ihre Bedeutung in die Stille des Raumes.

Nach einem kurzen Schweigen ergriff Dr. Aspenbroch das Wort. „Das wird nicht geschehen. Dafür werden wir sorgen." Er stand auf. „Natürlich ist es riskant, aber wir müssen es auf jeden Fall versuchen. Es geht schließlich um das Leben der Königin."

Alle erhoben sich.

***

FÜNFZEHN

Sie ließen Taron sein Hemd ablegen und gaben ihm ein sauberes, weißes, das ihm etwas zu groß war. Er zog seine Schuhe aus, in denen er barfuß war, und setzte sich auf das Bett. In der Hand hielt er die Flasche. Um ihn herum standen die fünf Ärzte, abwartend, beobachtend.

Er dachte an Cara und wie gut es wäre, wenn sie jetzt bei ihm wäre. Sie hätte ihm geholfen, hätte ihm beruhigend eine warme Hand auf die Schulter gelegt. Er fühlte sich so allein, so ausgeliefert. Er hatte geglaubt, das Spiel irgendwie beeinflussen zu können, verhindern zu können, dass der Läufer ihn am Ende schlagen würde. Aber nun war er hier. Es gab keinen Ausweg mehr. Er musste diese Sache durchziehen.

Er sah seinen Vater vor sich, der ihm gedroht hatte, dass er aus der Gemeinschaft ausgeschlossen werden könnte. Er war dabei, sämtliche Regeln dieser Gemeinschaft zu brechen. Wozu? Für eine Frau, die ihn als ,Abschaum' beschimpft hatte und die er wahrscheinlich nie wiedersehen würde. Und für eine Königin, die ihm am Ende kaum etwas bedeutete.

Er schaute auf seine Hand, die die Flasche hielt und dabei zitterte. Er hatte Angst. Ja, es war die nackte Angst. Er hatte gelernt, was er zu tun hatte, aber er wusste nicht, wie es jetzt tatsächlich ablaufen würde. Was, wenn alles schiefging? Dann war dies das Ende, allein.

Er zog den Korken aus der Flasche und setzte sie an die Lippen. Der Geschmack der Flüssigkeit war beißend und süß zugleich. Er trank langsam, ohne abzusetzen, bis die Flasche leer war. Jemand nahm sie ihm aus der Hand, aber er schaute nicht, wer. Er versuchte, seinen Atem zu beruhigen, während er spürte, wie sich die Substanz erst in seinem Magen, dann schnell durch seinen Körper ausbreitete.

Was hätte Cara jetzt zu ihm gesagt? „Kämpfe nicht dagegen an. Lass es geschehen. Konzentriere dich vollkommen auf deinen Körper. Verliere nicht die Kontrolle." Er ließ sich zur Seite gleiten und hob die Beine an, bis er auf dem Rücken lag.

Sein Blick ging zur Decke. Dort tanzten auf einem Deckenfresko fünf leicht bekleidete Frauen im Kreis. Sie lachten und trugen Blumen im Haar. Für einen Moment schienen sie sich zu bewegen, während sie sich an den Händen fassten und zu ihm hinunterschauten. Er meinte sie kichern zu hören und fragte sich, ob sie ihn auslachten.

Er kannte die Wirkung von Caras Trank. Sie hatte es ihn einmal ausprobieren lassen. Er spürte, wie die Welt um ihn herum zurückwich. Übrig blieb nur er selbst.

Sein Geist wanderte durch seinen Körper und kontrollierte alle Funktionen. Er überprüfte alle Muskeln der Extremitäten, damit sie ihm gehorchten, beginnend bei den Füßen, über die Beine, dann die Hände und Arme. Er lenkte seine Aufmerksamkeit auf seinen Rumpf, seinen Bauch, seinen Rücken, betrachtete seinen Brustkorb, wie er sich hob und senkte. Dies alles konnte er kontrollieren und beherrschen. Es folgte seinem Befehl. Als letztes richtete er seinen Geist auf seinen Kopf und schließlich seine Augen. Auch sie sollten seinem Willen gehorchen.

Er hatte nun alle Teile seines Körpers unter Kontrolle. Es war, als gingen Fäden von ihnen aus, an denen er nach Belieben ziehen konnte. Er war bereit.

Er veranlasste seinen Mund, etwas zu sagen.

„Jetzt!", hörte er sich selbst wie von fern.

Er musste den nächsten Schritt tun, es gab kein Zurück mehr. Mit dem überlegenen Willen seines Geistes veranlasste er die Muskeln in seinem Körper, sich gleichzeitig zusammenzuziehen. Er zwang sie zum Gehorsam.

Er spürte sofort, wie sein ganzer Körper sich verkrampfte und zu beben begann.

Die Stimme von Dr. Aspenbroch befahl: „Schnell, halten Sie ihn fest, von beiden Seiten."

Hände legten sich auf seine Schultern und seine Beine, fassten seinen Kopf. Jemand schob ihm etwas zwischen die Zähne.

Der Druck in seinem Körper war kaum zu ertragen. Er hielt die Augen geschlossen, weil er das Gefühl hatte, sie würden aus den Höhlen treten. Seine verkrampften Nackenmuskeln rissen seinen Kopf zurück.

Die Atmung setzte aus, als sich die Brustmuskeln zusammenzogen, der Herzschlag begann zu stolpern. Er konnte diesen Zustand nur für wenige Sekunden aufrechterhalten. Dann musste er ihn sofort wieder beenden.

Er presste die Augenlider zusammen und spürte dabei, wie sich eine heiße Flüssigkeit darunter sammelte und dann in seinen Augenwinkeln austrat.

„Da ist es! Wir haben es!", brüllte jemand neben seinem Kopf.

Sofort befahl er seinen Muskeln, sich wieder zu lösen. Er versuchte, die verkrampften Fäuste zu öffnen, machte unter großer Anstrengung einen Atemzug.

Doch im gleichen Augenblick setzte der Schmerz ein. Als wenn jemand eine glühende Nadel durch seine Augäpfel direkt in sein Gehirn gestoßen hätte. Er hörte sich selbst schreien. Warme Flüssigkeit ergoss sich über seine Schläfen. Unwillkürlich presste er die Handballen auf seine Augenhöhlen, aber der Schmerz ließ sich nicht bändigen.

Er versuchte, seinen Kopf anzuheben. Die Hände, die ihn festgehalten hatten, waren fort. Er drehte den Kopf, doch die Flüssigkeit geriet in seine Nase, floss in seinen geöffneten Mund. Er schmeckte Blut, meinte zu ersticken, spuckte, versuchte, seine Augen zu öffnen, aber da war nur Finsternis.

Er hatte das Gefühl, völlig allein zu sein. Panik erfasste ihn. Er wusste, dass er dabei war, die Kontrolle zu verlieren. Er rang keuchend nach Luft, als die verkrampften Muskeln ihn zurück auf das Bett warfen. Sein Herz raste in seiner Brust, als wollte es gleich zerspringen.

Der Schmerz war massiv, wie eine Wand. Er konnte sich nicht mehr konzentrieren, konnte seinen Körper nicht mehr beherrschen. Er wusste, dass genau dies nicht passieren durfte, aber er war machtlos dagegen. Ohne die Kontrolle seines Geistes verfiel sein Körper in Chaos. Er schlug um sich wie ein Ertrinkender.

Plötzlich hörte er Dr. Kaltenkrais' Stimme. „Ruhig! Ich bin hier, ich bin bei Ihnen." Jemand hielt ihn fest und presste etwas auf seine Augen. Gleich darauf wurde ihm eine bittere Substanz eingeflößt, die er versuchte zu schlucken.

Doch es war zu spät. Dunkelheit schlug über ihm zusammen.

***

Als die Kutsche in die bekannte Straße einbog, wusste Helena, dass sie am Ziel angelangt war. Sie näherte sich einer gepflegten Villa, in deren Vorgarten die Rosen üppig blühten. Die Tür der Kutsche wurde geöffnet und Helena trat in den Sonnenschein hinaus, während ihr Koffer abgeladen wurde.

Sie ging durch das geöffnete Gartentor den gepflasterten Weg hinauf zur Haustür, wo sie an der Klingel zog. Drinnen im Haus hörte sie das Läuten einer Glocke. Bald darauf öffnete sich die Haustür und ein Dienstmädchen in einer Schürze wurde sichtbar. Es riss überrascht die Augen auf und knickste dann.

„Guten Tag, Fräulein Helena. Herzlich willkommen! Wir hatten Sie gar nicht erwartet." Sie wich zurück und ließ Helena eintreten, gefolgt von dem Kutscher, der den Koffer und die Tasche in den Flur stellte. Helena versorgte ihn mit einem Trinkgeld, während das Mädchen ihre Ankunft meldete.

Die Tür zum Salon wurde aufgerissen und ihr Vater kam heraus.

„Helena, mein Kind! Du, hier? Was ist geschehen?" Er umarmte seine Tochter voller Sorge.

Helena löste sich aus seinen Armen. „Oh, Vater, es war schrecklich. Sie haben uns alle wieder fortgeschickt. Angeblich war die Königin zu krank, um uns noch zu empfangen. Aber das glaube ich einfach nicht." Wieder traten ihr Tränen in die Augen. „Es war so eine bittere Enttäuschung. Ich kann es kaum ertragen."

„Meine arme Tochter!"

In diesem Moment traten auch Georgios Greizenich und seine Frau aus dem Salon, gefolgt von ihren Töchtern Alexandra und Anthelia. Alexandra war ungefähr zwei Jahre älter als Helena, Anthelia dagegen in Delias Alter.

„Meine liebe Helena! Was höre ich!", rief ihre Tante aus. „Du bist fortgeschickt worden? Wie schockierend! So ein Schlag! Komm mit uns in den Wintergarten auf eine Tasse Tee und erzähle uns alles."

Helena folgte ihr gehorsam. Das Mitgefühl ihrer Verwandten war tröstlich. Von ihren Erlebnissen zu erzählen würde ihr sicherlich guttun.

Nur Taron durfte sie dabei nicht erwähnen. Ihre Bekanntschaft mit ihm hätte zu viele unangenehme Fragen aufgeworfen. Darüber hinaus hatte sie beschlossen, ihn so schnell wie möglich zu vergessen.

***

Taron kam mit einem Ruck zu Bewusstsein, als ein unerträglich scharfer Geruch in seine Nase stieg. Er holte geräuschvoll und schmerzhaft Luft und versuchte, die Augen zu öffnen. Im selben Augenblick bemerkte er jedoch, dass eine Bandage um seinen Kopf dies verhinderte.

Er hörte die Stimme von Dr. Kaltenkrais neben seinem Ohr. „Sie sind wach. Das ist gut. Wir dachten vorhin noch, dass Sie es möglicherweise nicht schaffen würden."

„Was ist denn passiert?", flüsterte Taron.

Er horchte in sich hinein. Sein Herz schlug wieder ruhig und regelmäßig. Der Schmerz hatte nachgelassen, aber sein ganzer Körper fühlte sich wund und erschöpft an.

Mühsam hob er seine rechte Hand und betaste den Verband, der auf seinen Augen lag, während die Stimme neben ihm fortfuhr: „Wir konnten den Farbstoff erfolgreich auffangen. Es war eine überraschend große Menge an Flüssigkeit. Dr. Aspenbroch hat sie sofort zur Königin gebracht, um sie zu verabreichen. Sie schläft jetzt, aber ihr Zustand hat sich stabilisiert.

Währenddessen trat jedoch bei Ihnen eine Krise ein. Es kam zu einer schweren Blutung im Bereich der Augen, die ich noch nicht ganz stillen konnte, die aber jetzt nachlässt. Zwischendurch sah es sehr schlecht mit Ihnen aus, vor allem was Atmung und Puls angeht, aber jetzt, wo Sie dank des Riechsalzes wieder wach sind, können wir die Lage etwas optimistischer einschätzen."

Taron versuchte, sich aufzusetzen, merkte aber, dass ihm die Kraft dazu fehlte.

Die Stimme von Dr. Kaltenkrais sagte: „Bleiben Sie ruhig noch etwas liegen. Sie sind ziemlich mitgenommen."

„Ich habe Durst."

Er spürte, wie ihn jemand im Nacken fasste, um seinen Kopf anzuheben und dann ein Becher mit Wasser an seine Lippen geführt wurde. Obwohl er vorsichtig trank, floss etwas davon über sein Kinn und seinen Hals entlang. Er ließ den Kopf zurücksinken.

„Haben Sie Schmerzen?" Die Stimme von Dr. Kaltenkrais.

„Ja."

„Wo?"

„Hinter den Augen, im Kopf."

„Ich gebe Ihnen etwas." Wieder berührte etwas seine Lippen und ein paar Tropfen rannen in seinen Mund. Es dauerte nicht lange, bis die Substanz wirkte und sich wie eine Decke auf seinen Verstand legte. Er schlief ein.

***

Taron erwachte, weil sich in seiner Nähe mehrere Männer leise unterhielten.

„Wie geht es der Königin?", hörte er die gedämpfte Stimme von Dr. Kaltenkrais fragen.

„Sie ist tatsächlich auf dem Weg der Besserung. Es ist wie ein Wunder. Dass diese wenigen Tropfen eine solche Wirkung entfalten würden, habe ich kaum zu hoffen gewagt."

„Als ich vorhin bei ihr war, hat sie sogar kurz die Augen geöffnet."

Dr. Aspenbrochs Stimme: „Ja, seine Majestät ist sehr erleichtert. Er ist jetzt bei ihr. Später möchte er auch dem jungen Mann hier seinen persönlichen Dank aussprechen."

„Wie sieht es aus mit ihm?", fragte eine andere Stimme.

„Ich denke, dass er das Schlimmste überstanden hat, aber es war denkbar knapp." Das war die Stimme von Dr. Kaltenkrais. „Gut, dass er es geschafft hat. Sein Tod wäre tragisch gewesen. Jetzt müssen wir abwarten, wie schnell er sich erholt und hoffen, dass es nicht zu weiteren Komplikationen kommt."

„Nun, ich denke, er wusste, worauf er sich einlässt und dass es riskant war. Er hat es trotzdem getan. Es war schließlich für eine große Sache."

Zustimmendes Gemurmel war zu hören.

„Seine Majestät wird sich großzügig erkenntlich zeigen. So viel Geld hat der arme Kerl in seinem ganzen Leben nicht besessen."

„Ist Ihnen sein Aussehen aufgefallen? Und sein Name?"

„Ich denke, er ist einer von diesen Landstreichern, die immer umherziehen und in der Stadt die Leute belästigen."

„Dies war die Chance seines Lebens, einmal etwas Nützliches zu tun."
Jemand lachte leise. „Jetzt lassen Sie uns gehen. Der König erwartet uns." Er hörte das Öffnen einer Tür und Schritte, die sich entfernten. Stille legte sich über das Zimmer.

Etwas Nützliches …

Taron versuchte sich zu erinnern, was geschehen war, aber seine Gedanken waren wie in einem zähen Nebel gefangen, den er kaum durchdringen konnte. Vielleicht lag das an den Tropfen, die sie ihm verabreicht hatten.

Aber er hatte die Arroganz der Männer gespürt. Und er hatte verstanden, dass er selbst fast gestorben wäre. Immerhin ging es der Königin besser. Der grüne Farbstoff hatte seine Wirkung nicht verfehlt.

***

Mit einem Seufzer lehnte sich Helena auf dem Sofa zurück. Gemeinsam mit ihren Cousinen Alexandra und Anthelia hatte sie den Nachmittag damit verbracht, sich ein wenig über ihre Enttäuschung hinwegzutrösten.

Alexandra hatte die Idee aufgebracht, durch die Läden der Stadt zu bummeln. Hier war die einmalige Gelegenheit, sich über die neueste Mode zu informieren, die es in der Provinz erst viel später zu kaufen geben würde.

Helena hatte daraufhin beschlossen, sich aufzuheitern, indem sie das Geld, das sie im Palast erhalten hatte, für Stoffe, Bänder und einen neuen Hut ausgab. Ganze drei Stunden lang hatte sie sich mit ihren Cousinen der Lust an der Verschwendung hingegeben, um nun schließlich zufrieden und mit zahlreichen Schachteln und Paketen beladen wieder ins Haus ihres Onkels zurückzukehren.

„Alexandra, das war ein wunderbarer Nachmittag!", meinte sie verträumt.

Ihre Cousine lachte. „Ja, wirklich! Schade, dass wir so etwas nicht häufiger machen können. Aber es wäre auf Dauer einfach zu kostspielig."

„Du hast ja recht, aber heute hatte ich es mir wahrhaft verdient." Sie freute sich schon darauf, Delia all ihre Einkäufe vorzuführen. Sie hatte sogar ein paar besonders schöne Bänder für ihre Schwester besorgt, die sie ihr schenken wollte. Einen Tag wollten ihr Vater und sie noch in der Stadt bleiben. Dann würden sie wieder die Heimreise antreten.

***

Taron wachte auf, weil er fror. Ihm war so kalt, dass er am ganzen Leib zitterte. Er wusste sofort, dass etwas mit ihm nicht stimmte. Jemand legte ihm eine Hand auf die Stirn. Dann wurde ihm ein Becher mit Wasser an die Lippen geführt. Er trank gierig.

Eine fremde Stimme sagte: „Unten am Tor steht eine alte Frau, die behauptet, mit dem Mann verwandt zu sein. Sie will zu ihm vorgelassen werden."

„Nein, wir können hier im Moment niemand Fremden gebrauchen. Außerdem ist es schon spät. Sie soll morgen wiederkommen."

Taron wollte sagen, dass es Cara war, die gekommen war, und dass er sie unbedingt bei sich haben wollte, aber es kam nur ein undeutliches Murmeln heraus.

„Er hat Fieber", stellte eine Stimme fest. „Sorgen Sie dafür, dass es nicht weiter steigt."

***

Als Helena am nächsten Morgen erwachte, blieb sie für einen Moment liegen, um ein wenig nachzudenken. Die Ereignisse der vergangenen Tage hallten noch in ihr nach. Vor allem ihre Gefühle für Taron waren noch lange nicht geklärt. Aber sie merkte, dass sich bereits ein Schleier über alles Erlebte gelegt hatte, der ihren Erinnerungen die Schärfe nahm.

Den heutigen Tag wollte sie sich jedenfalls nicht verderben lassen. Sie hatte in ihrer Cousine Alexandra eine neue Freundin entdeckt, mit der sie möglichst viel Zeit verbringen wollte. Alexandra war älter als sie, und bei früheren Treffen der Familie hatten sie nicht so recht etwas miteinander anfangen können. Nun, da sie erwachsen waren, verstanden sie sich überraschenderweise ganz ausgezeichnet.

Helena freute sich darauf, mit ihr die Hauptstadt zu erkunden. Über alles andere konnte sie sich später noch Gedanken machen. In diesem Moment tauchte ein Bild von Elion vor ihrem inneren Auge auf, der sie in seiner schmucken Uniform anlächelte. Er würde sich sicherlich freuen, sie so bald wiederzusehen.

***

Mit einem Ruck wachte Taron auf. Irgendetwas war anders. Es musste Zeit vergangen sein, aber er wusste nicht, wieviel. Stimmen drangen an sein Ohr. Eine schälte sich daraus hervor. Es war Caras Stimme. Ein Gefühl der Erleichterung durchströmte ihn.

„Lassen Sie mich jetzt endlich zu ihm. Ich habe schon lange genug gewartet", hörte er sie schimpfen.

Dann war sie da.

„Taron." Sie legte eine Hand auf seine Stirn, die andere auf seine Hand, die auf der Decke lag. Er nahm ihren typischen Geruch nach Kräutern und Blumen wahr, als sie sich über ihn beugte. „Bist du wach?"

„Cara." Mehr brachte er nicht heraus. Sein Hals war so trocken.

„Du hast hohes Fieber. Aber ich bin jetzt da. Ich kümmere mich um dich." Ihre Stimme war beherrscht und sicher, aber liebevoll. Sie hielt seine Hand fest. „Erzähl mir: Was ist passiert."

„Ich habe … Ich habe es gemacht … Es lief alles nach Plan, … aber dann war da plötzlich dieser Schmerz … und Blut überall … Ich habe … habe die Kontrolle verloren …" Bei der Erinnerung stockte ihm der Atem.

Er spürte Caras Hand auf seiner Wange. „Jetzt bin ich da. Ich helfe dir. Alles wird wieder gut."

Er hörte, wie sie mit jemandem sprach und um verschiedene Dinge bat. Kurz darauf begann sie damit, ihn zu waschen und ihm kalte Wadenwickel zu machen. Dann flößte sie ihm einen Tee ein, dessen Geschmack er kannte, weil sie ihn immer machte, wenn jemand unter Fieber litt. Diese Erinnerung an Zuhause tröstete und beruhigte ihn ein wenig.

Schließlich setzte sie sich an seine Seite. Er spürte ihre Hand. „Taron, ich muss nachschauen, was mit deinen Augen passiert ist. Diese Herren Mediziner wollen oder können es mir nicht erklären. Hab keine Angst. Ich werde sehr vorsichtig sein."

Er nickte und merkte, dass sie seine Hand losließ und stattdessen den Verband auf seinen Augen berührte.

„Sag mir sofort, wenn es wehtut." Er fühlte, wie sie den Verband abzog. „Halte die Augen geschlossen. Versuche nicht sie zu öffnen!", warnte sie leise. Sie hob die letzte Schicht ab und hielt inne.

Taron spürte kühle Luft auf seiner heißen Haut. Wider besseres Wissen hatte er erwartet, dass er zumindest einen Unterschied in der Helligkeit vor seinen Augen bemerken würde. Er hatte das Gefühl, dass seine Augenlider nicht völlig geschlossen waren. Trotzdem herrschte weiterhin absolute Finsternis. Unwillkürlich hob er die Hand und tastete nach seinen Augen, aber Caras Finger umfassten sie und hielten sie auf.

„Was ... was sagst du?", fragte er und ließ die Hand wieder sinken.

Einen Moment lang herrschte Stille. Angst erfasste ihn wie ein kalter Hauch. Er spürte, wie Cara ihn an der Schulter berührte. Ihre Stimme war ruhig, aber sie konnte ihn nicht täuschen. Er hörte das leichte Beben darin.

„Ich kann noch nicht viel sehen, aber deine Augen ... haben Schaden gelitten. Er ist größer, als ich dachte. Wir ... müssen abwarten, bis es verheilt ist. Jetzt im Moment sieht es böse aus. Aber ich werde alles tun, zu retten, was zu retten ist." Ihre Hände zogen sich zurück. „Ich habe eine Tinktur aus Kräutern mitgebracht, die ich auf die Augen träufeln werde. Aber es wird Zeit brauchen."

Er suchte ihre Hand, sie gab sie ihm und drückte sie stumm, als traute sie ihrer Stimme nicht mehr.

***

Am Nachmittag gingen Helena und Alexandra in einem der öffentlichen Gärten der Stadt spazieren. Sie hatten den Vormittag bei einer Freundin der Familie verbracht, die sie zu einem kleinen privaten Wohltätigkeitsball am Abend eingeladen hatte, bei dem für Bedürftige der Gemeinde gesammelt werden sollte. Daraufhin hatten sie einige Zeit mit der Frage verbracht, welche Kleider sie anziehen sollten.

Nachdem dies endlich geklärt war, hatten sie beschlossen, noch einmal das schöne Sommerwetter in den prachtvollen Parks der Stadt zu genießen. Gerade bewunderten sie einen besonders entzückenden Brunnen, in dem die Skulpturen einer Gruppe von fünf, leicht bekleideten

Frauen im Kreis tanzten, während sie dabei über Wasserfontänen sprangen, als Alexandra auf der anderen Seite eine gute Bekannte erspähte. Sie winkte ihr, woraufhin sie sich auf der anderen Seite des Brunnens trafen.

Sobald Alexandra ihre Cousine vorgestellt und sie sich begrüßt hatten, wollte die junge Bekannte mit blitzenden Augen und geröteten Wangen eine Neuigkeit loswerden, die sie gerade erst von ihrer Schwester gehört hatte.

„Es gibt gute Nachrichten aus dem Palast! Sie sind die ersten, die es erfahren!" Bevor Helena einwerfen konnte, dass sie sich nicht so sonderlich für die Ereignisse am Hofe interessierte, hatte die Bekannte schon weitergesprochen. „Noch ist es ein Gerücht, aber der Gesundheitszustand der Königin soll sich deutlich verbessert haben. Es scheint so, als sei das Schlimmste überstanden und sie könnte wieder ganz gesund werden. Ist das nicht wundervoll? Das ist die erste gute Nachricht seit langem!"

„Wirklich! Ich kann es kaum glauben!" Alexandra klatschte vor Freude in die Hände.

„Ja, es ist wie ein Wunder. Manche behaupten schon, es sei Magie im Spiel gewesen. Irgendjemand hat aufgebracht, dass sie ihr einen Zaubertrank verabreicht hätten. Aber das ist natürlich Unsinn."

Alle nickten lachend. Helena dachte an Taron, der jetzt im Palast war. Zaubern konnte er ja, dachte sie bitter. Aber seine billigen Tricks konnten niemanden gesundmachen.

Sie fragte sich, wieso man sie noch vor einem Tag nach Hause geschickt hatte, wenn es der Königin jetzt schon wieder besser ging. Mehr denn je war sie jetzt davon überzeugt, dass man sie angelogen hatte. Sie und die anderen Gäste waren fortgeschickt worden, allein weil Taron sie alle ausgestochen hatte.

Alexandras Bekannte bemerkte Helenas bittere Miene. „Freuen Sie sich denn gar nicht über diese wundervolle Nachricht?", fragte sie verwirrt.

Helena riss sich zusammen und setzte ein Lächeln auf. „Doch, natürlich. Es freut mich sehr, wenn unsere Königin bald wieder gesund ist." Unterhaltung hatte sie ja.

Als sie schließlich ihren Spaziergang fortsetzten, hakte sich Alexandra bei ihrer Cousine unter. „Warum hast du dich nicht über die gute Nachricht vorhin gefreut? Vielleicht wirst du ja ein zweites Mal eingeladen, wenn es der König wünscht. Sie haben doch all eure Namen festgehalten."

Helena schüttelte den Kopf. „Nein, das glaube ich ehrlich gesagt nicht. Diese Chance wird nicht wiederkommen." Und leise zu sich selbst fügte sie hinzu: „Dafür hat ein anderer gesorgt."

***

Taron lag in einem unruhigen Zustand zwischen Schlafen und Wachen, aus dem er nur manchmal herausgerissen wurde, wenn Cara ihm etwas zu trinken gab. Er wusste nicht, ob es Tag oder Nacht war, denn er existierte in völliger Finsternis, in die nur die Stimmen der Menschen um ihn herum drangen.

Albträume plagten ihn. Es war ihm, als würde jemand oder etwas ihm die Augen zuhalten, obwohl er sie doch öffnen wollte. Er versuchte mit wachsender Verzweiflung, gegen die unsichtbaren Mächte anzukämpfen, die ihn mit aller Gewalt zurückhielten.

Dann hörte er plötzlich Caras ruhige, klare Stimme an seinem Ohr, die ihm befahl aufzuwachen. Sie musste es mehrmals wiederholen, bis er sich aus seinem Fiebertraum herausgekämpft hatte.

Er hatte im Schlaf versucht, den Verband über seinen Augen abzureißen. Als er jetzt erwachte, spürte er fremde Hände auf seinen Armen, die ihn mit Gewalt festhielten.

Cara sagte leise etwas, woraufhin der Druck auf ihm nachließ. Er versuchte ein Schluchzen zu unterdrücken, versuchte kein Geräusch zu machen, weil er nicht wollte, dass jemand seine Schwäche sah. Er wollte kein Mitleid. Er drehte sich zur Seite, weg von Cara.

Dies war eine Sache, in der er allein festsaß. Er wusste, dass er gerade erst dabei war, zu begreifen, was geschehen war und welche Auswirkungen es haben würde. Und er fragte sich, ob er das Schlimmste überstanden hätte, oder ob es noch auf ihn wartete. Endlos lang.

***

SECHZEHN

Der Tag der Abreise war gekommen. Helena hatte ihren Koffer wieder gepackt und ihn in die wartende Kutsche bringen lassen. Der Abschied von Alexandra fiel ihr schwer. Sie hatte ihre Cousine in der kurzen Zeit ihres Aufenthalts sehr liebgewonnen und sie herzlich zu einem Gegenbesuch eingeladen. Mit ihr hatte sie einen wunderbaren Ballabend verlebt, an den sie sich noch lange erinnern würde. Sie hatte getanzt, bis ihre Füße schmerzten.

Nachdem sie schließlich mit ihrem Vater die Kutsche bestiegen und ein letztes Mal aus dem Fenster gewinkt hatte, lehnte sie sich auf dem Sitz zurück und seufzte. Nun stand ihnen die lange Fahrt nach Hause bevor, zurück in ihr langweiliges altes Leben, ohne die Hoffnung, noch einmal aus dem Alltag ausbrechen zu können und etwas zu erleben.

Erneut verspürte sie die Enttäuschung der letzten Tage, die sie schon ein wenig vergessen hatte. Sie wusste, dass diese Erfahrung ihre Spuren hinterlassen hatte. Sie würde in Zukunft misstrauischer sein, weniger vertrauensvoll. Sie würde immer auch die Möglichkeit sehen, dass sie belogen wurde. Letztendlich konnte sie niemandem trauen.

***

Die Kutsche rumpelte durch die altbekannten Straßen der Stadt. Helena schaute hinaus in den goldenen Nachmittag. Mit welchen Träumen sie doch vor nur wenigen Tagen von hier aufgebrochen war! Sie hatte nicht erwartet, so bald zurückkehren zu müssen.

Sie bogen in ihre Straße ein, und die Kutsche hielt vor dem Haus. Helena war gerade noch dabei auszusteigen, als schon die Tür aufging und Delia herausschaute.

„Helena!", rief sie verblüfft. „Du bist schon wieder da?" Sie sprang die Stufen hinunter und lief auf sie zu, um sie herzlich zu umarmen.

„Ja, leider", seufzte Helena. „Das ist eine lange Geschichte."

„Erzähl sie mir!"

„Nun lass uns doch erst einmal ankommen", beschwerte sich Aristoteles. „Dann ist noch genug Zeit für das alles."

Die Schwestern gingen Arm in Arm zur Haustür und traten nacheinander in den dunklen Hausflur. Nun kam auch ihre Tante aus dem Salon, um sie zu begrüßen.

Kurze Zeit später fanden sie sich alle dort zu einer Erfrischung ein. Helena musste ausführlich berichten, wie sie zunächst in dem Schloss aufgenommen und am Abend untersucht worden war. Dann erzählte sie von ihrem Schock, als sie nach dem Frühstück die Nachricht erhalten hatte, wieder nach Hause zurückkehren zu müssen.

Delia war sichtlich aufgebracht. „Aber warum? Warum haben sie euch alle wieder fortgeschickt? Nachdem sie so viel Aufhebens darum gemacht haben! Ich verstehe das nicht!"

Helena nippte an ihrem Kaffee. „Ich auch nicht. Es macht keinen Sinn. Schon am nächsten Tag hörte ich, dass die Königin auf dem Weg der Besserung sei. Warum haben wir also nicht einfach warten dürfen?"

„Ja, es muss eine andere Erklärung geben", pflichtete ihre Tante Eurydike ihr bei.

Helena presste die Lippen zusammen. „Ich habe da so eine Ahnung, dass es jemand anderen gegeben hat, der uns alle ausgestochen hat."

„Was?", fragte Delia ungläubig.

„Na ja, es könnte doch sein, dass jemand anderer den König so beeindruckt hat, dass er allein den Vorzug bekommen hat. Vielleicht hat er selbst dann gesagt: ‚Lasst die anderen wieder nach Hause gehen. Ihr braucht sie nicht, wenn ich da bin.'"

„Wie schäbig, wie gemein!", rief Delia aus. „Wer würde denn so etwas tun?"

„Es ist nur so eine Vermutung …", meinte Helena und dachte bei sich: ‚Aber ich weiß, wer es war …'

Sie wurde von allen Seiten sehr herzlich bedauert. Alle drückten ihr Mitgefühl aus. Helena stellte fest, dass diese Art der Aufmerksamkeit auch ein schöner Trost sein konnte. Schließlich gab es ihr das Gefühl, dass sie den anderen etwas bedeutete. Dann erzählte sie, wie schön die folgenden Tage mit Alexandra verlaufen waren.

Eurydike hörte lächelnd zu. „Ich habe den Eindruck, dass du dich gut getröstet hast, liebe Nichte."

„Oh, aber ich habe euch allen etwas mitgebracht!", erinnerte sich Helena und sprang auf, um die Geschenke zu holen, die mit viel Dankbarkeit entgegengenommen wurden. Delia freute sich sehr über die schönen Bänder.

Schließlich wanderte das Gespräch zu anderen Themen. Eurydike berichtete von dem neuesten Klatsch und Tratsch aus der Stadt. Schließlich erzählte sie auch davon, dass das fahrende Volk sein Lager am Fluss abgebrochen hatte und weitergezogen war. Trotzdem hatte es noch am gleichen Tag einen Diebstahl in einem der Geschäfte am Markt gegeben. Die zwei Täter waren unerkannt entkommen.

Helena hörte zu und trank ihren Kaffee. Sie wusste, wohin die Schausteller gezogen waren, nämlich nach Herrscherau. Vielleicht war dies schon von langer Hand geplant gewesen. Für seine Familie war Tarons Besuch im Palast eine große Ehre. Und sicherlich versprach sie sich auch finanzielle Vorteile davon, wenn es ihm gelänge, eine Anstellung zu ergattern, auch wenn es für jemanden mit seiner Herkunft sehr unwahrscheinlich war.

Dass Taron Helenas einmalige Chance auf eine Karriere am Hof und damit ihren Lebenstraum zunichtegemacht hatte, war das eine und es war an sich schon schlimm genug.

Was sie jedoch noch weniger ertragen konnte, waren die Lügen, die er ihr aufgetischt hatte. Wie er versucht hatte, sie aufzuhalten, sie als Konkurrenz auszuschalten, das war so verletzend. Das konnte sie ihm niemals verzeihen.

***

Delia klopfte an Helenas Tür, um ihr zu sagen, dass ihr Vater eine Nachricht an Elion Krausenstern geschickt hatte, mit der Neuigkeit, dass Helena schon wieder zu Hause war. Soeben war die Antwort von ihm eingetroffen, dass er sie gern noch an diesem Abend aufsuchen würde.

Helena hätte sich gern den ganzen Abend auf ihrem Zimmer erholt, aber sie freute sich andererseits darüber, dass Elion es so eilig hatte, sie wiederzusehen.

Um halb sieben Uhr klingelte es an der Tür. Helena öffnete selbst. Draußen stand Elion in seinem besten Anzug, einen Zylinder auf dem Kopf, den Schnurrbart sorgfältig frisiert. Bei seinem Anblick horchte Helena in sich hinein, ob sie sich freute, ihn zu sehen. Sie konnte dies eindeutig mit einem „Ja" beantworten, auch wenn sie seltsamerweise gleichzeitig sofort an Taron denken musste. Dabei hatte sie sich geschworen, ihn vollständig aus ihrem Gedächtnis zu verbannen.

Im Flur begrüßte Elion sie mit einem eleganten Handkuss. „Liebes Fräulein Helena, wie erstaunt war ich, als ich hörte, dass Sie schon wieder zu Hause sind. Sie müssen mir unbedingt erzählen, was vorgefallen ist!"

Sie schlenderten in den Salon, wo sie auch Helenas Vater antrafen, der Elion herzlich begrüßte.

Während sie sich mit Getränken in der Hand auf den Sesseln niederließen, erzählte Helena ausführlich von ihren Erlebnissen. Elion hing an ihren Lippen. Jede Wendung des Schicksals wurde von ihm kommentiert. Sein Mitgefühl kannte keine Grenzen. Zum Schluss versprach er, seine Beziehungen zum Palast spielen zu lassen, um vielleicht doch noch einen Besuch Helenas erwirken zu können. Sie dankte es ihm mit einem Lächeln.

***

Als Taron erwachte, fühlte er sich besser. Offenbar war das Fieber gesunken. Er atmete tief ein.

„Cara?"

„Ich bin da", kam von der Seite die Antwort. Gleich darauf spürte er ihre Hand auf seiner. „Wie geht es dir jetzt?"

„Besser. Wie spät ist es?"

„Es ist Abend. Zehn Uhr ungefähr. Es ist dunkel geworden draußen."

„Das heißt: Wie lange bin ich schon hier?" Er war sich nicht sicher. Sein Zeitgefühl war völlig abhandengekommen.

„Seit vorgestern. Vor drei Nächten bist du von uns fortgegangen."

„So lange schon …" Er versuchte, sich aufzurichten, aber Cara schob ihn sanft wieder zurück.

„Es ist besser, wenn du liegen bleibst. Das Fieber hat zwar nachgelassen, aber es ist noch nicht weg." Er hörte etwas klappern. „Ich habe hier eine warme Brühe. Meinst du, du kannst etwas davon trinken?"

„Ich kann es versuchen."

Er spürte, wie Cara ihm mit einem geübten Griff den Kopf abstützte, ein Kissen hinzuschob und dann etwas an seinen Mund führte. Langsam und vorsichtig nahm er einen Schluck. Es tat ihm gut, aber er musste schon bald aufhören.

„Das ist in Ordnung", hörte er ihre ruhige Stimme, während sie ihn zurückgleiten ließ und die Schüssel mit einem leisen Klappern wieder wegstellte.

„Sind wir allein, Cara?"

„Ja."

„Erzähl mir, was passiert ist, seitdem ich weggegangen bin." Er merkte, dass sie sich neben ihn auf den Rand des Bettes setzte.

„Nun, ich hatte die Tasche aus dem Fenster gehängt. Mitten in der Nacht wachte ich auf und tastete danach. Als ich merkte, dass sie fort war, wusste ich, dass du dich hattest befreien können. Es dauerte dann bis zum Morgengrauen, bis auch die anderen deine Abwesenheit bemerkten.

Uro war außer sich. Ich habe ihn selten so zornig gesehen. Er kam zu uns in den Wagen und stellte mich zur Rede. Ich versuchte, ihn zu beruhigen, aber das war aussichtslos. Dass du dich ihm auf diese Weise widersetzt hast, hat ihn tief getroffen.

Sobald es hell genug war, wurden mehrere Gruppen losgeschickt, die nach dir suchen sollten. Wir wussten schließlich, was dein Ziel war.

Gegen Mittag kamen sie alle wieder zurück. Der Ärger war groß, weil sie nicht geschafft hatten, dich aufzuhalten. Einige behaupteten, Suri hätte mit dir gemeinsame Sache gemacht und die anderen auf eine falsche Fährte gelockt, aber das glaube ich nicht."

„Ich bin ihr tatsächlich begegnet, und Geron", unterbrach Taron sie. „Aber sie haben mich gehen lassen."

Er hörte seine Tante leise lachen. „Das hätte ich wirklich nicht von ihr gedacht … Nun, Uro musste akzeptieren, dass du deinen Willen durchgesetzt hattest. Das bedeutete jedoch nicht, dass er dir verziehen hätte.

Am Nachmittag ging ich zu ihm, um ihn um die Erlaubnis zu bitten, dich im Palast zu besuchen. Zuerst hat er dies rundheraus abgelehnt. ‚Er wollte es so, er muss es auch allein durchstehen', waren seine Worte.

Doch ich habe so schnell nicht aufgegeben, sondern ihn immer weiter bearbeitet und ihn gebeten, gnädiger mit seinem eigenen Sohn zu sein. Auch deine Mutter hat auf ihn eingeredet.

Schließlich, es war schon Abend, gab Uro doch nach und ließ mich gehen. Ich packte eilig alles ein, was ich vielleicht brauchen könnte und machte mich auf den Weg. Aber es war schon später Abend, als ich endlich am Palast ankam, und sie schickten mich weg.

Also bin ich am nächsten Morgen noch einmal losgegangen. Zwei Stunden haben sie mich vor dem Tor warten lassen, bis endlich ein junger, blonder Mann in einem weißen Kittel kam und mich abholte, um mich zu dir zu bringen. Und seitdem bin ich hier bei dir. Gestern und auch heute Vormittag noch stand es nicht gut, aber ich hoffe, jetzt bist du über den Berg."

Es folgte eine Pause, in der er versuchte, das Gehörte zu verdauen.

„Es ist alles schiefgelaufen, nicht wahr? Vater ist außer sich, ich wäre fast gestorben, meine Augen sind …" Er konnte nicht weitersprechen.

„Nein, Taron", widersprach seine Tante ruhig. „Du musst jetzt erst einmal Geduld haben. Uro wird sich auch wieder beruhigen, und du wirst dich erholen. Du wirst wieder gesund werden. Wir müssen abwarten."

***

Als Helena an diesem Abend müde ins Bett sank, war sie sehr zufrieden damit, wie der Abend gelaufen war. Elion hatte ihr seine ungeteilte Aufmerksamkeit geschenkt und ihr zahllose Komplimente gemacht. Sie konnte sich gar nicht mehr erinnern, warum sie ihn einmal nicht gemocht hatte. Er war so ein angenehmer Gesprächspartner. Nie hätte er ihr widersprochen, so wie es Taron getan hatte. Und er war attraktiv, gut gekleidet, hatte Tischmanieren. Für ihn musste sie sich nicht schämen. Mit ihm konnte sie im Park spazieren gehen, ohne sich zu genieren. Sie musste zugeben, dass er ein wenig eitel war und gern von „seiner" Bürgerwehr sprach, aber darüber konnte sie mit Humor hinwegsehen.

Ihr Vater jedenfalls war auch sehr angetan von Elion. Sie wusste, dass er einer Beziehung keine Steine in den Weg legen würde. Diese würde

Helena den gesellschaftlichen Aufstieg und die finanzielle Sicherheit ermöglichen, von denen sie immer geträumt hatte.

Helena stellte sich vor, wie es wäre, wenn Elion ihr einen Antrag machte. Natürlich würde sie Ja sagen. Ihr Verstand sagte ihr, dass dies ihr Lebensweg war.

Aber in diesem Augenblick sah sie plötzlich wieder Taron vor sich, mit seinen grünen Augen, der ihre Hand nahm. Sie wollte es nicht zugeben, aber tief drinnen wusste sie auch in diesem Moment, dass er ihr viel näher gewesen war, als Elion es je sein konnte. Sie waren vom gleichen Holz geschnitzt.

Er war der Einzige, der in ihr Herz sehen konnte und der sie gleichzeitig am tiefsten verletzt hatte. Er war der Mann, an den sie sich ihr ganzes Leben lang erinnern würde. Er saß in ihrem Gedächtnis fest, wie ein Stachel im Fleisch. Und genauso würde sein Andenken sie immer quälen.

Sie verfluchte ihn dafür.

***

Taron erwachte am nächsten Morgen mit dem Gefühl, dass er zum ersten Mal wieder klar denken konnte. Das Fieber war endlich fort.

Gegen Mittag füllte sich der Raum auf einmal mit vielen Menschen, die sich um sein Bett versammelten. Jemand half Taron, sich aufzusetzen, als eine letzte Person durch die Tür kam, deren Schritte deutlich zu hören waren.

„Hier haben wir unseren heldenhaften Retter", sagte eine tiefe Stimme laut. Es war offenbar seine Majestät der König selbst. Er näherte sich dem Bett, ergriff Tarons Hand und schüttelte sie energisch. „Lieber Herr Taron, meine Gattin und ich sind Ihnen zu außerordentlichem Dank verpflichtet. Sie haben meiner Frau das Leben gerettet. Wir danken Ihnen für Ihren heldenmütigen Einsatz. Ich habe hier ... das Ehrenverdienstkreuz erster Klasse für Sie, dass Sie sich mit dieser großartigen Tat mehr als verdient haben." Eine Schachtel wurde Taron in die Hand geschoben und ein Gegenstand symbolhaft auf seine Brust gelegt. „Unser Haus wird diese große Tat nie vergessen."

Es folgte eine Pause. Dann spürte Taron, wie der König ihm etwas unbeholfen die Hand auf die Schulter legte. „Als Dank für die von Ihnen erwiesenen Dienste ernenne ich Sie hiermit zum Ritter. Ihre Tat war wahrlich eines echten Ritters wert." Wieder wurde seine Hand ergriffen und geschüttelt.

„Ich danke Eurer Majestät. Das ist eine große Ehre für mich."

„Nun wünsche ich Ihnen gute Besserung und eine möglichst vollständige Genesung. Mein Dank und meine guten Wünsche begleiten Sie."

Taron bedankte sich erneut. Seine Hand wurde losgelassen und er hatte den Eindruck, dass sich der König zurückzog. Wenige Augenblicke später hatte er den Raum verlassen.

Als auch die letzten Herren gegangen waren, setzte sich Cara zu ihm ans Bett.

„Lass mich den Orden mal anschauen, Herr Ritter", sagte sie leise und nahm den Gegenstand von seiner Brust.

„Und?", fragte Taron.

„Oh, er ist sehr hübsch. Du hast nur keine Uniform, um ihn daran zu heften", stellte sie fest.

„Ich werde ihn sowieso nie tragen." Sie wollte ihm die Schachtel mit dem Orden in die Hand geben, aber er schob sie weg. „Was soll ich damit? Dafür bin ich nicht hergekommen."

Cara antwortete darauf nicht.

***

Je mehr sich Tarons Zustand besserte, desto unruhiger wurde er. Cara erlaubte es ihm aufzustehen, aber da er sich ohne Hilfe nicht bewegen konnte, war auch dies für ihn eine Qual.

Nichts sehen zu können bedeutete, dass er sich nicht ablenken konnte. Seine Gedanken drehten sich im Kreis und fanden keinen Ausweg. Immer wieder musste er an die Begegnung mit Helena denken. Er hatte die Wut in ihrem Gesicht gesehen, den Hass auf ihn.

Was danach passiert war, blieb für ihn wie mit einem Schleier bedeckt, den er weder heben konnte, noch wollte. Es war, als traute sich sein Innerstes nicht, darauf zu schauen.

„Cara, sind wir allein?", fragte er in den Raum hinein.

„Ja, sind wir", kam die Antwort.

Taron setzte sich weiter auf in seinem Bett. „Weißt du, ich habe Helena getroffen, hier im Palast, bevor sie wieder abgereist ist."

„Helena, die Frau, die du gerettet hast?" Caras Stimme hatte sich dem Bett genähert.

Taron nickte. „Sie hatte sich so etwas wie eine Karriere hier am Hof erhofft. Sie wusste ja nichts von dem, was mit ihr und den anderen passieren sollte. Durch einen schrecklichen Zufall sind wir uns begegnet, unten im Hof, gerade als sie wieder abreisen musste. Sie sah mich, und irgendwie dachte sie, dass ich mich heimlich auch für diese Sache beworben und sie damit ausgestochen hätte. Sie glaubte tatsächlich, dass ich sie die ganze Zeit belogen hätte, nur um selbst Karriere zu machen. Ich … konnte es ihr nicht mehr erklären. Jetzt hasst sie mich. Sie war unglaublich wütend."

„Vielleicht kannst du es ihr später einmal erklären", kam die sanfte Stimme seiner Tante.

„Nein, ich werde sie nie wiedersehen." Ein zynisches Lächeln glitt über sein Gesicht, als er sich seiner Wortwahl bewusst wurde. „Es ist vorbei. Sie wird mich immer hassen." Er dachte nach und fuhr dann fort: „Dass sie mir das zugetraut hat, sie zu belügen und zu betrügen, nur für meinen eigenen Vorteil, das tut weh. Sie hat es sofort geglaubt, ohne zu zögern."

Es folgte eine Pause. Schließlich sagte Cara leise: „Sie kannte dich nicht genug. Du bist ihr fremd. Dann passiert so etwas. Es war trotzdem eine großartige Tat von dir, sie zu retten. Zweifle nicht daran."

Taron senkte den Kopf. „Das tue ich nicht. Ich bin froh, dass ich sie davor bewahrt habe. Aber es ist trotzdem hart, dass sie auf diese Weise gegangen ist. Wenn ich sie wenigstens vergessen könnte. Aber es geht nicht …"

***

Am frühen Abend wollte sich Cara noch einmal Tarons Augen anschauen. Sie zog die Vorhänge vollständig auf und half ihm dabei, sich direkt unter eines der Fenster zu setzen.

Vorsichtig wickelte sie den Verband ab. „Versuche nicht, die Augen zu öffnen", mahnte sie, als sie die letzte Schicht behutsam herunterzog.

Taron spürte die kühle Luft, die über seine Haut strich. Er hob seine Hände und berührte mit den Fingerspitzen leicht seine Augen. Er konnte ertasten, dass die Lider geschlossen waren. Entgegen Caras Befehl versuchte er, sie zu öffnen.

„Taron, nein!", hörte er sie scharf mahnen, aber er tat es trotzdem.

Zunächst war alles noch Dunkelheit. Aber zu seiner atemlosen Erleichterung bemerkte er, dass es heller wurde, wie eine vage Morgendämmerung, die sich immer mehr ausbreitete.

„Cara! Ich kann etwas sehen", stieß er hervor.

„Ist das wahr?" Er hörte die Erleichterung in Caras Stimme. „Warte, ich mache das Fenster auf, dann kommt noch mehr Licht herein." Er hörte, wie sie einen Riegel aufschob und das Fenster mit einem Knarren bewegte. In diesem Moment durchschnitt für einen kurzen Moment ein heller Schein das Dämmerlicht vor seinen Augen. Unwillkürlich zuckte Taron zusammen.

„Was war das? Dieses Licht?"

„Ich habe das Fenster geöffnet, und dabei hat es wahrscheinlich kurz die Sonne reflektiert. Du hast das gesehen?"

„Ja, es war wie ein Lichtblitz."

Er erhob sich von dem Stuhl und tastete nach der Fensterbank, um sich daran festzuhalten und nach draußen zu schauen. Er spürte die warme Sommerbrise, die über sein Gesicht strich und hörte irgendwo unter sich Stimmen, die sich unterhielten und lachten. Das matte, graue Licht, das er sehen konnte, wurde etwas heller. Fast meinte er, den Himmel von der Erde als dunkleren Teil unterscheiden zu können.

„Was siehst du?", fragte ihn Cara, die neben ihm stand.

„Ich glaube, ich sehe den Himmel. Mehr nicht."

„Aber es ist ein Anfang", ergänzte Cara.

„Ja, ein Anfang", wiederholte Taron. „Meinst du, ich werde wieder richtig sehen können?"

„Das wird sich noch zeigen. Du musst geduldig sein."

Nach ein paar Minuten wollte Cara ihn wieder zum Bett zurückführen, aber Taron beharrte darauf, weiter aus dem Fenster zu schauen.

„Du musst deine Augen schonen, Taron", ermahnte sie ihn. „Übertreib es nicht."

Nur widerwillig ließ er sich schließlich dazu bewegen, sich in den Stuhl zu setzen, damit sie seine Augen mit ihrer Tinktur bestreichen und verbinden konnte. Nacht legte sich wieder über ihn, verhasste Nacht.

Als Cara ihn zurück zum Bett führte, sagte er zu ihr: „Wir sollten gehen, so bald wie möglich. Ich muss hier raus."

Sie hatten das Bett erreicht und blieben stehen. Cara sorgte dafür, dass er sich langsam auf die Kante setzen konnte.

„Ich denke, dass es möglich wäre, den Palast zu verlassen, wenn der König uns eine Kutsche zur Verfügung stellt, die uns zu unserem Lagerplatz bringt. Natürlich sollten die Ärzte hier dem zustimmen." Cara setzte sich neben ihn. „Ich verstehe gut, dass du gehen willst, Taron. Aber ich warne dich: Denke nicht, dass alles so ist wie früher, wenn du zurückkommst. Die Stimmung im Lager ist gegen dich.

Nicht von allen. Deine Mutter wollte unbedingt mitkommen, als ich hierhergegangen bin. Ich konnte sie nur mit größter Mühe davon abhalten. Sie wird sich freuen, dich wiederzuhaben. Suri auch. Aber viele andere denken so wie dein Vater. Du wirst nicht mit offenen Armen empfangen, wenn du dort auftauchst."

„Ich habe keinen anderen Ort, an den ich gehen könnte."

***

SIEBZEHN

Am nächsten Morgen bemühte sich Cara um ein Gespräch mit einem der Ärzte. Einige Zeit später betraten zwei Personen das Zimmer und näherten sich dem Bett, auf dem Taron saß.

„Guten Morgen, Herr Taron. Wie geht es Ihnen?", fragte Dr. Kaltenkrais.

Obwohl Taron nichts sehen konnte, hob er ganz automatisch den Kopf. „Es geht mir inzwischen wieder besser. Eigentlich geht es mir so gut, dass ich jetzt gerne gehen würde. Meine Tante sagt, dass das absolut möglich ist."

„Soso, dann werden wir Sie einmal untersuchen, um uns selbst ein Bild zu machen. Ich habe hier bei mir einen weiteren Kollegen, der sich mit Verletzungen und Krankheiten der Augen besonders gut auskennt."

„Guten Tag, mein Name ist Dr. Gerstenkron", sagte eine Bassstimme. Er hörte, wie sich die beiden Ärzte die Hände wuschen und spürte dann, wie sich einer von ihnen an seinem Kopf zu schaffen machte. Schließlich zog dieser die letzte Schicht ab.

Nach einer kleinen Pause sagte Dr. Kaltenkrais: „Nun ja, den Umständen entsprechend sehen die Augen schon wieder recht gut aus. Können Sie etwas sehen, Herr Taron?"

„Ich kann Hell und Dunkel unterscheiden, aber ich denke, dass es noch besser werden wird."

„Ja, ja, in der Tat. Das ist zu hoffen. Was sagen Sie, Herr Kollege?"

Taron spürte eine Hand, die sich auf sein Gesicht legte und an dem Augenlid zog. Er zuckte zusammen, als er einen scharfen Schmerz spürte.

„Seien Sie vorsichtig", hörte er Caras Stimme aus dem Hintergrund.

„Wollen Sie mir sagen, was ich zu tun habe?", entgegnete der Bass und fuhr dann fort: „Ich sehe Schäden an der Iris. Die grüne Pigmentierung ist vollständig verschwunden. Stattdessen hat sich dieser Grauton eingestellt. Man hätte eine Art Transparenz – so wie bei einem Albino – erwarten können, aber so etwas wie dies hier ist mir noch nie begegnet. Sehr ungewöhnlich."

Irgendetwas leuchtete in sein Auge. Er konnte die Helligkeit wahrnehmen. „Der Sehnerv ist wahrscheinlich betroffen. Ich denke nicht, dass sich die Sehkraft vollständig regenerieren wird." Etwas murmelte im Hintergrund. „Nein, auch nicht durch eine Brille. Sie müssen abwarten, einfach abwarten, wie es sich entwickelt. Ich sehe keine Möglichkeiten, hier als Arzt einzugreifen."

„Wir können also im Moment nichts mehr tun", stellte Dr. Kaltenkrais fest. Er klang müde.

„So sieht es aus. Auch die Medizin hat ihre Grenzen." Die Hände zogen sich zurück. „Er kann entlassen werden."

Es folgte eine Pause, bis Dr. Kaltenkrais fortfuhr: „Ich werde Dr. Aspenbroch informieren und ihn bitten, Sie offiziell zu entlassen, Herr Taron.

Es ist bereits mit seiner Majestät dem König besprochen worden, dass Ihre Abreise in jeden Fall in den späten Abendstunden erfolgen soll, damit sie so wenig wie möglich bemerkt wird."

„Wir brauchen eine Kutsche", hörte er Cara aus dem Hintergrund.

„Die werden Sie sicherlich bekommen. Ich werde sofort alles Nötige veranlassen.

Wenn Sie heute Abend noch abreisen, würde ich Sie bitten, auf den Verband zu verzichten, damit es nicht zu einem falschen Eindruck bei der Dienerschaft kommt, falls Sie doch aus der Entfernung gesehen werden."

Taron hörte die Schritte der beiden Männer, wie sie das Zimmer verließen. Er atmete auf. Heute Abend schon würde er diese Gefängniszelle wieder verlassen.

***

Etwas später betrat jemand das Zimmer, der erklärte, dass er geschickt worden sei, um Taron zu der Königin zu bringen.

„Hat sich ihr Zustand weiter verbessert?", fragte Cara.

„Ja, sie ist aufgewacht und hat sich berichten lassen, was geschehen ist. Daraufhin hat sie den Wunsch geäußert, sich bei Ihrem ‚Retter', wie sie ihn bezeichnet hat, zu bedanken." Die Stimme räusperte sich. „Wenn Sie erlauben … Ich habe hier frische Kleidung und alles Nötige für eine Rasur. Wasser und Seife werden gleich gebracht."

Taron verzog das Gesicht. „Verstehe …"

***

Eine halbe Stunde später sagte der Diener: „Wenn ich bitten darf: Wir sollten jetzt gehen."

Taron spürte, wie sein Arm gefasst wurde. In vorsichtigen Schritten ließ er sich zu der Tür führen und hinaus in den Flur, der so hell war, dass Taron einen leichten Lichtschimmer wahrnehmen konnte. Er erinnerte sich, dass das Schlafgemach der Königin nur wenige Meter entfernt lag. Tatsächlich erreichten sie schon bald ihr Ziel.

Eine Tür wurde geöffnet, und der Diener führte ihn in das Zimmer, in dem es offenbar immer noch so dämmrig war, dass es vor Tarons Augen wie schwarze Nacht erschien.

Er hörte, wie jemand leise sagte: „Da kommt der junge Mann, der dir mit seiner Medizin das Leben gerettet hat."

Da Taron vermutete, dass dies die Stimme des Königs gewesen war, verbeugte er sich, sobald der Diener mit ihm stehenblieb. Jemand ergriff seine Hand und schüttelte sie energisch.

„Ich danke Ihnen noch einmal für Ihre Opferbereitschaft. Meine Frau, Königin Sofia, möchte Ihnen ebenfalls ihren Dank aussprechen."

Tarons Hand wurde nach vorn gezogen, bis er mit den Beinen gegen etwas stieß, das vermutlich das Bett war. Dann berührte er etwas Warmes. Sanfte Finger legten sich auf seine Hand.

„Danke." Er hörte das Wort nur wie ein Hauch. „Ihre Augen … Es tut mir leid …"

Für einen Moment herrschte Stille. Draußen schlug eine Glocke. Taron senkte den Kopf.

Die Finger zogen sich zurück. Jemand fasste ihn wiederum am Arm und führte ihn von dem Bett fort.

„Leben Sie wohl, junger Mann. Und gute Besserung", hörte er noch einmal die Stimme des Königs, bevor ihn der Diener zur Tür schob.

Nur wenige Minuten später befand Taron sich wieder in seinem Zimmer.

„Wie war es?", fragte Cara neugierig, als er sich vorsichtig auf das Bett setzte.

Er zuckte die Schultern. „Keine Ahnung. Sie hat sich halt bedankt."

In diesem Moment fiel ihm auf, dass niemand seinen Namen genannt hatte.

***

Schließlich kam ein Diener herein, um Taron mitzuteilen, dass Dr. Aspenbroch die Zustimmung zu seiner Abreise erteilt hatte. Es wurde ihnen ausgerichtet, dass sie sich bei Sonnenuntergang bereithalten sollten. Von da an zählte Taron die Stunden. Er konnte es kaum mehr erwarten, nach fünf Tagen endlich dieses Zimmer zu verlassen und wieder im Freien zu sein.

Als der Abend hereinbrach, machte sich Cara daran, alles einzupacken. Taron hörte sie hin- und hergehen. Er zog die Jacke wieder an, die er vor nur wenigen Tagen abgelegt hatte. Es kam ihm wie eine Ewigkeit vor.

Es dauerte noch eine quälend lange Zeit, bis sich endlich die Tür öffnete und mehrere Personen den Raum betraten.

Taron hörte Dr. Kaltenkrais' Stimme, der sagte: „Guten Abend! Herr Dr. Aspenbroch lässt sich entschuldigen. Er ist anderweitig beschäftigt. Also ist es an mir, Sie nun zu verabschieden, Herr Taron."

Es entging Taron nicht, dass offenbar niemand der doch so großartigen Ärzte es noch für nötig befand, sich von ihm zu verabschieden. Er hatte seine Schuldigkeit getan. Sie waren wahrscheinlich nur froh, wenn er fort war und sie sich nicht mehr um ihn kümmern mussten.

Dr. Kaltenkrais näherte sich ihm. „Es wurde mir aufgetragen, Ihnen dies zu überreichen. Es handelt sich um Papierscheine im Wert von fünftausend Talern, deren Wert in der Königlichen Bank hinterlegt ist. Sie werden von nun an jedes Jahr diesen Betrag an der Königlichen Bank beziehen können, an der ein Konto auf Ihren Namen eingerichtet wird."

Taron spürte, wie ihm eine flache, lederne Börse übergeben wurde.

„Danke."

Fünftausend Taler. Er wog das Geld in der Hand. Dass ein solches Vermögen so leicht und unbedeutend erscheinen konnte, wie diese Börse …

„Danken Sie nicht mir, sondern seiner Majestät. Ich selbst kann mich nur bei Ihnen bedanken, für Ihren Mut und Ihre Opferbereitschaft. Sie haben nicht nur der Königin einen großen Dienst erwiesen, sondern vielen anderen Menschen auch, vielleicht sogar dem ganzen Volk dieses Landes." Dr. Kaltenkrais räusperte sich. „Ich hätte mir allerdings ein anderes Ergebnis für Sie persönlich gewünscht." Er fügte leise hinzu. „Es tut mir leid."

Taron spürte, wie er nach seiner Hand griff, um sie ihm zu schütteln. „Ich wünsche Ihnen alles Gute und weiterhin gute Besserung."

„Ich danke Ihnen, Dr. Kaltenkrais."

Seine Hand wurde wieder losgelassen und er hörte die Stimme des Arztes: „Ich verabschiede mich auch von Ihnen und wünsche Ihnen eine gute Heimfahrt."

„Vielen Dank", hörte er Cara sagen. „Auf Wiedersehen."

„Auf Wiedersehen", antwortete der junge Arzt und verließ mit eiligen Schritten den Raum.

Taron drehte sich in die Richtung der Tür. „Lass uns gehen."

Offenbar war ein Diener anwesend, dessen Aufgabe es war, sie zu der Kutsche zu begleiten. Taron stand auf und tastete nach seiner Tante. Sie ergriff seinen Arm und führte ihn durch den Raum zur Tür. Langsam gingen sie hinaus in den Flur.

Die Treppen waren eine Herausforderung für Taron, aber schließlich traten sie endlich hinaus auf den Hof. Kühle Abendluft umfing sie. Da es schon dämmerte, konnte Taron nichts sehen. Er musste sich auf Cara verlassen, die ihn warnte, wenn sie auf ein Hindernis zusteuerten. Jetzt sagte sie: „Wir müssen nicht weit gehen. Die Kutsche steht nur wenige Meter entfernt. Ich führe dich hin."

Er hörte das Schnauben eines Pferdes und spürte den Kies unter seinen Schuhen, als Cara ihn ein wenig nach links dirigierte. Nach einigen Schritten blieben sie stehen und Cara nahm seine Hand von ihrem Arm, um sie nach vorn zu führen, bis er die geöffnete Tür der Kutsche berührte. Er hörte, wie ihr Gepäck von der anderen Seite her verstaut wurde.

Vorsichtig tastete er mit dem Fuß nach der Stufe. Es ärgerte ihn, dass er so hilflos war. Noch vor wenigen Tagen wäre er einfach hineingestiegen. Jetzt brauchte er eine unerträglich lange Zeit, bis er endlich den Halt gefunden hatte, sich hochgezogen und schließlich in den Innenraum hineingetastet hatte. Cara folgte ihm unmittelbar und half ihm, sich hinzusetzen.

Gleich darauf fuhr die Kutsche los. Die Räder knirschten im Kies, als sie auf das Tor zuhielt. Dann wechselte das Geräusch zum Klappern der Pferdehufe auf Kopfsteinpflaster. Die Kutsche schaukelte gemächlich durch die Gassen der Stadt. Irgendwann jedoch wechselten die Geräusche. Es gab kein Echo von den Häuserfassaden mehr und die Straße wurde holpriger.

„Wo sind wir?", fragte Taron.

„Wir haben die Stadt verlassen und fahren nun nur noch einige Kilometer bis zu unserem Lager. Wir sollten bald da sein."

Taron spürte Nervosität in sich aufsteigen. Er wusste nicht, was ihn erwartete und er fühlte sich hilflos, weil er nicht die Gesichter der anderen würde sehen können.

Als das Schaukeln stärker wurde, fragte er noch einmal: „Sind wir da?"

„Nein, ein paar Minuten noch. Die Straßen werden nur immer schlechter." Er spürte Caras Hand, die sich beruhigend auf seine legte, aber er zog seine Finger weg.

Dann öffnete Cara das Fenster und rief hinauf zum Kutscher: „Hier müssen Sie nach links abbiegen und dann an der Wegkreuzung noch einmal links."

Schließlich war es soweit. Die Kutsche blieb stehen.

„Wir sind da."

Taron hörte, wie jemand die Tür öffnete. Vorsichtig erhob er sich, während er wahrnahm, dass Cara vor ihm ausstieg.

„Hier, nimm meine Hand", hörte er ihre ruhige Stimme. Sie stützte ihn, während er mit dem Fuß nach der Stufe tastete. Er war erleichtert, als er festen Boden unter den Füßen spürte.

„Cara, bleib bei mir", wisperte er. „Ist jemand da? Schaut jemand zu?"

„Es sind viele gekommen, weil sie die Kutsche gehört haben. Sie stehen um uns herum."

Plötzlich hörte er die Stimme seiner Mutter, die sich näherte. „Taron? Taron!" Dann war sie schon da und umarmte ihn. „Oh, mein Sohn. Du bist wieder da! Ich bin ja so froh." Sie löste sich ein wenig von ihm, als auch seine zwei jüngeren Schwestern in ihn hineinrannten und ihre Arme um ihn schlangen.

„Es ist schön, wieder zurück zu sein." Er schob sie unbeholfen wieder von sich.

„Geht's dir gut? Was ist im Palast passiert? Ihr wart so lange fort." Das war Gretas Stimme.

„Was ist mit deinen Augen?", wollte Romy wissen. „Sie sind so rot und aufgequollen."

Taron wurde schwindelig von diesem Ansturm. „Lasst mich erstmal ankommen." Wieder fühlte er Hände auf seiner Schulter, ohne zu wissen, wer es war. Er widerstand dem Impuls, sie wegzustoßen. „Es ist etwas schiefgelaufen bei der ganzen Sache. Ich … kann euch im Moment nicht sehen. Aber es wird hoffentlich bald besser."

Seine Mutter fuhr dazwischen. „Du kannst gar nichts sehen? Es ist schiefgegangen? Oh, Taron, nein!" Er hörte ihr Mitgefühl, aber es tröstete ihn nicht, sondern reizte ihn.

„Ich erzähl es euch später", wehrte er ab. Er hatte das Gefühl, von Händen erdrückt zu werden.

„Willkommen zurück, Bruder." Das war Suris Stimme. „Du siehst schlimm aus." Sie umarmte ihn.

„Suri." Er fühlte ihre Haare an seiner Wange.

Auch Geron war da. „Gut, dass du zurück bist. Wie war es?"

„Lasst uns später darüber reden, ja?"

Die Hände zogen sich zurück. Es war ein irritierendes Gefühl zu wissen, dass Menschen um ihn herumstanden, die er nicht wahrnehmen konnte. Es herrschte eine bedrückende Stille. Bei einer anderen Gelegenheit hätten sich alle um ihn gedrängt, hätten gelacht, erzählt, Fragen gestellt.

„Taron." Das war die Stimme seines Vaters.

„Vater."

„Da kommst du nun einfach wieder zurück und denkst vielleicht, dass alles erledigt ist zwischen uns. Aber das stimmt nicht.

Du hast dich meinen Wünschen widersetzt und unsere Regeln gebrochen. Ich sehe, dass du dafür einen Preis bezahlt hast. Aber erwarte kein

Mitleid von mir. Du hast es selbst so gewollt. Der Rat wird beschließen müssen, wie mit dir zu verfahren ist. Solch eine Missachtung von allem, was mir – was uns – wichtig ist, kann nicht ungestraft bleiben. Du hast mich sehr enttäuscht."

„Vater, verstehst du denn immer noch nicht, dass ich es tun musste?"

„Halt den Mund! Ich will nichts von dir hören. Du hast keinen Platz mehr im Kreis meiner Familie. Du wirst unseren Wagen nicht mehr betreten. Suche dir eine andere Bleibe und halte dich fern von mir."

Taron fühlte sich, als hätte ihn sein Vater geschlagen. Irgendjemand hielt ihn fest, damit er nicht fiel. Es war Geron.

„Gib ihm etwas Zeit", flüsterte er in sein Ohr. „Er war außer sich, als du weggelaufen bist."

Taron merkte, dass sich die Anstrengungen der Fahrt und seiner Ankunft bemerkbar machten. Sein Kopf schmerzte zum Zerspringen und ihm war schwindelig.

„Ich muss mich irgendwo hinsetzen."

Geron führte ihn ein Stück bis zu einer Bank und half ihm, sich zu setzen. Er spürte die Nähe eines Feuers. Die Wärme strahlte ihn an, er hörte das Knacken und roch den Rauch.

Ihm wurde ein Becher in die Hand gedrückt. Er hob ihn an die Lippen und schmeckte Bier. Er trank ein paar Schlucke. Der Alkohol tat ihm gut.

Jemand setzte sich neben ihn. Er wusste nicht, wer es war. Dieses ständige Gefühl der Unsicherheit machte ihn nervös. Er schaute in die Richtung des Feuers und versuchte, seine Augen zu öffnen, um die Helligkeit wahrzunehmen, aber er sah nur ein etwas helleres, flackerndes Feld.

Die Person neben ihm sagte: „Was ist in der Tasche, die du da bei dir hast?", und er erkannte, dass es Suri war.

„Geld, viel Geld."

Er hörte ein empörtes Husten. „Du hast dich dafür bezahlen lassen?"

„Es wurde mir zum Dank geschenkt. Sollte ich es ablehnen?"

„Vielleicht. Wusstest du vorher schon, dass du das Geld bekommen würdest?"

„Du meinst, ob ich es für das Geld getan habe? Bist du irre?"

„Wusstest du es?"

„Natürlich nicht! Der König hat es mir aus Dankbarkeit gegeben, dafür, dass ich die Königin gerettet habe. Er hat mir auch einen Orden verliehen und mich zum Ritter geschlagen, wenn es dich interessiert."

„Nicht übel."

„Ja, aber was habe ich davon? Nichts."

„Was ist denn passiert? Warum kannst du nichts mehr sehen?"

Taron lehnte sich zurück und schloss die Augen wieder. Die Hitze der Flammen tat ihnen weh. „Sind wir allein?"

„Nein, Mutter ist da. Sie sitzt da drüben. Und Geron."

Taron trank noch einen Schluck Bier. „Tja, was soll ich sagen? Ich bin früh morgens am Palast erschienen und habe versucht, jemanden zu finden, der mich hineinlässt. Das war nicht so leicht, wie ich gedacht hatte. Schließlich habe ich aber einen Arzt überzeugt, dass ich die Königin retten konnte.

Dann ging alles ziemlich schnell. Ich wurde dem König selbst vorgestellt und war auch kurz am Bett der Königin. Danach brachten sie mich in ein Zimmer, wo ich den Trank eingenommen habe, den Cara für mich hergestellt hatte."

„Sie hat dir also geholfen?"

„Ja, hat sie. Ich hoffe, dass sie nicht darunter zu leiden hat. Ich glaube, sie musste abwägen, was schlimmer wäre: dass ich es ohne oder mit ihrer Hilfe machen würde. Sie hat sich dafür entschieden, mir zu helfen."

Er trank noch etwas, weil er wusste, dass jetzt gleich die Erinnerungen kommen würden, an die Stunden, die dann folgten.

In der ersten Zeit hatte er sie ausgeblendet, und er hätte sich gewünscht, es weiter zu können. Aber inzwischen begannen ihn die Erinnerungen an diese Stunden und Tage zu quälen. Sie erschienen ihm wie ein einziger Albtraum.

„Ich wusste ja, was ich tun musste, aber ich wusste trotzdem nicht genau, was passieren würde. Ich habe versucht, es so zu machen, wie ich es trainiert hatte, aber irgendetwas ging schief. Und Cara war nicht da, um mir zu helfen."

„War es schlimm?"

„Ja." Er schluckte. „Ich glaube, ich bin fast gestorben. Die Ärzte haben es zueinander gesagt." Er atmete tief ein in dem Versuch, die Erinnerungen in den Griff zu bekommen, die ihn jetzt überfielen. Der Schmerz, die Panik, das Blut.

„Danach bekam ich Fieber, aber wenigstens war dann Cara da. Sie hat mir geholfen und mich soweit wiederhergestellt, dass ich entlassen werden konnte."

„Wie war es denn so in dem Palast?"

„Ich habe nicht viel mitbekommen. Für mich war es wie ein Gefängnis."

„Aber die Königin, sie wird wieder gesund?", fragte seine Mutter.

„Ich denke schon. Ich war heute Nachmittag kurz bei ihr, weil sie sich bei mir bedanken wollte."

„Das ist aber eine große Ehre."

Taron zuckte die Schultern. „So sieht es wohl aus."

„Und deine Augen?" Das war Suris Stimme.

„Ich hoffe, dass es wieder besser wird. Ich kann inzwischen schon Hell und Dunkel unterscheiden. Vielleicht erholen sie sich wieder. Aber ich glaube nicht, dass es so wird wie früher."

Er spürte, wie Suri eine Hand auf seinen Arm legte. „Du hast einen hohen Preis bezahlt. Ich hoffe, dass du es nicht bereuen wirst."

„Frag mich in einem Jahr wieder."

***

Nach einiger Zeit verabschiedeten sich Rubi und Geron, und nur Suri blieb zurück. Nach einem Augenblick der Stille meinte Taron schließlich: „Du hattest übrigens recht, Suri."

„Womit?"

„Was die Vision anging, die ich hatte. Sie bestand wirklich aus zwei verschiedenen Teilen, zwei möglichen Varianten der Zukunft. Die erste bezog sich auf Helena. Die habe ich verhindert, aber stattdessen ist die zweite eingetreten. Da habe ich mich selbst gesehen."

Einen Moment war nur das Knistern der Flammen zu hören. Dann fragte Suri: „Hättest du es nicht gemacht, wenn du das gewusst hättest?"

Taron zuckte die Schultern. „Ich glaube, ich hätte es trotzdem durchgezogen und gehofft, dass es nicht so weit kommt." Er fuhr sich mit der Hand an die Augen, wo sich gerade ein pochender Schmerz ausbreitete. Er versuchte, es zu ignorieren. „Was ich dich noch fragen wollte: Was hast du eigentlich in dem Moment gesehen, als ich auf dem Weg zum Palast war und euch getroffen habe, dich und Geron. Du hattest eine Vision, nicht wahr?"

„Ja", kam die nachdenkliche Antwort. „Ich habe gesehen, was geschehen wäre, wenn wir dich wieder zurückgebracht hätten."

„Und?"

„Du warst unendlich wütend auf unseren Vater und auch in der Zukunft nicht bereit, dich wieder mit ihm zu vertragen. Ich sah, wie du leiden würdest, wie es dich zerfressen würde, bis du schließlich unsere Gemeinschaft verlassen würdest aus lauter Zorn und dich zugrunde richten würdest wegen der Schuldgefühle, die dich quälten.

Ich wusste sofort, dass dies nicht deine Zukunft sein durfte, auch wenn ich mich jetzt frage, ob das, was stattdessen passiert ist, nicht viel schlimmer ist."

***

Taron hörte, wie die Vögel zu singen begannen. Er hatte kaum geschlafen. In der ewigen Dunkelheit, in der er lebte, war es gleich, ob Tag oder Nacht herrschte. Er hatte nicht an seinen alten Schlafplatz zurückkehren dürfen. Sein Vater hatte seine Drohung wahrgemacht und ihm den Zutritt zum Wagen seiner Familie verwehrt.

Cara hatte sich schließlich erbarmt und ihm angeboten, bei ihr zu schlafen. Dort musste er allerdings auf dem Boden liegen. Das war nicht etwas, das er lange Zeit machen wollte.

Die ganze Nacht hatte er sich herumgewälzt, während sich seine Gedanken im Kreis drehten. Nun, da er den Palast verlassen hatte, war ihm klargeworden, dass er nicht in sein altes Leben zurückkehren konnte. Nichts war mehr, wie es einmal gewesen war.

Taron versuchte, möglichst geräuschlos aufzustehen und tastete sich zur Tür. Er öffnete sie behutsam und schob sich hindurch nach draußen. Es dauerte eine Weile, bis er die Stufen bewältigt hatte und auf sicherem Boden stand.

Er richtete sich auf und streckte die verkrampften Glieder. Nun, da er nichts mehr sehen konnte, bekamen die Geräusche und Gerüche um ihn herum eine viel größere Bedeutung. Er hörte etwas in der Nähe rascheln. Die Morgenluft roch nach feuchtem Gras.

Er hatte das Gefühl, sich erden zu müssen. Er musste wieder zu sich selbst finden. Er musste akzeptieren, was geschehen war, musste sich neu ausrichten, auf eine Zukunft, die sich dramatisch geändert hatte. Es war Zeit, der Realität ins Gesicht zu schauen, so schrecklich sie jetzt auch erscheinen mochte.

Sicherlich würde er Fortschritte machen und irgendwann vielleicht wieder so gut sehen können, dass er sich einigermaßen selbständig bewegen konnte. Aber das war wenig genug. Wie sollte es denn weitergehen?

Taron tastete sich vorsichtig zurück, bis er sich auf die Stufen zum Wagen setzen konnte. Am Abend würde der Rat zusammentreten und ihn anhören. Dann entschieden die fünf gewählten Männer und Frauen der Gemeinschaft, wie mit ihm zu verfahren sei. Er würde sich diesem Urteil beugen müssen.

Entweder ließen sie ihn dableiben. Dann würde er sich einen Platz suchen müssen, wo er gelitten wurde. Zunächst konnte er in einem der Zelte schlafen, aber wenn der Winter kam, war dies keine Option mehr. Bis dahin musste er in einem Wagen unterkommen. Zum Glück hatte er das Geld. Zur Not würde er einen neuen Wagen bauen lassen und ein Pferd dazu kaufen.

Noch schlimmer wäre es jedoch, wenn sie ihn aus der Gruppe ausschließen würden. Dann wäre er heimatlos, könnte nicht mehr bei seiner Familie leben. Er würde immer allein sein.

Es war verrückt, dass er eigentlich nie wirklich über die Konsequenzen seines Handelns nachgedacht hatte. Sein Ziel war es gewesen, Helena zu retten, und tief drinnen hatte er vielleicht sogar gehofft, dass er sie dadurch für sich würde gewinnen können. Nun jedoch musste er sich endgültig eingestehen, dass er sie zwar vor ihrem Unglück bewahrt, sie aber gleichzeitig verloren hatte.

Taron stützte seinen Kopf auf seine Hände. Er stellte sich vor, wie es wäre, wenn er Helena aufsuchen würde. Er stände vor ihrer Tür und würde sagen: „Hier bin ich. Lass es mich erklären."

Aber nein, das war unmöglich. Sie würde ihn überhaupt nicht anhören wollen. Und die Vorstellung, ihr in seinem jetzigen Zustand zu begegnen, war unerträglich. Er fühlte sich so hilflos, so ausgeliefert, dass es für ihn unmöglich war, zu ihr zu gehen.

Und selbst wenn sie ihm zuhören und vielleicht sogar verzeihen würde. Wie nur sollte er in seiner augenblicklichen Lage auf ihre Zuneigung oder sogar Liebe hoffen können? Wäre es dann nicht nur Mitleid? Oder Schuldgefühle, dass er dies für sie getan hatte? Wollte er dieses Almosen von ihr?

Als er so weit gekommen war, wurde Taron klar, dass er Helena nie mehr begegnen durfte. Er musste sich an den Gedanken gewöhnen, dass er eine Zukunft ohne sie vor sich hatte. Sein einziger Lohn musste sein, zu wissen, dass es ihr gut ging. Vielleicht würde er eines Tages denken, dass der Preis, den er bezahlt hatte, zu hoch war. Aber er konnte die Zeit nicht zurückdrehen. Er hatte es für sie getan und für die Königin. Es zu bereuen würde am Ende nie etwas ändern.

Er hob die Augen zum Himmel, der inzwischen hell genug war, um auch für ihn sichtbar zu sein. Jemand ging an dem Wagen vorbei und blieb stehen. Er konnte seine Silhouette wie einen dunklen Schatten vor dem helleren Hintergrund sehen.

„Guten Morgen", sagte Taron leise.

Die andere Person antwortete nicht, sondern ging weiter. Er ahnte, dass er am Abend mit einem harten Urteil zu rechnen hatte.

***

Helena streckte sich wohlig, als sie erwachte. Es war ein schöner Abend gewesen, und sie hatte danach tief und fest geschlafen. Nun fühlte sie sich erfrischt und ausgeruht. Trotzdem blieb sie noch ein wenig liegen, um nachzudenken. Sie wollte Pläne machen.

Die Zeit im Palast und mit ihrer Cousine Alexandra hatten ihr eine Ahnung davon gegeben, wie es sich anfühlte, endlich unabhängiger und selbstständiger zu sein. Sie war aus ihrem Alltag in einem perfekt organisierten Zuhause ausgebrochen und hatte die Freiheit gekostet, wenn auch nur in kleinen Portionen. Aber es hatte gereicht, um zu erkennen, dass sie nicht zu ihrem alten Leben zurückkehren wollte. Es sollte sich etwas ändern.

Sie hatte sich von der Karriere im Palast versprochen, endlich die Leere zu füllen, die sie in ihrem Leben verspürte. Sie suchte immer noch nach einem Sinn und fragte sich, was sie unternehmen könnte, um diesen zu finden.

Einzukaufen und auf Bälle zu gehen war schön, aber auf Dauer keine befriedigende Lösung. Zu heiraten und ihre Energie in eine Familie zu stecken, war eine andere, die ihr vorgezeichnet war. Aber dagegen sträubte sie sich, weil sie auf diese Weise ihre Freiheiten wieder einbüßen würde.

Also nahm sie sich zunächst einmal vor, ihre zahlreichen Verwandten in ihrer Heimatstadt zu besuchen. Wenn sie gemeint hatte, die Königin unterhalten zu können, dann war es doch auch eine schöne Idee, zum Beispiel ihre alleinstehende Tante Eurydike zu besuchen und ihr Gesellschaft zu leisten.

Helena kam die Idee, sich für wohltätige Zwecke zu engagieren. Es gab einen Verein in ihrer Stadt, der sich für solche Belange einsetzte. Sie könnte dort helfen, einen Basar zu organisieren oder sogar einen kleinen Ball, so wie der, den sie in der Hauptstadt besucht hatte.

Es gab viele Möglichkeiten, ihr Leben sinnvoll zu gestalten. Diesem Vorhaben wollte sie sich nun widmen. Damit konnte sie viel mehr Gutes bewirken, als wenn sie nur die Königin amüsiert hätte.

***

ACHTZEHN

„Taron, bist du soweit?"

Geron kam, um ihn abzuholen und zum Rat zu bringen. Er hatte ihm am Morgen geholfen, sich zu waschen und zu rasieren. Den Rest des Tages hatte Taron damit zugebracht, auf den Abend zu warten. Jetzt war es endlich soweit.

Von früheren Veranstaltungen dieser Art wusste er, wie es ablief. Der Rat bestand aus fünf angesehenen Mitgliedern aller Familien, drei Männern und zwei Frauen. Wenn es einen Konflikt gab, der nicht anders ausgeräumt werden konnte, oder wenn es zu einem Regelbruch kam, wie bei Taron, wurde dieser Rat einberufen, um eine Entscheidung zu fällen. Diese war bindend und musste befolgt werden.

Der Rat fand sich unter freiem Himmel zusammen, umgeben von allen Mitgliedern der Gemeinschaft. Taron musste vor ihnen Rede und Antwort stehen. Dies war eine furchteinflößende Angelegenheit, umso mehr so, als Taron nicht einmal sehen konnte, wie die Mitglieder des Rates auf seine Worte reagierten.

„Komm." Er stand auf von der Bank, auf der er gewartet hatte und wurde von Geron auf den Platz geführt. Er konnte die Anwesenheit der anderen spüren, obwohl es ganz still war. Sie blieben stehen und Taron ertastete den Hocker, auf den er sich setzen sollte. Vorerst wartete er jedoch ab.

Grato, das Oberhaupt der Gemeinschaft, ergriff das Wort. „Der Rat wurde heute zusammengerufen, um über Taron zu entscheiden. Ihm wird vorgeworfen, sich über unsere Regeln hinweggesetzt zu haben. Sein Vater hat versucht, ihn davon abzuhalten, aber er hat sich seinen Anordnungen bewusst widersetzt. Uro beschuldigt ihn, seine Familie verraten zu haben, um seine persönlichen Ziele zu verfolgen, die dem Wohle unserer

Gemeinschaft widersprachen. Er hat seine große Bestimmung und Gabe, die nur ihm verliehen war und für die er eine Verantwortung trug, missbraucht. So lautet die Anschuldigung.

Zunächst hat Uro das Wort. Er wird heute nicht Teil des Rates sein, weil er nicht neutral entscheiden kann. Stattdessen wird er durch Sistran vertreten. Sprich, Uro."

Es entstand eine kleine Pause, in der vermutlich Uro nach vorn kam und sich aufstellte. Taron wusste erst, wo sein Vater stand, als er anfing zu sprechen.

„Wir alle wissen, was Taron seit seiner Geburt so besonders gemacht hat: die Tatsache, dass er die schwere Krankheit der Bleiche mit der Farbe seiner Augen heilen kann. Und auch er hat immer gewusst, dass er damit eine große Verantwortung trug.

Als ich am Tag unserer Abreise von unserem letzten Lager erfuhr, dass er vorhatte, diese Verantwortung in den Wind zu schlagen, war ich entsetzt. Er wollte den Farbstoff dem König zur Verfügung stellen, um damit die Königin zu heilen.

So sehr die Königin auch verehrt wird und so sehr sie auch als Mensch unser Mitleid verdient, so ist sie doch kein Mitglied unserer Gemeinschaft und damit nicht berechtigt, unsere Medizin zu erhalten. Darüber wollte sich Taron hinwegsetzen.

Außerdem behauptete er, eine junge Frau, von der er sich hatte verführen lassen, vor etwas bewahren zu müssen, das ihr angeblich im Palast wiederfahren sollte.

Ich habe alles versucht, um ihn von diesem Plan abzubringen, aber er ist trotzdem bei Nacht und Nebel abgehauen, wie ein gemeiner Verbrecher. Er hat seine Tante dazu angestiftet, ihm zu helfen, und ist heimlich bis zum Palast gelangt, wo er seine Pläne in die Tat umgesetzt hat.

Das Schicksal hat es so gewollt, dass er einen Preis für seine Tat bezahlen musste. Es schmerzt mich, zu sehen, dass er gelitten hat. Aber dies ändert nichts daran, dass er unsere Regeln gebrochen hat und dafür zur Rechenschaft gezogen werden muss.

Wenn wir dies nicht tun, könnte es andere dazu ermutigen, sich ebenfalls über unsere Regeln hinwegzusetzen. Das jedoch würde uns allen schaden und muss verhindert werden."

Als Uro zu Ende gesprochen hatte, erhob sich ein zustimmendes Murmeln um Taron herum. Sein Vater hatte gut und überzeugend gesprochen. Taron wusste, dass es schwer werden würde, gegen dessen Autorität und Überzeugungskraft anzutreten.

„Was hast du nun dazu zu sagen, Taron?", hörte er Gratos ruhige Stimme.

Taron atmete tief ein. „Ja, ihr Mitglieder des Rates, ich war im Palast und habe das Grün meiner Augen für die Königin geopfert. Ich habe damit ihr Leben gerettet. Und ich habe möglicherweise das Leben von neunzehn anderen Menschen gerettet.

Die Ärzte der Königin hatten von dem Farbstoff erfahren, aber sie wussten nicht, wie sie darankommen sollten. Also wollten sie versuchen, es den neunzehn Menschen, die sie zu diesem Zweck in den Palast gelockt hatten, mit Gewalt zu entziehen. Das wollte ich verhindern. Es stimmt, dass unter diesen Menschen eine Frau war, die mir etwas bedeutet hat. Ich wollte sie schützen.

Ja, ich habe die Regeln gebrochen, aber ich konnte nicht anders entscheiden. Es war wichtiger, diese Menschen zu retten, als den Regeln zu gehorchen. Wenn ich es anders hätte machen können, hätte ich es gern getan.

Ich bin dort in diesen Palast gegangen, ich habe mich gestellt, ich habe versucht, das Richtige zu tun. Ihr seht alle, was es mit mir gemacht hat. Ich bitte um eure Gnade und um Verständnis für meine Beweggründe."

Wieder erhob sich ein Murmeln, als Taron seine Worte beendete und sich nun vorsichtig auf dem Hocker niederließ, nachdem er ihn ertastet hatte.

Grato sagte: „Will noch jemand sprechen?"

Für einen Moment herrschte Stille, dann hörte Taron von der Seite plötzlich Cara.

„Ich möchte etwas sagen, Grato."

„Komm zu uns, Cara, und sprich."

„Ich weiß, was viele von euch denken: dass ich unter einer Decke stecke mit Taron, weil ich ihm den Trank mitgegeben habe und weil ich in den Palast gegangen bin, um ihm zu helfen.

Ich habe ihm den Trank gebraut, weil ich wusste, dass Taron auch so gegangen wäre. Er ließ sich nicht davon abbringen. Ich habe es versucht, glaubt es mir, aber er ist ein elender Dickkopf, wie sein Vater." Unterdrücktes Gelächter war zu hören.

„Ich wusste, dass es schlimme Folgen haben konnte, wenn er es ohne die Droge versuchte. Es ist möglich, dauert aber viel länger und ist deshalb noch gefährlicher.

Deshalb habe ich den Trank für ihn hergestellt und ihm gegeben. Ich meine, dass er seine Entscheidung nicht leichtfertig getroffen hat. Er wusste, dass er ein großes Risiko eingeht. Er wollte es trotzdem auf sich nehmen.

Als ich endlich am Palast war, holte mich ein junger Arzt ab. Das erste, was ich ihn fragte war: ‚Wie geht es ihm?' Und er antwortete: ‚Sehr schlecht. Gestern sah es für eine Weile so aus, als würde er es nicht schaffen.'

Taron wäre fast gestorben. Und auch wenn er es überlebt hat, so haben doch seine Augen Schaden genommen. Wenn ich bei ihm gewesen wäre, hätte ich vielleicht das Schlimmste verhindern können. So war er allein, und dieser Gedanke schmerzt mich.

Er hat viel riskiert und viel verloren, aber er wollte trotzdem zu uns zurückkehren, weil wir seine Heimat sind. Ist er nicht genug gestraft? Hat es nicht schon gereicht, dass er gelitten hat? Sollten wir ihn nicht wiederaufnehmen und uns freuen, dass er überlebt hat?

Die Königin lebt. Auch das ist doch ein Grund zur Dankbarkeit und Freude, wenn ein Menschenleben gerettet wird! Jedes Leben ist das wert, egal von wem.

Auch der König hat sich persönlich bei Taron bedankt, ihm einen Orden angesteckt und ihn zum Ritter geschlagen. Wusstet ihr das?" Taron hörte die erstaunten Reaktionen um ihn herum. „Zählt das nichts? Ist das nicht ein Zeichen, dass er es richtig gemacht hat? Bitte zeigt euch gnädig."

„Danke, Cara, für deine Worte. Möchte noch jemand sprechen?" Es herrschte Stille. „Dann beraten wir uns nun. Taron, du kannst gehen."

Taron erhob sich, blieb jedoch stehen, da er nicht wusste, in welche Richtung er sich wenden sollte. Jemand trat zu ihm und nahm seinen Arm. Es war Suri.

„Komm hier entlang." Er ging mit ihr zur Seite, bis sie vor der Bank am Feuer standen, auf der er auch am Abend zuvor gesessen hatte.

„Kannst du mir etwas zu trinken holen, Suri?"

„Klar."

Eine Minute später drückte sie ihm einen Becher mit Bier in die Hand, aus dem er trank.

„Bist du noch da?", fragte er.

„Ja", kam zur Antwort.

„Wie hat der Rat Caras Worte aufgenommen? Wie wird er entscheiden, was meinst du?"

Suri setzte sich mit einem Seufzer neben ihn. „Das ist schwer zu sagen. Sie sind nicht so persönlich verärgert wie unser Vater, aber sie schauten streng drein, weil sie auch in Zukunft dafür sorgen müssen, dass die Gesetze eingehalten werden. Es kann nicht jeder machen, was er will und dann erwarten, ungeschoren davonzukommen.

Andererseits bist du dir dessen vielleicht nicht bewusst, aber du siehst wirklich ziemlich mitgenommen aus. Sicherlich fühlen sie auch Mitleid mit dir. Wir werden es abwarten müssen."

„Ich hoffe nur, dass sie mich nicht fortschicken", murmelte Taron. „Der Winter kommt schneller als man denkt …"

„Warte es ab. Soll ich dir etwas von dem Essen bringen, das drüben steht? Noch ist es warm."

„Danke, Suri, das wäre sehr nett von dir." Sie stand auf und verschwand, um ihm einige Minuten später eine Schüssel auf den Schoß zu stellen, mit einem Löffel dazu.

Als er aufgegessen hatte und gerade die Schüssel neben sich auf die Bank stellte, hörte er jemanden in der Nähe sagen: „Sie kommen zurück. Ich glaube, sie haben es schon entschieden."

Taron erhob sich und wartete darauf, dass ihm jemand helfen würde. Seine Mutter kam zu ihm und nahm seinen Arm. „Komm, es ist soweit. Ich hoffe, dass sie nicht zu streng mit dir sind. Sie alle sind doch selbst Mütter und Väter …"

Taron setzte sich auf den Hocker und lauschte auf die Stimmen um ihn herum, die langsam verstummten.

Dann hörte er wieder Grato. „Taron, es fällt uns nicht leicht, ein gerechtes Urteil zu fällen. Du hast unserer Gemeinschaft bewusst geschadet, um deine eigenen Ziele zu verfolgen. Wenn eines Tages jemand in unseren Familien an dieser schrecklichen Krankheit erkrankt, werden wir keine Medizin mehr dagegen haben. Der Tod dieses Menschen wird dann auf deinem Gewissen lasten, weil du ihn nicht verhindern konntest.

Auf der anderen Seite verstehen wir, was dich getrieben hat. Wir sehen, dass du Gutes tun wolltest, und wir sehen das Leid, dass du dir damit selbst zugefügt hast. Deshalb haben wir folgendes beschlossen: Du darfst bei uns bleiben, da du von unserer Hilfe abhängig bist und wir für dich verantwortlich sind …"

Taron atmete tief durch vor Erleichterung bei diesen Worten. Er musste nicht fortgehen.

„… Aber da du diese Gemeinschaft nicht geehrt hast, schließt sie dich für einige Zeit aus ihrer Mitte aus. Ein Jahr lang hast du kein Mitspracherecht mehr, was die Beschlüsse der Gemeinschaft angeht. Außerdem darfst du an keinen Veranstaltungen teilnehmen, die die gesamte Gruppe betreffen, wie Feiern und Feste im Kreis des Jahres. Dies soll die Strafe sein für deine Missachtung unserer Gemeinschaft.

Wenn deine Familie dich wieder bei sich aufnehmen will, darfst du bei ihr bleiben, wenn nicht, musst du eine andere Unterbringung bewerkstelligen. Dies bleibt euch überlassen.

Dies ist nun unser Spruch. Er gilt ab jetzt. Der Rat geht auseinander."

Mit diesen Worten war Taron entlassen. Er fuhr sich mit den Händen über das Gesicht. Das Urteil des Rates war hart, aber gerecht. Er würde sich ihm beugen und ertragen, dass er ausgeschlossen wurde. Um ihn herum hörte er lebhafte Stimmen und erhitzte Diskussionen, die sich langsam zerstreuten.

Jemand fasste ihn am Arm. Es war Suri.

„Komm", sagte sie leise.

***

Helena schaute aus dem Fenster hinaus in den Regen. Sie hatte vorgehabt, ihre Tante Eurydike zu besuchen, es sich aber im letzten Moment anders überlegt.

Der Herbst hatte Einzug gehalten und den letzten goldenen Spätsommertagen ein jähes Ende bereitet. Es würde schwieriger werden, ihre zahlreichen Aktivitäten außer Haus aufrecht zu erhalten, wenn das Wetter immer schlechter wurde, aber sie wollte sich nicht beirren lassen.

Seitdem sie vor drei Monaten aus Herrscherau zurückgekehrt war, hatte Helena begonnen, ihre neuen Pläne in die Tat umzusetzen. Sie hatte Verwandte besucht, denen es nicht so gut ging, wie ihrer Familie, neue

Kontakte geknüpft und sich im örtlichen Wohltätigkeitsverein vorgestellt, um sich dort zu betätigen. Die Reaktionen waren allesamt sehr positiv gewesen. Sie hatte viel Lob für ihr neues Engagement geerntet und genoss das Gefühl, gebraucht zu werden.

Seitdem sich Helena für diese wohltätigen Zwecke einsetzte, war sie mit Menschen in Berührung gekommen, denen sie bisher noch nie begegnet war. Dies waren arme Familien mit arbeitslosen Vätern, hungernde oder kranke Kinder, alte Menschen, die im Elend lebten. Zuerst war sie angewidert zurückgeschreckt, aber mit der Zeit hatte sie verstanden, dass diese Menschen Hilfe brauchten. Sie schämte sich dafür, dass sie sich in ihrem bisherigen Leben nie für diesen Teil der Gesellschaft interessiert hatte.

Unmerklich begann sich ihre Perspektive zu verschieben, nicht nur auf das Leben anderer, sondern auch auf ihr eigenes. Die Arbeit in dem Wohltätigkeitsverein nahm schrittweise eine immer größere Stelle ein. Dies wurde von ihrem Vater durchaus mit Wohlwollen beobachtet, da es das Ansehen der Familie förderte.

Auch Elion schien sehr angetan zu sein von ihrem neuen Vorhaben. Inzwischen ging er in ihrem Haus aus und ein. Einmal die Woche kam er zum Abendessen vorbei und jeden Mittwoch brachte er seine Mutter zum Kaffee.

Vor einigen Tagen war das Gespräch bei dieser Gelegenheit auf die Gesundheit der Königin gekommen. Elion hatte ausführlich von seinen Kontakten „nach ganz oben" berichtet, die ihm versichert hatten, dass sich Königin Sofia inzwischen hervorragend erholt habe und sogar schon wieder bei Spaziergängen in den Anlagen des Palastes gesehen worden sei. Der König sei überglücklich über die wunderbare Rettung seiner Gattin.

Delia warf ein: „War die Rettung wirklich so wunderbar, wie manche es sagen? Vielleicht war es Magie? Es soll ja sogar ein Zaubertrank im Spiel gewesen sein?" Sie lächelte herausfordernd.

Elion schüttelte energisch den Kopf. „Nein, nein, das ist alles Unsinn. Es ist schon mit rechten Dingen zugegangen. Vielmehr war es eine Leistung dieser brillanten Ärzte. Sie waren es, die am Ende unsere Königin geheilt haben."

„Haben Sie denn eigentlich in letzter Zeit etwas darüber hören können", schaltete sich jetzt Helena ein, „ob noch einmal Gäste zur Unterhaltung der Königin eingeladen werden sollen, so wie damals? Das wäre doch eine schöne Geste." Sie hatte von Anfang an kaum eine Hoffnung gehegt, dass sie noch einmal eingeladen würde, aber ganz ausgeschlossen war es schließlich nicht. Und Taron war inzwischen sicherlich wieder gegangen.

Elion warf ihr einen verständnisvollen, jedoch bedauernden Blick zu. „Leider, liebe Helena, scheint es solche Pläne nicht mehr zu geben. Ich habe ausdrücklich danach gefragt, aber nichts dergleichen wurde bisher erwähnt. Man scheint diese Idee vollkommen aufgegeben zu haben."

Helena nickte mit einem traurigen Lächeln. „Na ja, ganz aufgegeben haben sie es ja nicht. Einer war ja immerhin da zur Unterhaltung."

„Was meinen Sie?" Elion runzelte die Stirn.

„Nun, ein Mann war doch da, um die Königin zu unterhalten, nicht wahr? Zwanzig Bürger waren eingeladen, neunzehn wurden heimgeschickt. Einer ist geblieben. Ich bin ihm selbst begegnet."

Elion dachte nach, während er an seiner Kaffeetasse nippte. „Nein, … nicht dass ich wüsste. Ich kann mich nicht erinnern, dass mir jemals davon erzählt worden wäre, dass jemand von den Gästen tatsächlich im Palast geblieben wäre. Alle wurden – sehr bedauerlicherweise, wie ich betone – nach Hause geschickt. Ohne Ausnahme. Dieses Unterfangen wurde vollständig und endgültig beendet, als auch Sie, liebe Helena, nach Hause entlassen wurden."

„Sind Sie da sicher, Elion?" Helena war all die Wochen über so fest davon überzeugt gewesen, dass Taron im Palast gewesen war, dass sie sich fühlte, als sei sie persönlich hinters Licht geführt worden. „Sie haben es vielleicht vergessen, oder es wurde Ihnen gar nicht erzählt?"

Elion hob das Kinn. „Meine Liebe, das würde mir nie passieren. Ich bin perfekt informiert, nichts entgeht mir und ich würde so etwas sicherlich nicht vergessen!"

Er schien noch einmal nachzudenken. „Nein, wahrhaftig. Es kam nur einmal das Gerücht auf, das sich dann aber schnell wieder zerstreute, dass zwei rätselhafte Fremde im Palast gewesen seien, deren Anwesenheit streng geheim gehalten wurde."

Helena rührte abwesend in ihrem Kaffee. Das konnte sich nicht auf Taron beziehen. „Dann wird es wohl so gewesen sein …"

„Ganz genauso. Wenn jemand in den Palast eingeladen werden würde, dann natürlich Sie!"

***

Helena hatte seitdem immer wieder über dieses Gespräch nachgedacht. So sehr sie sich auch bemühte, sie konnte doch die verschiedenen Informationen nicht recht miteinander vereinbaren. Während sie in den Regen hinausschaute, führte sie sich die einzelnen Teile der Geschichte noch einmal vor Augen, so als wären es Puzzleteile, die sie zu einem sinnvollen Ganzen zusammenfügen wollte.

Sie war nach Haus geschickt worden. Dabei war sie im Schlosshof auf Taron getroffen, der gerade auf dem Weg ins Schloss hinein war, also nicht gehen musste.

Elion behauptete, dass niemand im Schloss geblieben war, also auch nicht Taron. Das bedeutete doch, dass er sich zwar gegen die anderen neunzehn Bewerber durchgesetzt hatte und bis zu der Königin vorgelassen worden war, letztendlich jedoch auch nichts davon gehabt hatte. Er hatte schon sehr bald ebenfalls gehen müssen, aus welchen Gründen auch immer.

Da es nicht am Zustand der Königin gelegen haben konnte, musste es andere Ursachen gehabt haben. Vielleicht hatte Taron dem König nicht gefallen oder er hatte sich irgendetwas zuschulden kommen lassen und war hinausgeworfen worden.

Ein zynisches Lächeln glitt über Helenas Gesicht bei diesen Gedanken. Dann hätte Taron sie zwar gewissenlos ausgetrickst, aber es hätte ihm am Ende gar nicht genützt. Letztendlich wäre er dann nicht weiter gekommen, als sie selbst. Es war ein befriedigendes Gefühl, zu wissen, dass er keinen Vorteil aus seinen Gemeinheiten hatte ziehen können.

Helena wollte sich schon fast mit dieser Erklärung abfinden. Diese befriedigte ihr Bedürfnis nach Vergeltung. Jedoch, die einzelnen Puzzleteilchen wollten nicht zusammenpassen.

Elion hatte betont, dass absolut alle eingeladenen Gäste auch zusammen mit ihr wieder abgereist waren. Dann konnte Taron höchstens nur ein wenig länger als sie dort geblieben sein. Wie sollte er jedoch in so kurzer Zeit bereits in Ungnade gefallen sein? Das machte keinen rechten Sinn.

Sie versuchte, sich noch einmal die Begegnung mit Taron zu vergegenwärtigen. Sie war so außer sich gewesen, dass sie ihm kaum zugehört hatte, aber sie konnte sich noch erinnern, wie angestrengt und beunruhigt er gewirkt hatte. Und hatte er nicht alles abgestritten? Hatte er nicht immer noch versucht, ihr zu erklären, dass er sie nicht belogen hatte? Sie hatte es in dem Moment nicht hören wollen.

Vielleicht gab es doch noch eine andere Erklärung.

Was wäre, wenn es kein Vorwand gewesen war, dass sie alle nach Hause geschickt worden waren. Elion hatte dies auch bestätigt. Der Zustand der Königin war an diesem Morgen besonders schlecht gewesen, und aus irgendeinem unbekannten Grund hatte der König seine Pläne geändert. Wenn nun Taron aber nicht gelogen hatte und er gar nichts mit der Einladung zu tun hatte, warum war er dann im Palast gewesen?

Es musste mit der Königin zusammenhängen, da war sie sich sicher. Aber vielleicht war er ja gar nicht gekommen, um sie zu unterhalten, sondern um ihr in höchster Not zu helfen. Helena spann den Faden weiter, auch wenn es ihr nicht gefiel, da dies bedeutete, dass sie bisher im Unrecht gewesen sein könnte.

Vielleicht hatte Taron der Königin helfen wollen und hatte sich deshalb im Palast gemeldet. Vielleicht hatte er irgendeine Medizin dabei, oder er konnte der Königin helfen, indem er ihre Zukunft voraussah. Hatte er nicht gesagt, dass er es könnte? Deswegen mochte er auch so angespannt gewirkt haben.

Aber dann hatte er getan, wofür auch immer er gekommen war, und offenbar hatte es geholfen, denn schon kurze Zeit später war die Königin auf dem Wege der Besserung gewesen.

Plötzlich fiel ihr wieder ein, dass ein Mann in einem weißen Kittel bei Taron gewesen war. Ein Arzt! Wie hatte sie das bloß vergessen können? Er war in Begleitung eines Arztes gewesen, der ihn sicherlich direkt zur Königin gebracht hatte! Taron war in den Palast gekommen, um die Königin zu retten, nicht zu unterhalten! Plötzlich rutschten alle Puzzleteile an ihren Platz!

Helena schlug mit der Faust auf das Fensterbrett. Sie hatte sich geirrt! Taron hatte sie gar nicht belogen. Sie hatte ihm die ganze Zeit Unrecht getan! Sie hatte ihn für einen Lügner und gewissenlosen Opportunisten gehalten, hatte ihn in Gedanken unzählige Male geschmäht und beschimpft. Dabei hatte er ihren Zorn überhaupt nicht verdient! Im Gegenteil!

Diese neue Erkenntnis musste sie erst einmal verdauen. Während Helena in den Regen hinausstarrte, versuchte sie, all ihre Gedanken zurückzuverfolgen, die sie schon über diese Minuten im Hof des Palastes verschwendet hatte. Nun machte alles einen neuen Sinn! Warum war sie nur nicht früher darauf gekommen? Warum war sie so verbohrt und blind gewesen?

Ein Gefühl der Reue kroch in ihr hoch, darüber, dass sie Taron für so verdorben gehalten hatte, obwohl er nur etwas Gutes hatte tun wollen. Sie hatte einen fatalen Fehler begangen. Sie hatte Taron ganz fälschlicherweise beschuldigt. Er hatte sie nicht belogen, hatte sie nie verraten. Sie dagegen hatte ihn mit Schmutz beworfen. Wie schlecht hatte sie über ihn gedacht! Ihre Wangen glühten vor Scham.

Wie schnell war sie doch bereit gewesen, ihm all diese Bosheiten zuzutrauen. Keinen Moment hatte sie gezögert, nie hatte sie Vertrauen in ihn gehabt.

Ihren Fehler zu erkennen war schmerzhaft. Sie musste zugeben, dass sie im Unrecht gewesen war, und das fiel ihr gar nicht leicht. Aber sie war ehrlich zu sich selbst. Sie konnte und wollte sich nicht belügen.

Wieder sah sie Taron vor sich, als sie ihn im Hof mit ihren Verdächtigungen konfrontiert hatte. Er hatte unter Druck gestanden, das war klar. Dass sie ihn so beschimpft hatte, war sicherlich keine Hilfe gewesen.

So gern wäre sie jetzt zu ihm gegangen und hätte sich entschuldigt für all das, was sie ihm unterstellt hatte. Aber er war weit fort. Sie wusste nicht einmal, wo er sich befand. So blieb sie allein mit ihrer Schuld.

Während sie dies jedoch noch dachte, wurde ihre Reue abgelöst durch eine tiefe Erleichterung. Sie hatte das Gefühl, als würde plötzlich eine erdrückend schwere Last von ihr genommen. Jetzt erst verstand sie, wie sehr der Zorn auf Taron sie belastet hatte. Sie war verletzt gewesen, doch nun hatte sie erkannt, dass er sie nie hatte verletzen wollen.

Es war, als strömte etwas Warmes in ihr kaltes Herz zurück, das sie die ganzen Monate vermisst hatte. Sie fühlte sich befreit, nun da sie Taron nicht mehr hassen musste. Die ganze schreckliche Wut und Enttäuschung der vergangenen Wochen gehörten endlich der Vergangenheit an. Sie hatte sich selbst schuldig gemacht durch ihre Unterstellung, aber

Taron hatte ihr kein Unrecht angetan. Er war reingewaschen von der Schuld, die sie ihm gegeben hatte.

Unvermittelt brach sie in Tränen aus, aber es waren keine Tränen der Trauer, sondern der Erleichterung, dass sich der Knoten in ihr gelöst hatte, dass sie wieder freier atmen konnte. Mit einem Lachen wischte sie sich schließlich die letzten Tränen von den heißen Wangen und fühlte sich getröstet.

***

Am nächsten Tag kam Elion wie gewohnt zum Abendessen vorbei. Helena hatte erwartet, dass er mit ihrem Vater im Salon sitzen würde, bis das Essen serviert wurde. Als sie heute jedoch die Treppe hinunterkam, musste sie zu ihrer Verwunderung feststellen, dass sich die beiden Männer in das Arbeitszimmer zurückgezogen hatten.

Nur zu gern hätte Helena an die Tür geklopft und hineingeschaut, aber sie wusste, dass ihr Vater dies nicht gern gesehen hätte. Also wartete sie, bis der Gong zum Essen rief und sich die Tür öffnete. Nacheinander traten Elion und Aristoteles heraus, beide mit einem zufriedenen Lächeln auf den Lippen.

Die Unterhaltung bei Tisch war ungewöhnlich lebhaft. Helenas Vater und Elion schienen sich heute ganz besonders zuvorkommend und freundlich zu begegnen.

Nach dem Essen pflegten sie sich immer in den Salon zu begeben. Helena ging als erste hinüber. Als sie sich umdrehte, stellte sie jedoch zu ihrer Verwunderung fest, dass nur Elion ihr gefolgt war und gerade dabei war, die Tür hinter sich zu schließen.

„Oh, was ist denn mit den anderen?", fragte sie.

Elion lächelte vielsagend. „Sie kommen später nach. Ich habe sie gebeten, noch ein wenig zu warten." Er kam auf sie zu.

In diesem Moment begriff Helena instinktiv, was unmittelbar bevorstand. Sie fühlte Panik in sich aufsteigen.

Elion räusperte sich. „Liebe Helena. Es ist Ihnen sicherlich nicht verborgen geblieben, welch tiefe Gefühle ich für Sie hege. Deswegen kann es keine Überraschung für Sie sein, wenn ich heute an Sie herantrete. Ich habe vorhin mit Ihrem Herrn Vater eine Unterredung geführt und ihn um eine Erlaubnis gebeten, die er mir gütigerweise erteilt hat."

Helena wich zurück, bis sie an eine Kommode stieß. Sie wusste, was jetzt geschehen würde. Schon so oft hatte sie es sich ausgemalt. Jedes Mal hatte sie Ja gesagt. Warum hatte sie auf einmal so schreckliche Angst? Warum wäre sie am liebsten davongelaufen? Sie spürte, wie ihr der Schweiß ausbrach.

Mit aufgerissenen Augen beobachtete sie, wie sich Elion langsam auf ein Knie fallen ließ und gleichzeitig in seine Jackentasche griff, bevor er zu ihr hinaufschaute.

„Liebe Helena, Sie wissen, dass ich Sie tief und aufrichtig liebe. Sie haben mir in den vergangenen Wochen gezeigt, dass auch Sie mir Gefühle entgegenbringen. Deshalb nehme ich mir heraus, Sie heute und hier … um Ihre Hand … zu bitten …" Er hielt zwischen seinen Fingern einen prachtvollen Verlobungsring. „Ich frage Sie: Wollen Sie meine Frau werden?"

Helena stand da wie paralysiert und starrte auf den funkelnden Ring hinunter. Sekunden verstrichen. Sie wusste, dass sie jetzt einfach nur „Ja" sagen musste, aber sie brachte es einfach nicht heraus.

Die ganze Zeit, all die Wochen, hatte sie Elions Gesellschaft genossen und sich in seiner Aufmerksamkeit gesonnt. Sie hatte ihn tatsächlich ermutigt in dem Eindruck, dass sie ihn gernhatte. Sie mochte ihn ja auch sehr. Aber erst jetzt, in diesem Moment, begriff sie, dass sie ihn nicht liebte.

Das Gesicht von Taron tauchte vor ihrem inneren Auge auf, so wie sie ihn zum letzten Mal gesehen hatte: gequält, blass, mit Schatten unter den Augen. Aber hatte sie in seinem Blick damals nicht auch seine Liebe zu ihr gesehen?

Erst jetzt, als nun alle Wut auf ihn verraucht war, konnte sie dies erkennen. Er hatte sie geliebt. In Elions Augen sah sie nur Begehren. Er wollte sie haben, wie einen Besitz, wie etwas, mit dem er sich schmücken konnte.

In ihrem Zorn auf Taron hatte sie versucht, die Erinnerung an ihn mit Elions Abbild zu überdecken. Verrückterweise hatte sie gemeint, Taron zu bestrafen, indem sie Elion bevorzugte. Sie hatte versucht, den einen Verehrer mit dem anderen zu betrügen, um ihn zu erniedrigen.

Aber seit heute Nachmittag hatte sich ihre ganze Gefühlswelt vom Kopf auf die Füße gestellt. Sie musste Taron nicht mehr strafen. Sie sah jetzt ganz klar, was sie immer für ihn gefühlt hatte. Und sie wusste auch, dass sie nie auf die gleiche Weise an Elion denken würde, wie sie an ihn dachte.

Doch jetzt war das Unglück geschehen. Sie hatte es selbst heraufbeschworen.

„Elion, es tut mir leid", stotterte sie. Sein erwartungsvolles Lächeln gefror. „Ich bin noch so jung", plapperte Helena weiter. „Ich bin zu jung zum Heiraten. Ich mag Sie. Ich mag Sie sehr, aber ich kann Sie jetzt nicht heiraten. Bitte verstehen Sie mich doch."

Elion jedoch hatte sich auf diesen Augenblick vorbereitet. Er ließ sich nicht so leicht beirren. „Ich verstehe Sie, Helena. Viele junge Frauen müssen sich erst an den Gedanken gewöhnen, in den Hafen der Ehe einzulaufen. Ich dränge Sie nicht."

Er hielt immer noch den Ring zwischen den Fingern. „Nehmen Sie diesen Verlobungsring an. Lassen Sie uns unsere Verlobung verkünden, als Zeichen unserer Zuneigung. Mit der Hochzeit muss es nicht so eilig sein. Ich liebe Sie so sehr, dass ich auch ein Weilchen auf Sie warten werde."

Die Situation war so unerträglich, dass Helena spürte, wie ihr Herz zum Zerspringen klopfte. Sie musste diese Szene sofort beenden, sonst hätte sie geschrien.

Wie in Trance streckte sie ihre Hand aus. Sie spürte, wie Elion ihr den Ring auf den Finger schob, sah, dass er sich erhob. Im nächsten Moment hatte er seine Arme um sie geschlungen und drückte einen Kuss auf ihre Lippen. Sie rang nach Luft.

Endlich ließ er sie los. „Ich danke dir, liebste Helena. Du machst mich zu einem der glücklichsten Menschen auf dieser Erde", strahlte er. Sie drehte sich um und lehnte sich an die Kommode, um nicht umzufallen.

Sie hatte einen Fehler gemacht, einen schrecklichen Fehler.

Jetzt wurde die Tür aufgerissen und Delia stürmte herein, gefolgt von Aristoteles.

„Herzlichen Glückwunsch! Wie herrlich!", rief Helenas Schwester und drückte sie an sich. Aristoteles hatte Tränen der Rührung in den Augen, als er seine Tochter in die Arme schloss. „Ich bin so stolz auf dich!", murmelte er.

Champagner wurde hereingetragen, um miteinander anzustoßen.

„Auf das Paar!", rief Aristoteles und hob das Glas.

Helena brachte kaum einen Schluck herunter. „Wir wollen noch ein wenig mit der Hochzeit warten", murmelte sie.

„Was sagst du da?" Ihr Vater ließ sein Glas nachfüllen.

„Ich habe gesagt, dass ich noch etwas warten möchte. Ich bin doch noch so jung."

„Warten? Warum?" Er prostete Elion aufmunternd zu. „Ihr liebt euch, ihr solltet möglichst schnell heiraten!"

„Elion hat versprochen, dass er warten wird."

Elion zog Helena an sich. „Ja, das habe ich gesagt. Auch wenn ich es natürlich kaum erwarten kann, meine Helena zum Traualtar zu führen." Alle lachten zustimmend, außer Helena. Sie hatte das Gefühl, überrannt zu werden.

Als die Männer sich auf den Sesseln am Kamin niederließen, trat Delia zu Helena und musterte sie kritisch. „Du siehst alles andere als glücklich aus. Was ist denn los mit dir? So eine gute Partie wie Elion findest du kein zweites Mal."

„Das ist es auch gar nicht", versuchte Helena, sich herauszuwinden, aber Delia kannte ihre Schwester nur allzu gut.

„Gibt es noch jemand anderen? Ist es das?", raunte sie, während sie zu Elion hinüberblickte, der gerade eine Anekdote erzählte. „Vielleicht dieser Landstreicher vom See?" Ihre Augen wanderten zu Helenas Gesicht.

„Was du dir wieder ausdenkst!" Helena spürte, wie ihr das Blut ins Gesicht schoss. Sie musste fort von hier. „Entschuldige mich bitte, Delia. Ich komme gleich wieder."

Sie stellte das Glas auf den Tisch und eilte zur Tür. Als sie sie hinter sich schloss, schallte ihr noch das Gelächter der Männer nach.

Sie eilte zur Tür in den Garten und riss sie auf. Kalte, feuchte Luft strömte ihr entgegen. Sie trat hinaus in die Dunkelheit, blieb aber sofort wieder stehen, als sie den Regen bemerkte, der immer noch fiel. Sie hatte das Gefühl, gefangen zu sein. Gleich musste sie wieder zurückkehren zu den anderen. Sie hatte nur einige kostbare Minuten in der kalten Dunkelheit.

Sie hatte sich mit Elion verlobt. Wie hatte dies nur geschehen können? Sie wusste, dass sie es selbst herbeigeführt, geradezu durch ihr Verhalten provoziert hatte. Bis zum heutigen Tag hatte sie auch fest geglaubt, dass sie Elion heiraten wollte. Sie hatte sich eingeredet, dass er der Mann war, mit dem sie ihr Leben verbringen wollte. Aber seit dem gestrigen Tag hatte sich alles verändert.

Sie hatte erkannt, dass sie sich selbst belogen hatte. Jetzt waren die Schleier von ihren Augen fortgezogen worden, sodass sie klar und deutlich erkennen musste, dass sie Elion nicht liebte.

$$***$$

NEUNZEHN

Die ersten Schneeflocken des Jahres fielen lautlos herab, als die Kutsche vor dem Haus der Familie Greizenich in der Hauptstadt hielt.

„Endlich sind wir da", seufzte Delia erleichtert. Die Fahrt hierher war mühsam gewesen, da die Straßen entweder aufgeweicht oder gefroren waren. Aristoteles hatte immer wieder gestöhnt, dass dies überhaupt kein Wetter zum Reisen war und sich tiefer in die Pelze vergraben, mit denen sie sich eingehüllt hatten, aber er hatte eine wichtige Angelegenheit zusammen mit seinem Bruder zu regeln, die keinen Aufschub duldete.

Als er seinen Töchtern davon erzählt hatte, dass er noch vor Weihnachten für eine Woche nach Herrscherau fahren musste und dass sein Bruder auch beide Töchter eingeladen hatte, waren diese sofort Feuer und Flamme gewesen. Natürlich wollten sie ihn begleiten. In dieser Zeit waren die Geschäfte schließlich besonders schön geschmückt, und es bot sich die einmalige Gelegenheit, die schönsten Weihnachtsgeschenke einzukaufen. Sämtliche Versuche des Vaters, es ihnen auszureden, waren auf taube Ohren gestoßen.

Obwohl sie beim ersten Morgenlicht losgefahren waren, schien sich jetzt, am frühen Nachmittag, bereits wieder die Dämmerung über die Stadt zu senken. Die Rosen, die im Sommer so herrlich geblüht hatten, waren dahingewelkt. Die Bäume reckten ihre kahlen Zweige in den düsteren Winterhimmel.

Die Kutsche hielt vor dem Gartentor. Delia sprang als erste hinaus und öffnete selbst die Pforte, um an der Haustüre zu läuten. Sogleich öffnete sie sich, und warmes Licht strömte heraus. Alexandra erschien, dicht gefolgt von ihrer jüngeren Schwester und ihren Eltern.

Es gab ein herzliches Wiedersehen im Flur, wo die drei Ankömmlinge sich erst einmal ihrer vielen Kleidungsschichten entledigen mussten.

Nachdem sie ihre Gästezimmer bezogen hatten, traf man sich im Salon, um sich am knisternden Kaminfeuer aufzuwärmen. Alexandra und Helena setzten sich etwas abseits, wo sie sich in Ruhe unterhalten und die neuesten Neuigkeiten austauschen konnten.

„Wie geht es deinem Verlobten?", wollte die Cousine mit einem Lächeln wissen.

„Er kommt zweimal die Woche zum Essen und lädt mich jeden Sonntag zu seiner Mutter ein."

Alexandra rümpfte im Scherz die Nase. „Das klingt aber nicht sehr aufregend."

„Oh, es ist schon ganz in Ordnung so." Helena war dankbar, dass sich diese Art von Routine entwickelt hatte und Elion nicht noch mehr von ihrer Zeit beanspruchen wollte.

„Zeig mal den Ring!", forderte Alexandra sie auf. Helena hob ihre linke Hand und wackelte ein wenig mit den Fingern, damit die Brillanten in ihrem Ring zu funkeln begannen.

Ihre Cousine zeigte sich beeindruckt. „Hast du ein Glück! Ich hätte auch gern so einen Verehrer."

Helena seufzte leise, als sie daran dachte, dass sie gar nicht so sehr zu beneiden war, wie alle dachten.

„Was ist denn?"

„Ach, nichts. Lass uns über etwas anderes reden. Was wollen wir denn in den nächsten Tagen unternehmen?"

„Auf jeden Fall sollten wir alle zusammen einen Stadtbummel machen!"

***

Am nächsten Morgen lag die ganze Stadt unter einer dünnen Schneedecke. Als jedoch bald die Sonne herauskam, war die Pracht genauso schnell geschmolzen, wie sie gekommen war. Helena, Delia und ihre zwei Cousinen brachen nach dem Frühstück auf, um durch die Geschäfte in den Hauptstraßen zu bummeln und sich mit Geschenken einzudecken.

Irgendwann trennte sich die Gruppe, sodass Helena und Alexandra allein weitergingen. Die Haupteinkaufsstraße mündete in einen großen Platz, auf dem ein Markt stattfand.

Sie flanierten an den Buden und Ständen entlang, bis sie am Ende einer Gasse plötzlich auf eine kleinere offene Fläche stießen, auf der eine provisorische Bühne aufgebaut war.

Helena blieb wie angewurzelt stehen, als sie erkannte, dass dies eben jene Bühne war, die sie von den Schaustellern kannte. Sie hatte die gleiche Ausstattung, wie im Sommer in Flussau. Gerade traten drei Sängerinnen auf, die Weihnachtslieder zum Besten gaben. Einige wenige Zuschauer trotzten der Kälte, um ihnen zuzuhören.

Helena war sich sofort sicher, dass dies die gleichen Schausteller waren. Ihr Herz begann vor Aufregung schneller zu schlagen, als sie sich suchend umschaute. Was, wenn sie gleich Taron entdecken würde? Er musste doch irgendwo hier sein! Vielleicht an dem Feuer, dass in einem Metallkorb auf der linken Seite brannte?

Alexandra drehte sich zu ihr um, als sie bemerkte, dass ihre Cousine stehengeblieben war. „Was ist denn? Komm weiter."

„Nein, warte", hielt Helena sie auf. Am Feuer war er nicht. Langsam näherte sie sich der Bühne, während sie immer noch nach den Seiten Ausschau hielt.

Alexandra war einige Meter weiter stehengeblieben, um auf sie zu warten. Inzwischen hatten die Sängerinnen ihren Auftritt beendet und verbeugten sich zu dem Applaus der Zuschauer. Sie verließen die Bühne und machten einer Frau Platz. Helena erkannte sie sofort als die Wahrsagerin, die sich geweigert hatte, ihre Zukunft vorherzusagen. Tarons Schwester.

Die junge Frau trug einen verblichenen, roten Mantel und einen blauen Rock aus mehreren Lagen Stoff. Sie hatte ihr Haar unter einer Wollmütze verborgen.

„Meine Damen und Herren, kommen Sie in mein Zelt und lassen Sie sich von mir die Zukunft voraussagen. Wer möchte nicht wissen, was das neue Jahr ihm oder ihr bringen wird? Trauen Sie sich! Sie werden es nicht bereuen!"

Helena beobachtete, wie Tarons Schwester die Bühne nach ein paar Minuten zur Seite hin verließ. Ohne nachzudenken war sie in wenigen Schritten bei ihr.

„Guten Tag", grüßte Helena. Die junge Frau blieb stehen. „Erlauben Sie mir bitte eine Frage?"

„Guten Tag." Tarons Schwester schaute sie zunächst mit einem abwartenden Gesichtsausdruck an, der sich jedoch abrupt änderte, als sie Helena offenbar wiedererkannte. Das höfliche Lächeln gefror auf ihren Lippen.

„Was wollen Sie hier?", fragte die Frau scharf. „Ich weiß, wer Sie sind."

„Ach, Sie erinnern sich? Ich war bei Ihnen in dem Zelt, im Sommer, als Sie in Flussau waren."

„Was wollen Sie?"

Helena spürte die Feindseligkeit, die ihr entgegenschlug. Trotzdem fuhr sie fort: „Entschuldigen Sie die Frage, aber können Sie mir sagen, wo Taron ist?"

„Er ist nicht hier", antwortete die Frau kalt und wollte sich schon umdrehen, aber Helena hielt sie zurück.

„Wo ist er denn? Wo kann ich ihn finden? Ich muss mit ihm sprechen."

„Das werden Sie gefälligst sein lassen. Verschwinden Sie."

Helena wollte sich noch nicht geschlagen geben. „Es ist wichtig. Bitte, sagen Sie mir, wo er ist."

Die Frau drehte sich zu ihr um und funkelte sie hasserfüllt an. „Haben Sie nicht verstanden? Sie sollen verschwinden. Gehen Sie, bevor ich mich vergesse!"

„Können Sie ihm vielleicht eine Nachricht überbringen?"

„Sicherlich nicht! Halten Sie sich fern von uns, ich warne Sie."

Die Frau warf ihr einen letzten vernichtenden Blick zu, bevor sie verschwand und Helena bestürzt zurückließ.

Was hatte sie dieser Frau angetan, dass sie einen solchen Hass auf sie hegte? Helena war schockiert von der Aggressivität, mit der sie abgewehrt worden war und empört, dass sie sich so behandeln lassen musste, obwohl sie nur eine unschuldige Frage gestellt hatte.

„Kommst du jetzt?", hörte sie Alexandra rufen.

Als sie wieder zu ihrer Cousine aufgeschlossen hatte, fragte diese: „Was war denn los? Warum hast du mit der Frau gesprochen?"

Helena blickte noch ein letztes Mal zurück zu der Bühne, die jetzt leer war. „Ich wollte etwas von ihr wissen. Ich kenne diese Leute. Sie waren im letzten Sommer bei uns in der Stadt. Ich habe diese Frau nur etwas gefragt, aber sie war sehr unhöflich. Eine absolute Frechheit!"

Mit Sicherheit würde Tarons Schwester ihm nicht erzählen, dass Helena nach ihm gefragt hatte. Sie musste ihn trotzdem irgendwie aufspüren. Nichts zu tun und ihn nicht wiederzusehen, kam für Helena nicht in Frage. Sie musste sich unbedingt mit ihm aussprechen. Sie hatte so viele Fragen an ihn, und sie hatte das dringende Bedürfnis, sich zu entschuldigen.

Ganz tief drinnen in ihr saß noch ein weiterer, versteckter Grund, den sie sich aber kaum eingestehen wollte: Sie musste Taron wiedersehen, um festzustellen, ob sie ihn liebte. Sie hatte ihn so lange nicht mehr gesehen und ihre Gefühle für ihn hatten solche Kapriolen geschlagen, dass sie sich nicht mehr sicher war, was sie für ihn empfand. Nun, da sie mit Elion verlobt war, stand ihr ständig vor Augen, dass sie ihn heiraten würde. Wie konnte sie ihm jedoch lebenslange Treue schwören, wenn sie nicht einmal wusste, ob ihr Herz nicht eigentlich an jemand anderen vergeben war?

Sie musste Taron wiedersehen, und sei es nur, um sich selbst zu beweisen, dass sie ihn nicht liebte, dass er ihr in den vergangenen Monaten gleichgültig geworden war. Wenn sie sich frei machen konnte von den Erinnerungen an ihn, dann konnte sie Elion heiraten.

Dazu musste sie ihn aber erst einmal ausfindig machen. Die ganze Zeit, während die Cousinen nun einige andere Geschäfte besuchten und sich am Ende noch mit den anderen in einem Café trafen, dachte Helena nur noch an Taron.

Schließlich beschlossen alle, dass sie genug hatten und nach Hause fahren wollten. Helena wusste, dass dies ihre letzte Gelegenheit war, noch einmal ihr Glück an der Bühne zu versuchen.

„Fahrt ihr ruhig nach Hause", sagte sie zu ihrer Schwester und den Cousinen. „Ich möchte noch nach einem letzten Geschenk suchen, aber das mache ich lieber allein. Es soll eine Überraschung werden."

„Aber wie kommst du dann nach Hause?", wollte Delia besorgt wissen.

„Das werde ich schon schaffen. Ich gebe euch meine Einkäufe mit, dann habe ich nichts zu schleppen, und nehme dann eine Droschke. Oder ich gehe zu Fuß. Ich finde schon den Weg." Die anderen schauten sie zwar etwas überrascht an, widersprachen aber nicht und ließen sie schließlich vor dem Café zurück.

Helena sah ihnen hinterher, bis sie verschwunden waren und steuerte dann direkt auf den Marktplatz zu. Als sie die Bühne erreichte, fing es wieder an zu schneien. Für einen Moment fürchtete Helena, dass die Schausteller schon gegangen wären. Dann jedoch bemerkte sie, dass sich zwischen den Zelten neben und hinter der Bühne noch Menschen bewegten.

Sie holte tief Luft und stapfte an der Bühne vorbei zu dem Feuer, das in dem Metallkorb entzündet worden war. Ein Mann war dabei, ein weiteres Scheit darauf zu werfen. Er schaute hoch zu ihr, als sie herantrat.

„Guten Tag", begrüßte sie den Mann. Der nickte zur Antwort. „Könnten Sie mir bitte sagen, wo ich Taron finde? Wissen Sie, wen ich meine? Den Sohn von Uro."

Der Mann musterte sie misstrauisch. „Der ist hier nicht."

„Wo kann ich ihn denn finden?"

„Warum wollen Sie das denn wissen?", entgegnete der Mann.

Helena begann, die Geduld zu verlieren. „Ich muss ihn sehen. Bitte sagen Sie es mir doch einfach."

„Ich denke nicht, dass er auf Gesellschaft aus ist", stellte der Mann fest und verzog dabei ganz sonderbar das Gesicht. Er warf ein weiteres Stück Holz in das Feuer und verschränkte die Arme, als wollte er signalisieren, dass das Gespräch beendet sei.

„Können Sie ihm sagen, dass ich nach ihm gefragt habe und ihn gern morgen hier treffen würde?", versuchte es Helena noch einmal.

„Nein. Guten Tag." Er drehte sich um und ging weg.

Helena stopfte frustriert die Fäuste in die Taschen. Noch wollte sie jedoch nicht aufgeben.

Eine ältere Frau verließ gerade eines der Zelte und blieb stehen, um zu Helena hinüberzuschauen. Vielleicht hatte sie bei ihr noch eine Chance. Mit dem Mut der Verzweiflung stapfte Helena auf die Frau zu, halb in der Erwartung, dass diese gleich umdrehen und weggehen würde. Zu ihrer Erleichterung blieb sie jedoch stehen.

Sie trug mehrere Schichten Kleidung übereinander, die sie rundlicher erscheinen ließen, als es dem Gesicht nach zu vermuten war. Sie schaute Helena aufmerksam und ein wenig misstrauisch an.

„Entschuldigen Sie bitte. Guten Tag", versuchte Helena es noch einmal. „Ich bin auf der Suche nach jemandem. Er heißt Taron. Können Sie mir vielleicht sagen, wo er ist? Ich muss ihn unbedingt sprechen."

Die Frau schien zu überlegen, während sie Helena eingehend musterte. Unter ihrem Blick wurde es Helena langsam unbehaglich. Fast bereute sie es, diese Frau überhaupt angesprochen zu haben.

Schließlich sagte diese jedoch etwas, und es kam als eine Überraschung: „Sind Sie Helena?"

Sie schluckte. Woher um Himmels Willen wusste diese Person ihren Namen?

„Ja, ich heiße Helena Greizenich. Kennen wir uns?"

„Nein, ich habe Sie noch nie gesehen, aber Taron hat von Ihnen erzählt."

„Taron?" Helena schöpfte neuen Mut. „Sie wissen, wo er ist? Bitte! Ich muss ihn unbedingt sehen. Es ist sehr wichtig!"

Die Frau schien nachzudenken. Gerade als Helena meinte, sie würde überhaupt nicht mehr antworten, war sie offenbar zu einem Entschluss gekommen. Sie nickte langsam.

„Ich hätte nicht gedacht, dass ich Sie eines Tages einmal treffen würde. Es gab eine Zeit, da hätte ich kein Wort mit Ihnen wechseln wollen, aber das ist vorbei. Jetzt, wo ich Sie sehe, verstehe ich einige Dinge etwas besser." Ein leises Lächeln glitt über ihr hageres Gesicht. „Ich weiß nicht, welche Konsequenzen es haben wird, dass Sie jetzt hier aufgetaucht sind. Aber es ist nicht an mir, darüber zu bestimmen."

Jemand rief aus dem Zelt heraus: „Cara?"

Die Frau drehte den Kopf, als wollte sie antworten, wandte sich dann jedoch wieder Helena zu. „Ich muss gehen. Taron ist nicht hier. Er kommt nicht mehr mit in die Stadt. Er ist draußen im Lager. Es befindet sich in der Nähe eines Weilers mit dem Namen Westerhall.

Wenn Sie dorthin fahren wollen, dann richten Sie es ein, dass Sie am frühen Nachmittag kommen. Um diese Zeit ist ansonsten kaum jemand dort. Gehen Sie zu dem neu aussehenden Wagen, der etwas abseits steht. Dort müssten Sie ihn antreffen.

Ich werde Taron nichts von unserer Begegnung erzählen. Er soll nicht auf Sie warten." Mit diesen Worten verschwand die Frau wieder in dem Zelt.

Helena drehte sich um und schaute über den Platz. Sie war enttäuscht, dass sie Taron nicht angetroffen hatte. Zum Lager hinauszufahren war eine Herausforderung. Aber sie war fest entschlossen, sich nicht abhalten zu lassen. So bald wie möglich würde sie sich auf den Weg machen. Sie wusste jetzt, wo Taron war. Sie musste nur noch dorthin kommen. Dann war sie am Ziel.

Während sie sich auf den Heimweg machte, schneite es weiter. Helena zog den Mantel fester um sich und hielt seufzend Ausschau nach einer öffentlichen Kutsche.

***

Noch am gleichen Abend versuchte Helena, ihre Cousine allein abzupassen. Sie war völlig nass und durchgefroren bei ihren Verwandten eingetroffen und hatte sich erst einmal umziehen müssen. Dann jedoch suchte sie Alexandra in ihrem Zimmer auf.

Nachdem sie über ihre Einkäufe und die Ereignisse des Tages geplaudert hatten, überlegten sie, was sie am nächsten Tag unternehmen wollten. Dies war der Moment, auf den Helena gewartet hatte.

„Alexandra", begann sie ernst. „Kannst du ein Geheimnis bewahren?"

„Aber natürlich", kam die erwartete Antwort. „Worum geht es denn?" Alexandra stand auf und setzte sich neben Helena auf das Bett, damit sie näher beieinander sein konnten.

Helena schaute in das erwartungsvolle Gesicht ihrer Cousine und fragte sich, was und wieviel sie erzählen sollte. „Ich kann morgen nicht mit dir zu deiner Freundin fahren. Ich muss stattdessen woanders hin, aber da liegt das Problem …"

„Wo musst du denn hin? Du kennst hier doch niemanden?"

„Das ist eine längere Geschichte, aber es ist so, dass ich eine Kutsche brauche. Zum Laufen ist es zu weit. Aber niemand darf davon wissen. Es muss absolut unter uns bleiben."

„Auch deine Schwester nicht? Das könnte schwierig werden", gab Alexandra mit einem Lächeln zu bedenken. Delia war nun mal eine sehr neugierige Schwester.

„Vor allem sie nicht. Und Vater auch nicht. Die Kutsche muss mich dorthin bringen, warten und dann wieder zurückbringen. Meinst du, das wäre irgendwie möglich?"

„Möglich schon. Du könntest eine Droschke nehmen, aber das wird natürlich teuer. Oder du nimmst unsere Kutsche, aber ich kann dir nicht garantieren, dass es dann nicht doch jemand bemerkt. Warum machst du so ein Geheimnis daraus? Wo willst du denn hin?"

Helena musste einsehen, dass es ihr nicht gelingen würde, Alexandra alle Informationen vorzuenthalten. Sie seufzte innerlich, weil sie sich denken konnte, wie sehr ihre Cousine sich für diese Informationen interessieren und wie lange sie später darauf herumreiten würde.

„Du darfst es niemandem erzählen, hörst du?" Alexandra nickte begeistert. „Ich habe durch Zufall erfahren, dass jemand in der Stadt ist, den ich von früher kenne. Ich möchte ihn gern besuchen, aber er wohnt etwas außerhalb der Stadt."

Alexandra wirkte fast ein wenig enttäuscht. „Das ist alles? Warum musst du das geheim halten? Du darfst doch wohl jemanden besuchen, wenn du es möchtest!" Dann leuchteten plötzlich ihre Augen. „Warte! Es ist ein ‚er'? Du willst heimlich und allein einen Mann besuchen? Und lass mich raten: Onkel Aristoteles will nicht, dass du ihn triffst?" Sie klatschte fast in die Hände vor Begeisterung.

Helena fühlte sich bemüßigt, sie zu bremsen. „Ja, es ist ein Mann, aber es ist nicht so, wie du vielleicht jetzt denkst. Vater kennt ihn überhaupt nicht."

„Noch besser!", warf ihre Cousine ein.

„Alexandra, bitte!", schalt Helena sie. „Jetzt halte deine Fantasie im Zaum. Ich kann dir nicht mehr sagen, aber es ist absolut nichts Verbotenes. Ich möchte nur nicht, dass sich meine Familie aufregt und mir unnötige Fragen stellt. Das ist alles."

„Aber wer ist dieser Mann? Hast du schon mal von ihm erzählt?"

„Nein, sicherlich nicht. Ich habe mich vor längerer Zeit mit ihm zerstritten und würde es gern wieder geraderücken. Mehr ist es nicht."

Alexandra merkte wohl, dass sie mit Fragen nicht viel weiterkommen würde. Sie wurde wieder ernst, während sie überlegte, wie sie ihrer Freundin helfen könnte.

„Wann willst du los?"

„Ich wäre gern am frühen Nachmittag dort."

„Also gut, wir könnten es so machen: Wir beide fahren morgen Mittag gemeinsam zu meiner Freundin, und während ich noch länger bleibe, nimmst du unsere Kutsche zu deinem ‚Jemand' und besuchst ihn. Danach fährst du zurück und holst mich ab, sodass wir gemeinsam wieder hier eintreffen. Was sagst du dazu?"

„Wie erklären wir das dem Kutscher?"

Alexandra winkte lachend ab. „Wir sind gute Freunde. Es wäre nicht das erste Mal, dass er Stillschweigen bewahren muss über das, was ich tue. Das wird kein Problem sein, wenn er ein nettes Trinkgeld bekommt."

Helena nickte zufrieden. „Dann machen wir es so."

„Aber unter einer Bedingung!", wandte Alexandra ein. „Du erzählst mir danach, wie es war."

„Das sehen wir dann ...", wehrte Helena lächelnd ab.

***

Es war Abend, als es an Tarons Tür klopfte.

„Hallo, Taron, ich bin's." Cara öffnete die Tür und brachte einen Schwall kalter Luft mit. Sie kam hin und wieder vorbei, um mit ihm Dinge zu besprechen. Das behauptete sie zumindest. Taron vermutete, dass sie eigentlich hereinschaute, um zu kontrollieren, ob er etwas gegessen hatte und in dem kleinen Kanonenofen ein Feuer brannte.

Noch während sie die Tür hinter sich schloss, schimpfte sie: „Es ist stockdunkel hier. Warum machst du denn keine Lampe an?" Er hörte, wie sie sich vorwärtstastete.

„Ich finde es besser so. Ich habe mich so an die Dunkelheit gewöhnt, dass ich auch ohne Licht zurechtkomme."

„Aber ich nicht", widersprach Cara trocken.

„Wenn es sein muss ...", ergab sich Taron.

Cara hatte den Tisch erreicht, auf dem eine Petroleumlampe stand. Kurze Zeit später füllte ihr warmer Schein den Raum.

Mit einem missbilligenden Schnalzen nahm sie die leere Flasche in Augenschein, die auf dem Tisch stand. „Du sollst nicht so viel trinken." Sie stellte die Flasche zur Seite. „Hast du etwas gegessen?"

„Ja, heute Mittag." Er beobachtete sie, wie sie sich in dem Wagen umschaute und dann auf die Bank ihm gegenüber setzte. Er konnte sie gut genug erkennen, um ihre Bewegungen zu verfolgen, ihren Gesichtsausdruck jedoch konnte er nur erahnen.

„Wie war es heute in der Stadt?", fragte Taron. „Hat es dort auch geschneit, wie hier?" Er war in der Dämmerung hinausgegangen und hatte sein Gesicht in die Flocken gehalten, bis es ganz kalt und nass war.

„Ja, zwischendurch hat es auch geschneit, aber auf den Straßen schmilzt der Schnee sofort wieder. Wir haben ganz gute Einnahmen gehabt. Es kommen in diesen Tagen viele Leute auf den Markt." Sie strich mit der Hand über die grobe Tischplatte. „Willst du nicht auch einmal wieder mitkommen?"

Sie hatte ihn dies schon oft gefragt. „Nein, Cara. Ich würde euch doch nur im Wege stehen."

„Es tut dir nicht gut, dich hier so zu vergraben", stellte Cara fest.

„Mach dir um mich keine Sorgen. Ich komm schon zurecht." Er merkte, dass sie ihn beobachtete.

„Wie geht es denn deinen Augen?"

„Es ändert sich nicht mehr viel. Aber es reicht mir." In den ersten Wochen hatte er deutliche Fortschritte gemacht. Auch wenn die Ränder seines Sichtfeldes dunkel blieben, konnte er doch zumindest in der Mitte zunächst Silhouetten und später auch Formen erkennen. Inzwischen konnte er alles sehen, wenn auch unscharf und in matteren Farben als früher. Es war ihm, als würde er durch einen Schleier schauen.

An diesen Zustand hatte er sich mittlerweile gewöhnt. Er ermöglichte es ihm, sich weitgehend ohne Hilfe zu bewegen. Jetzt, im Winter, war das Tageslicht allerdings manchmal so schwach, dass er kaum noch etwas sehen konnte. Anstatt seine Augen anzustrengen, zog er es vor, in Dunkelheit zu leben.

„Hast du immer noch Schmerzen?"

„Selten. Es kommt und geht." Wenn er es nicht mehr aushalten konnte, betrank er sich.

„Das klingt, als hättest du dich damit abgefunden."

„Habe ich auch. Mach dir um mich keine Sorgen", wiederholte er.

Nach einer Pause sagte Cara: „Ich frage mich, ob du auch dich selbst oder nur mich allein belügst."

Darauf wollte Taron nicht antworten. Wie sollte er Cara sagen, dass er einsam war, dass er darunter litt, nicht mehr arbeiten zu können, dass er sich wertlos und überflüssig fühlte?

Die Tage flossen dahin, ohne dass er ihnen Sinn verleihen konnte. Er hatte angefangen zu trinken. Im nahen Dorf gab es jemanden, der ihm Schnaps verkaufte. Er wusste, dass es nicht gut für ihn war. Aber dann war wenigstens für eine Weile Ruhe.

Nach einem Moment der Stille wechselte Cara das Thema.

„Denkst du noch an die Zeit im Palast?"

„Hin und wieder. Es war hart." Wenn er überhaupt Schlaf fand, träumte er immer wieder davon, bis er schweißgebadet aufwachte. Manchmal träumte er auch, dass er sehen konnte und alles wie früher war. Das war fast noch schlimmer.

„Ja, das war es." Er sah, dass Cara ihren Kopf aufstützte. „Was ist mit der Frau, für die du das alles getan hast. Wie hieß sie? Helena?"

„Was soll mit ihr sein?" Taron wurde langsam gereizt. Warum stellte Cara heute all diese Fragen? Er wünschte, sie würde gehen. „Als ich sie damals im Hof des Palastes getroffen habe, da glaubte sie, dass ich ihr die Chance auf eine Karriere am Hof verdorben hätte. Oh, sie war so sauer auf mich. Sie hasste mich dafür."

Er fuhr sich mit der Hand über das Gesicht und schloss die Augen. „Ich werde sie nicht wiedersehen, das weiß ich. Ich habe sie in dem Moment verloren, als sie gegangen ist."

„Was wäre denn, wenn du sie doch wiedertreffen würdest?"

Er öffnete die Augen wieder und wünschte sich, er könnte Cara besser sehen, um zu verstehen, warum sie immer weiter fragte.

„Ich würde sie wegschicken. Was soll sie mit so einem wie mir? Ich will nicht, dass sie mich bemitleidet."

„Würdest du ihr nicht alles erklären wollen? Es richtigstellen?"

Taron stand auf. „Warum stellst du all diese Fragen?" Sie waren sinnlos. Helena war weit weg, zurückgeblieben in einem anderen Leben, das für ihn unterreichbar war, das er nicht mehr zurückhaben konnte. Eine Erklärung würde nichts mehr ändern, sie würde keinen Unterschied mehr machen. Er würde Helenas Liebe nicht zurückbekommen.

„Ich werde sie nie wiedersehen. Warum soll ich noch darüber nachdenken." Es tat zu weh. „Ich schätze, es ist besser, wenn du gehst, Cara. Ich will wirklich nicht mit dir streiten. Lass mich einfach in Ruhe, ja?"

Cara stand ebenfalls auf. „Es tut mir leid", sagte sie leise.

„Ist schon okay."

Sie ging langsam zur Tür. „Gute Nacht, Taron."

„Gute Nacht, Cara." Sie öffnete die Tür und ging hinaus.

Sobald er wusste, dass sie gegangen war, löschte er die Lampe wieder aus und rieb sich die schmerzenden Augen. Im Dunkeln sah er Helenas Gesicht vor sich auftauchen.

***

ZWANZIG

Helena erwachte am nächsten Morgen mit Halsschmerzen. Das hatte ihr gerade noch gefehlt. Vielleicht hatte sie sich erkältet, als der Schnee sie so durchnässt hatte. Vielleicht hatte sie sich auch bei ihrer schniefenden jüngeren Cousine angesteckt. Kein Zweifel bestand jedoch darin, dass sie sich eine Erkältung zugezogen hatte.

Helena überlegte, ob sie ihre Pläne verschieben sollte, bis es ihr wieder besser ging. Sie hatte keine große Lust, in einer kalten Kutsche durch die Gegend zu schaukeln. Andererseits konnte sie nicht vorhersagen, wie sich ihre Erkältung entwickeln würde. Vielleicht ging es ihr in den nächsten Tagen noch schlechter. Dann würde sie überhaupt keine Gelegenheit mehr haben, Taron zu treffen, bevor sie schließlich nach Hause fahren musste. Darüber hinaus konnte Helena auch nicht damit rechnen, dass Alexandra es noch einmal schaffen würde, ihr die Kutsche zur Verfügung zu stellen.

Also blieb ihr nichts anderes übrig, als heißen Tee zu trinken und zu hoffen, dass die Halsschmerzen nicht noch zunehmen würden.

Am Mittag machten sich die zwei jungen Frauen wie geplant auf den Weg zu Alexandras Freundin. Sie hatten angekündigt, dass sie erst am frühen Abend zurückkehren würden. Das sollte Helena genügend Zeit geben, um ihre Ausfahrt durchzuführen.

Nachdem sie bei der Freundin eingetroffen waren und Helena dort der Höflichkeit halber ein wenig verweilt hatte, setzte sie ihren Weg allein fort. Sie nannte dem Kutscher den Namen des Weilers, zu dem er sie fahren sollte.

Er zog überrascht die Augenbrauen hoch. „Fräulein, da ist nichts. Warum wollen Sie dorthin?"

„Fahren Sie einfach", befahl Helena und setzte sich in die Kutsche, die gleich darauf losfuhr. Sie deckte sich mit den Pelzen zu, die auf den Bänken lagen und versuchte, nicht zu oft zu schlucken. Sie fühlte sich erschöpft und hätte viel lieber im Bett gelegen, als frierend durch die düstere, graue Winterlandschaft zu fahren.

Eine ganze Weile später kam die Kutsche zum Stehen. „Wollen Sie hier aussteigen?", hörte sie den Kutscher fragen.

Helena öffnete das Fenster und sah sich um. Einige geduckte Häuser standen um eine bescheidene Kirche herum. Von einem Lager war nichts zu sehen.

„Können Sie von da oben sehen, ob es in der Nähe eine Fläche gibt, auf der hölzerne Wagen zusammenstehen?"

„Ach, sie meinen den Lagerplatz dieser Vagabunden? Der ist dort drüben. Da wollen Sie tatsächlich hin?"

„Ja."

Die Kutsche zog nochmals an und schaukelte einen schmalen Weg hinunter, nur um kurze Zeit später wieder stehen zu bleiben.

„Hier ist Schluss. Weiter komme ich nicht, sonst kann ich nicht wenden und wir bleiben stecken. Sie müssen den Rest zu Fuß laufen, Fräulein."

Helena öffnete die Tür und stieg vorsichtig aus. Sofort versank sie im Matsch. Ihre zarten Stiefel waren für diese Bedingungen nicht gemacht.

Der Kutscher lehnte sich zur Seite und schaute zu ihr hinunter. „Sind Sie sicher, junge Dame, dass Sie wirklich dorthin wollen?"

„Ja, ja", antwortete Helena entnervt.

„Soll ich Sie vielleicht begleiten?" Er schien ehrlich besorgt um sie.

„Nein, warten Sie hier. Ich bin bald wieder zurück."

„Das will ich hoffen", brummte der Kutscher und machte sich daran, herunter zu steigen, um die Pferde zu versorgen.

Sie hob den Saum ihres Rockes an und folgte dem Weg, an dessen Ende sie einige Wagen erkennen konnte, die in einem großen Kreis auf einer Wiese standen. Durch den Regen und Schnee der letzten Zeit war die Zufahrt so aufgeweicht, dass Helena kaum wusste, wo sie laufen sollte. Mühsam suchte sie sich einen Weg zwischen Pfützen und zentimetertiefem Morast. Sie war erleichtert, als sie endlich die Wiese erreichte.

Die Wagen lagen still im grauen Nachmittagslicht da. Von den Dächern tropfte die Feuchtigkeit. Die Reste eines Feuers rauchten in der Mitte. Stille lag über dem Platz. Es schien niemand da zu sein.

Helena schaute sich suchend um und entdeckte am Rand der Fläche einen Wagen, der etwas kleiner war und so aussah, als sei er aus frischen Brettern gerade erst fertiggestellt worden. Dies musste der Wagen sein, von dem die Frau gesprochen hatte.

Als Helena den Platz halb überquert hatte, bemerkte sie, dass sich jemand von der anderen Seite näherte, an den Stufen stehenblieb und sie dann langsam hinaufstieg. Es dauerte ein paar Sekunden, bis sie begriff, dass es Taron war. Irgendetwas an ihm wirkte seltsam.

Sie beschleunigte ihre Schritte. Für einen Moment vergaß sie ihre Müdigkeit. Der Mann hatte die Tür des Wagens erreicht und öffnete sie.

„Taron?"

Helenas Stimme klang unnatürlich laut in ihren Ohren. Er blieb stehen, drehte sich aber nicht um.

Taron dachte, er hätte Helenas Stimme gehört, aber er musste sich geirrt haben. Seine überreizten Nerven spielten ihm einen Streich. Helena war weit weg.

Sie legte die letzten Meter zu dem Wagen zurück und blieb dann am Fuß der Stufen stehen.

„Taron!", rief sie atemlos. Ihr Herz klopfte zum Zerspringen. Es war so lange her, dass sie ihn das letzte Mal gesehen hatte.

Da war es schon wieder! Langsam drehte er sich um. An den Stufen zum Wagen stand eine Frau in einem dunklen Mantel. Ihre hellen Locken schauten unter einem Hut hervor. Er konnte ihre Gesichtszüge nicht erkennen, aber ihre Stimme sofort. Sie war es tatsächlich!

Ein Lächeln lag auf ihrem Gesicht, als er sich nun endlich umdrehte, aber es erstarb sofort wieder.

Er hatte sich verändert. Seine Haare waren so lang geworden, dass er sie mit einem Band zu einem Pferdeschwanz grob zusammengebunden hatte. In seinem hageren Gesicht mit den dunklen Bartstoppeln stachen die Wangenknochen hervor. Am irritierendsten waren jedoch seine Augen, die tief in den Augenhöhlen saßen und sich jetzt auf sie richteten.

Sie konnte sich genau an ihre herrliche grüne Farbe erinnern. Jetzt jedoch waren sie von einem seltsamen, hellen Grau, das sie so noch nie gesehen hatte. Sein Anblick verwirrte sie so sehr, dass sie für einen Moment glaubte, sich doch geirrt zu haben.

Er lächelte nicht.

Nein, er musste es sein. Seine Stimme war noch die alte. Aber diese sonderbaren Augen schienen durch sie hindurchzuschauen.

„Taron! Endlich habe ich dich gefunden."

So oft hatte er sich ausgemalt, wie es wäre, sie wiederzusehen. Noch gestern hatte daran gedacht. Jetzt war sie plötzlich da, wie aus dem Nichts aufgetaucht.

Er wartete darauf, Freude in sich aufsteigen zu fühlen, darüber, dass sie endlich da war, die Frau, für die er aus Liebe alles riskiert hatte. Aber da war nichts. Er wusste nur, dass er etwas sagen musste, und dass er wollte, dass sie möglichst schnell wieder ging.

„Helena." Mehr brachte er nicht heraus.

„Was … wie kommst du hierher?"

Das letzte Mal, als sie sich gesehen hatten, hatte sie ihn als

254

Lügner beschimpft. Sie hasste ihn. Warum war sie überhaupt gekommen? Wollte sie ihn etwa verspotten, wollte sie sich an dem Anblick seines Leides weiden? Er stolperte rückwärts in den Wagen hinein.

Sie stieg die Stufen hinauf zu ihm, aber er schien vor ihr zurückzuweichen.

Sie hatte den Absatz erreicht und blieb stehen. „Ich wusste die ganze Zeit nicht, wo du warst. Ich bin bei meinem Onkel zu Besuch. Erst gestern habe ich gesehen, dass in der Stadt eure Bühne aufgebaut ist.

Es war ganz schön schwierig, hierher zu kommen. Die Kutsche wartet ein Stück entfernt von hier. Ich muss auch bald wieder zurück, damit mich keiner vermisst."

Sie merkte, dass sie zu schnell sprach, aber sie plapperte so, weil sie nervös war. Taron machte sie nervös mit diesem Blick, der sie nicht zu sehen schien. Sie schluckte und spürte, wie ihr Hals schmerzte.

„Darf ich eintreten?"

„Sicher, komm rein."

Er ging an dem Schrank entlang, bis er an den Tisch stieß. Er fragte sich, was sie jetzt von ihm denken mochte. Er musste sich mehr zusammenreißen, sonst hielt sie ihn für völlig verrückt.

Sie schloss die Tür hinter sich und blieb stehen, um sich umzusehen.

Der Raum war nur sehr spartanisch eingerichtet und roch nach frischem Holz. Er enthielt lediglich ein schmales Bett auf der linken Seite, einen Tisch mit zwei Bänken am hinteren Ende, einen niedrigen Schrank mit Regalen darüber und einen Ofen, in dem die Reste eines Feuer glimmten. Es gab keine Gardinen, keine Bilder, keinen Teppich.

Hier drinnen herrschte nur Dämmerlicht, und es brannte keine Lampe. Helena fühlte sich unbehaglich. Sie hatte sich ausgemalt, dass Taron sie umarmen und sich freuen würde, dass sie da war. Stattdessen war es, als stünde eine Mauer zwischen ihnen.

„Nein, danke."

Warum war er so kühl?

Sie hatte herausfinden wollen, ob da noch etwas zwischen ihnen war, aber im Moment verhielten sie sich wie Fremde.

Sie trat an den Tisch, setzte sich aber nicht.

„Geht's dir gut? Was ist mit dir passiert? Du siehst so krank aus.

„Ich hatte gedacht, dass wir uns nie wiedersehen. Entschuldige, ich bin einfach so überrascht."

Er tastete nach dem Wasserkrug, der auf dem Tisch stand.

„Möchtest du etwas trinken?"

„Setz dich doch." Er wies auf die Bank und setzte sich auf die andere Seite.

Und was ist mit deinen Augen? Sie sind nicht mehr grün."

Er senkte unwillkürlich den Blick. „Das mit den Augen war ein Unfall, sozusagen. Es ist schon eine Weile her."

Er konnte es ihr jetzt nicht erklären. Es hingen zu viele Erinnerungen daran, die ihn quälten. Wenn er sie heraufbeschwor, würden sie ihn überwältigen.

„Aber geht's dir gut? Ist denn alles in Ordnung mit den Augen?"

„Ja, ja, alles gut. Mach dir da keine Sorgen. Mir geht's gut."

Am liebsten wäre er aufgesprungen und aus dem Wagen geflüchtet. Stattdessen verschränkte er die Hände unter dem Tisch, damit sie nicht sehen konnte, mit welcher Gewalt er sie zusammenpresste.

Die nun entstehende Pause war ihr unangenehm.

Schließlich brach es aus ihr heraus: „Taron, ich glaube, ich weiß, was du jetzt denkst. Als wir uns das letzte Mal gesehen haben, war ich stocksauer auf dich. Ich habe dich beschimpft, weil ich dachte, du hättest mir die Chance meines Lebens verdorben."

Er sah ihr Gesicht wieder vor sich, ihren Zorn, ihren Hass auf ihn. Diese Begegnung war so eng mit dem verknüpft, was unmittelbar danach geschehen war, dass er den Gedanken daran kaum ertragen konnte.

Sie versuchte in seinem Gesicht zu lesen, aber es blieb völlig ausdruckslos. Also fuhr sie fort: „Ich bin gekommen, um dir zu sagen, dass mir leidtut, was ich gesagt habe. Ich habe einen Fehler gemacht. Es hat ziemlich lange gedauert, bis ich begriffen habe, dass es gar nicht so gewesen sein kann."

Sie setzte sich, weil sie spürte, wie weich ihre Knie geworden waren.

„Du warst nicht etwa da, weil du wie ich eingeladen worden warst, nicht wahr? Du warst stattdessen gekommen, um der Königin zu helfen? War es nicht so?"

Er brauchte einen Moment, bis er verstand, dass sie sich tatsächlich entschuldigte. Das hatte er kaum zu hoffen gewagt.

„Aber wie hast du das gemacht?"

„Ja, so könnte man es wohl ausdrücken." Wieder trafen ihn Erinnerungsfetzen an diesen Tag, die er kaum in den Griff bekam.

„Ich war bei der Königin, um sie zu heilen."

Jetzt war endlich die Gelegenheit gekommen, Helena alles zu erklären, es geradezurücken, so wie er es sich erhofft hatte. Aber plötzlich wusste er, dass er nicht die Kraft dazu hatte. Und wozu auch? Es war doch sowieso alles vorbei.

Er wünschte nur, sie würde gehen.

„Ich hatte eine Medizin für sie … mitgebracht."

„Eine Medizin?" Sie wartete darauf, dass er noch mehr dazu sagen würde, aber er schien sich immer weiter von ihr zurückzuziehen.

„So war das also. Warum hast du es mir nicht sofort gesagt? Warum …"

„Doch, aber ich wollte es irgendwie nicht hören. Alles schien für mich so logisch. Und dann war ich so wütend, dass ich gar nicht mehr richtig nachdenken konnte.

Eigentlich habe ich meinen Fehler erst bemerkt, als Elion mir irgendwann erzählt hat, dass alle Gäste an dem Tag fortgeschickt worden sind. Also konntest du ja auch nicht geblieben sein."

„Äh, ja, Elion." Es musste daran liegen, dass sich ihr Kopf wie mit Watte gefüllt anfühlte. Sonst hätte sie seinen Namen nicht erwähnt.

„Red nicht so über ihn. Wir sind verlobt!"

Oh Gott, hatte sie das wirklich gerade gesagt? Es war zu spät. Sie konnte sehen, wie Tarons Miene versteinerte.

Er nickte nur. Was sollte er noch sagen?

Er holte tief Luft. „Ich habe es versucht, weißt du nicht mehr?"

Tarons Aufmerksamkeit blieb an dem Namen hängen. Elion Krausenstern, der Kommandant der Bürgerwehr, der sich Chancen auf Helena ausgerechnet hatte.

„Elion?", wiederholte er.

„Dieser aufgeblasene Fatzke, der Spaß daran hat, andere Leute zu quälen?"

Die Erkenntnis legte sich wie ein kalte Decke über ihn.

„Ihr seid verlobt?"

So war es also. Sie war zornig auf ihn gewesen und hatte sich mit jemand anderem getröstet.

Natürlich. Elion war da gern zur Stelle gewesen. Er hatte lediglich seinen Vorteil genutzt. Und Helena war ihm bereitwillig in die Arme gesunken.

Er erinnerte sich daran, was Suri im Sommer über Helenas Zukunft geweissagt hatte. Schon damals hatte sie Elion an ihrer Seite gesehen.

„Ja, aber … Taron, das ist nicht so … Es ist kompliziert. Ich habe … es nicht wirklich geplant, … aber …" Sie hatte endgültig den Faden verloren. Panik stieg in ihr hoch. Sie hatte alles verdorben.

„Ihr seid verlobt? Und dann kommst du noch hierher?" Taron stand auf und stützte sich mit den Händen auf dem Tisch ab. Dieses Gespräch war absolut unerträglich.

„Was willst du? Mich quälen?"

Sie stand ebenfalls auf.

„Nein, natürlich nicht! Warum sollte ich denn? Taron, bitte, lass uns in Ruhe reden!"

Sie konnte sehen, wie aufgewühlt er war. Verzweifelt suchte sie nach einem Weg, ihn wieder zu beruhigen. „Ich will ihn ja eigentlich gar nicht heiraten. Ich war nur so wütend auf dich …"

Wie hatte dieses Gespräch nur so entgleisen können? Warum verstand er sie nicht? Wo war die

Er schob sich an ihr vorbei und ging am Schrank entlang zur Tür. Er war so außer sich, dass er kaum den Türgriff fand, um sie zu öffnen.

Nähe zwischen ihnen geblieben? Er war ihr fremd, so fremd. In seinen Augen sah sie nichts mehr von ihm.

„Taron!"

„Aber Taron! Ich …"

Wortlos schob sie sich an ihm vorbei und stolperte die Stufen hinunter. Tränen stiegen ihr in die Augen und rannen über ihre Wangen, während sie blindlings über die Wiese stolperte, zurück zum Weg, auf dem die Kutsche wartete.

„Dann heiratest du ihn, um mich zu bestrafen? Was für ein Mensch bist du eigentlich?"

Er fragte sich, warum er sich je in sie verliebt hatte. Sie war ihm fremd, so fremd, dass er sie überhaupt nicht mehr verstehen konnte. Was war nur aus ihr geworden?

Er wollte nur noch, dass sie verschwand und diesen unerträglichen Schmerz mitnahm, den sie ihm zufügte.

„Bitte, geh, Helena." Er versuchte, das Beben in seiner Stimme zu unterdrücken. „Ich wünsche dir alles Gute. Aber komm nie mehr in meine Nähe."

Er trat zur Seite, um den Weg durch die Tür zu weisen. „Nein, bitte, geh. Ich denke, wir haben uns nichts mehr zu sagen."

Er sah Helena nach. Er war froh, dass sie fort war. Gleichzeitig zerschnitt ihr Anblick ihm das Herz. Er schloss die Augen.

Als Helena die Kutsche erreichte, waren ihre Stiefel völlig durchnässt und ihr Mantel mit Schlamm verschmiert, aber es war ihr egal. Sie hatte nicht mehr auf den Weg geachtet. Immer noch liefen die Tränen. Sie hielt die Hand vor den Mund, um das Schluchzen zu unterdrücken.

Der Kutscher hatte sie kommen sehen. „Ist alles in Ordnung, Fräulein?", fragte er besorgt, als sie näherkam.

Sie schüttelte den Kopf und stieg wortlos in die Kutsche ein. Kurze Zeit später setzte diese sich in Bewegung. Helena versuchte, in den Pelzen ein wenig Wärme zu finden und lehnte ihren schmerzenden Kopf an das Polster. Immer weiter fielen die Tränen. All die Hoffnung, die sie in dieses eine Treffen mit Taron gesetzt hatte, war zunichte. Es war vorbei.

Jetzt, wo sie dies erkennen musste und spürte, wie tief es sie traf, begriff sie auch, dass sie ihn geliebt hatte.

Als sie das Haus von Alexandras Freundin erreichten, blieb Helena sitzen. Sie wollte sich nicht den anderen zeigen. Stattdessen schickte sie den Kutscher an die Tür.

Es dauerte eine ganze Weile, bis Alexandra erschien und einstieg.

„Hallo Helena! Warum bist du nicht reingekommen und hast dich ein wenig aufgewärmt?" Im Halbdunkel der Kutsche bemerkte sie zunächst nicht, wie es um Helena stand. „Wie ist es denn gewesen? Erzähl mir alles."

Helena konnte nicht verhindern, dass wieder Tränen flossen. „Oh, Alexandra, es war ganz schrecklich. Ich habe alles kaputtgemacht", schluchzte sie.

Ihre Cousine nahm sie tröstend in die Arme und versuchte herauszufinden, was geschehen war.

Helena aber wollte es nicht sagen. „Ich kann es dir nicht erzählen. Aber ich habe einen schlimmen Fehler begangen."

Als sie schließlich bei Helenas Onkel eintrafen, hatte sie sich soweit im Griff, dass sie ohne Aufsehen zu erregen das Haus betreten und in ihr Gästezimmer hinaufgehen konnte. Als zum Abendessen geläutet wurde, war ihr Gesicht immer noch gerötet, aber sie gab vor, dass das an ihrer Erkältung läge.

Sie ging früh zu Bett, um sich zu schonen. Am nächsten Morgen jedoch fühlte sie sich so krank, dass sie darauf verzichtete aufzustehen. Auf die Halsschmerzen waren Schnupfen und ein starker Husten gefolgt. Die folgenden Tage bis zu ihrer Abreise verließ sie nicht mehr das Zimmer.

***

EINUNDZWANZIG

Weihnachten wurde in Tarons Familie traditionell mit einem festlichen Essen gefeiert. Die ganze Gemeinschaft versammelte sich um ein großes Lagerfeuer, das die Kälte und Dunkelheit der Jahreszeit vertrieb. Man lachte, sang, trank und tanzte um die Flammen. Auch für Taron war es immer eine besonders schöne Zeit gewesen. Dieses Jahr jedoch war alles anders.

Von seinem Fenster aus konnte er das große Feuer sehen und die Silhouetten der Menschen, die sich davor bewegten. Es klopfte an der Tür, und Tarons Mutter kam mit Suri herein. Sie brachten den Duft von Essen mit.

„Taron, es ist Weihnachten. Sitz hier nicht so allein herum und komm raus zu uns", versuchte seine Mutter ihn zu ermuntern.

„Wir vermissen dich, Bruder", ergänzte Suri.

Taron schaute noch einmal aus dem kleinen Fenster hinaus auf die tanzenden Lichter. „Ich darf nicht dabei sein, schon vergessen? Der Rat hat mich ausgeschlossen."

Rubi trat zu ihm an den Tisch. „Aber doch nicht zu Weihnachten", sagte sie leise. „Wir gehören doch trotzdem zusammen."

Taron schüttelte den Kopf. „Nein, Mutter, es geht nicht. Ich will es nicht. Es ist einfacher für alle, wenn ich nicht da draußen bin."

„Dann komm wenigstens nachher zu uns in den Wagen, damit wir zusammensitzen können, als Familie."

„Will Vater das auch?"

„Uro muss es aushalten, wenn wir alle es wollen, dass du bei uns bist", sagte Rubi mit fester Stimme.

Taron schüttelte noch einmal den Kopf. „Ich verderbe euch nur den Spaß."

„Ach, hör auf, Taron", schaltete sich jetzt Suri ein. „Komm einfach, und wir feiern zusammen."

„Es ist das letzte Mal, dass wir so zusammen sind", ergänzte Tarons Mutter. „Nächstes Jahr wird Suri schon nicht mehr dabei sein …"

Taron horchte auf. „Warum?" Er hasste es, dass er die Gesichter der anderen nicht erkennen konnte, um ihre Gefühle zu verstehen.

Suri schien zu lächeln. „Du hast es noch gar nicht mitbekommen, nicht wahr? Zaro und ich werden im Sommer heiraten. Wir werden uns dann seiner Truppe anschließen."

Taron kannte Zaro von einem Treffen im vergangenen Frühjahr, das zwischen mehreren verschiedenen Familien stattgefunden hatte. Er war ihm als ein netter Kerl in Erinnerung. Suri hatte häufig von ihm gesprochen. Ein paarmal war er auch zu Besuch gewesen, aber Taron hatte nicht gewusst, dass sie es so ernst meinten.

„Oh, Suri, das freut mich für dich!", brachte er heraus. „Davon musst du mir mehr erzählen."

„Genau das werde ich, wenn du nachher zu uns herüberkommst und mit uns feierst", lachte sie.

Taron musste sich ergeben. „Also gut, ich komme …"

***

Als sich die Tür des Familienwagens für ihn öffnete, strömte ihm ein Schwall warmer Luft, voll vom Gerüchen nach köstlichem Essen, Gewürzen und Tannengrün entgegen.

Drinnen war es eng, aber gemütlich. Mehrere Lampen verbreiteten ein goldenes Licht. Die gesamte Familie war versammelt. Sofort strömten Erinnerungen auf ihn ein, an viele andere Abende, die er mit seiner Familie hier verbracht hatte.

„Taron, wie schön, dass du da bist. Komm rein!", hörte er Geron. Er wurde hineingezogen und auf einen Hocker gesetzt. Sofort hatte er einen Teller mit Essen und eine Gabel in der Hand.

Taron konnte jedoch zunächst gar nichts davon essen. Zu sehr übermannten ihn die Eindrücke und Gefühle. Aus der Einsamkeit seines Wagens kommend, war er überwältigt von der Gegenwart all dieser Menschen. Jetzt erst stellte er fest, wie sehr er sie vermisst hatte. Er hörte ihr Lachen, ihre verschiedenen Stimmen, spürte ihre Hände auf seinem Arm.

Nachdem zunächst für kurze Zeit eine gewisse Verlegenheit über ihnen gelegen hatte, überwog schon bald wieder die gute Stimmung. Taron aß und hörte zu, wie die Unterhaltung hin und her ging. Suri erzählte ihm von Zaro und wie er ihr einen Antrag gemacht hatte. Sie sangen auch ein paar Lieder.

Von Uro hörte Taron wenig. Er hatte seinen Vater in der Ecke ausgemacht, von wo aus dieser sich selten an der Unterhaltung beteiligte. Immerhin hatte er offenbar zugestimmt, ihn an der Feier teilhaben zu lassen.

Seine jüngste Schwester Romy lehnte sich an ihn und hielt etwas hoch, das Taron nicht erkennen konnte. „Hier, Taron. Das habe ich für dich gemacht, als Weihnachtsgeschenk."

Taron war sich unangenehm bewusst, dass er keine Geschenke hatte, die er verteilen konnte, aber es schien auch niemand von ihm zu erwarten. Romy nahm seine Hand und legte das Geschenk hinein. Es handelte sich um einen kleinen Gegenstand, der in Papier eingepackt und mit einem Faden verschnürt war.

„Ich habe leider nichts für dich, Romy", sagte er leise.

„Das macht nichts. Mama hat gesagt, dass wir uns nicht alle etwas schenken. Aber ich wollte etwas für dich haben, wenn du kommst."

„Das ist sehr lieb von dir, Romy." Er hob die Hand und strich ihr über den Kopf.

„Du musst es aufmachen."

Er ließ die Finger über das kleine Paket gleiten, konnte aber den Knoten nicht lösen. „Mach du es für mich auf, ja?", bat er sie und gab das Päckchen an sie zurück.

„Ist gut." Ihre flinken Finger hatten schnell den Faden entfernt und das Papier abgewickelt. „Hier, wie findest du es? Gefällt es dir?"

Sie gab ihm etwas in die Hand, das sich anfühlte wie ein Stück Holz.

„Was ist es denn?", fragte er leise, damit die anderen es nicht hörten.

„Ein Herz, natürlich. Es soll dir Glück bringen! Kann man das denn nicht erkennen?"

„Ich danke dir sehr dafür." Glück konnte er wohl gebrauchen. Er bemerkte, dass es still geworden war. Offenbar hatten die anderen ihnen zugeschaut.

Jetzt hörte er seine Mutter, die leise sagte: „Sei nicht traurig, Liebes. Er kann es nicht so gut erkennen. Er findet es sicherlich sehr schön."

Taron strich mit dem Finger über das Stück Holz in seiner Hand. „Ja, er ist sehr schön." Eine unbehagliche Stille folgte, in die hinein plötzlich Uro sprach.

„Bereust du es jetzt, Taron?"

Er wusste sofort, was sein Vater meinte.

Rubi fuhr dazwischen. „Uro, du hast es uns versprochen … Keinen Streit …"

„Es ist schon gut", wandte Taron sich an seine Mutter. Dann schaute er in die dämmrige Ecke, aus der Uros Stimme gekommen war. „Du willst wissen, ob ich bereue, was letzten Sommer passiert ist?" Er richtete sich auf. Er hatte in den letzten Monaten genug Zeit gehabt, darüber nachzudenken.

„Nun, es tut mir leid, wie es am Ende gekommen ist." Er schaute auf das Stück Holz in seiner Hand. „Dass ich Romys Geschenk nicht sehen kann, dass ich den Zorn der Gemeinschaft auf mich gezogen habe, auch wenn ich sehr dankbar bin, heute Abend hier bei euch sein zu dürfen." Er musste schlucken, als er an Helena dachte, die er verloren hatte. Auch das tat ihm leid.

„Aber die ursprüngliche Entscheidung, die ich damals getroffen habe, die tut mir nicht leid. Ich bereue es nicht, dass ich in den Palast gegangen bin. Zu diesem Zeitpunkt konnte ich nicht anders entscheiden. Es nicht zu tun, war keine Alternative für mich." Er dachte an Suri, die ihn abgefangen und dann doch hatte weiterziehen lassen.

„Du warst ungehorsam, hast unsere Gemeinschaft mit Verachtung behandelt, Schande über deine Familie und mich gebracht …", setzte Uro an.

Suri versuchte, ihn zu unterbrechen. „Vater, das hatten wir alles schon. Bitte, nicht hier und nicht jetzt. Denk daran, er ist dein Sohn."

„Ein Sohn, der nicht auf seinen Vater hört, der seine Autorität missachtet und mit Füßen tritt!"

Taron stand auf. „Darum ging es dir? Dass deine Autorität gelitten hätte? Es ging dir am Ende nur um dich?" Jemand zog an seinem Ärmel, aber er machte sich los. „Deinen verletzten Stolz?"

„Natürlich nicht", entgegnete Uro laut. „Was unterstellst du mir da? Du hast dich gegen unsere ganze Gemeinschaft gewandt. Keinen Moment hast du an uns gedacht, an deine Familie. Diese Arroganz! Diese

Überheblichkeit zu meinen, du könntest allein entscheiden, was du tust. Du hast allen gezeigt, dass du auf deine Verantwortung pfeifst!"

„Aber ich habe ja Verantwortung übernommen, nur für jemand anderen! Aber das passte dir ja nicht. Habe ich denn kein Recht zu entscheiden, was ich tue? Muss ich immer nur gehorchen? Muss ich immer nur *dir* gehorchen?"

„Du hast nichts verstanden, absolut gar nichts! Und wie ich sehe, hast du nichts aus deinen Fehlern gelernt. Du bist genauso verbohrt wie damals."

Jetzt stand Rubi auf. „Hört auf, ihr Streithähne. Wir wollen so etwas an diesem Abend nicht haben. Klärt es zu einem anderen Zeitpunkt, aber nicht jetzt. Setzt euch doch wieder."

Aber Taron blieb stehen. Plötzlich war er unendlich müde. Er hätte wissen müssen, dass sein Vater ihm noch nicht verziehen hatte. Sich mit Vorwürfen zu überziehen, brachte sie beide nicht weiter.

„Es tut mir leid, dass ich euch den Abend verdorben habe. Ich hätte nicht kommen sollen. Danke für die Einladung, für das Essen, und danke, dass ihr es mit mir versucht habt." Er drehte sich um und tastete sich zur Tür. Jemand kam hinter ihm her und half ihm. Es war Geron.

„Es tut mir leid, Taron", flüsterte er. „Ich habe schon so oft versucht, mit ihm zu reden, aber er weigert sich. Vielleicht später einmal …"

Die kalte Nachtluft strömte ihnen entgegen, als Taron die Tür öffnete.

„Soll ich dich noch begleiten?", fragte Geron leise.

„Nein, danke, geh wieder zurück zu den anderen."

Es dauerte eine Weile, bis Taron seinen Wagen erreicht hatte. Langsam stieg er die Stufen hinauf, ging hinein, setzte sich an den Tisch und tastete nach der Schnapsflasche. Als er den ersten Schluck getrunken hatte, fiel ihm auf, dass er Romys hölzernes Herz auf dem Weg verloren hatte.

***

„Oh, aber Elion! Das wäre doch nicht nötig gewesen!" Helena bewunderte die zarte Kette, die er ihr zu Weihnachten geschenkt hatte. Sie war wirklich wunderschön, noch schöner fast als die Kette ihrer Mutter.

„Darf ich sie dir anlegen?" Elion nahm die Kette und trat hinter Helena. Sie spürte das kühle Metall auf ihrer Haut und seine Finger in ihrem Nacken, wo sie an dem Verschluss nestelten.

Eigentlich sollte sie glücklich sein, dachte Helena. Sie hatte diesen Verlobten, der ihr kostbare Geschenke machte und um den sie jeder beneidete. Ihre Zukunft sah rosig aus, an seiner Seite. Und trotzdem war die ganze Zeit eine tiefe Traurigkeit in ihr und eine Müdigkeit, die sie sich nicht recht erklären konnte.

Seitdem sie aus der Hauptstadt zurückgekehrt waren, fühlte Helena sich bedrückt. Zunächst hatte sie es auf ihre Krankheit geschoben. Sie brauchte eben eine Weile, bis sie wieder ganz die Alte war. Aber auch als sie sich vollständig von ihrer Erkältung erholt hatte, blieb diese Erschöpfung, diese gedrückte Stimmung bestehen.

Sie dachte viel über ihr Treffen mit Taron nach. Er war so verändert gewesen. Als sie ihn verlassen hatte, war sie der Meinung gewesen, dass ihre Beziehung an diesem Punkt beendet war und sie ihn nie wiedersehen würde. Er liebte sie nicht. Es bestand kein Grund, sich noch länger mit ihm aufzuhalten, auch wenn das eine schmerzhafte Erkenntnis war.

„Du heiratest ihn um mich zu bestrafen? Was für ein Mensch bist du eigentlich?", hatte er sie gefragt. Und sie fragte sich tatsächlich seitdem, ob er mit seiner Empörung recht gehabt hatte.

Ihre Hand fuhr an ihren Hals und strich über den zarten Anhänger, während Elion sie an den Schultern fasste und zu sich umdrehte. Als er sie küsste, schloss sie nicht die Augen.

∗∗∗

Nach Weihnachten brach die Gemeinschaft auf und zog weiter auf der Suche nach einem etwas trockeneren Lagerplatz. Sie wählten schließlich einen, der wiederum am Rand einer Stadt lag, sodass sie dort ihre Bühne aufbauen konnten. Das Gelände war trockener, jedoch war die Wasserversorgung schwierig, weil es keinen Fluss in der Nähe gab.

Im Januar erfasste eine Krankheitswelle das Lager. Cara hatte alle Hände voll zu tun, die vielen Erkrankten zu versorgen. Dies geschah häufig in den Wintermonaten, wenn die Leute weniger widerstandsfähig waren, als im Sommer.

Da Cara so beschäftigt war, besuchte sie Taron nur noch sehr selten. Eines Abends Ende Januar klopfte sie jedoch an seine Tür.

Schon als sie hereinkam, ahnte Taron, dass sie etwas auf dem Herzen hatte.

„Was ist los?", wollte er wissen, sobald sie sich zu ihm an den Tisch gesetzt hatte.

„Ich habe schlimme Neuigkeiten, Taron, sehr schlimme."

„Worum geht es? Kann ich helfen?"

Cara faltete die Hände. „Es geht um Suri."

Taron spürte, wie sich etwas in ihm zusammenzog vor Sorge. „Was ist mit ihr? Ist sie auch krank?"

„Ja, heute kam sie zu mir. Inzwischen hat sie Fieber. Ich habe ihr einen Tee gemacht, um es zu senken."

Taron beugte sich vor. „Aber …?"

Cara hob den Kopf und schaute ihn geradeheraus an. „Es kann sein, dass sie die Bleiche hat. Ich muss es abwarten, aber es gibt Hinweise darauf."

Taron stöhnte auf. „Nein, bitte nicht!"

„Suri ist stark. Sie wird wieder gesund werden", versuchte Cara, Mut zu verbreiten.

Taron schloss die Augen. „Aber wenn nicht? Dann wird sie sterben …"

„Wir müssen es abwarten! Ich wollte es dir nur jetzt sagen, damit du es nicht von jemand anderem erfährst."

„Kann ich sie besuchen?"

„Sie ist im Wagen deiner Familie. Du musst deinen Vater fragen, ob du sie sehen darfst."

„Oh, Cara, bitte hilf ihr! Bitte mach sie wieder gesund!", flehte Taron.

„Du weißt, wie es damit steht …"

Ja, er wusste, dass Cara machtlos war. Die einzige Medizin die es gegeben hätte, hatte er vor einem halben Jahr an die Königin verschenkt. Er hatte nichts mehr, um seine Schwester zu retten.

„Wenn Suri stirbt, ist es meine Schuld", sagte er leise.

„Das wird nicht passieren", widersprach Cara energisch. Sie erhob sich wieder. „Ich muss zurück zu meinen Kranken. Bete für Suri." Mit diesen Worten verließ sie den Wagen.

Taron stützte seinen Kopf in die Hände. Das war das Schlimmste, was eintreten konnte. Jahrelang war niemand an der Bleiche erkrankt. Und nun sollte es Suri getroffen haben? Sein Vater hatte ihn davor gewarnt, aber er hatte es nicht hören wollen. Wenn Suri sterben sollte, konnte er sich das nie verzeihen. Und auch niemand sonst würde es ihm verzeihen.

***

Am nächsten Morgen ging Taron zum Wagen seiner Familie. Bedächtig erklomm er die Stufen, die er jahrelang hinauf- und hinuntergesprungen war, und klopfte an die Tür. Seine Mutter öffnete. Als sie ihn sah, blieb sie im Türrahmen stehen.

„Taron."

„Guten Morgen. Cara war gestern Abend bei mir und hat mir erzählt, dass Suri krank ist. Kann ich zu ihr?"

„Hat Cara dir auch erzählt, dass sie wahrscheinlich die Bleiche hat, ja? Sie könnte sterben davon! Und warum? Weil du ihr nicht mehr helfen kannst."

Taron hatte nichts anderes erwartet. „Ja, ich weiß es. Lässt du mich nun zu ihr?"

Seine Mutter blieb stehen, als überlegte sie. Dann jedoch trat sie zurück und machte den Weg frei. Taron schob sich an ihr vorbei in den Wagen hinein. Der ihm so altbekannte Geruch dieses Raumes stieg ihm in die Nase und löste Erinnerungen aus, die er im Moment nicht gebrauchen konnte. Er schaute sich um, so gut er konnte, aber er hätte nicht zu sagen vermocht, ob sich etwas verändert hatte. Er zögerte kurz und wollte sich nach links wenden.

„Sie liegt in dem Bett, das früher deins war", hörte er die Stimme hinter sich. Also drehte er sich nach rechts und beugte sich zu der schmalen Pritsche hinunter, auf der er bis vor einem halben Jahr geschlafen hatte. Er konnte Suris Körper unter der dicken Decke nur erahnen. Ihr Gesicht war ein hell-dunkles Oval für ihn. Er strich mit der Hand über die Decke, bis er ihren Arm und ihre Hand fand. Da er sich nicht auf das Bett setzen wollte, kniete er sich stattdessen hin.

„Suri", sagte er leise. Ihr Kopf bewegte sich.

„Taron", antwortete sie. „Ich bin krank. Cara sagt, es ist die Bleiche."

Er senkte den Kopf. „Es tut mir so leid, Suri. Ich würde dir so gern helfen."

„Wenn du letzten Sommer nicht diese Dummheit gemacht hättest, ständen meine Chancen wohl besser …", flüsterte sie.

„Du wirst trotzdem wieder gesund werden. Du musst kämpfen."

„Du hättest deine grünen Augen für mich aufsparen sollen, kleiner Bruder."

„Ich weiß, es ist meine Schuld."

„Wenn ich das gewusst hätte, als wir dir damals in der Stadt begegnet sind, dann hätte ich dich nicht gehen lassen, das kannst du mir glauben."

„Oh, Suri. Ich wäre nicht gegangen."

Sie drehte den Kopf ein wenig zur Seite, weg von ihm. „Lass mich schlafen, jetzt. Ich bin müde."

Er drückte ihre schlaffe Hand, dann hob er sie an und küsste sie, bevor er sich wieder erhob. Einen Moment stützte er sich an dem Bettpfosten ab, bevor er sich wieder der Tür zuwandte. Dort stand immer noch seine Mutter. Ohne ein weiteres Wort ging er an ihr vorbei und tastete sich die Stufen hinunter.

In den nächsten Tagen und Wochen ging er immer wieder zu Suri. Allein in seinem Wagen hielt er es kaum noch aus. Die Nächte waren am schlimmsten. Stundenlang lag er wach und quälte sich mit dem Gedanken, dass er Suri nicht mehr helfen konnte. Wenn er doch einschlief, träumte er, dass er noch grüne Augen hätte und sie retten könnte.

Am Anfang hatte Cara noch Hoffnung verbreitet, aber je länger Suris Krankheit andauerte, desto gedrückter wurde auch ihre Stimmung. Von Tag zu Tag wurde Tarons Schwester blasser und schwächer. Er konnte es kaum ertragen, ihr dabei zuzusehen, wie die Krankheit ihr immer mehr zusetzte. Während draußen der Schnee fiel, wurden ihre Augen immer bleicher. Und es gab kein Grün in dieser weißen Welt, das sie retten konnte.

Ihr Verlobter, Zaro, war gerufen worden. Er kam und saß stundenlang bei ihr. Mit Taron sprach er kein Wort.

***

Als Taron eines Tages zum Wagen kam, empfing Cara ihn an der Tür mit einem Kopfschütteln. Wortlos folgte er ihr hinein und kniete neben dem Bett.

Er tastete nach ihrer schwachen, weißen Hand und legte sie in seine. So gern hätte er ihr Gesicht deutlicher gesehen, ihr in die Augen geschaut.

„Taron", hörte er ganz leise ihre Stimme.

„Ja, ich bin da."

„Quäle dich nicht ... Gib dir nicht die Schuld ... Ich verzeihe dir ..."

Er senkte den Kopf und unterdrückte ein Schluchzen. Weiter sprach sie nicht. Er strich ihr mit der Hand über das Gesicht und verharrte stumm bei ihr, während Tränen der Reue und der Schuld über seine Wangen liefen. Nach einer langen Zeit stand er schließlich mühsam auf. Er musste sich festhalten, weil nach dem langen Knien seine Beine taub geworden waren.

Ein letztes Mal beugte er sich hinunter zu seiner Schwester, legte seine Hand an ihre Wange und küsste sie auf die kalte Stirn.

„Oh, Suri, es tut mir so leid. Ich liebe dich, Schwester. Geh in Frieden. Verzeih mir." Er richtete sich mühsam auf. Der Wagen drehte sich um ihn.

Blindlings stolperte er zur Tür und hinaus ins Freie. Er tastete sich bis zu seinem Wagen und ging hinein. Er ließ sich auf das Bett fallen und schloss die Augen. Er wusste, dass er seine Schwester nicht mehr wiedersehen würde.

Am nächsten Morgen kam Geron zu ihm, um ihm zu sagen, dass Suri gestorben war.

Taron war wie betäubt. Es war, als hätte alles seinen Sinn verloren. Langsam hob er seine Hand und fühlte mit den Fingern nach dem Drachen mit den grünen Augen, seinem Talisman an seinem Hals. Dieser Drache gehörte nicht mehr zu ihm. Er hatte keine grünen Augen mehr, und die Kraft des Drachen hatte ihn schon lange verlassen.

Er zog sich das Lederband über den Kopf und hielt den Anhänger einen Moment in der Hand, bevor er ihn zu Boden gleiten ließ.

***

ZWEIUNDZWANZIG

Nach Suris Tod stürzte Taron in tiefe Nacht. Mehrere Tage lang war er nicht mehr ansprechbar. Er war nicht dabei, als die Riten mit Suris Leichnam durchgeführt wurden und er war betrunken, als sie sie verbrannten. Er aß kaum und verließ seinen Wagen nur noch, um sich mehr Alkohol zu besorgen. Die Schuld drohte ihn zu verschlingen.

Dunkle Wochen krochen endlos dahin. Wenn jemand kam, um mit ihm zu sprechen, warf er ihn hinaus. Nicht einmal Cara ließ er mehr an sich heran. Sie hatte angeboten, bei ihm zu bleiben, offenbar, weil sie fürchtete, er könnte sich etwas antun. Aber er hatte sie nur mit einem zynischen Lachen bedacht. Diesen Ausweg zu wählen kam für ihn nicht in Frage. Das war das Einzige, das er ihr garantieren konnte. Sonst nichts.

Er ertrug die Dunkelheit. Er existierte.

Doch dann war irgendwann der Punkt erreicht, ab dem es so nicht mehr weitergehen konnte. Eines Tages stand Geron vor der Tür. Als Taron auf sein Klopfen nicht reagierte, hämmerte er mit den Fäusten so lange gegen die Bretter, bis Taron es nicht mehr ertragen konnte. Mühsam stand er auf und tastete sich zur Tür, um sie aufzuschließen. Draußen stand die Mittagssonne über dem Lager.

„Ich muss endlich mit dir reden, Taron. Diesmal lasse ich mich nicht wegschicken." Sein Bruder schob sich an ihm vorbei in den Wagen hinein. Taron bemerkte vage, dass er einen Kübel und einen Korb dabeihatte.

Er schloss die Tür und lehnte sich an sie. Er war einigermaßen nüchtern, aber er wusste, dass das Chaos und der Schmutz um ihn herum abstoßend waren. Er selbst hatte sich seit Tagen nicht mehr gewaschen oder die Kleider gewechselt.

Geron drehte sich herum. „Wie sieht es hier aus? Das ist ein Saustall, Bruder!"

„Ich weiß. Ist mir egal."

Geron schob ein paar Flaschen beiseite, damit er seine Sachen auf den Tisch stellen konnte, und öffnete ein Fenster. Kalte Luft strömte herein. „Und sieh dich nur selbst an …"

Taron schloss entnervt die Augen. „Was willst du? Wenn du nur dafür gekommen bist, kannst du gleich wieder gehen."

Geron drehte sich zu ihm herum. „Ich bin gekommen, weil es so nicht weitergehen kann. Wir machen uns Sorgen um dich …"

„Ach, wirklich?", unterbrach Taron ihn.

„Ja, wirklich."

„Vater auch?"

„Ja, auch er. Auch wenn er es nicht ausspricht." Geron schaute zu Boden. „Seit Suri nicht mehr da ist …"

Taron stieß sich von der Tür ab. „Sprich nicht von ihr!"

Aber Geron fuhr mit erhobener Stimme fort. „Natürlich machen dir die Leute Vorwürfe deswegen. Das ist doch klar! Ich war auch wütend auf dich. Es ist deine Schuld, dass sie tot ist."

„Ja, ja, sprich es nur laut aus. Ihr hasst mich alle dafür!", schrie Taron. Er musste sich am Bettpfosten festhalten, weil ihm schwindelig wurde.

„Ich hasse dich nicht. Und ich bin nicht mehr wütend", widersprach Geron ruhiger. „Ich habe akzeptiert, was passiert ist. Aber ich sehe doch auch, wie sehr du dich quälst. Du bist dabei, dich selbst zugrunde zu richten. Das geht so nicht weiter!"

„Du kannst dir dein Mitleid sonst wohin stecken." Taron sank auf sein Bett und ließ den Kopf hängen.

„Du bist mein Bruder, Taron, und ob du's glaubst oder nicht: Du bist mir wichtig. Du kannst so nicht weitermachen. Es kommt der Punkt, da musst du nach vorn schauen und nicht zurück. Du kannst nicht mehr ändern, was passiert ist. Auch Suri würde nicht wollen, dass du dein Leben so wegwirfst. Damit machst du sie nicht wieder lebendig."

Taron hob den Kopf und starrte ihn benommen an. Er ahnte, dass Geron recht hatte. „Ich kann nicht."

„Du musst. Wenn du dir nicht selbst verzeihst und neu anfängst, dann gehst du zugrunde. Ich meine, schau dich doch mal an!"

„Wie soll ich mir selbst verzeihen, wenn es niemand sonst tut?"

„Ich verzeihe dir, Bruder, und Suri würde es auch tun."

Taron spürte Tränen in seinen Augen. „Sie hat es getan, bevor sie gestorben ist."

Geron kam auf ihn zu. Mühsam stand Taron auf. Er spürte, wie sein Bruder die Arme um ihn legte und ihn festhielt.

„Du musst einen Weg für dich finden. Schau nach vorn. Du hast ein Leben, eine Zukunft …"

Taron löste sich halb aus der Umarmung. „Was für eine Zukunft? Mein Leben ist vorbei, bevor es richtig angefangen hat."

Geron ließ ihn nicht los, sondern hielt seine Arme fest und schüttelte ihn sanft. „Aber du kannst doch nicht aufgeben. Du darfst nicht aufgeben! Es gibt immer einen Weg. Das hast du mir selbst gesagt."

„Das war in einem anderen Leben."

„Nein, es ist immer noch das gleiche Leben. Es hat sich viel verändert, aber du kannst es immer noch in die Hand nehmen." Geron fasste ihn an der Schulter.

„Gib nicht auf. Es lohnt sich immer weiterzukämpfen. Und du bist nicht allein. Wir helfen dir, wenn du uns lässt."

Taron senkte den Kopf. „Aber wie? Was soll ich denn machen?", fragte er verzweifelt.

„Überleg dir, was du willst. Und dann zieh es durch. Du hast Geld. Mach was damit!"

„Das ist alles sinnlos."

„Nein, dein Leben ist nicht sinnlos. Du musste es nur mit neuem Sinn füllen. Ich weiß, dass du die Kraft dazu hast." Geron rang um Worte. „Du warst immer mein großer Bruder, mein Vorbild! Ich wollte so sein wie du, so mutig, draufgängerisch, so stark."

„Das war einmal. Sieh doch, was aus mir geworden ist." Taron musste sich an den Schrank lehnen.

„Doch, du hast diese Stärke immer noch in dir. Jetzt brauchst du sie. Sie wird dir helfen."

Für einen Moment schaute Geron ihn wortlos an, als wollte er sehen, ob seine Worte bei Taron angekommen waren. Schließlich klopfte er ihm auf die Schulter.

„Reiß dich zusammen. Und hör auf zu trinken." Er ging zu den Sachen, die er auf dem Tisch abgestellt hatte. „Hier, ich habe dir was mitgebracht, im Auftrag unserer Mutter." Er zählte auf: „Frisches Wasser, zum Beispiel, damit du dich mal waschen kannst." Taron vermutete, dass er grinste. „Dann ein paar leckere Sachen zu essen und saubere Kleidung." Er kehrte zu Taron zurück.

„Danke, Bruder", sagte Taron leise.

„Sieh nach vorn, nicht zurück", mahnte Geron noch einmal. „Du darfst nicht aufgeben! Wir glauben an dich, und wir helfen dir." Mit diesen Worten gab er ihm einen brüderlichen Klaps auf den Rücken und verschwand.

Taron schleppte sich zu einem Stuhl und vergrub seinen schmerzenden Kopf in den Händen. Geron hatte recht. Seine Schuldgefühle zu betäuben war auf Dauer keine Lösung. Er konnte nichts ungeschehen machen. Er hatte nur die Wahl, daran zugrunde zu gehen oder sich wieder herauszukämpfen.

Plötzlich packte ihn die Wut auf dieses ganze Elend. Fluchend schob er die leeren Flaschen vom Tisch herunter, dass sie klirrend zu Boden fielen. Mit zitternden Fingern suchte er nach einem Becher, den er in den Wasserkübel tauchte, um daraus zu trinken. Er brauchte einen klaren Kopf.

Er musste ernsthaft überlegen, was er tun konnte. Vieles von dem, was er früher vorgehabt hatte, war nun undenkbar geworden. Er musste neue Pläne machen, aber er wusste nicht, ob er die Kraft dazu aufbringen konnte.

Er aß etwas von den mitgebrachten Sachen, frisches Brot, Butter und Scheiben geräucherter Wurst. Das weckte seine Lebensgeister. Lange saß er danach an seinem Tisch und dachte nach. Es waren schwere Entscheidungen zu treffen, vor denen er sich lange zu drücken versucht hatte. Er musste sich darüber klarwerden, was er wollte und welche Möglichkeiten er hatte. Seine Entscheidungen würden weitreichende Konsequenzen haben. Es fiel ihm so schwer, den Weg vor sich zu sehen, den er gehen konnte. Alles erschien ihm wie im Nebel.

Schließlich brach der Abend herein. Er war vom Nachgrübeln so ermüdet, dass er sich auf sein Bett legte und einschlief, zum ersten Mal seit langer Zeit, ohne sich betrunken zu haben. Er

Helena lag grübelnd in ihrem Bett und konnte wieder einmal nicht einschlafen. Seit langem schon quälte sie sich mit schweren Gedanken. Sie fühlte, dass sie zu einer Entscheidung kommen musste, was Elion betraf.

„Was für ein Mensch bist du eigentlich?", hatte Taron sie damals gefragt, und seitdem ahnte sie, dass sie sich von Elion trennen sollte, wenn sie ihn nicht liebte. Aber sie konnte es einfach nicht über sich bringen, ihn und vor allem ihren Vater so zu enttäuschen und zu verärgern.

Zum ersten Mal in ihrem Leben war sie an solch einem Punkt der Entscheidung angelangt. Und diese würde weitreichende Konsequenzen nach sich ziehen.

Wie gern hätte sie jemanden um Rat gefragt, aber sie wusste niemanden, dem sie sich in dieser Sache hätte anvertrauen können. Nur Taron, und der war weit weg.

Schließlich schlief sie doch ein. Sie träumte, aber in ihrem Traum war sie plötzlich nicht mehr allein.

Sie wusste, dass Taron neben ihr lag. Sie hörte seinen ruhigen Atem in der Dunkelheit. Sie spürte die Wärme, die von seinem Körper ausging. Sie wollte ihre

träumte, aber es war kein Albtraum wie sonst.

Er lag auf seinem Bett und wusste, dass er schlief und dass er träumte. Aber in diesem Traum war er plötzlich nicht mehr allein.

Er wusste, dass Helena neben ihm lag. Er hörte ihren ruhigen Atem in der Dunkelheit. Er spürte die Wärme, die von ihrem Körper ausging. Er wollte seine

Hand ausstrecken, um ihn zu berühren, aber sie konnte sich nicht bewegen, weil sie träumte.

Stattdessen fragte sie ihn: „Taron, was soll ich tun?"

Er antwortete leise: „Schau nach vorn. Hör auf dein Herz und deine innere Stimme. Hör nicht darauf, was andere dir sagen, auch wenn es schwerfällt.

Wenn du selbst dir sicher bist, dass du das Richtige tust, dann ist es das Richtige für dich. Mach Frieden mit dir selbst. Der Rest wird sich ergeben." Sie drehte den Kopf, um ihn anzuschauen, aber da war er fort.

Als sie erwachte, lag sie für einen Moment da und spürte die Sehnsucht nach Taron. Er war unerreichbar für sie und nicht mehr Teil ihres Lebens, aber er hatte ihr geholfen. Denn plötzlich sah sie viele Dinge klarer.

Hand ausstrecken, um sie zu berühren, aber er konnte sich nicht bewegen, weil er träumte.

Stattdessen fragte er sie: „Helena, was soll ich tun?"

Sie antwortete leise: „Schau nach vorn. Hör auf dein Herz und deine innere Stimme. Lass die Schuld hinter dir. Du kannst sie nicht tilgen. Fang neu an.

Wenn du selbst dir sicher bist, dass du das Richtige tust, dann ist es das Richtige für dich. Mach Frieden mit dir selbst. Der Rest wird sich ergeben." Er drehte den Kopf, um sie anzuschauen, aber da war sie fort.

Als er erwachte, lag er für einen Moment da und spürte die Sehnsucht nach Helena. Sie war weit fort und nicht mehr Teil seines Lebens, aber sie hatte ihm geholfen. Denn plötzlich sah er viele Dinge klarer.

Er wusste jetzt, was er tun musste: Er musste fortgehen, musste dieses Leben, das keines mehr war, hinter sich lassen. Das Geld dazu stand ihm zur Verfügung. Er würde irgendwo neu anfangen, auch wenn es bedeutete, seine Familie und alles, was er kannte, zurückzulassen. Aber er war sich sicher, dass er die Kraft und den Willen dazu hatte.

War es nicht immer sein Traum gewesen, sich irgendwo niederzulassen? Vielleicht war dies jetzt der Zeitpunkt, es zu versuchen. Er konnte sich eine Wohnung leisten oder ein kleines Haus auf dem Land. Er würde sich einen Diener anstellen müssen, der ihm half, aber auch das konnte er von seinem Geld bezahlen.

Natürlich würde ihn seine Vergangenheit auch an jedem anderen Ort immer verfolgen. Sie abzulegen wie ein Kleidungsstück war unmöglich. Aber wenn er es nur schaffen würde, irgendwo neu anzufangen, dann würde er seine Erinnerungen vielleicht eines Tages ertragen können.

***

Am Morgen wusch und rasierte er sich, so gut es ging und zog sich die saubere Kleidung an. Nun fühlte er sich fast wieder wie ein Mensch.

Er frühstückte und verließ dann den Wagen. Mehrere Kinder, die abseits gespielt hatten, blieben stehen und gafften ihn an. Eine Frau machte einen Bogen um ihn, um ihm nicht zu nahe zu kommen. Er ging langsam zu den anderen Wagen hinüber und dann an ihnen entlang, dort, wo der Schnee heruntergetreten war. Als er schließlich am Ziel war, stieg er vorsichtig die Stufen hinauf und klopfte an die Tür.

Eine Frau öffnete. „Guten Morgen, Lora. Ich möchte mit Grato sprechen, bitte. Ist er da?"

Ohne zu antworten drehte sie sich um und verschwand wieder, ließ jedoch die Tür offenstehen. Kurze Zeit später tauchte Grato selbst auf.

„Taron, guten Morgen. Es ist schön, dich wieder einmal unter uns zu sehen. Du willst mich sprechen?"

Er nickte.

„Komm herein." Taron betrat den Wagen, in dem es anders als bei ihm selbst gemütlich warm war. Grato zeigte auf einen Stuhl. „Setz dich doch."

Taron tastete nach dem Stuhl und ließ sich dann darauf nieder. Währenddessen schickte Grato seine Frau und die zwei Kinder, die anwesend waren, hinaus.

Erst als sie die Tür wieder hinter sich geschlossen hatten, wandte er sich Taron zu. „Worum geht es?"

Taron war Grato dankbar, dass er sich ihm gegenüber so sachlich verhielt. Er konnte seinen Gesichtsausdruck nicht lesen, aber seine Stimme sagte ihm, dass er seine Meinung für sich behalten würde.

„Grato, ich komme zu dir als unserem Oberhaupt. Ich möchte – ich muss – diese Gemeinschaft verlassen." Er atmete tief durch. „Ich kann nicht mehr hierbleiben. Ich muss einfach weg. Ich weiß, dass viele hier mich verachten oder sogar hassen. Das kann auf Dauer so nicht funktionieren. Ich gehe zugrunde, wenn ich hierbleibe." Er schüttelte den Kopf. „Es tut mir leid, was passiert ist." Er konnte Suris Namen nicht in den Mund nehmen. „Ich würde mich bei allen entschuldigen für das, was ich getan habe, wenn es irgendetwas ändern würde. Aber es hilft uns allen nicht. Bitte erlaube mir zu gehen. Es ist besser so für alle."

Es entstand eine Pause, in der Grato ihn betrachtete. Schließlich sagte er: „Es ist mir nicht verborgen geblieben, wie du gelitten hast und dass du immer noch leidest. Es ehrt dich, dass du dich entschuldigen willst, aber du hast recht damit, dass es vielen von uns trotzdem schwerfallen wird, dir deine Tat und ihre Konsequenzen zu verzeihen.

Deshalb verstehe ich deinen Entschluss zu gehen, auch wenn ich ihn bedauere, weil es immer ein Verlust ist, wenn uns jemand verlässt, egal aus welchen Gründen.

Ich werde deine Bitte dem Rat vorlegen und sie dort auch unterstützen. Du solltest regeln, wem du Dinge überlassen willst, die du nicht mitnehmen kannst und an wen du deinen Wagen verkaufen oder verschenken willst. Du weißt selbst, dass es ein Abschied für lange Zeit sein kann, wenn du gehst."

Taron nickte. Er wusste, dass er sie alle vermissen würde. Noch nie in seinem Leben war er dauerhaft völlig auf sich allein gestellt gewesen. Er würde sich daran gewöhnen müssen.

Nachdem er Gratos Wagen verlassen hatte, ging er weiter zu dem seiner Familie. Auf sein Klopfen hin öffnete seine Mutter.

„Taron. Es ist schön, dich zu sehen", sagte sie mit einer warmen Stimme. „Komm herein."

Während er eintrat, sagte sie: „Uro ist nicht da, aber Geron, Romy und Greta." Taron war ihr dankbar, dass sie es ihm ersparte, danach zu fragen. Rubi schob ihm einen Stuhl hin, auf den er sich setzen konnte und bot ihm einen Kräutertee an.

Sobald er konnte, kam Taron direkt zur Sache. „Geron hat mir ins Gewissen geredet. Er sagte, dass ich nach vorn schauen soll. Und er hat recht. Das habe ich jetzt begriffen. Ich will euch sagen, dass ich weggehen werde." Er hörte seine Mutter leise seufzen, als hätte sie es schon befürchtet, und wandte sich an sie.

„Ich halte es einfach nicht mehr aus. Wenn ich neu anfangen will, dann muss ich weggehen. Das bedeutet nicht, dass ich nicht gern bei euch wäre. Aber es geht nicht anders."

Stille folgte, die schließlich von Rubi unterbrochen wurde. „Ach, Taron, es fällt mir schwer, dich gehen zu lassen, aber ich verstehe dich. Ich weiß, dass es richtig ist, was du sagst, auch wenn ich dich sehr vermissen werde. Das weißt du."

„Ja, Mutter. Ich habe lange darüber nachgedacht, aber ich sehe keinen anderen Weg."

Geron stand auf und trat zu ihm, um ihm die Hand auf die Schulter zu legen. „Wichtig ist, dass du dein Leben wieder in den Griff bekommst, Bruder. Das wollen wir alle. Denk an dich, nicht an uns."

Taron hob seine Hand und legte sie auf Gerons.

***

Taron blieb noch eine Weile, bevor er schließlich zu seinem Wagen zurückkehrte. Auf dem Weg musste er plötzlich an Suri denken und die Vision, die sie gehabt hatte, als sie in der Hauptstadt aufeinandergetroffen waren. Sie hatte seine mögliche Zukunft gesehen, in der er – mit seinem Vater zerstritten und von Schuldgefühlen wegen Helena zerfressen – schließlich die Gemeinschaft verlassen hätte.

War das Schicksal nicht voller Ironie? Obwohl Suri versucht hatte, die Zukunft zu verändern, war am Ende doch genau das eingetreten, das sie gesehen hatte: Er hatte den Streit mit Uro nicht beilegen können, und nun verließ er die Gemeinschaft und seine Familie, um seinen Schuldgefühlen zu entkommen. Der Unterschied war nur, dass es am Ende Suri und nicht Helena getroffen hatte und dass er sich selbst gleich doppelt ins Unglück gestürzt hatte.

***

Am Abend kam Grato zu ihm, um ihm mitzuteilen, dass der Rat seiner Bitte zugestimmt hatte. Sobald der Schnee geschmolzen und die Straßen wieder besser passierbar waren, konnte er fortgehen.

Die nächste Zeit verbrachte Taron damit, sein Leben wieder ein wenig zu ordnen. Er aß regelmäßiger und räumte auf, so gut er konnte. Von dem Wenigen, das er besaß, verschenkte er das meiste.

Seinen Wagen überließ er einer Familie, deren zahlreiche Kinder nicht mehr in den einen, alten hineinpassten und erhielt dafür zum Dank ein paar neue, handgeschneiderte Kleidungsstücke, vor allem eine sehr nützliche Pelzjacke mit einer passenden Mütze. Das Pferd hatte er zunächst behalten wollen. Da er aber das Reiten nicht gewöhnt war, entschied er sich schließlich, auch dies wegzugeben. Er wollte lieber zu Fuß gehen, auch wenn es schwerfiel.

Einen Teil seines Geldes schenkte er seiner Familie und Cara. Diese wollte es zunächst nicht annehmen, aber er bestand darauf. Es sollte der Dank sein für all das, was sie für ihn getan hatte.

Das übrige Geld musste er mitnehmen. Seine Mutter nähte ihm einen Gürtel, der hohl war, sodass er die Scheine darin verstauen konnte. Er musste aufpassen, nicht ausgeraubt zu werden, wie damals Aristoteles Greizenich in seiner Kutsche.

Während sich Taron um all diese Dinge kümmerte, brachen die ersten wärmeren Tage des Jahres an, in denen die Sonne den Schnee zum Schmelzen brachte. Es war mittlerweile Anfang März, und der Frühling nicht mehr fern. Schließlich kam der Tag, an dem Taron beschloss, sich zu verabschieden.

Er nahm sich die Zeit, mit allen zu sprechen, die ihm etwas bedeuteten. Die Unterhaltung mit seiner Mutter und seinem Bruder war lang und am Ende versöhnlich. Nur sein Vater verweigerte das Gespräch mit ihm.

Dann packte Taron eines Morgens seine letzten Habseligkeiten in die große Ledertasche, warf einen letzten Blick auf seinen Wagen und zog schließlich die Tür hinter sich zu, ohne sie abzuschließen.

Auf dem Platz in der Mitte hatten sich trotz der frühen Stunde viele Leute versammelt, um sich endgültig von ihm zu verabschieden. Sie reichten ihm die Hand, manche sprachen noch ein paar Worte. Als letzte kamen seine Geschwister, seine Mutter und Cara an die Reihe. Sie alle umarmten ihn und wünschten ihm viel Glück.

Seine Mutter weinte. Geron schenkte ihm zum Abschied einen neuen, glatt polierten Wanderstab, der perfekt in der Hand lag. Ein letztes Mal bot er Taron an, ihn ein Stück zu begleiten. Dieser hatte das Angebot schon mehrfach abgelehnt und tat es auch diesmal. Er wollte einen klaren

Schnitt machen und seinen Weg allein antreten. Er wusste, dass er ohne Hilfe zurechtkommen konnte.

Cara drückte ihm ein kleines Ledersäckchen in die Hand, in dem etwas verborgen war und sagte dazu leise: „Gib dies Helena, falls du sie wiedersiehst."

Taron wollte das Geschenk nicht nehmen. „Wie kommst du darauf, dass ich sie wiedersehen würde? Das ist vorbei."

Sie nahm seine Hand und drückte das Säckchen hinein. „Nimm es trotzdem. Aber schau nicht nach, was es ist, versprich mir das."

Taron nickte widerstrebend und steckte das Säckchen in seine Tasche, bevor Cara ihn lange und fest umarmte. Dabei flüsterte sie ihm ins Ohr: „Du wirst deinen Weg machen, Taron. Pass auf dich auf und vergiss uns nicht."

„Niemals. Danke für alles." Sie lösten sich wieder voneinander.

Nun war sein Vater der Einzige, von dem er sich nicht verabschiedet hatte. Taron zögerte. Gerade wollte er sich endgültig aufmachen, da öffnete sich doch noch die Tür des Familienwagens, und Uro erschien auf dem Absatz.

Taron konnte seine Gesichtszüge nicht klar erkennen, aber er ahnte, wie es in seinem Vater aussehen mochte. Langsam kam er die Stufen hinunter auf ihn zu.

Als er ihn erreicht hatte, blieb er stehen und streckte seine Hand aus. Taron ergriff sie und drückte sie fest.

„Leb wohl, Sohn. Lass uns in Frieden auseinandergehen. Ich wünsche dir alles Gute auf deinem Weg."

„Leb wohl, Vater. Das bedeutet mir viel."

Mehr konnten sie nicht aussprechen, aber es reichte.

Mit einem Ruck drehte sich Taron um und machte sich auf den Weg. Er schaute nicht zurück.

***

DREIUNDZWANZIG

An diesem Tag kam Taron zunächst recht gut voran. Er hatte vor, zur Hauptstadt zurückzukehren und sich dort nach einer Wohnung umzusehen, die er mieten konnte. Vielleicht fand er auch in einem der Dörfer im Umland ein kleines Haus, das er sich leisten könnte.

Taron folgte den großen Straßen, die besser befestigt waren und durch belebte Ortschaften führten. Einige Male musste er nach dem Weg fragen, weil er die Wegweiser nicht lesen konnte. Er hatte Probleme damit, kleinere Hindernisse zu erkennen und ihnen auszuweichen. Das bedeutete, dass er langsamer laufen musste, als er es von früher gewohnt war, aber es reichte ihm. Ein Stück des Weges nahm ihn auch ein Bauer auf seinem Fuhrwerk mit.

Am Abend kehrte er in eine Herberge ein. In der Gaststube fragte er zunächst nach einem Zimmer, das ihm zugesichert wurde und setzte sich dann an einen der langen Tische, um etwas zu essen.

Als er dabei war, die Suppe zu löffeln, die eine Frau ihm gebracht hatte, kam jemand zu ihm an den Tisch.

„Darf ich mich setzen?", fragte die junge, männliche Stimme in einem freundlichen Ton. Taron schaute hoch und sah eine große, breitschultrige Gestalt mit blonden Haaren und einem runden Gesicht.

„Ja, sicher." Taron rückte ein wenig auf der Bank zur Seite.

„Dankeschön." Die Bank gab spürbar nach, als sich der Mann daraufsetzte. „Das sieht lecker aus, was du da isst. Ich glaube, das nehme ich auch." Die Stimme wirkte jugendlich und unbekümmert. Lauthals bestellte der Gast für sich eine Portion der gleichen Suppe und ein Bier.

Er streckte seine Glieder aus, dass sie knackten. „Ah, das tut gut, hier zu sitzen. Ich bin den ganzen Tag unterwegs gewesen. Wenigstens macht das Wetter mit, nicht wahr?" Taron nickte. „Ich bin auf dem Weg in die

Hauptstadt. Eigentlich wollte ich schon früher los, aber die Witterung hat mir einen Strich durch die Rechnung gemacht. Jetzt kommt endlich der Frühling.

Ich bin auf der Suche nach einer Arbeit. Schätze in der Stadt habe ich die besten Chancen. Und du? Auch unterwegs?"

„Ja, ich will auch nach Herrscherau."

„Mein Name ist übrigens Iassonas, aber jeder nennt mich Iasso."

Taron bemerkte erst die ausgestreckte Hand, als sie ihn anstieß. Er ergriff und schüttelte sie. „Taron."

„Taron? Komischer Name. Habe ich noch nie gehört. Suchst du auch nach Arbeit? Bei mir im Dorf hatte ich einfach keine Chance. Ich habe sieben Geschwister, ich bin der drittälteste. Ich habe Tischler gelernt, aber bei uns gab es genug davon. Also will ich es woanders versuchen, damit ich nicht meinen Eltern auf der Tasche liege. Und du?"

„Das wird sich zeigen, wenn ich da bin …"

„Ja, viele gehen in die große Stadt. Bin gespannt, wie es da aussieht. Mein Vater war mal dort. Und du? Warst du schon mal in der Hauptstadt?"

Er nahm die Schale Suppe entgegen, die ihm gereicht wurde und begann gleich, sie mit Elan zu schlürfen.

Die Gesprächigkeit seines Tischnachbarn war ungewohnt für Taron. Nach der langen Zeit der Zurückgezogenheit musste er sich überwinden, eine normale Konversation zu führen.

„Ich war schon einige Male in Herrscherau, ja, aber immer nur kurz."

„Da sollen ja die Häuser viel größer und prächtiger sein, als hier auf dem Land. Und dann der Palast des Königs! Den würde ich mir gern mal anschauen, aber sicher darf man da nicht so einfach rein."

„Nein, darf man nicht." Erinnerungen kamen hoch, die er wieder zurückdrängte.

„Ich habe eine entfernte Verwandte, die führt so eine Pension am Stadtrand. Da kann ich erst einmal unterkommen, bis ich was Eigenes gefunden habe." Iasso widmete sich seinem Bier. „Ich muss erstmal sparsam sein, bis ich eine feste Arbeit gefunden habe." Taron dachte an das Geld, das er eingenäht in seinem Gürtel bei sich trug. „Es muss auch nicht Tischlern sein. Ich mache fast alles. Nur Kochen nicht, das kann ich überhaupt nicht. Meine Mutter hat mal versucht, mir was beizubringen, aber was dabei dann herauskam war ungenießbar. So ne braune Pampe. Nicht mal die Schweine wollten das fressen."

Er lachte so herzhaft, dass er sogar Taron damit ansteckte. Der fragte sich unwillkürlich, wann er tatsächlich das letzte Mal richtig gelacht hatte. Es war ein angenehmes Gefühl.

Obwohl sein Tischnachbar sich sicherlich noch länger unterhalten hätte, stand Taron schließlich auf und verabschiedete sich. Er war erschöpft und wollte früh schlafen gehen. Nachdem er die winzige Kammer betreten und sich dort eingerichtet hatte, so gut er konnte, ging er zu Bett. Zum ersten Mal seit langer Zeit schlief er sofort ein.

***

Am nächsten Morgen beglich Taron gerade seine Rechnung bei dem Wirt, als auch der junge Tischnachbar vom Vorabend dazukam.

„Guten Morgen", begrüßte er Taron herzlich, wie einen alten Bekannten. „Auch schon so früh unterwegs?"

Taron grüßte zurück und wandte sich dann wieder dem Wirt zu, dem er das Geld reichte. Leider verfügte er nur über die Scheine, die er im Palast bekommen hatte und die je fünfzig Taler wert waren, ein Betrag, der den Preis der Übernachtung um ein Vielfaches überstieg. Der Wirt nahm den Schein zögernd entgegen und begutachtete ihn zunächst einmal.

Der junge Mann neben Taron pfiff beim Anblick des vielen Geldes durch die Zähne. „Mein lieber Mann, wen hast du dafür denn übers Ohr gehauen?"

„Es hat alles seine Richtigkeit damit", widersprach Taron steif. „Er ist durch die Königliche Bank gedeckt."

„Das glaube ich Ihnen, aber man wird doch wohl vorsichtig sein dürfen", grummelte der Wirt und verschwand, um eine Minute später mit einem Haufen Wechselgeld zurückzukehren. In schneller Folge zählte er Münzen verschiedener Größen auf den Tisch. Taron sah ihm dabei zu und nahm dann den Betrag entgegen.

„Halt, warte mal", meldete sich Iasso neben ihm und fasste seinen Arm, um ihn aufzuhalten. „Herr Wirt, da müssen Sie sich aber ganz schön verrechnet haben. Hier, leg das Geld nochmal auf den Tresen."

Widerwillig ließ Taron die Münzen wieder aus der Hand gleiten. Er wollte kein Aufsehen erregen.

Iasso hatte keine solchen Hemmungen, als er vor den Augen des Wirtes die Münzen aufreihte und durchzählte. „Sehen Sie? Da fehlen noch fünfzehn Taler und sechzig Kupfermünzen."

Der Wirt knurrte etwas, das Taron nicht verstehen konnte und verschwand noch einmal, um mit weiterem Geld zurückzukehren. Schließlich war alles zu Iassos Zufriedenheit ausgezahlt. Taron nahm das Geld und verstaute es.

„Danke", sagte er halblaut und dann: „Auf Wiedersehen."

„Nein, warte, ich komme mit. Ich muss nur kurz bezahlen."

Taron ging durch die Gaststube zur Tür und blieb dann vor dem Haus stehen, um zu warten.

Gleich darauf kam Iasso ihm nach. „Wollen wir ein Stück zusammen wandern? Wir haben doch den gleichen Weg."

Taron zögerte. Eigentlich war es ihm lieber, allein zu reisen. Andererseits half ihm dieser redselige Geselle dabei, seine schwarzen Gedanken zu vertreiben.

„Gern", stimmte er zu, woraufhin sie sich in Bewegung setzten.

***

Iasso erwies sich als angenehmer Reisebegleiter. Er erzählte viel von sich selbst, seiner Familie und dem Dorf, in dem er aufgewachsen war und stellte auch Taron immer wieder Fragen. Als dieser jedoch kaum oder nur ausweichend darauf antwortete, insistierte Iasso nicht, sondern fand sich damit ab.

Ein Vorteil war, dass er die Wegweiser lesen konnte und sie auf diese Weise zügig vorankamen. Als sie an einer Kreuzung standen, die mit besonders vielen Hinweisen versehen war, blieb Iasso stehen und schien unschlüssig zu sein.

„Wohin sollen wir nun gehen? Wir könnten den Weg nach links nehmen, aber der geradeaus ist auch möglich. Was meinst denn du, Taron?"

Er zuckte die Achseln. „Mir ist es egal."

Iasso wandte ihm sein helles Mondgesicht mit den Flecken, die wohl Sommersprossen waren, zu: „Du schaust ja auch gar nicht hin", stellte er fest.

„Ich brauche nicht hinzuschauen."

„Kannst du nicht lesen? Oh, entschuldige, das ist unhöflich!"

Taron musste lächeln. „Stimmt. Aber ich kann lesen." Er gab sich einen inneren Ruck, weil er das Gefühl hatte, eine Erklärung schuldig zu sein. „Ich kann die Schrift nicht lesen, weil ich sie nicht erkennen kann."

„Wie meinst du das?"

„Ich kann sie nicht richtig sehen."

Eine Pause folgte, in der Iasso diese Aussage offenbar zu verdauen versuchte. „Ach, so!", meinte er schließlich. „Und ich hatte schon gedacht, du machst das absichtlich, dass du keine Pfütze auslässt und mit dem Fuß gegen jeden Stein stößt." Er lachte etwas verlegen. Dann fiel ihm offenbar etwas ein. „Ach, und deswegen die Sache mit dem Geld heute Morgen!" Taron nickte widerstrebend.

Iasso fluchte teilnahmsvoll. „Kannst du keine Brille tragen oder sowas?"

„Nein, die hilft mir nicht. Es war so etwas wie ein Unfall. Ist schon eine Weile her."

„Mann, ist das …" Er beendete den Satz mit einem weiteren derben Schimpfwort.

„Ja, so könnte man es ausdrücken."

Es war seltsam, aber Taron fühlte sich durch die unverblümte Reaktion von Iasso mehr getröstet als durch viele andere Aussagen zuvor. Er wusste, dass es von Herzen kam.

Danach wanderten sie eine ganze Weile schweigend weiter. Aber Taron fiel auf, dass Iasso ihn von nun an manchmal am Ärmel zog oder ihn zur Seite schob, wenn sich etwas auf dem Weg befand, dem er ausweichen sollte. Er verlor kein Wort darüber, sondern machte es beinahe ganz automatisch.

***

Die Dämmerung brach früh über sie herein, zu früh, denn sie hatten noch nicht das nächste Dorf erreicht. Taron war dankbar, dass sie wenigstens zu zweit waren.

Iasso war sich sicher, dass es nur noch wenige Kilometer bis zu den nächsten Häusern war. Das schwindende Licht bedeutete jedoch, dass Taron noch weniger sehen konnte.

„Iasso, wir müssen etwas langsamer gehen."

„Im Gegenteil! Wir müssen so schnell wie möglich aus diesem Wald heraus." Taron spürte, wie Iasso nach seiner Hand tastete, dann seinen Arm um seinen schlang und ihn unterhakte. Es war ihm zuwider, sich so hilflos zu fühlen, aber er wusste, dass es die einzige Möglichkeit war, schneller voranzukommen. Er konnte dankbar sein, dass Iasso ihn nicht allein zurückließ.

Eine Weile liefen sie schweigend. Dann hörte er Iasso plötzlich leise fluchen.

„Was ist?", flüsterte er.

„Da stehen zwei Männer auf dem Weg vor uns."

„Weiter."

Sie liefen weiter, bis sie abrupt aufgehalten wurden.

„Halt, ihr Zwei", sagte eine Stimme. „Wo wollt ihr denn so spät noch hin?"

„Wenn ihr hier durchwollt, dann müsst ihr uns wohl erst einmal um Erlaubnis fragen", fügte eine andere Stimme hinzu. „Und etwas bezahlen, denke ich."

Taron spürte an Iassos Bewegung, dass er mit der rechten Hand sein Messer aus dem Gürtel zog. Er löste sich von Iasso, während auch seine eigene Hand zum Griff seiner Klinge glitt.

„Das solltet ihr besser sein lassen", kam jedoch eine dritte Stimme aus der anderen Richtung.

Taron fluchte leise. Die Straßenräuber waren in der Überzahl. Wenn sie ihn durchsuchten, würden sie wahrscheinlich das Geld finden. Das würde ihm alle Zukunftspläne zunichtemachen. Warum musste er gerade jetzt diesen Halunken in die Arme laufen?

Jemand entzündete das Licht in einer Laterne und hob sie an.

„Wir können euch auch durchsuchen, wenn ihr nicht freiwillig alles herausrückt."

Taron konnte eine hochgewachsene Gestalt erkennen, die sich ihnen jetzt näherte, dann jedoch stehenblieb.

„Ach, nein, wen seh ich denn da? Ist das nicht etwa der Anfänger, der letzten Sommer bei uns mitmachen wollte und dann die Hosen voll hatte? Taron?"

Er konnte das Gesicht des Mannes nicht erkennen, auch seine Stimme kam ihm nicht bekannt vor, aber es handelte sich offenbar um einen der

Räuber, mit denen er im letzten Sommer die Kutsche überfallen hatte. Was für ein irrer Zufall!

„Mann, was hast du mit deinen Augen gemacht? Du siehst so anders aus, dass ich dich erst auf den zweiten Blick erkannt habe."

Taron beschloss, darüber hinwegzugehen. „Und ihr versucht es immer noch auf die gleiche Art, wie ich sehe." Er spürte, dass Iasso neben ihm von ihm abrückte. Was musste er jetzt von ihm denken? Für ihn sah es so aus, als habe Taron gerade die Seiten gewechselt.

Der Bandit mit der Laterne lachte rau. „Du kennst den Kerl tatsächlich, Ketzo?"

„Ja, da wart ihr beiden nicht dabei, letzten Sommer. Wir waren eine ziemlich zusammengewürfelte Truppe, hat sich aber gelohnt, die Nacht." Taron dachte an die Kiste, die die anderen aus der Kutsche gehoben hatten. „Er hier ist allerdings ziemlich schnell verschwunden, nachdem er sich einem der hübschen Mädchen gewidmet hatte."

„Ich habe euch nicht verpfiffen, wenn du das meinst", versuchte Taron, sich abzusichern.

„Nein, stimmt, das war ein anderer, viel später. Ist egal …"

Jetzt meldete sich der dritte Mann zu Wort, der bisher nicht gesprochen hatte. „Wollt ihr hier die ganze Nacht rumstehen und quatschen? Oder machen wir weiter?"

Ketzo winkte ab. „Nein, die beiden Grünschnäbel hier lassen wir laufen. Die haben's nicht verdient. Los, macht, dass ihr wegkommt. Wie ich euch so anschaue, ist bei euch sowieso nichts zu holen.

Habt ihr einmal Glück gehabt, dass ihr verschont geblieben seid. Beim nächsten Mal überlege ich es mir vielleicht." Er lachte gut gelaunt. „Kommt mit, Jungs, wir verschwinden wieder."

Sie löschten das Licht und tauchten den Wald wieder in Dunkelheit. „Adieu …", hörte Taron noch die Stimme, dann waren die Banditen auf und davon und ließen Iasso und ihn zurück.

„Was zum Teufel war das denn gerade?", platzte Iasso heraus. „Erzähl mir jetzt nicht, dass du im Nebenberuf Straßenräuber bist! Ich krieg Angst vor dir!"

„Nein, ach nein, ich kann dir das erklären. Es ist nicht so, wie du jetzt vielleicht denkst. Lass uns erstmal weitergehen, damit wir endlich aus diesem verdammten Wald herauskommen. Dann erzähl ich es dir."

Iasso preschte los und bemerkte erst mehrere Schritte später, dass Taron ihm langsamer folgte. Fluchend kehrte er zurück und fasste ihn am Arm. Gemeinsam stolperten sie über den holprigen Waldweg, bis sie endlich wieder ins Freie kamen.

„Da drüben ist das Dorf! Wusste ich's doch." Taron hörte die Erleichterung in der Stimme seines Begleiters. „Jetzt ist es nicht mehr weit. Aber bevor wie dort sind, musst du mir erst einmal ein paar Dinge erklären!"

Sie verlangsamten ihr Tempo ein wenig, so dass Iasso nicht so sehr an Tarons Arm ziehen musste.

„Also, woher kanntest du den Kerl da gerade?"

„Ich kannte ihn eigentlich gar nicht. Letzten Sommer habe ich mich für kurze Zeit seiner Bande angeschlossen. Ich brauchte dringend Geld, um meine Familie zu unterstützen. Aber ich habe sehr schnell eingesehen, dass es eine absolute Schnapsidee war. Eine Nacht bin ich mitgegangen, aber danach habe ich sie nie wiedergesehen. Bis heute Abend."

Taron sah vor seinem inneren Auge wieder die Kutsche vor sich, und Helena, wie sie ihn mit aufgerissenen Augen ansah. Er schüttelte den Kopf.

Iasso schien mit seiner Erklärung noch nicht zufrieden zu sein. „Wie kamst du darauf, unschuldige Leute auszurauben? Das ist schändlich und verbrecherisch. So etwas macht man nicht."

Taron zögerte, während er nach einer Antwort suchte, die jemand wie Iasso verstehen konnte. „Ich bin groß geworden mit dem Gedanken, dass wir – also meine Familie und ich – nicht dazugehören. Da waren wir, und da waren all die anderen, die in ihren prächtigen Häusern sitzen und den ganzen Tag Kaffee trinken. Irgendwie erschien es mir wie ausgleichende Gerechtigkeit, wenn ich versuchen würde, ihnen ein kleines Bisschen von ihrem Geld abzunehmen."

„Meine Familie ist auch arm, aber trotzdem würde ich nie auf so eine Idee kommen", meinte Iasso störrisch. „Wo ist denn deine Familie jetzt?"

Taron begriff, dass er irgendwann einmal die Wahrheit über sich erzählen musste. Das war er seinem Mitreisenden schuldig. „Ich habe sie zurückgelassen, weil ich es dort nicht mehr ausgehalten habe. Aber das lag vor allem an Dingen, die ich getan habe. Es war meine Schuld, nicht ihre. Ich weiß nicht, wohin sie gehen werden."

Es folgte eine kleine Pause, in der Iasso offenbar seine Schlüsse aus Tarons Worten zog. Schließlich meinte er: „Ich glaube, ich verstehe jetzt.

Du bist ein Vagabund, nicht wahr? Du hast kein festes Zuhause. Ich habe mich immer gefragt, warum du so anders aussiehst und so einen seltsamen Namen hast."

Taron ließ seinen Arm los und blieb stehen. Er fragte in die Dunkelheit: „Ist das ein Problem für dich? Dann kannst du gehen. Ich halte dich nicht auf."

Er hatte es schon oft genug erlebt, wie andere Leute auf ihn reagierten, wenn sie wussten, dass er zum fahrenden Volk gehörte. Sie wandten sich ab und wollten nichts mit ihm zu tun haben.

Iasso war ebenfalls stehengeblieben, denn seine Stimme war nicht weit entfernt, als er antwortete: „Nein, es ist schon in Ordnung. Ich wollte es nur wissen, weiter nichts. Du hast mir vorhin praktisch das Leben gerettet oder zumindest meinen schmalen Geldbeutel. Dafür bin ich dir dankbar. Wir gehen zusammen weiter."

Taron hörte, wie er zurückkam und spürte wieder seine Hand an seinem Arm. „Zur nächsten Herberge kann es nicht mehr weit sein."

Nach ein paar Schritten setzte Iasso erneut an. „Was ich noch gern wüsste: Woher hast du das ganze Geld, wenn du letzten Sommer noch so blank warst?"

„Es ist nicht gestohlen, wenn es das ist, was du meinst. Ich habe es zum Dank erhalten, als Belohnung."

Sie wanderten weiter, ohne zu sprechen. Jeder hing seinen Gedanken nach.

Taron war durch die Begegnung mit dem Straßenräuber wieder zurückgeworfen worden in die Ereignisse des vergangenen Jahres. Wenn er an diese Nacht zurückdachte, in der er Helena zum ersten Mal getroffen hatte, spürte er, dass er immer noch etwas für sie empfand. Er hatte gedacht, dass alle Gefühle für sie gestorben waren, als sie ihm gesagt hatte, dass sie verlobt war. Aber dem war nicht so. Er fragte sich, ob sie vielleicht schon verheiratet war. Es versetzte ihm einen Stich.

***

Als sie das Dorf erreichten, stellte sich heraus, dass es nur eine einzige Herberge gab. Taron folgte Iasso in die Gaststube. Sobald sie die Tür öffneten, schlug ihnen Lärm und warmer Bierdunst entgegen. Offenbar war der Raum gesteckt voll mit Menschen. Es roch nach Schweiß und

Essen. Taron folgte Iasso so gut es ging durch den engen Gang zwischen Bänken, Tischen und ausgestreckten Beinen, bis sie die Theke erreichten.

Iasso musste brüllen, um gehört zu werden, als er nach zwei Übernachtungsplätzen fragte. Taron konnte verstehen, dass der Wirt abwehrte. Sein Haus war voll. Alle Zimmer waren vergeben. Es gab keine Schlafplätze mehr, nicht einmal im Stall.

Iasso legte sich ins Zeug, versuchte, den Wirt zu überreden, aber ohne Erfolg. Schließlich drehte er sich zu Taron um und zuckte die Schultern.

„Wir müssen uns irgendeine Scheune suchen, wo wir die Nacht verbringen können."

Taron schüttelte entnervt den Kopf. Er war nicht bereit, eine bitterkalte Nacht irgendwo da draußen zuzubringen. Er schob sich an Iasso vorbei und griff in eine seiner Taschen, um eine Münze herauszuholen. Wortlos legte er sie auf den Tresen und schob sie dem Wirt hinüber.

Dessen Hand legte sich sofort über die Münze, um sie verschwinden zu lassen.

„Kommt mit", sagte er, griff nach einer Kerze und ging. Iasso folgte ihm eilig und zog Taron hinter sich her. Sie stolperten eine Treppe hinauf, einen Gang entlang und wieder ein paar Stufen hinunter in ein Nachbargebäude, das direkt angrenzte. Hier schloss der Wirt eine Tür auf und öffnete sie.

„Das ist unser privates Gästezimmer. Normalerweise kommt hier keiner rein. Aber für das Geld …

Wasser, Getränke und Essen lasse ich euch bringen. Benehmt euch. Das ist privat hier." Er zündete eine Kerze an, die auf einem Tisch stand und verschwand wieder.

„Was hast du ihm gegeben?", fragte Iasso in die folgende Stille.

„Keine Ahnung."

Das Zimmer war sparsam möbliert, aber sauber. Auf der einen Seite eines kleinen Fensters stand ein breites Bett, auf der anderen Seite ein Schrank und ein Tisch mit zwei Stühlen. Iasso zündete einige weitere Kerzen an, die im Raum verteilt waren, damit auch Taron sich einigermaßen zurechtfinden konnte, und entfachte ein Feuer in dem kleinen Ofen, der in der Ecke stand. Schon bald verbreitete dieser eine angenehme Wärme.

Eine Magd brachte unterdessen einen Krug mit frischem Wasser und eine Schüssel, Seife und ein Handtuch herein. Sie beäugte die beiden Männer interessiert und verschwand wieder.

Als es darum ging, zu entscheiden, wo sie schlafen wollten, zeigte sich Iasso entschlossen. Auf keinen Fall wollte er mit Taron in einem Bett liegen. Er bestand stattdessen darauf, dass dieser das Bett bekommen sollte und er selbst sich ein Lager auf dem Boden machen würde. Taron widersprach vehement, aber erfolglos.

Nach einer Weile kam wieder eine Frau und brachte ein Tablett mit zwei Humpen Bier, Tellern, Besteck und einer Platte mit warmen Speisen. Iasso und Taron setzten sich an den Tisch und langten zu.

Taron war sich unangenehm bewusst, dass er Schwierigkeiten hatte, manche Speisen zu essen, die er nicht gut erkennen konnte. Ohne ein Wort darüber zu verlieren, übernahm es Iasso, Tarons Teller zu füllen und dabei die Dinge so zu portionieren, dass es ihm leichter fiel.

Schließlich legten sie sich beide schlafen. Taron hörte, wie Iasso es sich auf seinem Lager bequem machte und kurze Zeit später sein Atem immer ruhiger ging.

Er selbst lag noch lange wach. Als er endlich einschlief, verfolgten ihn dunkle Träume.

***

Am nächsten Morgen standen sie früh auf. Während Iasso sein Lager wieder aufräumte, fragte er Taron beiläufig: „Wer ist eigentlich Helena?"

Taron richtete sich von der Tasche auf, über die er sich gebeugt hatte. „Helena? Wie kommst du auf Helena?"

„Nun, du hast letzte Nacht so laut im Schlaf gesprochen, dass du mich damit geweckt hast. Ich habe kaum etwas verstanden, aber es kam immer wieder der Name Helena vor."

Taron setzte sich neben der Tasche auf das Bett. „Helena ist eine Frau, die ich einmal sehr geliebt habe."

„Jetzt nicht mehr?"

„Das letzte Mal, als ich sie gesehen habe, hat sie mir erzählt, dass sie jemand anderen heiraten wollte."

Iasso fluchte andächtig. „Das ist hart."

Taron seufzte. „Es hilft nichts, sich damit aufzuhalten."

Ihr Frühstück nahmen sie unten im Gastzimmer ein. Danach machten sie sich erneut auf den Weg. Das Land war immer dichter besiedelt, ein Hinweis darauf, dass sie sich der Hauptstadt näherten. Nach dem kalten und feuchten Wetter der letzten Tage, kam heute endlich einmal die Sonne heraus und wärmte sie mit ihren Strahlen.

Als sie an einer Kreuzung eine Rast einlegten, meine Iasso: „Morgen werden wir Herrscherau erreichen. Dann trennen sich unsere Wege.

Ich werde erst einmal zu dieser Pension gehen, die meine Tante führt. Und du?"

Taron hatte darüber nachgedacht. „Ich weiß nicht so recht. Meinst du, es wäre möglich, dass ich auch ein Zimmer in der Pension mieten könnte? Ich möchte mich nach einer Wohnung umsehen, aber das braucht etwas Zeit."

„Aber klar geht das!" Iassos Stimme klang begeistert. „Ich werde schon dafür sorgen!"

***

Am nächsten Tag erreichten sie gegen Nachmittag die Hauptstadt. Iasso musste sich mehrmals nach dem Weg erkundigen, bis sie endlich die richtige Straße gefunden hatten, an der die Pension lag. Es handelte sich um ein hohes Backsteinhaus mit einem kleinen Garten, in dem ein Schild stand mit der Aufschrift: „Pension Harzerey".

Sie stiegen die Stufen hinauf zur Tür, wo Iasso an der Klingel zog. Kurz darauf öffnete ein Dienstmädchen. Es führte sie in einen Salon, in dem eine schwarz gekleidete, ältere Dame auf sie wartete.

Als Iasso sich vorstellte, wurde er sofort herzlich begrüßt. Auch Taron wurde die Hand geschüttelt. Die Dame, Frau Harzerey, freute sich sehr, ihren beiden neuen Gästen Zimmer nach hinten hinaus in den Garten anbieten zu können.

„Herzlich Willkommen in unserer wunderschönen Stadt!", rief sie aus. „Möge sie dir Glück bringen, Iasso, und Ihnen natürlich auch, Herr Taron!"

***

Am Abend saßen die beiden jungen Männer noch am Feuer im Salon zusammen. Taron wärmte sich dankbar an den Flammen des Kamins, schaute jedoch nicht hinein, weil das seine Augen schmerzen ließ.

Iasso erzählte davon, wie er eine gute Arbeit finden wollte. Taron hörte ihm geduldig zu, obwohl er vorhatte, ihm etwas anderes vorzuschlagen. Schließlich ergab sich eine Gelegenheit dazu.

„Iasso", begann er. „Ich habe mir etwas überlegt, das ich dich fragen möchte. Du kannst es dir anhören und dann darüber nachdenken. Du kannst es ablehnen. Am meisten würde es mich aber natürlich freuen, wenn du meinem Vorschlag zustimmen würdest."

„Schieß los", meinte Iasso trocken.

„Du weißt, dass ich vorhabe, eine Wohnung oder vielleicht sogar ein kleines Häuschen zu mieten oder zu kaufen, wenn ich etwas Passendes finde, das nicht zu teuer ist. Ich habe zwar etwas Geld, aber das reicht sicherlich nicht für irgendwelchen Luxus.

Jetzt wollte ich dich fragen, ob du mir bei der Suche helfen könntest. Du kannst besser mit den Leuten sprechen und herumfragen. Und du kannst dir auch Räume anschauen und sofort sehen, ob sie geeignet sind. Würdest du das tun?" Er fügte schnell hinzu: „Ich würde dich dafür bezahlen, natürlich."

Iasso lehnte sich entspannt zurück und trank einen Schluck aus seinem Glas. „Da brauche ich gar nicht lange zu überlegen. Natürlich mache ich das, und zwar gern. Das kann doch nicht so schwierig sein, nicht wahr?" Er lachte unbekümmert. „Warum machst du darum so ein Tamtam? Du brauchst mir nicht einmal etwas dafür zu bezahlen."

Taron lächelte etwas angespannt. Er war schließlich noch nicht fertig mit dem, was er sagen wollte. Der schwierigere Teil kam erst noch.

„Das ist sehr nett von dir. Dann will ich wagen, dich auch noch etwas anderes zu fragen." Er verschränkte die Hände. „Wenn ich eine passende Behausung gefunden habe, dann muss ich auch weiterdenken. Ich kann …" Er räusperte sich, weil ihm für einen Moment die Stimme versagte.

„Ich kann nicht allein zurechtkommen. Ich brauche Hilfe, jemanden, der sich um die Dinge kümmert, die ich nicht machen kann. Es ist nicht leicht für mich, das zu sagen, aber es ist so." Er zögerte, während er nach den richtigen Worten suchte. „Ich habe nie einen Diener gehabt, es ist mir fremd, jemandem Befehle zu erteilen. Aber könntest du … könntest du dir vorstellen, dass du derjenige wärst, der mir hilft? Ich würde dich dafür bezahlen, weil du nicht für jemand anderen arbeiten könntest, aber ich würde dir nie sagen, was du zu tun hast."

Wie sehr wünschte er sich, er könnte Iassos Gesicht erkennen und daraus lesen, was er dachte.

Für eine Weile herrschte Stille. Nur die große Standuhr an der Wand tickte bedächtig die Sekunden.

Schließlich sagte Iasso, und seine Stimme klang kühl: „Ich bin nicht hierhergekommen, um als Diener zu arbeiten."

„So meine ich es auch nicht. Du würdest mir einfach helfen. Überlege es dir bitte. Ich glaube, dass wir eine gute Lösung finden würden, mit der wir beide zufrieden sind."

„Ich habe nur etwas mit Frauen, dass das klar ist!"

„Ich auch", erwiderte Taron mit einem Lächeln.

„Ich muss es überlegen. Am besten sofort. Ich werde dann mal auf mein Zimmer gehen. Gute Nacht." Iasso trank sein Glas aus und erhob sich.

Taron schaute ihm hinterher und stand schließlich auch auf. Er hatte es versuchen müssen. Wenn Iasso sich weigerte, musste er sich schnell um jemanden kümmern, den er einstellen konnte. Es war ihm zuwider, aber er sah keine andere Möglichkeit. Ihm grauste davor, sich einer völlig fremden Person anzuvertrauen, die seine Briefe schreiben, ihm beim Ankleiden oder Einkaufen helfen musste.

***

Am nächsten Morgen ging Taron früh hinunter in den Speiseraum. Trotzdem waren bereits einige andere Gäste anwesend. Er setzte sich und bat um ein bescheidenes Frühstück.

Dies wurde ihm gerade serviert, als Iasso den Raum betrat. Er steuerte direkt auf Tarons Tisch zu und setzte sich zu ihm. Er kam gleich zur Sache.

„Taron, ich habe die halbe Nacht über das nachgedacht, was du gesagt hast. Ich weiß nicht, ob ich der Richtige bin für diese Anstellung, aber ich verstehe, was du meinst, wenn du sagst, dass du keinen Diener haben willst. Ich habe immer gesagt, dass ich fast jede Arbeit annehmen würde. Also warum nicht diese?" Er atmete hörbar tief ein. „Also: Ich würde es machen, aber nur unter drei Bedingungen."

„Und die wären?"

„Die Bezahlung muss stimmen und ich habe ein eigenes Zimmer und freie Tage. Und ich muss nicht kochen."

„Das sind vier Bedingungen, aber egal. Lass es uns so machen."

Iasso sprang wieder auf und umrundete den Tisch, um Taron lachend die Hand zu schütteln.

***

VIERUNDZWANZIG

Gleich am nächsten Tag machten sich Taron und Iasso daran, eine dauerhafte Unterkunft zu finden. Iasso suchte in der Zeitung nach Anzeigen und hörte sich in der Nachbarschaft und auf dem Marktplatz um.

Es stellte sich heraus, dass Taron ihm dabei kaum eine Hilfe sein konnte. Im Gegenteil bemerkte er, dass die Menschen, denen sie begegneten dazu neigten, sich mit Iasso zu unterhalten, der mit seiner offenen, freundlichen Art sofort auf Sympathie stieß, während sie Taron nach einem kurzen Blick auf sein Gesicht zu ignorieren versuchten. Schließlich überließ es Taron Iasso, sich allein auf die Suche zu begeben, während er in der Pension zurückblieb.

Es fiel ihm schwer, geduldig zu sein, aber es wusste, dass er Iasso dankbar sein musste, dass er sich für ihn einsetzte. Am Ende dauerte es nur kurze Zeit, bis Iasso eines nachmittags zurückkam und ihm erzählte, dass er ein renovierungsbedürftiges Häuschen mit einem Garten entdeckt hatte, das Taron mehr als günstig kaufen konnte. Es lag am Rand eines Dorfes, nahe der Hauptstadt.

Am nächsten Tag fuhren sie gemeinsam dorthin, um es sich anzuschauen. Es handelte sich um ein niedriges Gebäude mit einem roten Dach, dass von einem verwahrlosten Garten umgeben war. Es war offensichtlich, dass man viel Arbeit hineinstecken musste, aber das schreckte weder Taron noch Iasso.

Sie trafen sich mit dem Besitzer, der gleich nebenan wohnte. Der Bauer war spürbar irritiert, als sich herausstellte, dass nicht Iasso, sondern Taron der Käufer war. Während sie gemeinsam durch das Haus gingen und besprachen, was gemacht werden musste, um es wieder in Schuss zu bringen, fühlte Taron, dass er fortwährend beobachtet wurde.

Schließlich schien der Bauer sich jedoch mit Tarons Person abgefunden zu haben und willigte ein, ihm das Haus zu verkaufen.

Von da an stürzten sich Taron und Iasso in die Arbeit. Iasso begann sofort damit, Bodenbretter auszubessern, Wände zu streichen und das Dach abzudichten.

Taron half ihm, so gut er es vermochte. Durch seine Erfahrung als Tischler konnte er mit lange geübten Handgriffen ersetzen, was er nicht sehen konnte. Es tat ihm gut, sich nützlich zu machen und etwas Sinnvolles zu tun.

Die Zusammenarbeit mit Iasso machte ihm Spaß. Manchmal stellte er sich vor, wie es wäre, wenn sie beide zusammen eine Tischlerei aufmachen und die schönsten Möbel der ganzen Stadt herstellen würden. Doch das war ein unerfüllbarer Traum, dessen Unerreichbarkeit ihn mit Bitterkeit erfüllte.

In kürzester Zeit hatten Iasso und er das Häuschen hergerichtet. Außerdem machte Iasso im Dorf eine Witwe ausfindig, die jeden Tag für sie einkaufte, kochte und putzte, wo es nötig war.

In einem festen Haus zu wohnen war für Taron eine völlig neue Erfahrung. Er genoss den Platz, der ihm zur Verfügung stand. Manchmal kam er sich in den Räumen, die sich für ihn riesig anfühlten, jedoch etwas verloren vor.

Mit Iasso verstand er sich sehr gut, auch wenn es durchaus hin und wieder zu Meinungsverschiedenheiten kam. Aber Iasso akzeptierte, dass er in vielerlei Hinsicht die mühseligen Dienste eines Dieners zu erfüllen hatte. Und Taron nahm im Gegenzug hin, dass Iasso sein eigenes Leben führte, solange er seine Pflichten nicht vernachlässigte. So brachte Iasso manchmal Besuch mit oder blieb gelegentlich über Nacht weg. Er fand schnell Freunde und war auch ganz offenbar bei den Frauen sehr beliebt.

Einmal bot er Taron an, ihn in das Vergnügungsviertel der Hauptstadt mitzunehmen, „für ein bisschen Zeit mit den Damen", wie er es ausdrückte. Er zog Taron solange damit auf, dass er nicht wie ein Mönch leben müsste, bis er zusagte.

Zunächst genoss Taron es, wie jeder andere Mann auch behandelt zu werden und dass dort keine Fragen gestellt wurden, solange er nur genug zahlte. Doch als sich eine der Frauen auf seinen Schoß setzte und er ihr billiges, schweres Parfüm einatmete, musste er sofort an den Rosenduft denken, der Helena umweht hatte. Und als er ihre Hände auf seiner Haut spürte, sah er nur noch Helenas Gesicht vor seinem inneren Auge. Danach verzichtete er auf diese Art von Ausflügen.

Iasso und die Köchin Ophelia waren die Menschen, mit denen Taron am meisten Kontakt hatte. Darüber hinaus unterhielt er sich gelegentlich mit seinen Nachbarn über praktische Dinge. Ansonsten blieb er für sich. Er hielt sich im Garten auf oder verrichtete einfache Arbeiten.

Er stand auf, wenn es hell wurde und ging früh zu Bett. Er bemühte sich um einen geregelten Tagesablauf, weil er wusste, wie wichtig es für ihn war, die Kontrolle über sich zu behalten und sich nicht gehenzulassen.

Die meiste Zeit gelang ihm dies. Einmal jedoch, an einem sonnigen Tag im April, hatte Taron sich vorgenommen, eine Arbeit zu Ende zu bringen, die er gemeinsam mit Iasso begonnen hatte. Sie hatten einige morsche Bretter im Fußboden eines der oberen Zimmer ausgetauscht. Dabei waren zwei Bretter übriggeblieben, die sie für ein anderes Zimmer verwenden wollten.

Iasso war zu der nahegelegenen Sägemühle gegangen, um Holz zu besorgen. Taron wusste, dass es vernünftiger wäre, mit der Arbeit auf Iasso zu warten, aber er war es leid, sich so hilflos zu fühlen und wollte versuchen, wie weit er es allein schaffen könnte.

Er trug die Bretter und das Werkzeug zusammen, das er brauchte und ging langsam und methodisch ans Werk.

Tatsächlich gelang es ihm zunächst recht gut, eines der Bretter zurechtzuschneiden und anzupassen. Dies war eine Arbeit, die er schon tausendmal verrichtet hatte. Er holte sich das nächste Brett und legte es sich zurecht.

Als er jedoch die Säge ansetzte, hatte er nicht bemerkt, dass das Brett nicht richtig auflag. Es verschob sich, er rutschte mit der Säge ab und spürte im gleichen Augenblick einen scharfen Schmerz. Fluchend ließ er die Säge fallen und hob die Hand, an der Blut herausquoll.

Es war das erste Mal seit dem vergangenen Sommer, dass er Blut sah. Der Anblick traf ihn wie ein Schock. Mehrere Sekunden vergingen, in denen er auf seine tropfende Hand starrte. Ohne Vorwarnung war er sofort wieder im Palast, lag hilflos auf diesem Bett, spürte den Schmerz, die Panik, fühlte sein Blut warm über sein Gesicht rinnen.

Sein Atem ging keuchend, er fiel auf die Knie.

Endlos lang war er in seiner Erinnerung gefangen, während er gegen seine Panik ankämpfte. Nur unter größter Anstrengung gelang es ihm schließlich, seine Aufmerksamkeit zurück auf die Realität zu lenken. Er musste etwas tun. Er war allein. Niemand war da, um ihm zu helfen.

Mit einem Stöhnen erhob er sich und stolperte aus dem Zimmer. Er wäre fast die Treppe hinuntergefallen, als er die Stufen abwärts polterte. Auf der Suche nach etwas, um die Blutung zu stillen, taumelte er in die Küche. Er fand ein Tuch und wickelte es sich fest um die Hand.

Jetzt wo er das Blut nicht mehr sehen konnte, ließ der Schock etwas nach. Langsam ließ er sich auf den kalten Fliesenboden gleiten, wo er schwer atmend sitzen blieb.

Kurz darauf hörte er jemanden an der Tür. Es war Iasso, der aufschrie, als er die Blutspur im Flur bemerkte.

„Taron! Taron, wo bist du?" Er war schon dabei, die Treppe hinaufzulaufen, als Taron den Atem aufbrachte, um sich zu melden.

„Ich bin in der Küche …"

Gleich darauf kniete Iasso vor ihm auf dem Boden.

„Taron! Taron! Verdammt, was hast du gemacht?" Er fasste nach seiner Hand und entfernte das Tuch.

„Ich weiß nicht …", murmelte Taron benommen. „Das Blut, das Blut überall. Ich habe die Kontrolle verloren …, und Cara war nicht da …"

„Was? Was redest du da? Wer ist Cara? Was hast du gemacht? Warst du etwa oben mit der Säge zugange?"

Taron nickte. „Ja, ja, mir ist die Säge abgerutscht …"

„Bist du verrückt? Du hättest dir wer weiß was antun können!", schimpfte Iasso und schaute sich die Verletzung näher an. „Zum Glück, es ist nicht tief. Nur ein Kratzer …"

Er erhob sich sofort wieder, um gleich darauf mit einer Flasche und einem Streifen weißen Stoff zurückzukommen und sich erneut neben Taron niederzuknien. „Du hast mächtig Glück gehabt. Das hätte auch schiefgehen können! Warum machst du sowas? Wie kommst du darauf, allein da oben weiterzumachen?"

Der Schmerz, als Iasso Alkohol über die Wunde goss, brachte Taron endgültig wieder zurück in die Realität. Während er Iasso dabei zusah, wie er seine Hand fachmännisch verband, wurde ihm langsam klar, was passiert war. Er hatte wirklich Glück gehabt.

Iasso redete weiter auf ihn ein. „Wir machen diese Sachen nur zusammen. Du siehst doch, was passiert! Das war absolut bescheuert von dir!"

Nachdem er fertig war, ergriff Iasso Tarons Arm und half ihm aufzustehen. „Es hätte noch viel Schlimmeres passieren können. Nicht auszudenken! Kaum bin ich weg, machst du solchen Unsinn."

Taron riss sich los aus Iassos Griff. Er fühlte, wie die Wut in ihm aufstieg. Gerade noch hatte er gegen all die Erinnerungen angekämpft, die auf ihn eindrangen und denen er sich so ausgeliefert fühlte. Jetzt war es Iasso, der auf ihn einredete, als wäre er ein kleines, dummes Kind.

Er war vielleicht unvorsichtig gewesen, ja, aber das war kein Grund, ihn so zu schelten. Er war keine drei mehr. Er wollte sich auch nicht so behandeln lassen. Tagtäglich wurde es ihm schon genug vor Augen geführt, dass er eingeschränkt war, dass er so Vieles nicht mehr konnte wie früher. Es schmerzte ihn, und seine Hilflosigkeit machte ihn zornig. Er konnte es kaum ertragen, immer von Iassos Hilfe abhängig zu sein. In diesem Moment wurde es ihm besonders deutlich, und er hasste es.

„Hör auf damit! Du behandelst mich, als wäre ich nicht ganz dicht!", schrie er Iasso an. Er stolperte rückwärts, stieß an den Küchentisch, dem er einen Tritt versetzte. „Ich bin es leid, mir von dir sagen zu lassen, was ich tun soll!" Er bekam den Stuhl zu fassen und warf ihn zur Seite. „Ich hasse es! Ich hasse das alles hier! Ich halt das nicht mehr aus!"

Er taumelte zur Tür und den Flur hinunter. Ohne nachzudenken riss er die Haustür auf und stolperte hinaus an die frische Luft. Er bog in den Garten und ließ sich schließlich auf eine Bank fallen. Mit einem Stöhnen lehnte er sich zurück, schloss die Augen und hielt seine bandagierte linke Hand mit der rechten an die Brust gepresst, während er darauf wartete, dass sich sein Atem wieder beruhigte.

Milder Frühlingssonnenschein fiel auf sein Gesicht. Irgendwo in der Nähe rief ein Vogel. Die jungen Blätter der Bäume rauschten im sanften Wind. Langsam ließ das Pochen des Blutes in seinen Ohren nach. Er spürte, wie sich seine Nerven wieder beruhigten.

Als er Schritte sich nähern hörte, öffnete er die Augen. Iasso war herausgekommen und stand neben der Bank, zwei Gläser in der Hand.

„Darf ich mich setzen?", fragte er.

Taron nickte wortlos. Iasso setzte sich neben ihn und drückte ihm ein Glas in die Hand. Taron roch den Alkohol darin. Er hob das Glas, trank einen Schluck und bemerkte, dass Iasso es ihm gleichtat.

Schließlich sagte Taron: „Es tut mir leid, Iasso. Ich hätte dich nicht anschreien sollen. Ich war so außer mir. Ich kann es nicht ertragen, dass ich früher alles konnte und jetzt nicht mehr."

„Nein, mir tut es leid. Du hattest ja recht... Es war doch nur, dass ich mir Sorgen gemacht habe um dich. Ich wollte dich nicht beleidigen. Ich finde nicht, dass du dumm bist, oder so. Im Gegenteil. Und du beklagst dich nie." Iasso trank noch einmal aus dem Glas. „Wir sind doch Freunde, oder? Ich meine, als wir uns getroffen haben, da hast du gesagt, dass du keinen Diener haben willst, nur jemanden, der dir hilft. Das mache ich doch auch. Aber wenn ich nicht dein Diener bin, dann lass uns Freunde sein."

Taron schaute in das vertraute, runde Gesicht seines Gegenübers. „Das bist du doch. Du bist der einzige Freund, den ich habe."

Iasso stand auf und ging unruhig einen Schritt zur Seite, bevor er sich Taron wieder zuwandte: „Aber Freunde haben keine Geheimnisse voreinander, oder? Wenn wir Freunde sind, warum weiß ich dann so wenig über dich? Ich meine, du weißt praktisch alles über mich, über meine Familie, über mein Zuhause, über das, was ich so denke. Aber du? Wenn ich dich etwas frage, blockst du es ab. Du erzählst nie etwas über dich.

Zum Beispiel gerade eben. Was war denn das? Du warst ganz woanders, hast so seltsame Sachen gesagt. Warum?"

Taron stellte das Glas neben sich auf die Bank. Er wusste, dass Iasso recht hatte, aber er konnte es nicht ändern. „Ich kann es dir nicht sagen, Iasso. Ich kann es einfach nicht. Vielleicht kommt irgendwann der Tag, an dem ich es aussprechen kann, aber noch ist es nicht soweit." Er holte tief Luft. „Es war vor einem Jahr, letzten Sommer, da ist etwas Schlimmes, sehr Schlimmes passiert. Ich dachte, ich hätte es hinter mir gelassen, aber vorhin war alles wieder da." Taron rieb sich die schmerzende Stirn. „Lass uns Freunde sein, und ich will versuchen, dir alles zu beantworten, was du über mich wissen willst, aber dräng mich nicht, dir von dieser einen Sache zu erzählen."

Er konnte sehen, dass Iasso widerstrebend nickte. Er nahm noch einmal das Glas zur Hand und hob es an.

„Freunde?"

Iassos Hand mit dem Glas kam ihm entgegen. „Freunde."

***

Drei Monate später schaute Taron eines Morgens hinaus in den kleinen, verwilderten Garten, in dem sommerliches Grün die Bäume bedeckte. Irgendwo sang eine Amsel ihr Morgenlied. Der Hahn hinter dem Haus krähte selbstbewusst.

Es war für ihn immer noch ein fremdartiges Gefühl, dass dieser Garten für ihn da war, genauso wie das Zimmer und das Haus, in dem er sich befand. Aber inzwischen hatten es Iasso und er vollständig hergerichtet und repariert. Selbst der Bauer, der kürzlich mit seiner Frau zu Besuch gewesen war, um sein früheres Eigentum in Augenschein zu nehmen, hatte sich beeindruckt gezeigt, wie viel sie verbessert hatten.

Langsam hatte Taron das Gefühl, dass er zur Ruhe kam und dass er auf eine Art angekommen war. Dennoch fiel es ihm schwer, Pläne für die Zukunft zu machen. Vorerst lebte er nur in der Gegenwart. Er fällte Entscheidungen von Tag zu Tag.

Mit Iasso verband ihn eine feste Freundschaft. Seit dem Tag mit dem Unfall hatte sich Taron bemüht, offener mit ihm zu sein und ihn an seinen Gedanken teilhaben zu lassen.

Er hatte ihm von seiner Familie und dem fahrenden Volk erzählt. Zunächst hatte er befürchtet, dass dies Iasso abschrecken könnte, aber der war im Gegenteil fasziniert von diesem so ganz anderen Leben gewesen. Einmal hatte er sogar gesagt, dass er es bedauerte, Tarons Familie nicht zu kennen und dass er gern auch einmal eine Zeit herumgezogen wäre.

Es versprach heute ein sonniger, warmer Tag zu werden. Also ging Taron erst einmal hinaus in den Garten, um zu versuchen, dort ein wenig Ordnung herzustellen.

***

Helena war froh, dass heute die Sonne schien. Alexandra und ihre Schwester hatte ihr versprochen, dass sie einen Ausflug zu einem Verwandten machen würden, der etwas außerhalb der Stadt wohnte und einen herrlichen privaten Park sein Eigen nannte. Sie hatten einen Picknickkorb dabei und alles, was man für einen Tag auf dem Lande brauchte. Begleitet wurden sie von zwei sehr netten jungen Herrn aus der Nachbarschaft, die sie bei einem Ball kennengelernt hatten.

Seit Helenas Besuch vor einem Jahr, bei dem sie Freundschaft mit ihrer Cousine geschlossen hatte, war sie schon mehrere Male in Herrscherau gewesen. Ebenso hatte Alexandra sie zu Hause besucht. Dazwischen hatten sie sich immer mit langen Briefen auf dem Laufenden gehalten.

Dieses Mal hatte Helena ganz allein zu ihren Verwandten fahren dürfen und hatte sogar die Erlaubnis, für einen ganzen Monat zu bleiben. Sie fühlte sich bei ihrem Onkel schon wie zu Hause.

Die fünf Ausflügler stiegen in die Kutsche, die auch schon gleich losfuhr. Sie scherzten und lachten, während sie die Straßen hinunterschaukelten und die Gassen und Plätze der Stadt hinter sich ließen.

Helena schaute hinaus auf die Häuser, die an ihr vorbeizogen, umgeben von blühenden Gärten. Langsam erreichten sie die Vororte der Stadt, wo die Abstände zwischen den Häusern immer größer wurden, bis sie schließlich die offene Landschaft erreichten. Bald jedoch näherten sie sich schon wieder einem beschaulichen Dorf mit weiß getünchten Häusern, die sich um eine Kirche scharten.

Helena hatte etwas zu Alexandra gesagt und schaute gerade hinaus, als die Kutsche an einem niedrigen, weiß gestrichenen Haus am Ortsrand vorbeifuhr, das von einem kleinen Garten umgeben war. Neben der offenen Haustür stand eine Bank. Und auf dieser Bank saß Taron.

Helena brauchte einen Moment, bis sie begriff, was sie sah. Das konnte doch gar nicht sein! Sie verdrehte den Hals, um den Mann auf der Bank im Auge zu behalten. Doch, sie war sich sicher! Es war Taron!

„Halt! Haltet sofort an!", schrie sie so unvermittelt, dass die anderen vier erschrocken zusammenzuckten.

„Was ist denn los?", wollte Alexandra alarmiert wissen, während einer der Männer schon mit der Faust gegen die Decke der Kutsche schlug und der andere das Fenster herunterschob, um dem Kutscher zu befehlen anzuhalten. „Was hast du denn?"

Helena hatte keine Zeit für lange Erklärungen. „Das erzähle ich dir später. Ich habe gerade jemanden gesehen, jemanden mit dem ich hier an diesem Ort überhaupt nicht gerechnet hätte. Ich muss unbedingt mit ihm sprechen."

Alexandra schaute aus dem Fenster, doch die Kutsche war schon zu weit von dem Haus entfernt, vor dem Helena Taron gesehen hatte, um zu verstehen, was sie meinte. „Wen denn? Du kennst doch überhaupt niemanden hier!"

Helena riss schon die Tür auf. „Nur fünf Minuten, ja? Ich bin gleich wieder da." Ohne eine Antwort abzuwarten, stieg sie aus und warf die Tür zu, um danach sofort loszulaufen.

Sie musste ein ganzes Stück des Weges zurücklegen, bis sie endlich das kleine, weiß gestrichene Haus erreicht hatte. Atemlos blieb sie an dem Zaun stehen und stieß das Gartentor auf. Was, wenn sie sich geirrt hatte? Es war so ein verrückter Zufall, dass sie Taron gesehen hatte! Vielleicht hatte sie es sich nur eingebildet?

Da war die Bank, die sie von der Kutsche aus gesehen hatte. Und darauf saß tatsächlich Taron!

Er hatte den Blick gesenkt, als würde er auf etwas lauschen. Sie bemerkte, dass er seine Haare kurz trug, so wie es im Moment Mode war. Er war besser gekleidet als damals, als sie sich kennengelernt hatten. Die grüne Weste über einem weißen Hemd stand ihm gut zu Gesicht.

Helena blieb schwer atmend stehen. „Taron?"

Sie konnte es kaum glauben. Wie verrückt! Da tauchte er plötzlich aus dem Nichts auf. Mit allem hätte sie heute gerechnet, aber nicht damit, ihn hier zu treffen!

Und er sah so gut aus. Sie spürte sofort, wie ihr Herz schneller schlug.

Er hatte eine Bewegung bemerkt und gehört, dass das Gartentor quietschte. Aber er hatte absolut nicht erwartet, plötzlich Helenas Stimme zu hören. Es kam so überraschend, dass er zunächst glaubte, sich geirrt zu haben.

Er hob den Blick und sah eine Frau in einem weißen Sommerkleid und mit einem Strohhut, unter dem rotblonde Locken hervorschauten.

„Helena?"

Er war offenbar genauso überrascht wie sie, als er sie anschaute. Seine Augen waren immer noch von diesem seltsamen, kalten Hellgrau, aber sein Gesicht wirkte nicht mehr so hager und blass wie damals, als sie ihn das letzte Mal gesehen hatte.

„Ich fasse es nicht! Taron! Was machst du hier?"

Oh, ihre letzte Begegnung war so schrecklich gewesen! Sie hatte noch lange daran denken müssen und sich Vorwürfe gemacht. Warum hatte sie von Elion gesprochen? Warum war sie nicht umsichtiger gewesen?

Dieses Mal wollte sie es besser machen. Sie sah, dass er nicht mehr so kalt und gleichgültig aussah, wie damals. Sie eilte die letzten Schritte auf ihn zu, riss dabei ihren Hut vom Kopf.

„Taron!" Sie lehnte sich an ihn. Sogleich schlossen sich seine Arme fest um sie. „Ich bin so froh! Ich kann es gar nicht glauben!"

Seit er sie im Winter fortgeschickt hatte, war sie immer in seinen Gedanken gewesen. Er spürte, wie die Sehnsucht nach ihr sofort wieder aufflammte.

Er erhob sich von der Bank. Bei ihrer letzten Begegnung hatte er nichts zu fühlen geglaubt. Jetzt überwältigten ihn die Empfindungen.

„Helena? Bist du das wirklich?"

Er kam ihr entgegen.

Er spürte das Glück, sie in seinen Armen zu halten. So lange hatte er niemanden mehr auf diese Weise umarmt. Das Gefühl der Berührung war überwältigend. Ihre Haare dufteten genauso wie damals.

Es zerriss ihm schier das Herz, dass er sie nicht mehr haben

In diesem Moment wusste sie, dass alles ein Irrtum gewesen war. Alles, was sie sich immer eingeredet hatte über ihn. Dass sie ihm gleichgültig war. Dass er sie nie geliebt hatte.

„Ich? Wieso?", fragte sie verwirrt. „Ach, du meinst Elion?" Sie lachte auf. „Nein, das ist schon lange vorbei. Ich bin nicht verheiratet."

Sie wurde gleich wieder ernst. „Nein, gar nichts von dem. Ach, Taron, nachdem ich bei dir gewesen war, habe ich Zeit gehabt, über alles nachzudenken. Und da habe ich begriffen, dass du recht hattest mit dem, was du gesagt hattest."

„Na, dass ich Elion nur genommen habe, um dir weh zu tun. Und als ich das verstanden hatte, konnte ich am Ende nicht mehr so weitermachen, wie bisher. Ich habe mich schließlich von Elion

konnte. Sie war vergeben, wahrscheinlich schon verheiratet. Er schloss die Augen. Nur für ein paar Sekunden wollte er sie bei sich haben.

Mit großer Anstrengung löste er sich aus ihrer Umarmung. Er hielt den Blick gesenkt, so wie er es sich angewöhnt hatte, im Lauf der Zeit.
„Entschuldige bitte. Es gehört sich nicht, dich zu umarmen. Eine verheiratete Frau …"

Er traute seinen Ohren kaum. „Auch nicht verlobt?"

Seine Erinnerung kehrte zurück zu jenem dunklen Wintertag, an dem sie in seinem Wagen gestanden hatte. Er war außer sich gewesen.
„Was habe ich denn gesagt?"

getrennt und ihm den Ring zurückgegeben."

Sie schlang erneut ihre Arme um ihn, um sich noch einmal zu vergewissern, dass er es wirklich war. Sie hatte ihn tatsächlich wiedergefunden!

Diese Nachrichten musste er erst einmal verdauen. Er fühlte sich geradezu überrollt.

Sie schaute suchend hinauf in sein Gesicht. Für sie war dies alles Schnee von gestern, aber Taron war sichtlich überrascht. Oh, sie hatte so viel mit ihm zu bereden!

„Das musst du mir alles in Ruhe erzählen." Er machte sich von ihr los, hielt aber ihre Hände gefasst. Ihre Berührung war so schön.

„Ja, aber erst einmal stehe ich hier und kann nicht glauben, dass ich dich gefunden habe! Was für ein unfassbarer Zufall!" Sie wandte den Blick, um das Haus anzuschauen. „Was machst du denn überhaupt hier?"

„Ich wohne hier."

„Du wohnst hier? Aber warum das denn? Wo sind denn die anderen alle?"

„Das ist eine ziemlich lange Geschichte …"

Vieles, das geschehen war, sollte sie am besten gar nicht wissen.

„Ich will sie auf jeden Fall hören! Aber: Bist du gerade beschäftigt? Hast du überhaupt Zeit? Ich komme hier so hereingeplatzt!"

„Für dich habe ich alle Zeit der Welt."

Sie lachte, hob dann jedoch abwehrend die Hände, als ihr Alexandra und ihre Begleiter wieder einfielen.

„Ach, herrje, die Kutsche! Das hatte ich schon ganz vergessen! Die anderen warten noch auf mich! Ich muss ihnen Bescheid sagen!" Sie drehte sich um.

Nur widerstrebend ließ er sie los. „Du kommst doch wieder?" Er hätte es nicht ertragen, sie sofort wieder gehen lassen zu müssen.

„Sicher, ich sage ihnen nur, dass sie ohne mich fahren sollen." Sie lief los, die Straße hinunter.

***

FÜNFUNDZWANZIG

Die Kutsche stand immer noch hundert Meter entfernt und wartete. Als Helena an der Tür erschien, sahen ihre Mitreisenden sehr erleichtert aus.

„Ich dachte, du kommst gar nicht mehr wieder", maulte Alexandra.

„Ich komme auch nicht mit."

„Was?"

„Ich wollte euch nur sagen, dass ihr leider ohne mich weiterfahren müsst. Ich habe einen alten Freund wiedergetroffen, mit dem ich unbedingt reden muss. Macht euch bitte keine Gedanken um mich. Ich bin in dem kleinen Häuschen dort drüben, das weiße mit dem roten Dach." Sie zeigte die Straße hinunter „Holt mich einfach heute Nachmittag auf dem Rückweg wieder ab, ja?"

Sie lachte bei dem Anblick der Gesichter in der Kutsche. „Seid nicht böse auf mich. Lasst euch den Ausflug durch mich nicht verderben! Wir sehen uns heute Nachmittag!"

Sie warf die Tür wieder zu und winkte ihnen, bevor sie sich umdrehte, um zurückzukehren. Der Kutscher ließ die Pferde anziehen.

„Heute Abend musst du mir alles erzählen!", rief Alexandra noch durch das geöffnete Fenster. Helena winkte ihr lachend zu.

Als sie sich wieder dem Haus näherte, wurde sie langsamer, bis sie stehenblieb. Über den Zaun und die Büsche hinweg konnte sie Taron sehen, der sich wieder auf die Bank gesetzt hatte. Er hatte die Augen gesenkt und den Kopf ein wenig angewinkelt, was den Anschein erweckte, als würde er auf etwas lauschen. Irgendetwas an ihm war sonderbar, und das waren nicht nur seine Augen. Die Sicherheit und die Leichtigkeit, die er früher ausgestrahlt hatte, waren fort.

Helena schob den Gedanken erst einmal beiseite und trat durch das Gartentor. Taron sah sofort auf.

„Da bin ich wieder! Ich war mit meinen Cousinen und zwei netten Nachbarn unterwegs zu einem Picknick. Sie haben ziemlich enttäuscht ausgesehen, als ich ihnen sagte, dass sie allein weiterfahren müssen. Aber ich glaube, sie werden ihren Spaß auch ohne mich haben!"

Sie setzte sich neben Taron auf die Bank. „Ich bin so froh, dass ich dich hier gefunden habe. Nun musst du mir alles erzählen: Wie kommt es, dass du hier bist? Wo sind die anderen? Warum bist du nicht bei ihnen?"

„Was ist denn passiert?" Helena bemerkte, dass er sie nicht ansah. Es fühlte sich seltsam an, mit seinem Profil zu sprechen.

Er war erleichtert. Das Warten war unerträglich gewesen.

Natürlich würde sie nun viele Fragen stellen. Das war verständlich.

„Ich weiß nicht, wo die anderen sind. Sie sind weitergezogen, irgendwohin. Ich bin fortgegangen …, weil ich es nicht bei ihnen ausgehalten habe." Er senkte den Blick.

„Meine Schwester Suri ist gestorben. Du erinnerst dich vielleicht an sie. Die Wahrsagerin."

Allein Suris Namen zu sagen, schmerzte schon. Daran zu denken, wie sie gestorben war, war eine Qual. „Danach war es dort unerträglich für mich."

313

„Oh, wie schrecklich, das tut mir sehr leid!" Natürlich erinnerte sie sich an Suri, die Frau, die sie wütend fortgeschickt hatte, im Winter, auf dem Markt. Sie hatte bis heute nicht verstanden, warum.

Es war schwer, sich vorzustellen, dass sie nicht mehr lebte.

„Woran ist sie denn gestorben?"

„Sie war sehr krank."

„Das muss sehr hart für dich gewesen sein."

Taron nickte langsam.

„Und dann bist du fortgegangen und hast dir eine Bleibe gesucht? Es ist ein hübsches Häuschen." Sie ließ den Blick über die Fassade gleiten.

Er lächelte. „Ja, wir haben schon viel daran gemacht."

Vor allem Iasso war es natürlich zu verdanken, dass das Haus so gut in Schuss war.

„Wir?"

„Ich habe jemanden, der mir ein wenig hilft."

„Du hast jemanden angestellt? Aber das Häuschen, ein Diener? Wie kannst du dir das leisten?"

„Jemand hat mir Geld geschenkt. Und das Haus war ein Schnäppchen. Ich komme hin …"

In diesem Moment erschien ein strohblonder, sommersprossiger Mann von ungefähr achtzehn Jahren im Hauseingang. Er beäugte Helena neugierig, aber mit einem freundlichen Lächeln im Gesicht.

„Ich habe eine fremde Stimme gehört. Guten Morgen." Der junge Mann verbeugte sich höflich.

Taron schien die Situation unangenehm zu sein. Er sagte eilig: „Helena, das ist Iasso, Iassonas Fredenbrauch. Er … hilft mir hier im Haus."

Er wandte sich an den blonden Mann. „Iasso, das ist Helena Greizenich. Sie wird heute bei uns essen."

„Guten Tag", sagte Helena mit einem Lächeln.

Taron wandte sich erneut an Iasso: „Sag doch bitte einmal Ophelia Bescheid, damit sie sich darauf einstellen kann, dass wir einen Gast haben."

Helena beobachtete die beiden Männer und fragte sich unwillkürlich, in welchem Verhältnis sie zueinander standen. Sie waren nicht wie Herr und Diener, eher wie Freunde. Der junge Mann betrachtete sie noch intensiver, seit er ihren Namen gehört hatte.

„Klar, mach ich." Er verabschiedete sich mit einem Nicken zu Helena und verschwand wieder.

Sie sah Iasso nach. „Ein Diener? Und eine Köchin hast du auch noch? Du hast ja richtig etwas aus dir gemacht, seitdem wir uns das letzte Mal gesehen haben."

Er hätte ihr am liebsten erklärt, dass Bedienstete zu haben pure Notwendigkeit war, nicht mehr.

„Es ist nur das Nötigste", brachte er heraus. „Aber nun erzähl du einmal von dir. Wie ist es dir ergangen? Erzähl mir noch einmal von der Sache mit Elion Krausenstern."

Helena setzte sich bequem zurecht. „Oh, das war alles andere als schön, aber es war auch mein Fehler gewesen. Da musste ich eben ein wenig leiden." Sie lachte auf. „Ich hatte ihm Hoffnungen gemacht, und als er mir einen Antrag machte, war ich so verwirrt, dass ich zugestimmt habe. Da saß ich in der Falle.

Ich habe lange gezögert und wusste nicht, was ich machen sollte. Ich hatte Angst vor der Reaktion der anderen.

Aber dann, eines nachts, es war am Ende des Winters, glaube ich, es lag noch Schnee, da hatte ich diesen verrückten Traum. Ich habe von dir geträumt." Sie lächelte bei der Erinnerung daran.

„Du warst ganz nahe bei mir, und ich habe dich gefragt, was ich nur tun soll. Und da hast du mir geraten, ich sollte auf mein Herz hören und nicht auf das, was die anderen sagen. Und das habe ich dann tatsächlich auch getan.

Ich bin zu Elion gegangen und habe ihm den Ring zurückgegeben. Er war sehr aufgebracht,

Taron hörte ihr gern zu. Ihre Stimme war so lebhaft und energisch.

In diesem Moment erinnerte sich Taron an seinen eigenen Traum: als Helena neben ihm gelegen hatte und er sie gefragt hatte, was er tun sollte.

Ihm stockte für einen Moment der Atem. Hatten sie tatsächlich das Gleiche geträumt, vielleicht sogar zur gleichen Zeit? Hatten sie sich an jenem Tag gegenseitig geholfen?

Dieser Gedanken ergriff ihn so sehr, dass er für einen Moment kaum Helenas Worten folgen konnte.

Vielleicht hatten sie sich letzten Endes hier an diesem Ort nur treffen können, weil sie sich damals gegenseitig Mut gemacht hatten, ihren Weg zu gehen.

mein Vater fast noch mehr. Es gab einen riesigen Aufstand, aber am Ende mussten sie nachgeben. Ich habe Elion seitdem nicht mehr gesehen."

Sie wollte nicht wehleidig erscheinen. Es war furchtbar gewesen. Einige Wochen hatte sie sehr unter dem Zorn ihres Vaters gelitten, bis Delia und ihre Tante es geschafft hatten, ihn wieder zu beruhigen. Trotzdem war ihr Verhältnis zueinander deutlich abgekühlt.

„Mein Vater hofft nun offenbar, dass ich hier in der Hauptstadt auf eine gute Partie stoße. Deswegen darf ich meinen Onkel besuchen, so oft und so lange ich will."

Sie hielt inne und schaute auf Tarons ernstes, nachdenkliches Profil.

„Taron, das mit Elion war ein Fehler. Aber noch viel schlimmer war das, was ich letzten Sommer auf dem Schlosshof zu dir gesagt habe.

Er schaute sie widerstrebend an.

Ich war so schrecklich enttäuscht, und ich dachte tatsächlich, du hättest dich vorgedrängelt und mich ausgestochen.

Aber erst viel später habe ich dann begriffen, dass es nicht so war. Ich war sehr ungerecht. Das tut mir wirklich sehr leid."

„Es ist okay. Jetzt ist es okay."
Er wollte gar nicht mehr daran
denken.

„Was ist denn eigentlich genau
passiert, nachdem ich weg war?
Ich erinnere mich, dass da so ein
Mann im weißen Kittel stand und
auf dich wartete. Aber warum?"

Taron spürte, wie er sich an-
spannte. Sie näherten sich einem
Thema, dem er liebend gerne aus-
gewichen wäre.

„Helena, ich kann es dir nicht
erzählen. Es tut mir leid. Es muss
reichen, dass ich an dem Tag dafür gesorgt habe, dass die Königin eine Medizin bekommen hat,
die sie letztendlich geheilt hat.

Es wurde geheim gehalten.
Deswegen weiß niemand davon.
Einige Tage später bin ich wieder
gegangen."

„Einige Tage? Dann bist du so
lange dortgeblieben?"

„Ja, es ging nicht anders."

„Und ich dachte, du wärst
noch am gleichen Tag abgereist,
so wie ich. Warum warst du denn
so lange dort?"

Er begann zu ahnen, dass es
schwierig werden würde, all ihren Fragen auszuweichen, ohne
sie regelrecht anzulügen.

„Es waren die Umstände …
Ich konnte einfach nicht so
schnell wieder gehen."

Warum blieb er so vage? Warum sagte er es ihr nicht einfach?
Andere wären stolz auf ihre Taten
und würde gern davon erzählen.

„Wie war es denn so dort? Hast du den König getroffen, oder die Königin gesehen?"

Er versuchte, sich auf die bloßen Fakten zu konzentrieren. Dort war es sicher.

„Ich habe erst mit dem König gesprochen und war dann kurz bei der Königin. Es ging ihr zu diesem Zeitpunkt sehr schlecht."

„Ah, aber ich wäre so gern einmal in diesen prachtvollen Räumen gewesen. All der Glanz, die kostbaren Dinge überall ..." Ihr Blick wurde wehmütig bei der Erinnerung ihre alten Träume.

„Darauf habe ich damals gar nicht geachtet." Er hatte andere Dinge im Kopf gehabt.

„Ja, stimmt, die Königin war in diesem Moment natürlich wichtiger und dass sie so krank war ... Deswegen sind wir wohl tatsächlich alle wieder nach Hause geschickt worden. Sie hätte nichts davon gehabt."

Er nickte. Sollte Helena dies nur glauben. Er hatte nicht vor, ihr jetzt die Wahrheit zu sagen.

„Zum Glück warst du da mit der Medizin."

Sie überlegte. „Hast du deswegen das Geld für dieses Haus? War das so etwas wie eine Belohnung für die Medizin?"

„Ja, stimmt."

„Das war ziemlich großzügig von unserem König."

„Oh, er hat mich auch zum Ritter geschlagen und mir einen Orden verliehen, wenn du es genau wissen willst."

„Nein, wirklich?" Da wurde sie fast ein wenig neidisch.

319

„Doch, ich kann ihn dir zeigen, wenn du willst."

Er lächelte schwach.

„Was war das denn für eine Wundermedizin, für die du diese grandiose Belohnung bekommen hast?"

„Es war halt etwas, auf das sie bis dahin nicht gekommen waren."

„Aber woher hattest gerade du es? Warum bist du nicht früher damit zum König gegangen? Oder hat es dir jemand gegeben?"

„Du fragst zu viel. Lass es mal gut sein." Er wollte darüber nicht sprechen. Obwohl es mit der Zeit etwas mehr in den Hintergrund gerückt war, konnte Taron es immer noch nicht ertragen, an diese Stunden zu denken, in denen er sein Leben aufs Spiel gesetzt hatte.

Er stand auf, drehte sich zur Seite, damit Helena sein Gesicht nicht sehen konnte.

Helena stand ebenfalls auf und legte ihre Hand auf seinen Arm. „Entschuldige, ich wollte nicht aufdringlich sein."

„Ist schon okay. Ich rede nicht gern darüber."

„Darfst du nichts erzählen? War es so geheim?"

„Nein, das ist es nicht."

Er schüttelte abwehrend den Kopf und entzog sich der Berührung ihrer Hand. Er suchte nach einer Möglichkeit, dieses unangenehme Gespräch zu beenden.

„Ich gehe mal rein, um zu schauen, ob die Köchin zurechtkommt. Möchtest du etwas trinken?“

„Nein, danke.“ Sie wusste, dass er aus der Situation flüchtete, aber sie verstand nicht so recht, warum. Sie sah Taron hinterher, der langsam und bedächtig ins Haus verschwand.

Anstatt einfach nur herumzustehen und auf Taron zu warten, beschloss Helena, in den kleinen Garten hinüberzugehen, der sich auf der linken Seite des Hauses befand. Man konnte sehen, dass er ziemlich verwildert gewesen sein musste. Ein Teil des Gartens war jedoch schon bearbeitet worden. Hier wuchsen in ordentlichen Reihen verschiedene Gemüsesorten und Kräuter.

In der anderen Hälfte, wo früher einmal der Blumengarten gewesen war, standen Rosen und Dahlien zwischen Brennnesseln und Giersch. Helena schlenderte auf dem schmalen Weg zwischen den Beeten entlang. Irgendwo zwitscherten Vögel in den Hecken und in der Nähe gackerten ein paar Hühner. Am Ende des Gartens stand unter zwei alten Obstbäumen eine verwitterte Bank.

Sie war gerade dort angekommen, als sie Tarons Stimme hörte, der nach ihr rief.

„Hier bin ich, im Garten“, antwortete sie und eilte den Weg zurück zum Haus, wo gerade Taron um die Ecke bog.

„Ich habe mich nur ein wenig umgesehen“, meinte Helena entschuldigend, weil sie das Gefühl hatte, dass Taron ein wenig ungehalten wirkte.

Er richtete sich nach ihr aus.

In der Küche hatte ein mittleres Chaos geherrscht, weil Ophelia keine Zeit mehr hatte, Fleisch zu kaufen und es herzurichten.

Sie musste improvisieren mit dem was da war, und das brachte sie zur Verzweiflung.

„Entschuldige bitte, dass ich dich habe warten lassen. Ich musste die Köchin ein wenig beruhigen. Es ist das erste Mal, das ich Gäste habe. Das macht sie wohl nervös."

„Oh, ich möchte keine Umstände machen!"

„Das ist schon in Ordnung. Du bist mein Gast." Sie war jede Anstrengung wert.

Helena zeigte auf die sauberen Reihen im Nutzgarten. „Das Gemüse wächst schon sehr gut."

„Darum kümmern sich Ophelia und Iasso. Der Rest des Gartens muss noch ein wenig warten." Er konnte die Blumen sowieso nicht unterscheiden, obwohl er ihren Duft und die Farbenpracht liebte.

„Dort drüben war sicherlich früher ein herrlicher Blumengarten. Die schönen Rosen! Und da vorne: Wie nennt man die Blumen noch gleich?"

„Das weiß ich nicht."

Er schaute gar nicht hin. Wieder hatte sie das Gefühl, dass etwas mit ihm nicht stimmte.

„Wollen wir uns wieder setzen?"

Er fand es unangenehm herumzustehen, weil es dann auffiel, dass er häufig den Blick gesenkt hielt. Ohne auf Helenas Antwort zu warten, kehrte er zu der Bank vor dem Haus zurück.

Sie setzte sich zu ihm. „Es tut mir leid. Ich wollte vorhin nicht aufdringlich sein. Es ist nur, ich möchte so gern alles von dir wissen. Erzähl mir doch, wie du zu diesem Haus gekommen bist."

Während Taron sprach, wandte er das Gesicht wieder weg von ihr, sodass sie nur sein Profil sah, und senkte den Blick. Sie fragte sich, ob er es tat, damit seine seltsamen Augen nicht so auffielen.

„Darf ich fragen: Was ist mit deinen Augen passiert? Ich erinnere mich noch, dass du gesagt hast, es sei ein Unfall gewesen."

Jetzt sah er sie direkt an, es schien jedenfalls so, aber irgendwie schaute er auch durch sie hindurch.

„Ist es nur die Farbe deiner Augen oder noch mehr …?" Konnte er sie überhaupt richtig sehen?

Taron berichtete in groben Zügen, wie er Iasso kennengelernt und das Haus bezogen hatte.

„Ja, ein Unfall. So könnte man es nennen. Es hätte jedenfalls nicht passieren dürfen." Er lächelte ein wenig zynisch.

„Ich habe etwas getan, obwohl viele mir das ausreden wollten. Es ging schief." Er zeigte auf seine Augen „Und das hier ist das Ergebnis."

„Mach dir keine Sorgen um mich. Es ist nichts weiter."

Sie beschloss, nicht zu insistieren, aber das beunruhigende Gefühl blieb.

„Wenn du dich hier fertig eingerichtet hast, was sind dann deine Pläne? Was willst du machen?"

Er hatte keine Pläne. Wie sollte er Pläne machen, hilflos wie er am Ende war?

„Das weiß ich noch nicht. Es wird sich etwas ergeben, wenn es soweit ist."

„Es gibt ja viele Möglichkeiten hier in der Hauptstadt …"

Er nickte zustimmend.

***

SECHSUNDZWANZIG

Sie hatten eine ganze Weile geplaudert, als schließlich Iasso in der Tür erschien, um ihnen zu sagen, dass das Essen angerichtet sei.

Helena folgte Taron ins Haus hinein. Ein schmaler Flur empfing sie, von dem nach links ein kleiner Salon mit einem Kamin und nach rechts das Speisezimmer abging. Eine Treppe führte hinauf in das Obergeschoss und im hinteren Teil des Hauses konnte Helena einige weitere Räume erahnen.

Alles wirkte sehr klein und schlicht, aber makellos sauber. Helena fiel auf, dass es keine Bilder und nur wenige Möbel gab. Vielleicht lag das daran, dass Taron noch nicht so lange in diesem Haus wohnte.

Sie betrat das Speisezimmer, in dem ein Tisch für zwei Personen gedeckt war. Zwei weitere Stühle waren an die Seite geschoben worden. Bis auf eine Anrichte und ein schmales Sofa unter den zwei Fenstern auf der rechten Seite war der Raum leer. Der Fußboden bestand aus langen Holzdielen, auf denen kein Teppich lag.

Helena setzte sich, Taron nahm auf der anderen Seite Platz. Sofort begannen Iasso und die Köchin damit, die Speisen hereinzutragen und Helena zu bedienen. Es gab zunächst eine Suppe und dann Fleischpastete mit verschiedenen Beilagen.

Taron hoffte inständig, dass Iasso und Ophelia keine Fehler machen würden. Sie waren es nicht gewohnt, Gäste zu bedienen, und er wusste, dass Helena einen Luxus gewohnt war, den er

Sie bemerkte, dass ihr das Essen in Schalen serviert wurde. Taron dagegen erhielt einen Teller, auf dem es bereits angerichtet war.

Er nahm das Besteck und begann langsam und seltsam unbeholfen zu essen. Einmal fiel ihm etwas von der Gabel auf den Boden, das Iasso, der dies bemerkt hatte, sofort aufhob und wortlos entsorgte.

Helena versuchte, sich nichts anmerken zu lassen und plauderte weiter. Trotzdem beschlich sie ein immer stärkeres Gefühl, dass Taron ihr etwas vorspielte. Wenn sie es so recht überlegte, hatte er auf alle entscheidenden Fragen, die sie ihm gestellt hatte, immer nur ausweichend geantwortet.

Was war an jenem Tag vor einem Jahr wirklich geschehen? Was war das für ein Unfall gewesen, der seine Augen so hell gemacht hatte und offenbar auch der Grund dafür war, dass er nicht richtig sehen konnte?

ihr bei Weitem nicht bieten konnte.

Er hatte kaum Gelegenheit gehabt, mit Iasso zu besprechen, wie sie das Essen durchführen würden. Mit Erleichterung bemerkte er, dass dieser offenbar beschlossen hatte, ihm selbst das Essen so zu servieren, wie er es immer gewohnt war, Helena aber die Speisen anzubieten, wie es ansonsten üblich war.

Taron wusste, dass die Situation auf Helena sonderbar wirken musste, aber er hatte sich inzwischen mit dem Gedanken abgefunden, dass er sie auf Dauer nicht würde täuschen können. Irgendwann würde sie ahnen, dass etwas mit ihm nicht stimmte. Er hatte nur Furcht vor dem Moment, wenn sie ihm sagen würde, dass sie ihn durchschaut hatte.

Sie fühlte, dass diese Geheimnisse zwischen ihnen standen. Taron war nicht ehrlich mit ihr, und das ärgerte sie.

Als das Essen abgeräumt worden war, blieben sie am Tisch sitzen und tranken Tee.

Die Repetieruhr auf der Anrichte, die jede Viertelstunde schlug, erinnerte Helena daran, dass es bald Zeit sein würde zu gehen. Sie wusste, dass der Ausflug am Nachmittag zu Ende sein sollte. Wann genau Alexandra auf dem Rückweg vorbeikommen würde, konnte sie allerdings nicht sagen.

Taron lauschte auf die Uhr. Wie schnell die Zeit vergangen war! Schon bald würde Helena wieder aus seinem Leben verschwinden. Es versetzte ihm einen Stich zu denken, dass er sie vielleicht nicht wiedersehen würde. Doch bevor sie ging, musste er noch etwas erledigen.

„Mir fällt gerade etwas ein", sagte Taron in die Stille, die eingetreten war. „Ich habe etwas für dich."

Helena beobachtete, wie er aufstand und zu der Anrichte ging. Seine Hand strich über die Schubladen, um schließlich die unterste aufzuziehen. Daraus holte er ein ledernes Säckchen hervor, das er zurück zum Tisch brachte. Er setzte sich wieder und legte das Säckchen vor ihr auf den Tisch.

„Das hier hat mir meine Tante gegeben, als ich mich von ihr verabschiedet habe. Ich weiß nicht, wie sie darauf gekommen ist, aber sie sagte mir, dass es für dich sei.

‚Gib es Helena, wenn du sie siehst‘, hat sie zu mir gesagt, obwohl sie dich noch nie getroffen hatte und ich ihr sagte, dass ich dich wohl nie wiedersehen würde.“ Es war ihm ein Rätsel, wie Cara diesen Augenblick hatte vorhersehen können. Sie hatte nie in die Zukunft geblickt wie Suri.

„Aber nun bist du tatsächlich da. Deswegen sollst du es auch bekommen.“

„Was ist denn da drin?“ Sie nahm es an sich und betrachtete das braune Leder, das mit einem Band zusammengezogen war.

„Ich habe keine Ahnung. Ich habe meiner Tante versprechen müssen, dass ich nicht hineinschaue.“

„Darf ich es aufmachen?“

„Wenn du darauf bestehst, aber vielleicht möchtest du es lieber allein ansehen?“

„Nein, wenn, dann machen wir es gemeinsam auf.“

Vorsichtig zog sie das Leder auseinander. Es kam ein Blatt Papier zum Vorschein, in das ein Gegenstand eingeschlagen war. Sie legte es auf den Tisch und faltete das Papier auseinander, bis sie sehen konnte, was darin verborgen war.

„Oh“, hauchte sie überrascht. Es war der Drachenanhänger, den sie früher an Tarons Hals gesehen hatte, sein Talisman. Jetzt erst fiel ihr auf, dass er ihn nicht mehr trug.

Sie bemerkte, dass das Blatt, in das der Anhänger eingewickelt gewesen war, beschrieben war. Sie strich es glatt, bis sie die feine Handschrift lesen konnte. Da stand:

„Liebe Helena, wir haben uns einmal sehr kurz getroffen, an einem Dezembertag in der Hauptstadt, als du nach Taron gefragt hast."

Helena erinnerte sich an die ältere Frau, die ihr gesagt hatte, wo sie ihn finden konnte.

„Taron hat nie viel von dir gesprochen, aber ich weiß, was ihn bewegt hat. Wenn du diese Zeilen liest, hat es das Schicksal so gewollt, dass ihr euch wiedergetroffen habt. Ich befürchte jedoch, dass er auch dir nicht alles aus seinem Leben erzählen wird, vor allem nicht das, was im Palast passiert ist.

Am Ende muss er es selbst mit dir teilen wollen, aber ich sage dir nur dies Eine: Er hat es immer, immer nur für dich getan. Cara"

Sie nahm den Talisman in die Hand und schaute hoch zu Taron. Sein Blick war leer.

„Was … was ist es denn?"

Da brach es aus ihr heraus. „Es ist dein alter Talisman, der Drache! Du kannst es nicht sehen, nicht wahr? Du spielst mir die ganze Zeit etwas vor! Du willst es nicht zugeben, aber du kannst es nicht sehen! Habe ich recht?"

„Die Wahrheit? Was hier los ist?"

Sie legte den kleinen Drachen auf den Tisch zwischen ihnen. Ihre Gedanken schlugen Purzelbäume.

„Dies hier ist ein Brief von deiner Tante. Ich habe sie tatsächlich einmal getroffen, im letzten Winter. Sie schreibt davon.

Taron ich habe Angst! Was ist denn nur passiert? Warum gibt sie mir deinen Talisman?

Sie sagt hier: ‚Er hat es immer nur für dich getan'. Was meint sie damit? Was hast du getan? Warum kannst du nicht mehr richtig sehen? War es wirklich ein Unfall? Oder hat es etwa mit dem Palast zu tun? Was hast du da gemacht? Du musst es mir sagen! Was ist da passiert?"

Helena stand ebenfalls auf und folgte ihm. „Taron, sprich mit mir!"

„Helena. Was soll ich sagen …"

Taron stand auf und ging zum Fenster. Am liebsten wäre er aus dem Zimmer geflüchtet.

Er fuhr herum. „Ich will nicht, dass du es weißt!" Er versuchte, an ihr vorbeizugehen, aber sie

Sie hatte sich lange genug hinhalten lassen. Damit musste jetzt Schluss sein.

„Was? Was soll ich nicht wissen? Wenn du mir nicht die Wahrheit sagst, kann ich dich nicht verstehen. Weißt du was, dann kann ich auch gehen, weil du mir nicht vertraust. So funktioniert das nicht!"

„Aber was ist denn um Himmels willen passiert?"

Helena spürte, wie eine schlimme Ahnung immer weiter

stellte sich ihm in den Weg und hielt ihn fest.

Sie hatte ja recht. Er hatte ihr die ganze Zeit etwas vorgemacht. Er hatte versucht, ihr die Wahrheit vorzuenthalten, weil sie für ihn zu schmerzhaft war. Wie typisch für seine Tante, dass sie noch aus der Ferne einen Weg fand, ihn zu zwingen, sich zu bekennen.

„Ja", brüllte er sie an. „Ja, ich kann nicht richtig sehen. Ja, ich habe dir was vorgemacht. Vielleicht war es mein Stolz, meine Eitelkeit – nenn es wie du willst.

Ja, ich brauche Hilfe, weil ich sonst nicht zurechtkomme. Zufrieden?"

„Es ist schiefgelaufen. Das ist passiert!" Er holte tief Luft, um sich wieder zu beruhigen.

„Ich war im Palast, aber nicht so wie du denkst. Ich war deinetwegen da. Cara hat recht. Ich habe es für dich getan."

in ihr hochkroch. „Was hast du getan?"

Plötzlich war er nur noch müde. Aller Zorn war verraucht. Aber er wollte es ja jetzt erzählen. Er spürte, dass es herausmusste. Er hatte es so lange in sich eingeschlossen.

Er ging zu dem Sofa, das unter dem Fenster stand, und setzte sich. Er merkte, dass Helena ihm folgte.

Mit klopfendem Herzen beobachtete Helena ihn. Sie wollte alles wissen, ja, aber irgendwie hatte sie auch Angst davor.

„Erinnerst du dich, dass ich dir vorher immer wieder gesagt habe, dass du nicht dorthin gehen solltest, weil es gefährlich für dich werden könnte?"

„Ja, ich habe nicht verstanden, warum du das gesagt hast. Es machte keinen Sinn für mich."

„Ich wusste von einem Plan, den der König und seine Ärzte ausgeheckt hatten. Sie hatten herausgefunden, dass es eine einzige Medizin gab, die die Königin noch retten konnte. Sie bestand aus einem grünen Farbstoff, wie er nur im Auge eines Menschen vorkommt. An diesen Farbstoff wollten sie herankommen, aber sie wussten nicht, wie."

„Warte mal! Ist das der wahre Grund, warum sie Leute mit grünen Augen eingeladen hatten, nicht um die Königin zu unterhalten?"

„Nein, das war nur vorgeschoben. In Wahrheit wollten sie bei dir und den anderen versuchen, den grünen Farbstoff aus euren Augen zu gewinnen."

Helena schlug die Hand vor den Mund.

„Oh Gott, du meinst …? Du meinst, sie wollten an unseren Augen herumschneiden? Das ist abscheulich! Das ist absolut grausam! Wollten sie das wirklich? Warum hast du mir nichts davon erzählt?"

„Du hättest es mir nicht geglaubt. Ich habe es versucht, aber du wolltest es nicht hören."

Er spürte plötzlich die Erleichterung, endlich mit Helena darüber sprechen zu können.

„Ja, da hast du wohl recht. Ich dachte, du willst mir die Karriere verderben."

„Ich konnte dich nicht aufhalten. Also bin ich selbst … ich bin in den Palast gegangen und habe ausgehandelt, dass ich ihnen gebe, was sie wollen und sie dafür dich und die anderen nach Hause schicken."

Helena hustete ungläubig. „Du hast was …? Bist du verrückt?"

„In meiner Familie gibt es eine Gabe, dass manche den grünen Farbstoff ihrer Augen absondern können. Ich bin so jemand. Also war es riskant, aber machbar. Das dachte ich zumindest." Er musste tief durchatmen für das, was jetzt kam.

„Das heißt, als ich dich getroffen habe damals, da warst du auf dem Weg hinein, um diese Sache durchzuziehen?" Sie konnte den

Gedanken kaum ertragen. „Und dieser Arzt, der da auf dich wartete …?"

„Das war Dr. Kaltenkrais. Er und ein paar andere Ärzte waren da, um das Ganze zu überwachen."

„Du bist mit diesem Arzt da hineingegangen, du hast dich ihnen ausgeliefert, dich in ihre Hände gegeben?"

Er nickte nur.

Sie erinnerte sich, wie blass und angespannt er ausgesehen hatte. Jetzt verstand sie es.

„Und ich habe dich angeschrien! Ich habe dich als Lügner beschimpft und beleidigt!"

„Du wusstest es nicht besser."

Sie spürte, wie ihr Tränen in den Augen brannten.

„Und dann?", fragte sie leise. Sie wollte es sich gar nicht ausmalen, was jetzt folgen würde.

„Ich habe ihnen geliefert, was sie brauchten. Ich habe es getan, so wie ich es gelernt hatte. Aber dann war da plötzlich dieser Schmerz, das Blut …"

Wieder holten ihn die Erinnerungen ein. Er konnte für einen Moment nicht weitersprechen. Er spürte, dass Helena seine Hand fasste.

In seinem Gesicht konnte sie die Qual aufflackern sehen, die er sonst so perfekt verbarg. Sie konnte nur ahnen, wieviel mehr davon in ihm war. Es zerriss ihr das Herz.

„Es war der Horror. Ich wäre fast gestorben." Er schluckte. Die Erinnerungen drängten auf ihn ein, aber zum ersten Mal hatte er durch Helenas Berührung das Gefühl, ihnen standhalten zu können.

„Dann bekam ich Fieber, aber Cara pflegte mich, bis es mir wieder etwas besserging. Als sie mich einige Tage später haben gehen lassen, war ich so gut wie blind." Er spürte, dass sie seine Hand losließ.

Helena stand langsam auf. „Blind? Du warst blind?", brachte sie heraus, während ihr die Tränen über die Wangen liefen. Sie hielt die Hand an den Mund, um ein Schluchzen zu unterdrücken.

„Das ... das hast du für mich getan? Du hast dich von mir beschimpfen lassen, und dann bist du da reingegangen und hast dich fast umgebracht? Du hast dein Augenlicht hergegeben, du hast dein ganzes, verdammtes Leben hergegeben, nur um mich zu retten? Oh Gott, warum? Warum hast du das getan?"

Er zuckte hilflos die Achseln. „Weil ich dich liebe." Es blieb ihm nichts übrig, als die Wahrheit zu sagen.

„Weil du mich liebst?" Sie konnte kaum noch klar denken. Ihre Gefühle drohten sie zu überwältigen. Sie musste sich an einer Stuhllehne festhalten, weil ihre Knie ganz weich wurden.

„Aber es ist meine Schuld! Das alles ist doch nur passiert, weil ich nicht auf dich gehört habe! Wenn ich zu Hause geblieben wäre, dann wärst du nicht in den Palast gegangen, um dir das anzutun! Es ist alles meine Schuld!" Sie konnte vor Schluchzen nicht weitersprechen.

"Nein, nein, sag sowas nicht!" Taron war aufgestanden und nahm sie fest in seine Arme. Er spürte, wie ihr Körper bebte.

"Schhhh", versuchte er sie zu beruhigen. "Es ist alles gut. Ich habe es selbst so gewollt. Du hast mich nicht dazu gezwungen. Es ist nicht deine Schuld." Für einige Minuten hielt er sie wortlos, bis das Schluchzen nachließ.

Helena hob ihr nasses Gesicht von seiner Schulter. "Es tut mir alles so leid! Wenn ich das alles nur gewusst hätte!"

Mit einem Finger strich er ihr eine feuchte Strähne von der Wange. "Es ist schon ein Jahr her. Es ist nicht mehr zu ändern." Er nahm ihre Hand und zog sie wieder zurück auf das Sofa, auf dem sie sich dicht beieinander niederließen.

Sie fragte leise: "Vor einem halbem Jahr, als ich dich besucht habe, konntest du mich da sehen?"

"Und jetzt?"

"Ein wenig …"

"Ich sehe alles unscharf und matt. Es ist, als wenn ein grauer Schleier über allem liegt."

Sie versuchte, sich vorzustellen, wie sich so etwas anfühlte, aber es war schwierig für sie. Sie holte tief Luft gegen das letzte Schluchzen.

„Du kannst es ganz schön gut überspielen, weißt du das?"

Sie lächelte durch ihre Tränen.

„Das muss eine harte Zeit gewesen sein." Er hätte sie gebraucht, und sie war nicht dagewesen.

Helena schaute zum Tisch hinüber, auf dem noch der Brief von Cara und der Drachenanhänger lagen.

„Warum hast du Cara deinen Talisman gegeben?"

„Aber warum hast du ihn weggeworfen?"

„Aber du hast doch nur versucht, mich zu retten!" Sie schlang ihre Arme um ihn und

„Ich habe genug Zeit gehabt zum Üben", antwortete er trocken.

„Meine Tante hat mir geholfen, schon im Palast, wo sie bei mir war und später auch. Sie hat immer zu mir gehalten." Er würde ihr ewig dankbar sein dafür.

Er dachte zurück, an die dunklen Stunden, in denen ihn selbst seine Tante nicht mehr hatte erreichen können.

„Ich habe ihn ihr nicht gegeben. Ich habe ihn eigentlich nur auf den Boden geworfen. Sie muss ihn gefunden und aufbewahrt haben."

Seine Seele war in Finsternis getaucht gewesen.

„Er hatte mir kein Glück gebracht. Meine Gabe hat mir kein Glück gebracht."

drückte ihr Gesicht an seine Schulter.

Sie schaute hinauf zu seinem Profil. „Warum? Was meinst du damit?"

Helena sah den Schmerz in seinem Gesicht. Wie tief er war, konnte sie kaum ermessen.

„Taron, nein ..." Sie wusste nicht, wie sie ihn trösten sollte. Sie legte ihren Arm um seine bebende Schulter und hielt ihn fest.

Schließlich sagte Helena in die Stille: „Schreckliche Dinge sind

„Der Preis dafür war noch höher, als du denkst."

„Suri ..." Er musste sich räuspern, weil ihm die Stimme versagte. „Meine Schwester. Ich habe dir gesagt, dass ... sie gestorben ist." Er brachte die Worte kaum heraus.

„Sie hatte die Bleiche. Sie ist gestorben, weil ich sie nicht retten konnte."

Er spürte, wie Helena ihn an sich drückte, aber er konnte sie nicht ansehen.

„Ich hatte das Grün meiner Augen vergeben. Es war keine Medizin mehr für sie da. Ich habe sie im Stich gelassen. Ich bin schuld an ihrem Tod." Die letzten Worte kamen nur noch als ein Flüstern.

Er spürte den alten Schmerz, aber er wusste, dass es richtig war, Helena davon zu erzählen. Sie sollte alles wissen.

Es war gut, dass er es ausgesprochen hatte. Seine Gedanken mit ihr teilen zu können, war ein Trost.

geschehen. Du hast gelitten." Sie schaute hinauf in sein Profil.

„Aber du hast dabei auch so viel Gutes getan! Du hast das Leben unserer Königin gerettet.

Und du bist es, Taron, dem ich mein eigenes Glück verdanke. Du hast es für mich getan. So hat es deine Tante gesagt."

Sie holte den Drachen und setzte sich wieder zu ihm.

„Vielleicht ist das der Grund, warum Cara mir den Talisman gegeben hat. Damit ich jetzt dein Glücksbringer werde und wenigstens ein wenig von dem vergelten kann, was du für mich getan hast.

Du hast mich vor dem Schlimmsten bewahrt, das ich mir vorstellen könnte." Sie drehte den Talisman zwischen ihren Fingern.

„Wie soll ich dir das je genug danken? Ich stehe in deiner Schuld."

Taron schüttelte den Kopf. „Nein, das will ich nicht. Ich will nicht, dass du denkst, du wärst mir etwas schuldig."

Dies war genau das, was er nicht ertragen könnte. Sie sollte nicht aus Dankbarkeit bei ihm bleiben.

„Ich will nur, dass du die ganze Wahrheit weißt, damit ich dich nicht belügen muss. Jetzt gibt es keine Geheimnisse mehr."

Bei diesen Worten setzte sie sich auf und küsste ihn.

***

SIEBENUNDZWANZIG

Als eine Stunde später die Türglocke läutete, saß Helena immer noch mit Taron auf dem Sofa. Sie hatten sich unterhalten, aber auch eine Weile schweigend dagesessen, die Hand des anderen festhaltend, um sich zu vergewissern, dass er da war.

Jetzt sprang Helena auf. Als Iasso die Tür geöffnet hatte, hörte sie Alexandras Stimme.

„Guten Tag, bin ich hier richtig, um nach Helena Greizenich zu fragen?"

Helena trat aus dem Speisezimmer in den Flur, von wo aus sie ihre Cousine im hellen Ausschnitt der Eingangstür stehen sah.

„Hallo Alexandra!", rief sie ihr zu. „Ich komme gleich!"

Sie drehte sich zu Taron um, der ihr langsamer gefolgt war und flüsterte: „Darf sie hereinkommen? Ich würde sie dir so gern vorstellen."

Helena sah Tarons Zögern, aber Alexandra war ihr lieb und teuer. Sie wollte, dass ihre Cousine den Mann kennenlernte, an den sie ihr Herz verloren hatte. Gleichzeitig war ihr bewusst, dass dies ein Test sein konnte, wie sie auf einen Mann wie Taron reagieren würde.

Tarons erster Impuls war, dass er Helenas Cousine nicht begegnen wollte. Sie gehörte zu einer Gesellschaft, die ihm fremd war. Im nächsten Moment wusste er aber auch, dass Helena zu kennen auch bedeutete, ihre Verwandten zu treffen. Er nickte widerstrebend.

Helena eilte zur Tür. Von dort aus konnte sie die Kutsche am Straßenrand warten sehen.

„Komm doch einen Moment herein, Alexandra. Die anderen werden wohl ein paar Minuten warten können. Ich möchte dir jemanden vorstellen."

Sie nahm ihre Cousine an der Hand und zog sie herein, an Iasso vorbei und in den Salon, in den Taron hinübergegangen war.

„Alexandra, darf ich dir vorstellen: Das ist Taron. Ich kenne ihn schon seit letztem Sommer, aber heute habe ich ihn durch Zufall wiedergetroffen, was mich sehr freut." Sie lächelte. „Taron, das ist meine Cousine Alexandra."

Taron bemerkte eine sehr große, schlanke, dunkelhaarige Frau in einem hellen Sommerkleid.

Helena beobachtete, wie Alexandra schnell ihren Blick durch den Raum schweifen ließ und sich dann auf Taron konzentrierte.

Sie nahm seine Person wahr und musterte sein Gesicht. Für einen winzigen Moment gefror ihr Lächeln, als wäre sie durch ihre Gedanken abgelenkt, dann wurde es wieder entspannter.

Er ging auf sie zu und streckte seine Hand aus, die sie sogleich ergriff. Er verbeugte sich leicht, während er ihre Finger in seinen hielt.

„Sehr erfreut, Sie kennenzulernen."

Helena sah zu, wie sie einander die Hände schüttelten und bemerkte erneut, wie gut es Taron verstand, seine Schwäche zu kaschieren.

„Ganz meinerseits!“, erwiderte Alexandra. „Es freut mich sehr, dass Helena offenbar einen schönen Tag bei Ihnen verbracht hat, auch wenn wir sie natürlich bei unserem Ausflug schmerzlich vermisst haben.“

„Ach, ich bin sicher, dass du dich trotzdem herrlich amüsiert hast!“, warf Helena lachend ein.

Sie wandte sich an Taron. „Ich muss jetzt leider gehen, aber ich bin noch eine Woche hier in der Stadt. Bis ich abreise, werde ich ganz sicher noch einmal wiederkommen. Wenn ich darf?“

Nun kam der Abschied schneller als gedacht und im Beisein dieser fremden Frau. Gerne hätte er Helena geküsst, aber das war ausgeschlossen.

„Aber natürlich! Komm, wann immer du willst. Ich bin da.“ Er konnte sich ein zynisches Lächeln nicht verkneifen.

Sie umarmte ihn.
„Bis bald!“

Er drückte sie an sich.
„Ja, bis bald. Es war sehr schön, dass du da warst.“

Einen Moment später war sie verschwunden. Er hörte die Kutsche abfahren. Nun war er wieder allein, aber es war nicht mehr die Einsamkeit, die er noch heute Morgen gespürt hatte. Er konnte die Erinnerung an Helena auskosten, bis sie wiederkam.

***

In der Kutsche angekommen, wurde Helena mit Fragen bestürmt, wer der Mann gewesen sei, mit dem sie – ungehörigerweise – den ganzen Tag allein verbracht hatte. Sie wehrte alles lachend ab und versprach nur Alexandra, ihr später allein ein wenig mehr zu erzählen. Den Rest der Fahrt verbrachten die anderen damit, ihr von ihrem Ausflug und dem Picknick in einem offenbar wunderschönen Park vorzuschwärmen.

***

Am Abend hatten die zwei jungen Frauen endlich Muße, sich ungestört zu unterhalten. Helena hatte ihre Cousine darum gebeten, zu Hause nicht zu erzählen, dass sie bei Taron gewesen war. Sie wollte noch ein wenig Zeit gewinnen, auch wenn ihr klar war, dass sie ihn früher oder später würde erwähnen müssen.

„Also, wie war es denn heute mit diesem Taron? Woher kennst du ihn überhaupt?" Alexandra setzte sich erwartungsvoll in ihrem Sessel zurecht.

„Oh, ich kenne ihn seit dem letzten Sommer. Da war er bei uns in der Stadt. Wir sind uns irgendwie immer wieder begegnet. Dann jedoch haben sich unsere Wege getrennt. Letzten Winter habe ich ihn einmal hier in der Nähe wiedergetroffen, aber seitdem nicht mehr."

„Letzten Winter? Meinst du etwa diesen rätselhaften Ausflug von dir, nach dem du tagelang im Bett gelegen und geheult hast? Er war derjenige, den du damals getroffen hast? Mich wundert, dass du dich heute so gefreut hast, ihn wiederzusehen!"

„Ja, das Treffen damals war eine absolute Katastrophe. Aber heute war es sehr, sehr schön."

„He, was höre ich da?" Alexandra lachte vielsagend. „Warte! Ist er etwa der Grund, warum du mit Elion Schluss gemacht hast?!"

„Na ja, vielleicht ein wenig. Aber von Elion habe ich mich vor allem deshalb getrennt, weil ich ihn nicht liebte."

„Und wie sieht es mit diesem Mann aus?", fragte Alexandra neckend.

Helena spürte, wie sie rot wurde. „Besser, viel besser."

Sie erinnerte sich an die Zeit im letzten Sommer, in der sie Taron immer wieder verleugnet hatte. Sie hatte Angst davor gehabt, was die anderen über ihn denken würden. Das musste jetzt vorbei sein. Sie wollte nicht mehr Versteck spielen, sondern die Karten auf den Tisch legen. Das war sie ihm schuldig.

Ihre Cousine war ernst geworden. „Du weißt schon, Helena, dass dein Vater nie erlauben würde, dass du jemanden wie ihn heiratest? Er hat nicht deinen Status, er kann dir nicht das bieten, was du gewohnt bist. Er … sieht anders aus, auch wenn ich ihn ganz attraktiv fand auf seine Art, mit diesen seltsamen Augen. Aber weißt du genug über seine Herkunft, seine Vergangenheit? Er ist ein Fremder."

„Ich weiß genug über ihn. Er ist nicht so arm, wie du vielleicht denkst, und er hat einen Adelstitel, seitdem er zum Ritter geschlagen wurde", verteidigte Helena ihn.

„Er wurde allen Ernstes zum Ritter geschlagen?", lachte Alexandra. „Das ist ja verrückt! Aber trotzdem …"

„Ich weiß schon, dass Vater ihn nicht so gern sehen würde, wie Elion. Aber wenn ich ihm – vielleicht – eines Tages sage, dass ich einen Mann gefunden habe, den ich liebe, dann wird er das akzeptieren müssen, egal, wer es ist."

„Du stellst dir das so einfach vor. Aber willst du wirklich mit einem Mann wie ihm über den Marktplatz flanieren? Die Leute werden euch anstarren, vielleicht gibt es auch einen bösen Spruch. Willst du das? Willst du dir und ihm das antun?"

Helena wurde ärgerlich. „Ich habe mich einmal in diese Verlobung mit Elion hineindrängen lassen. Den Fehler, nur auf die anderen zu hören, mache ich nicht noch einmal! Wenn Taron derjenige ist, mit dem ich mein Leben verbringen will, dann ist das so. "

„Hat er sich denn zu seinen Absichten geäußert?", wollte ihre Cousine vorsichtig wissen.

„Nein, hat er nicht. Über so etwas haben wir gar nicht gesprochen."

„Ist es denn möglich, dass er sich vielleicht etwas davon verspricht, mit dir zusammen zu sein? Verfolgt er möglicherweise ganz eigene Interessen? Schließlich könnten ihm dein Status und deine Mitgift nützlich sein …"

Helena verzog empört das Gesicht. „Wie kommst du denn auf so etwas? Natürlich nicht! Er liebt mich. Das ist keine Berechnung! Er spielt mir doch nichts vor!"

Alexandra versuchte, den Zorn ihrer Cousine wieder einzudämmen. „Ich wollte dich doch nur warnen. Es gibt eben leider auch Männer, die es nur auf unser Geld abgesehen haben."

„Aber Taron gehört nicht dazu!" Helena lehnte sich zurück. „Wie kannst du nur so etwas denken! Wenn du wüsstest, was er für mich getan hat." Ein Lächeln glitt über ihr gerötetes Gesicht. „Ach, Alexandra, ich habe mich verliebt. Was soll ich nur machen?"

„Genieße es einfach …", lächelte Alexandra nachsichtig.

∗∗∗

Als Helena schließlich in ihrem Bett lag, hatte sie endlich Zeit, über den vergangenen Tag nachzudenken. Es war so viel passiert. Sie ließ es noch einmal Revue passieren.

Sie hatte Taron endlich wiedergefunden, und vor allem hatte sie endlich eine Erklärung bekommen für alles, was geschehen war. Sie war erschüttert darüber, was Taron für sie getan hatte. Er hatte alles riskiert, um sie vor einem schlimmen Schicksal zu bewahren und hatte es bitter bezahlen müssen.

Während ihm all dies zugestoßen war, hatte sie derweil in Selbstmitleid gebadet und ihm dabei auch noch die Schuld gegeben. Sie hatte ihm zutiefst Unrecht getan.

Sie erinnerte sich, wie sie gemeint hatte, Taron hätte ihr Vertrauen missbraucht und sie müsste in Zukunft vorsichtiger sein. War es nicht genau andersherum gewesen? Hatte sie ihm stattdessen nicht genug vertraut? Wenn sie ihm von Anfang an geglaubt und seine Warnungen beherzigt hätte, dann wäre sie gar nicht in den Palast gegangen und dies ganze Unglück wäre vielleicht nicht geschehen.

Helena fühlte sich so schuldig. Und sie hatte Mitleid mit Taron, weil sein Leben im Grunde ruiniert war. Sie ahnte jedoch auch, dass sie diese Gefühle nicht mit Liebe verwechseln durfte. Liebte sie ihn tatsächlich, so wie sie es Alexandra gesagt hatte? Es war sehr wichtig für sie, sich darüber im Klaren zu sein, weil sie jetzt wusste, dass Taron selbst sie immer geliebt hatte und es auch jetzt noch tat.

Sie sah sein Gesicht vor ihrem inneren Auge und spürte seinem Kuss nach. Damit schlief sie schließlich ein.

***

In der Woche, die Helena noch in Herrscherau blieb, besuchte sie Taron nicht nur ein-, sondern sogar dreimal. Alexandra lieh ihr das Geld für eine Droschke, damit sie dorthin fahren konnte. Die Tage bei ihm vergingen ihr wie im Fluge. Sie unterhielten sich stundenlang, lachten oder schwiegen. In dem kleinen Garten wandelten sie im Sonnenschein, bis sie müde waren.

In dieser Zeit lernten sie sich erst wirklich kennen. Taron erzählte ihr immer mehr von der Zeit, die er im Palast verbracht hatte und danach.

Manchmal verschlug es ihm die Sprache. Dann ertrug Helena die Stille mit ihm.

***

Taron genoss jede Minute dieser Zeit mit Helena, umso mehr, weil er wusste, dass sie bald enden musste. Jeder Moment mit ihr war kostbar für ihn. Schon bald würde sie wieder abreisen und ihn allein zurücklassen.

Er liebte Helena, mehr denn je. Aber er konnte, nein, er durfte nicht von ihr erwarten, dass sie bei ihm blieb. Sie sollte nicht aus diesem Gefühl der Verpflichtung oder der Schuld an ihm hängenbleiben. Er hatte ihr nichts zu bieten, um sie glücklich zu machen. Ihre Beziehung hatte keine Zukunft. Er musste sich nur vorstellen, wie sie in dieses bescheidene Häuschen einziehen würde, um zu wissen, dass es unmöglich war. Sie würde hier nicht glücklich werden. Ihre Liebe und Dankbarkeit würden nicht ausreichen, um sie über all das hinwegzutrösten, das sie für ihn aufgeben müsste.

Natürlich hätte er sich gern dem Traum hingegeben, Helena zu heiraten. Wenn er sie um ihre Hand bäte, würde sie vielleicht sogar einwilligen. Aber wie lange würde es dauern, bis sie ihren Schritt bereuen und sich nach ihrem alten Leben zurücksehen würde? Nein, es konnte einfach nicht sein.

Er wollte einfach diese Zeit mit Helena genießen und sich einprägen, denn er würde wohl lange von den Erinnerungen daran zehren müssen.

***

Schließlich kam das Ende von Helenas Aufenthalt in der Hauptstadt und die Stunde des endgültigen Abschieds. Schon bald würde die Kutsche kommen und sie abholen. Am nächsten Tag musste sie den Heimweg antreten.

Sie saßen im Speisezimmer beieinander, als Helena den Talisman hervorholte, den Cara ihr geschenkt hatte.

„Hier." Sie nahm Tarons Hand, so wie sie es sich angewöhnt hatte, und legte den kleinen Drachen hinein. „Den solltest du zurückhaben. Es ist dein Talisman."

Helena schüttelte den Kopf.
„Ach, ich weiß nicht. Vielleicht wollte sie ihn eigentlich dir zurückgeben."

„Aber nun schenke ich ihn an dich zurück, damit er eine zweite Chance bekommt. Und damit du immer an mich denkst."

Helena nickte lächelnd. „Natürlich! Ich werde so bald wie möglich wieder hierherkommen, aber ich kann es im Moment nicht versprechen. Wie können wir Kontakt halten?" Sie überlegte. „Kann Iasso lesen?"

Helena fühlte den Trennungsschmerz in sich aufwallen. „Ich werde dich so vermissen!"

Helena nahm ihren Mut zusammen. Sie musste jetzt fragen,

Taron spürte das kleine Stück Metall in seiner Hand.
„Cara hat ihn dir gegeben." Er drehte den Drachen zwischen den Fingern.

„Ich bin das nicht mehr. Kein Drache, keine grünen Augen."

Er lächelte wehmütig. „Ich würde auch so immer an dich denken." Vorsichtig legte er den Drachen auf den Tisch vor sich.
„Und wir werden uns doch hoffentlich wiedersehen."

„Ja, lesen und schreiben. Er kann für mich einen Brief verfassen, aber ich könnte dir darin nicht alles sagen, was ich will."

„Ich dich auch. Dieses Haus wird leer sein ohne dich."

was sie schon seit Tagen mit sich herumschleppte.

„Taron, du könntest doch auch zu uns nach Flussau kommen, wenn Iasso dich begleitet?"

„Theoretisch könnte ich das natürlich. Aber, Helena, willst du das? Kannst du dir vorstellen, was dein Vater dann über mich denken würde? Er würde doch sofort wissen, dass ich nicht nur zum Kaffee komme."

Helena nahm seine Hand. „Nun, er würde denken, dass du mich liebst. So ist es doch."

Er hatte befürchtet, dass es so kommen würde. Helena wollte ihn ihrem Vater vorstellen. Genau dies durfte nicht passieren.

Langsam hob er seine linke Hand und löste damit ihre Hand von seiner.

Ihr Blick blieb an einer leuchtend roten Narbe hängen, die sich über seine linke Hand zog. Sie war ihr bisher gar nicht aufgefallen.

„Helena, hör mir bitte zu." Bedächtig stand er auf. Was jetzt kommen musste, war schwer zu ertragen. Er wünschte, er könnte ihre Gesichtszüge erkennen.

„Die letzten Tage gehörten zu den schönsten, die ich in meinem Leben hatte, aber ich wusste immer, dass sie auch enden werden.

Ich will nicht, dass du Mitgefühl mit Liebe verwechselst. Du hast ein großes Herz, aber du musst dich fragen, ob du nicht aus Mitleid oder Dankbarkeit bei mir bleiben willst, für das, was ich getan habe.

Sie stand ebenfalls auf. „Ich weiß, aber, Taron, ich liebe dich. Ich möchte mit dir zusammen sein."

Sie runzelte unwillig die Stirn. Es war verständlich, dass Taron dies dachte und sie musste zugeben, dass dies früher immer ihr Traum gewesen war, aber so Vieles hatte sich doch seit dem letzten Jahr geändert.

Sie ergriff lächelnd seine Hand. „Ich danke dir, dass du so ehrlich mit mir bist, Taron, aber ..."

„Das ist mir egal. Ich liebe dich."

Ich will nicht, dass du Schuldgefühle hast oder meinst, mir etwas zurückgeben zu müssen."

Er schüttelte ungeduldig den Kopf, weil sie es ihm nur noch schwerer machte.

„Du bist so jung und schön. Du hättest keine Schwierigkeiten, einen Mann zu finden, der dir Wohlstand und Sicherheit bieten kann und der dich in die höhere Gesellschaft einführen würde, so wie du es dir immer gewünscht hast. Auf all das würdest du verzichten, wenn du dich an mich bindest.

Die Leute würden dich fragen, warum du ausgerechnet einen Mann wie mich haben willst, ohne Herkunft, mit zweifelhafter Vergangenheit. Ich bin deiner nicht Wert, werden sie sagen."

Er senkte den Blick und schluckte, aber er wollte dies zu Ende bringen. „Ich ... bin kein gesunder Mann." Wie schwer es ihm fiel, dies zu sagen! „Ich werde immer Hilfe brauchen. Ich kann die Zeit nicht zurückdrehen."

Er riss sich los von ihr. Warum machte sie es ihm so schwer? Es war zum Verzweifeln!

„Helena! Versteh doch! Ich kann dich nicht glücklich machen. Früher oder später würdest du es bereuen. Stelle es dir doch vor: Du, hier, in diesem Haus, mit zwei Angestellten! Keine Bälle, keine Kleider, keine Kutsche! Ein Mann, der ständig deine Hilfe braucht. Willst du das?"

Er schrie sie fast an, so sehr schmerzte es ihn.

Sie zuckte zurück, als hätte er sie geschlagen.

„Aber ich liebe dich doch, und ich weiß, dass du mich liebst!", beharrte sie. Sie spürte, wie ihr die Tränen kamen. „Warum reicht das nicht?"

Mit einem Schritt war er wieder bei ihr und schloss sie in seine Arme.

„Ja, ich liebe dich. Aber gerade deswegen muss ich dich gehen lassen. Du kannst doch bei mir nicht glücklich werden." Er nahm ihr nasses Gesicht in seine Hände und küsste sie.

Schließlich löste er sich von ihr und strich ihr liebevoll über das Gesicht.

Sie schaute zu ihm hinauf, in seine leeren Augen.

„Warum willst du mich nicht? Warum entscheidest du das und nicht ich?" Wie konnte er nur so etwas tun?

„Es bricht mir genauso das Herz, aber, glaube mir, es ist vernünftiger, wenn wir es so lassen, wie es jetzt ist."

„Ich war so froh, dass ich dich wiedergefunden habe. Das soll es nun gewesen sein?" Sie spürte den Ärger in sich aufsteigen.

Er bemerkte ihren Widerstand.

„Lass uns nicht streiten. Wir wollen nicht im Zorn auseinandergehen."

„Ich will ja überhaupt nicht gehen! Traust du mir nicht zu, dass ich dich wirklich lieben kann? Warum nicht?" Wieder schossen ihr die Tränen in die Augen.

Taron schüttelte den Kopf.

„Glaube mir, du wirst es später verstehen. Es ist besser so." Sie wollte sich wegdrehen, aber er hielt sie fest.

„Ich bin nicht aus der Welt. Du wirst immer wissen, wo du mich findest. Wir werden uns wiedersehen, das verspreche ich dir." Er umarmte sie so fest er konnte und schloss die Augen.

***

Am Gartentor stehend hatte Taron Helena in der Kutsche davonfahren sehen. Langsam drehte er sich um und kehrte zurück ins Haus. Die Stille des Flures umfing ihn, als er die Tür hinter sich schloss. Nun war er wieder allein.

Er wusste, dass Helena seine Entscheidung nicht verstanden hatte und dass er sie bitter enttäuscht hatte. Aber er hatte zu Ende gebracht, was er sich vorgenommen hatte, auch wenn es ihm schwergefallen war. Er wusste nicht, wann er sie wiedersehen würde und ob es jemals wieder so sein würde zwischen ihnen, wie es in den letzten Tagen gewesen war.

Das Bewusstsein, das Richtige getan zu haben, war in diesem Moment nur ein schwacher Trost. Wie nur sollte er jetzt weitermachen? Einmal das Glück gekostet zu haben, machte den Verlust nur schlimmer.

***

ACHTUNDZWANZIG

Helena saß am Fenster ihres Zimmers und schaute hinaus in den sonnenbeschienenen Garten. Seit einigen Tagen war sie wieder zu Hause, aber es fiel ihr immer noch schwer, wieder in ihren Alltag zurückzufinden. Zu sehr hingen ihr die Erlebnisse mit Taron nach.

Sie waren in Frieden, aber unter Tränen auseinandergegangen. Helena hatte am Ende einsehen müssen, dass Taron sich von seinem Standpunkt nicht abbringen ließ und sie es akzeptieren musste, so schwer es auch fiel. Er würde sie nicht in Flussau besuchen kommen.

Nach dem Abschied von ihm war sie am Boden zerstört zum Haus ihres Onkels zurückgekehrt. Sie hatte niemandem von ihrem Treffen mit Taron erzählt. Nur Alexandra war eingeweiht, und nur mit ihr hatte Helena schließlich über alles gesprochen.

Zu ihrer Überraschung hatte ihre Cousine nicht mit Unverständnis oder Empörung reagiert, sondern stattdessen bei Helenas Bericht leise gelächelt und am Ende gesagt: „Ich habe Taron vielleicht Unrecht getan. Dein Verehrer hat mehr Größe und Weitsicht bewiesen, als ich ihm zugetraut hätte."

Nach Hause zurückgekehrt, hatte Helena Mühe, all ihre widerstreitenden Gefühle zu beruhigen. Sie liebte Taron und war doch zugleich wütend auf ihn, dass er sie zurückgewiesen hatte. Sie verspürte Sehnsucht nach ihm und wollte ihn gleichzeitig nie mehr wiedersehen. Es war, als würde sie immer wieder mit dem Kopf gegen eine unsichtbare Wand anrennen, die sie nicht durchdringen konnte. Oh, sie war so wütend auf ihn, so enttäuscht, dass er auf sie verzichtet hatte, obwohl sie doch sicher war, dass er sie liebte.

Eine winzig kleine Stimme in ihr sagte ihr zwar, dass er vielleicht sogar recht gehabt hatte, mit dem, was er sagte, aber sie konnte und wollte ihm diesen Triumph nicht gönnen. Stattdessen fühlte sie sich von ihm bevormundet und missverstanden. Gleichzeitig vermisste sie ihn so sehr, dass es ihr das Herz brach.

Delia klopfte an der Tür und streckte ihren Kopf ins Zimmer. „Helena, kommst du? Die Gäste sind schon da."

Seufzend wandte sich Helena von dem Fenster ab und überprüfte im Spiegel, ob ihre Augen nicht zu rot und verquollen aussahen. Heute hatte sich wieder die Familie von Prof. Dr. Hohentraun zum Kaffee angekündigt. Diesmal war wenigstens nicht Elion Krausenstern dabei. Mit einem weiteren tiefen Seufzer verließ Helena das Zimmer und ging hinunter in das Speisezimmer, in dem die Gäste bereits versammelt waren.

Nach der Begrüßung setzten sich alle an den gedeckten Tisch. Helena kam zufällig neben Prof. Hohentraun zu sitzen. Auf eine Nachfrage von Aristoteles hin, begann dieser über die jüngsten Ereignisse an der Universität allgemein und in seiner Fakultät zu erzählen.

Helena achtete derweil darauf, dass alle Gäste mit Kaffee und Kuchen versorgt waren. Als sie ihre Aufmerksamkeit wieder auf das Gespräch richtete, war ihr Gast gerade dabei, von neuesten Forschungsergebnissen zu berichten.

„Ja, Aristoteles, wir haben in der Tat eine ganze Reihe sehr vielversprechender junger Forscher an unserer Universität. Erst gestern führte ich ein interessantes Gespräch mit einem ambitionierten jungen Mann, der über eine seltene Krankheit forscht. Es handelt sich um die im Volksmund so genannte ‚Bleiche'." Sein Blick wanderte in die Runde. „Haben Sie davon schon einmal gehört? Über diese Krankheit war bisher nur wenig bekannt. Unbehandelt führt sie sehr häufig zum Tode.

Erst letztes Jahr geriet sie in den Fokus, als unsere hochverehrte Königin daran erkrankte. Der Öffentlichkeit wurde die Art der Erkrankung nicht mitgeteilt. Deswegen ist die Bleiche vielen Menschen kaum ein Begriff."

Helena stellte die Tasse wieder ab, die sie angehoben hatte, um daraus zu trinken. Oh, doch, diese Krankheit kannte sie sehr wohl!

„Zum Glück wurde die Königin wieder gesund", merkte Frau Hohentraun lächelnd an und ihr Mann nickte zustimmend.

„Ja, und dieses wahre medizinische Wunder gelang den Ärzten dort nur durch die Gabe einer bis dahin unbekannten Substanz. Unser besagter junger Forscher selbst war damals im Palast zugegen und ein Zeuge dieses Triumphes der modernen Medizin "

Helena unterdrückte ein Husten. Sie wusste besser als alle anderen an diesem Tisch, was wirklich hatte geschehen müssen, um diesen Triumph der Medizin zu erringen.

Sie räusperte sich. „Und dieser Herr, von dem Sie sprechen, der forscht nun zu der Krankheit?"

Prof. Hohentraun wandte sich ihr lächelnd zu, erfreut darüber, so interessierte Zuhörer zu haben. „Ja, Dr. Kaltenkrais heißt er. Er hat mir gerade gestern über seine neuesten Forschungsergebnisse berichtet."

Helena lauschte aufmerksam. Diesen Namen hatte sie doch schon einmal gehört! Taron hatte ihn erwähnt. Dr. Kaltenkrais war in der Tat im Palast gewesen, und er hatte sich als Einziger ernsthaft um Taron gekümmert. Sie hatte nur nicht gewusst, dass es sich bei ihm um einen Forscher der Universität gehandelt hatte!

Prof. Hohentraun fuhr fort: „Dieser Dr. Kaltenkrais hatte damals die einmalige Möglichkeit, einen kleinen Teil der Medizin, die Königin Sofia verabreicht wurde, für seine Forschungszwecke zurückzuhalten, sodass er sie untersuchen konnte. Danach gelang es ihm, die ihm vorliegende Substanz in einem ganz neuartigen Verfahren in ihre Bestandteile zu zerlegen."

Helena konnte kaum glauben, was sie da gerade hörte. „Sie meinen, dieser Herr Kalten …"

„Dr. Kaltenkrais, Odysseus Kaltenkrais heißt der Mann."

„Dieser Dr. Kaltenkrais hat also herausgefunden, wie man die Bleiche heilen kann?"

Prof. Hohentraun runzelte die Stirn. „Nun ja, er ist auf dem besten Weg dorthin. Nachdem er herausgefunden hatte, woraus die ursprüngliche Medizin zusammengesetzt war, musste er sich in einem nächsten Schritt dieselben Inhaltsstoffe beschaffen, um daraus ein eigenes Präparat herzustellen."

An dieser Stelle meldete sich Aristoteles zu Wort: „Warum nimmt man denn nicht einfach die Medizin, die die Königin bekommen hat? In ihr war doch alles enthalten."

Prof. Hohentraun nickte zustimmend. „Genau dies habe ich den Doktor auch gefragt, aber er sagte mir, dass die Medizin für die Königin nur unter sehr besonderen Umständen und ‚unter großen Opfern' – so drückte er sich aus – bereitgestellt worden war und dieser Prozess nicht wiederholt werden könnte."

Helena hätte beinahe genickt bei diesen Worten des Professors. Taron war es gewesen, der dieses große Opfer gebracht hatte. Sie begann jedoch gerade zu ahnen, dass er dadurch nicht nur die Königin gerettet hatte, sondern dass er offenbar auch noch eine ganz andere Entwicklung ermöglicht hatte, von der er gar nichts wusste.

Prof. Hohentraun fuhr derweil fort. „Kaltenkrais musste sich jedenfalls nach anderen Quellen umschauen.

Gestern erzählte er mir nun, dass er den Durchbruch geschafft und ein Präparat mit den gleichen Inhaltsstoffen hergestellt habe, wie die ursprüngliche Medizin. Erste Versuche seien sehr vielversprechend verlaufen, sagte er. Sie hätten seine Erwartungen sogar übertroffen."

Prof. Hohentraun ließ sich noch etwas Kaffee nachschenken. „Sie sehen, es gibt wirklich immer wieder äußerst wichtige Forschungsergebnisse an unserer altehrwürdigen Universität, die der ganzen Menschheit zugutekommen können! Ich bin sicher, dass unser Dr. Kaltenkrais noch eine besondere Ehrung für seine herausragende Forschungstätigkeit erhalten wird. Ihm steht eine große Karriere bevor."

Helena spürte, wie sie die Aufregung packte. Dies war doch wahrlich ein Wink des Schicksals! Hier tat sich eine Entwicklung auf, mit der sie überhaupt nicht gerechnet hatte. War dies nicht auch für Taron eine äußerst wichtige Information? Sie musste unbedingt mit diesem Dr. Kaltenkrais Kontakt aufnehmen! Er wusste sicherlich noch so viel mehr, als Prof. Hohentraun zu sagen hatte!

„Entschuldigen Sie, Herr Professor", richtete sie sich an ihn. „Was Sie gerade erzählt haben, interessiert mich wirklich brennend. Könnten Sie mir sagen, ob es eine Möglichkeit gibt, mit Dr. Kaltenkrais in Kontakt zu treten? Ich würde ihn sehr gern einmal kennenlernen und mehr über seine Forschung erfahren."

Der Gast zog erstaunt die Augenbrauen hoch. Mit solch großem Interesse hatte er offenbar nicht gerechnet. „Aber selbstverständlich gibt es die. Sie können ihm an die Adresse der Universität schreiben. Ich bin sicher, dass er Ihnen antworten wird. Wenn Sie mir nachher etwas zu schreiben reichen würden, dann notiere ich Ihnen die Einzelheiten. Ich muss sagen, ich freue mich immer sehr, wenn sich das weibliche Geschlecht für so herausragende Themen interessiert!" Er lächelte wohlwollend.

***

Noch am gleichen Abend verfasste Helena folgenden Brief:

„Sehr geehrter Herr Dr. Kaltenkrais,

Ihr Name wurde jüngst auf äußerst lobende Weise von Prof. Dr. Hohentraun erwähnt, einem guten Freund meiner Familie, der mir über Ihre Forschung berichtete.

Mein Name ist Fräulein Helena Greizenich. Ich wende mich auf diesem Weg an Sie, da ich mich sehr für Ihre Forschungsergebnisse im Kampf gegen die Bleiche interessiere. Dies rührt daher, dass ich einen Mann zu meinen Freunden zähle, der Ihnen bekannt sein dürfte, nämlich Taron, Sohn von Uro. Er hat mir alles berichtet, was damals vor einem Jahr im Palast vorgefallen ist und Sie dabei besonders erwähnt.

Deswegen nehme ich mir, wenn Sie erlauben, die Freiheit heraus, Sie auf diese Weise anzuschreiben und Sie um einen Termin zu bitten, an dem ich Sie besuchen könnte, um noch mehr über Ihren Sieg über die Bleiche zu erfahren.

Hochachtungsvoll
Helena Greizenich"

Es dauerte nur eine Woche, da hielt Helena schon die Antwort von Dr. Kaltenkrais in den Händen. Sie war sofort in ihr Zimmer hinaufgeeilt und hatte die Tür abgeschlossen, bevor sie das Couvert öffnete. Der Briefbogen war bedeckt mit einer lebhaften, aber gut lesbaren Handschrift.

„Sehr geehrtes Fräulein Greizenich,

Sie können kaum ermessen, mit welchem Erstaunen und welcher Freude ich Ihren Brief gelesen habe, denn Sie schickt wahrlich der Himmel! Herr Prof. Dr. Hohentraun hat Ihnen vermutlich geschildert, dass ich es geschafft habe, die Substanz aus Herrn Tarons Augen auf ihre Bestandteile hin zu analysieren. Im Palast hatte man es mir gestattet, einen kleinen Teil der Flüssigkeit für meine Forschung zu verwenden.

Auf der Suche nach alternativen Quellen für die Bestandteile, die ich gefunden hatte, fand ich Unterstützung bei einem jungen Chemiker der Universität. Inzwischen habe ich es geschafft, die Wirkstoffe zum Teil chemisch herzustellen, aber vor allem aus verschiedenen Pflanzen zu extrahieren und daraus in der richtigen Kombination ein Präparat zu entwickeln, das ähnliche medizinische Eigenschaften aufweist, wie das Original. Erste Versuche damit waren äußerst vielversprechend.

Seit Monaten schon habe ich vergeblich versucht, Kontakt mit Herrn Taron aufzunehmen. Ich wollte unbedingt meine Forschungsergebnisse mit ihm teilen. Er schien jedoch wie vom Erdboden verschluckt zu sein. Außerdem erhoffte ich mir von seiner Tante, einer Heilerin, die ich damals im Palast kennenlernen durfte, weitergehende Informationen über die Arbeit mit Pflanzenwirkstoffen, da dieser Bereich nicht gerade zu meinem Fachgebiet gehört.

Nun erhielt ich Ihren Brief und konnte mein Glück kaum fassen. Kommen Sie selbstverständlich gern jeden Tag der Arbeitswoche zwischen 17 und 20 Uhr in mein Büro in der Universität. Wenn es Ihnen möglich ist, wäre ich außerordentlich dankbar, wenn Sie mir die Adresse von Herrn Taron vermitteln würden oder wenn Sie ihn bitten könnten, mich in der Universität aufzusuchen.

Ich verbleibe in großer Vorfreude auf ein Treffen!

Hochachtungsvoll
Dr. O. Kaltenkrais"

Helena ließ den Brief sinken. Ihr Instinkt sagte ihr, dass sie einer wichtigen Sache auf der Spur war. Dieser Dr. Kaltenkrais bot eine entscheidende Möglichkeit, um mehr über die Zusammenhänge mit der Bleiche herauszufinden.

Wenn es diesem Arzt gelang, die Bleiche zu besiegen, dann war Tarons Opfer nicht nur eines für die Königin und für sie gewesen, sondern dann hatte er damit ebenso auch die Forschung von Dr. Kaltenkrais vorangebracht. Durch den Farbstoff seiner Augen war es diesem überhaupt nur möglich geworden, am Ende eine Medizin gegen die Bleiche entwickeln.

Würde es für Taron nicht eine Erleichterung bedeuten, dies zu wissen? Wären ihm nicht sogar die Forscher, die Mediziner, sogar die ganze Öffentlichkeit zu Dank verpflichtet für sein Opfer?

Eines war ihr sofort klar: Sie musste erneut in die Hauptstadt reisen. Sie würde zusammen mit Taron in die Universität gehen. Es würde nicht leicht werden, ihren Vater davon zu überzeugen, dass sie schon so bald wieder auf Reisen gehen wollte, aber sie würde es schaffen.

Mit einem Ruck stand Helena auf und trat an ihren Schreibtisch, um Papier und Feder zur Hand zu nehmen. Als erstes wollte sie einen Brief an Taron schreiben. Dann würde sie hinuntergehen zu ihrem Vater.

***

Taron saß nach dem Essen am Tisch und starrte aus dem Fenster, während er gedankenverloren mit dem Drachenanhänger spielte, den Helena ihm zurückgegeben hatte.

Seitdem sie abgereist war, hatte er immer wieder darüber nachgegrübelt, ob es ein Fehler gewesen war, sie zurückzuweisen. Er wusste, dass sie an diesem Tag bereit gewesen wäre, bei ihm zu bleiben. Es wäre die Erfüllung all seiner Träume gewesen.

Aber nein. Er wusste doch ganz genau, dass er nicht nur Helena, sondern sie beide ins Unglück gestürzt hätte. Die Liebe allein reichte nun mal nicht immer aus und nicht für ein ganzes Leben.

Es war seine Pflicht gewesen, Vernunft walten zu lassen, bevor Helena ihm irgendwann Vorwürfe gemacht hätte, dass er ihre Verliebtheit ausgenutzt hätte, um sie in eine Falle zu locken, aus der sie nicht entkommen konnte.

Trotzdem schmerzte es nicht weniger zu denken, dass er sie vielleicht lange Zeit nicht mehr wiedersehen würde. Und möglicherweise würde dann eines Tages der Moment kommen, an dem sie ihm gestehen würde, dass sie jemand anderen getroffen hatte, der sie heiraten wollte. Das mochte er sich gar nicht ausmalen.

Seine Finger strichen über den metallenen Anhänger. Dabei wanderten seine Gedanken weiter zu Cara, die vorausgesehen hatte, dass er Helena wiedersehen würde und deren Weisheit es auch zu verdanken war, dass er Helena am Ende alles erzählt hatte.

Er sah sie vor sich, mit ihrem gütigen Gesicht und diesen Augen, die so tief blicken konnten. Hätte sie gewollt, dass er Helena heiratete? Oder hätte sie abgeraten? Wahrscheinlich hätte sie sich geweigert, ihm überhaupt einen Rat in dieser Sache zu erteilen. Er lächelte leise und fragte sich, wie es seiner Tante ergangen sein mochte, seitdem sich ihre Wege getrennt hatten.

Am Tag zuvor hatte Iasso erzählt, dass er auf dem Markt im Dorf davon gehört hatte, dass fahrendes Volk in der Stadt war. Er war sich sicher, dass es seine Leute waren. Sie kamen jedes Jahr im Spätsommer nach Herrscherau. Er fragte sich, ob er zu ihnen gehen, sie besuchen sollte.

Einerseits zog es ihn zu ihnen hin, weg von der Stille und Einsamkeit dieses Hauses, hin zu den vertrauten Gesichtern seiner Familie. Andererseits war er sich nicht sicher, wie er empfangen werden würde. Der Spruch des Rates hatte seine Gültigkeit nach dem Auflauf des einen Jahres verloren. Wenn er es wollte, könnte er die Gemeinschaft sogar bitten, ihn wieder aufzunehmen. Aber wollte er das?

Er fuhr sich über seine schmerzenden Augen und schüttelte dabei den Kopf. Er konnte nicht wieder zurückgehen, nicht für immer.

In diesem Moment erschien Iasso in der offenen Tür. Nach einem leichten Klopfen an dem Türrahmen trat er ein.

„Ist alles in Ordnung?", fragte er mit seiner ruhigen Stimme.

„Ja, ja, alles in Ordnung", murmelte Taron und verbarg den Drachenanhänger in seiner rechten Faust.

„Es ist Post gekommen. Ein Brief. Wie es aussieht, ist er von Helena Greizenich."

Taron setzte sich auf. „Von Helena? Komm her, Iasso, setz dich zu mir und lies ihn vor!"

Iasso ließ sich auf dem Stuhl neben ihm nieder und öffnete den Umschlag.

„Was steht drin? Lies schon vor", forderte Taron ungeduldig, als Iasso offenbar die Zeilen überflog.

„Schon gut! Hier steht:" Er räusperte sich. „Lieber Taron, sehr geehrter Herr Fredenbrauch, … und dann schreibt sie an mich, dass ich die Zeilen bitte vorlesen soll.

‚Ich habe wichtige Neuigkeiten für Dich. Durch einen Zufall habe ich von dem Arzt Dr. Kaltenkrais erfahren, der an der Universität von Herrscherau forscht. Du erinnerst dich sicherlich an ihn. Er hat es geschafft, die Medizin für die Königin auf ihre einzelnen Bestandteile hin zu untersuchen und dann daraufhin eine neue Medizin herzustellen, sodass er jetzt über ein Mittel verfügt, mit dem er die Krankheit besiegen kann.

Schon seit Monaten sucht er nach Dir, um seine Ergebnisse mit Dir zu teilen und nach Cara, weil er gern ihren Rat im Bereich der Pflanzenwirkstoffe hätte.

Ich würde gern mit Dir zusammen zu Herrn Dr. Kaltenkrais gehen, um mit ihm über alles zu sprechen. Gibt es außerdem irgendeine Möglichkeit für Dich, noch einmal mit Cara Kontakt aufzunehmen?

Schreibe mir bitte über Iasso, was Du von diesen Neuigkeiten und einem Treffen mit Dr. Kaltenkrais hältst. Ich werde so schnell wie möglich versuchen, nach Herrscherau zu reisen.

Bis dahin, lebe wohl, Deine Helena.'"

Iasso ließ das Blatt sinken. „Ich verstehe kein Wort."

Taron lehnte sich grinsend zurück. „Aber ich."

Er erhob sich von seinem Stuhl. „Iasso, ich habe gerade beschlossen, dass wir einen Ausflug unternehmen, eine kleine Reise in die Vergangenheit. Wir müssen alles gut vorbereiten, und es wird nicht ganz einfach werden."

Iasso setzte sich neugierig auf. „Eine Reise? Wohin? Zu wem?"

Taron lächelte. „Wir besuchen meine Familie."

***

„Bist du bereit?"

Helena hatte Taron aus der Kutsche geholfen und ergriff seinen Arm, als sie nun vor dem stattlichen Eingangstor zur Universität standen. Sie schaute hinauf zu den Figuren und Ornamenten, die das Portal schmückten und atmete tief durch.

Es hatte einige Mühe und Zeit gekostet, bis hierher zu gelangen. Zunächst hatte sie ihren Vater überreden müssen, sie erneut in die Hauptstadt reisen zu lassen. Sie hatte ihm von ihrem Plan erzählt, Dr. Kaltenkrais aufzusuchen, um sich über seinen Kampf gegen die Bleiche zu informieren. Ihr Vater hatte sich zunächst sehr über dieses neu erwachte Interesse seiner Tochter gewundert, schließlich jedoch eingewilligt.

Allerdings hatte sich die Reise verzögert, da Aristoteles beschlossen hatte, bei dieser Gelegenheit einmal wieder selbst nach Herrscherau zu fahren und seinen Bruder zu besuchen.

Kostbare Tage waren vergangen, bis alles vorbereitet war und die Reise endlich angetreten werden konnte. Bei ihrem Onkel angekommen, hatte Helena sofort mit Taron Kontakt aufgenommen und geplant, wie sie ihn mit der Kutsche ihres Vaters abholen und weiter zur Universität fahren konnte.

Lange hatte sie auf diesen Augenblick hingefiebert. Nun war er da.

Auch Taron spürte die Nervosität in sich aufsteigen. Seit Helenas Brief hatte er auf diesen Moment gewartet. Es hatte ihm neuen Antrieb und Hoffnung gegeben. Er war gespannt darauf, was Dr. Kaltenkrais inzwischen herausgefunden hatte. Ihm war nicht bewusst gewesen, dass es dem jungen Arzt gelungen war, von der Substanz aus seinen Augen etwas zurückzuhalten. Im Rückblick konnte er sich nur daran erinnern, dass Dr. Kaltenkrais die Universität und seine Forschung erwähnt hatte. Damals hatte er nicht weiter darauf geachtet.

Einige Tage nachdem der Brief von Helena eingetroffen war, hatte Taron sich mit Iasso auf den Weg gemacht, um das Lager seiner Familie zu besuchen. Sie waren gegen Abend dort eingetroffen, als alle Mitglieder der Gemeinschaft aus der Stadt zurückgekehrt waren.

Er war unsicher gewesen, wie er aufgenommen werden würde, aber seine Sorge hatte sich als unbegründet herausgestellt. Er wurde mit offenen Armen empfangen, und auch Iasso fühlte sich ganz offensichtlich schon bald sehr wohl. Es gab viel zu erzählen an diesem Abend. Tarons Mutter und seine Geschwister freuten sich sichtlich über seinen Besuch, und selbst sein Vater setzte sich zu ihm und suchte das Gespräch.

Am wichtigsten jedoch war die Begegnung mit Cara, der Taron von Dr. Kaltenkrais und seinem Forschungsvorhaben erzählte. Sie war sofort voller Begeisterung und Tatendrang. Natürlich wollte sie den Forscher der Universität mit ihren Kenntnissen unterstützen. Es gab kaum jemand, der über so viel Wissen verfügte wie sie, was Pflanzen- und Heilkunde anbetraf.

Nachdem Taron und Iasso die Nacht im Lager verbracht hatten, nahmen sie am nächsten Morgen wieder Abschied, jedoch nicht, ohne zu vereinbaren, dass sie von nun an in Kontakt bleiben wollten.

Kurze Zeit später hatte sich dann Helena bei ihm gemeldet. Als sie wieder auf seiner Türschwelle stand, hatten sie beide zunächst um Worte gerungen und waren unsicher gewesen, wie sie miteinander umgehen sollten. Aber ihr neues gemeinsames Vorhaben hatte ihnen geholfen, über diese Beklemmung hinwegzukommen. Mit großer Erleichterung hatte Taron festgestellt, dass Helena ihm gegenüber keinen Groll mehr hegte wegen der Dinge, die er zu ihr gesagt hatte. Sie schien nur noch nach vorn schauen zu wollen.

***

NEUNUNDZWANZIG

Gemeinsam gingen sie durch das offene Tor in einen Innenhof. Tatsächlich handelte es sich bei der Universität um eine ganze Ansammlung von Gebäuden, die durch Gänge und Höfe miteinander verbunden waren. Zweimal mussten sie nach dem Weg fragen, bis sie endlich vor einer Tür standen, auf der das Schild „Dr. O. Kaltenkrais" angebracht war.

Helena hob die Hand und klopfte energisch.

„Herein!", erklang eine Stimme von innen.

Helena öffnete die Tür und trat in den Raum, während Taron ihr folgte. Es handelte sich um ein recht kleines Zimmer, das bis zur Decke mit Büchern gefüllt war. Auf der rechten Seite befand sich eine weitere Tür. Vor einem Fenster am anderen Ende des Raumes stand ein Schreibtisch, auf dem sich ebenfalls das Papier türmte. Darüber gebeugt saß ein noch überraschend junger, blonder Mann mit einer Brille.

„Haben Sie noch was vergessen?", fragte er, ohne aufzusehen. Als jedoch keine Antwort kam, schaute er hoch und richtete sich mit einem Ruck auf, als er sie erkannte. Ein Strahlen breitete sich auf seinem Gesicht aus.

„Oh, ich bitte vielmals um Entschuldigung!" Er eilte um seinen Schreibtisch herum und kam mit ausgestreckter Hand auf sie zu. „Wie schön! Wie schön! Sie sind es wirklich! Ich freue mich! Herzlich willkommen! Fräulein Greizenich, nicht wahr? Sehr erfreut! Wirklich sehr erfreut, Sie kennenzulernen!" Er schüttelte begeistert ihre Hand.

„Und Herr Taron!" Indem er sich ihm zuwandte, veränderte sich sein Gesichtsausdruck unmerklich. Er wurde ernster, mitfühlender, fast ein wenig besorgt. „Ich freue mich so sehr, Sie wiederzusehen! Ich hätte nicht zu träumen gewagt, dass es tatsächlich klappt. Ein Jahr ist es schon her, dass wir uns das letzte Mal gesehen haben! Sie müssen mir gleich alles erzählen."

Er zog zwei Stühle zurecht. „Setzen Sie sich doch bitte! Kann ich Ihnen ein Glas Wasser anbieten? Mehr habe ich leider nicht." Er zuckte entschuldigend die Achseln, während sein Blick umherschweifte, offenbar auf der Suche nach Gläsern.

„Vielen Dank, nein", wehrte Helena ab. Sie schaute zu Taron hinüber, der auch den Kopf schüttelte.

Helena sorgte dafür, dass Taron sich setzen konnte und nahm selbst Platz.

Taron erkannte die Stimme sofort wieder, die er so oft gehört hatte. Dies weckte Erinnerungen in ihm, die er schnell beiseiteschob. Er war froh, dass er Helenas Nähe spürte.

Die Luft in dem Raum war stickig. Es roch nach Büchern. Er konnte sie an den Wänden erahnen. Dies war eine völlig fremde Welt für ihn.

„Wie geht es Ihnen, Herr Taron? Wie geht es Ihren Augen?" Auch Dr. Kaltenkrais nahm wieder Platz und schob die Bücher auf dem Tisch beiseite.

Helena sah ehrliches Interesse im Gesicht des Arztes, der jetzt seine ganze Aufmerksamkeit auf Taron richtete.

Dr. Kaltenkrais war ihr sofort sympathisch. Sie stellte sich vor, wie er vor einem Jahr bei Taron im Palast gewesen war und sich um ihn gekümmert hatte.

„Oh, es ist ganz okay soweit. Meine Augen haben sich mit der Zeit etwas gebessert, auch wenn ich immer noch alles unscharf sehe. Es ist, als ob ein grauer Schleier über allem liegt. Ich brauche etwas Hilfe …"

Er wollte nicht wehleidig erscheinen oder sich beklagen.

„Mein Leben hat sich sehr verändert, aber ich komme klar."

„Ja, das kann ich mir sehr gut vorstellen. Diese dramatischen Ereignisse letztes Jahr! Es war tragisch, dass Sie dieses Schicksal erleiden mussten. Wenigstens konnten Sie das Leben der Königin retten. Und wie es aussieht, waren Sie es auch, der letztendlich all meine darauffolgende Forschung ermöglicht hat. Deswegen habe ich schon seit Monaten versucht, Sie zu finden. Ich meine, Sie verdienen es, alles zu erfahren, was seitdem geschehen ist."

„Ich habe damals gar nicht begriffen, dass Sie von der Universität kamen. Für mich waren sie einfach nur ein Arzt." Er dachte zurück an den jungen Mann mit den gebeugten Schultern, der ganz offensichtlich von den anderen nicht für voll genommen wurde.

„Ja, man hatte mich hinzugezogen." Herr Dr. Kaltenkrais lehnte sich ein wenig zurück. „Ich hatte damals gerade erst begonnen, mich mit der Bleiche zu beschäftigen, dieser sehr seltenen, aber häufig tödlichen Krankheit. An der Königin konnte ich alle Symptome und den Verlauf der Krankheit beobachten. Als Forscher war dies eine hervorragende Gelegenheit, auch wenn es aus menschlicher Sicht sehr bedrückend war, ihr nicht helfen zu können.

Als Sie jedoch auftauchten, Herr Taron, war dies natürlich für mich eine einmalige Chance, die Heilung der Krankheit zu dokumentieren. Gleichzeitig stellte es die Möglichkeit dar, einen Zugang zu dem einzig existierenden Heilmittel zu erhalten.

Ich muss zugeben, dass es ein hartes Stück Arbeit war, Herrn Dr. Aspenbroch davon zu überzeugen, dass ich für meine Forschungszwecke unbedingt auch eine kleine Menge der grünen Medizin abzweigen musste.

Zunächst war er vollkommen dagegen. Er hielt es für ausgeschlossen, dass die Königin nicht die vollständige Menge der Substanz bekommen sollte. Am Ende gelang es mir jedoch, einige Tropfen, sozusagen die Reste, zu sichern. Das war der Ausgangspunkt für meine weitere Forschung hier in der Universität."

Helena beugte sich interessiert vor. „Und Sie haben diese Tropfen analysiert?"

„So ist es. Mit der Hilfe eines sehr begabten jungen Kollegen, der im Bereich der Chemie forscht, war es mir möglich, die Flüssigkeit aufzubereiten, in ihre Bestandteile zu zerlegen und diese zu bestimmen, sodass ich die Wirkstoffe ermitteln konnte.

Aber damit wollte ich mich natürlich nicht zufriedengeben. Mein Ziel war es, die Medizin selbst herzustellen, sie zu reproduzieren. Also musste ich mich auf die Suche nach anderen Quellen für diese Stoffe begeben, um die Zusammensetzung der ursprünglichen Substanz nachahmen zu können. Dabei wurden wir, mein Kollege und ich, unter anderem in der Tier-, vor allem jedoch in der Pflanzenwelt fündig."

Er runzelte die Stirn, als würde er immer noch über manche Fragen rätseln.

„Um es kurz zu machen, habe ich schließlich ein Präparat entwickeln können, das in seiner Zusammensetzung seinem Vorbild zumindest sehr nahekommt." Er lächelte beinahe etwas entschuldigend. „Ich habe damit erste Versuche durchgeführt, die allesamt sehr vielversprechend ausgefallen sind. Tatsächlich haben sie sogar meine Erwartungen übertroffen."

„Das klingt wirklich sehr beeindruckend. Herr Prof. Dr. Hohentraun schien sehr angetan von Ihren Leistungen. Er hat Sie in den höchsten Tönen gelobt."

Dr. Kaltenkrais winkte bescheiden ab. „Nun ja, ohne Sie, Herr Taron, wäre ich keinen Schritt weiter, als vor einem Jahr. Ich muss außerdem gestehen, dass ich immer noch vor einigen sehr grundsätzlichen Problemen stehe, was die Herstellung meines neuen Präparates angeht. Es geht um Dinge wie die Qualität des Ausgangsmaterials, um Haltbarmachung und auch um eine Verbesserung der Rezeptur.

An dieser Stelle hatte ich an Ihre Tante gedacht, die ich in den Tagen im Palast als eine sehr kompetente Naturheilerin schätzen gelernt habe. Leider war es mir unmöglich, sie ausfindig zu machen. Ich hatte Ihnen, Fräulein Greizenich, gegenüber mein Anliegen bereits erwähnt."

Helena nickte und wollte etwas antworten, wurde aber gleich von Taron unterbrochen.

„Ja, was das anbetrifft, kann ich Ihnen weiterhelfen. Ich habe inzwischen Kontakt zu meiner Tante Cara aufgenommen und kann Ihnen sagen, dass sie sehr gern bereit ist, alles, was sie weiß mit Ihnen zu teilen. Ich habe Cara Ihre Adresse hier gegeben, und sie wird sich schon bald bei Ihnen melden."

Was für ein großer Erfolg es für Cara wäre, wenn sie zu dieser Forschung beitragen könnte. Es würde ihr und der ganzen Gemeinschaft Ansehen und Anerkennung einbringen.

Dr. Kaltenkrais strahlte über das ganze Gesicht. „Das ist ja wunderbar! Ich muss sagen, das hatte ich kaum zu hoffen gewagt. Mit ihrer Hilfe lassen sich sicherlich auch noch die letzten Probleme aus dem Weg schaffen!"

Er lehnte sich vor und wandte sich eindringlich an Taron. „Ich möchte, dass Sie eines wissen: Ohne Ihr Opfer, das sie im letzten Sommer gebracht haben, wäre all dies nicht möglich. Wenn ich dieses Projekt am

Ende erfolgreich abgeschlossen haben sollte, werde ich es mir nicht nehmen lassen, auch Sie in meinen Berichten zu erwähnen und Ihre Leistung besonders hervorzuheben."

Helena strahlte. Sie war von Dankbarkeit und Genugtuung erfüllt, dass dieser Mann Tarons Opfer so anerkannte. Es vermittelte ihr ein Gefühl von Gerechtigkeit.

Er dachte zurück an den Tag, an dem er in den Palast gegangen war. Niemals hatte er gedacht, dass sich diese Entwicklung daraus ergeben könnte.

Wie es aussah, hatte dieser Arzt die Bleiche besiegt. Niemand würde jemals mehr daran sterben müssen. Die Krankheit würde ihren Schrecken verlieren, wenn sie behandelbar war.

Und niemand würde jemals wieder die Farbe seiner Augen opfern müssen. Er würde der letzte gewesen sein.

Die Wucht dieser Erkenntnis war enorm. So lange hatte die Angst vor dieser Krankheit das Leben vieler Menschen beherrscht. Das war vorbei.

Taron fühlte, wie sich eine große Last von ihm hob. Er hatte geholfen, dass dies möglich geworden war, dass die Bleiche besiegt war.

Eine Weile unterhielten sich Dr. Kaltenkrais, Helena und Taron noch über die Krankheit und ihre Bekämpfung. Schließlich stand der Arzt auf, entschuldigte sich und verließ den Raum durch die Tür auf der rechten Seite. Wenige Minuten später kehrte er zurück mit einer Ledertasche in der einen und einer kleinen Glasflasche mit einer dunklen Flüssigkeit in der anderen Hand.

Er stellte die Tasche auf den Tisch und hielt die Flasche hoch. „Sehen Sie. Hier, in dieser Flasche ist das Präparat, so wie ich es hergestellt habe. Mehr habe ich im Moment davon nicht, aber ich arbeite weiter daran."

Als er die Flüssigkeit nun gegen das Licht hielt, sah Helena, wie sie grün schimmerte. „Auch sie ist grün, wie ihr kostbares Vorbild", lächelte Dr. Kaltenkrais und stellte die Flasche vorsichtig neben sich. Er räusperte sich.

„Herr Taron, hätten Sie etwas dagegen, wenn ich Ihre Augen noch einmal untersuchen würde? Ich möchte mir sehr gern einen Eindruck über den jetzigen Zustand verschaffen, wenn ich darf."

> „Natürlich, wenn Sie es wün-
> schen." Er wusste zwar nicht, wa-
> rum Dr. Kaltenkrais dies für nötig
> hielt, aber wahrscheinlich war
> dies das allgemeine Interesse ei-
> nes Arztes.

Dr. Kaltenkrais griff zu der Tasche und holte verschiedene Instrumente heraus, mit denen er Tarons Augen zu untersuchen begann. Danach machte er einige Tests, um herauszufinden, wie gut sein Sehvermögen war. Schließlich nickte er ernst und blieb vor dem Schreibtisch stehen.

„Offenbar sind viele der Schäden, die im letzten Sommer aufgetreten sind, verheilt. Einige sind jedoch geblieben. Sie sind offenbar auf den Verlust des Farbstoffes zurückzuführen und die Blutung, die in der Folge aufgetreten ist." Er lehnte sich an die Kante seines Schreibtisches.

„Ich habe Ihnen ja vorhin von meinen ersten Versuchen berichtet, die sehr vielversprechend verlaufen sind. Bei diesen Versuchen gab es Hinweise darauf, dass das neue Präparat sogar ein noch größeres Potential hat, auch andere Beschwerden zu lindern. Dies gilt vor allem im Bereich der Augen, die ja auch von der Bleiche besonders betroffen sind." Er atmete tief ein.

„Ich hätte nun einen Vorschlag an Sie, Herr Taron: Könnten Sie sich vorstellen, sich als eine Versuchsperson für mich zur Verfügung zu stellen?" Er hielt inne, als warte er auf eine erste Reaktion, sprach dann jedoch sofort weiter. „Es geht darum, dass ich versuchen würde, Ihren Augen den Stoff zurückzuführen, den sie verloren haben. Ich würde den Vorgang sozusagen umkehren, indem ich diese Substanz hier …", er zeigte auf die Flasche, „… wieder in Ihre Augen einspritze."

Helena hielt die Luft an. Hatte sie da gerade richtig gehört?

„Sie meinen, Sie können seinen Augen ihre grüne Farbe wieder zurückgeben?"

Taron brauchte einen Moment, um zu verstehen, was Dr. Kaltenkrais gesagt hatte.

„Nicht nur das. Ich hege die begründete Hoffnung, dass dieses Präparat, wenn es auf die Iris gelangt, von dort aus auch die Schäden heilen könnte, die durch das Entfernen der ursprünglichen Substanz aufgetreten sind. Vereinfacht gesagt könnten wir den gesamten Prozess rückgängig machen und den ursprünglichen Zustand wiederherstellen."

Helena war sprachlos. Sie wandte sich an Taron, der seinerseits Dr. Kaltenkrais anstarrte. Nur langsam sickerte die Erkenntnis durch, dessen, was der Doktor gerade gesagt hatte.

„Sie meinen, Sie meinen wirklich, dass Sie Taron heilen könnten?"

Der Gedanke verschlug ihm schier den Atem. War das möglich?

Er konnte es einfach nicht glauben. Plötzlich durchfuhr ihn eine Welle der Erleichterung, der Hoffnung. Es war, als hätte jemand eine Tür aufgestoßen, durch die das helle Tageslicht in einen Raum voller Dunkelheit strömte.

Dr. Kaltenkrais nickte langsam. „Versprechen kann ich es Ihnen nicht, aber möglich sollte es sein. Natürlich besteht auch ein nicht geringes Risiko dabei. Aber die Chancen stehen gut, dass es sich zumindest teilweise heilen lässt."

**

Eine halbe Stunde später gingen Helena und Taron Arm in Arm durch die Flure der Universität. In einem der Innenhöfe plätscherte ein Brunnen, umgeben von Blumenrabatten und Bänken. Sie ließen sich dort nieder, Seite an Seite, dicht beieinander.

Für einen Moment lauschte Taron auf das beruhigende Geräusch des Wassers.

„Ich kann es immer noch nicht glauben", sagte er schließlich leise. „Kneif mich mal, damit ich weiß, dass ich nicht träume."

Helena gab ihm einen spielerischen Knuff.

„Au!", lachte er. „Dankeschön!"

„Oh, es ist ja wirklich unglaublich. Vielleicht kannst du schon bald wieder so sehen wie früher! Ich bin so froh, ich freue mich so für dich!" Sie hakte sich bei ihm unter und legte ihren Kopf auf seine Schulter.

„Es kommt mir so unwirklich vor. Wenn das wirklich funktionieren sollte, dann kann ich wieder richtig sehen. Ich kann wieder alles machen! Ich kann ... ich kann ..." Seine Gedanken rasten davon, schneller, als er sie aussprechen konnte.

Helena hob den Kopf und schaute hoch zu seinem Profil. Auf seinem Gesicht lag ein versonnenes Lächeln.

„Gehst du dann wieder zurück zu deiner Familie?" Er drehte den Kopf und schaute sie mit seinen grauen Augen an, die gleichzeitig durch sie hindurchsahen. Vielleicht würden sie schon bald wieder grün leuchten. „Wirst du dann wieder fortgehen?"

Wie anders er plötzlich klang! Jetzt erst begriff Helena, wie sehr er die ganze Zeit gelitten hatte und was er in sich vergraben hatte. Nicht einmal ihr hatte er alles gezeigt.

Es war beglückend zu sehen, wie jetzt hervorbrach, was sie so lange nicht mehr an ihm gesehen

Er meinte, in ihrer Stimme so etwas wie Furcht zu hören.

„Nein, ich gehe nicht zurück. Das weiß ich sicher, seitdem ich neulich bei ihnen zu Besuch war. Diese Zeit ist vorbei." Er spürte das Bedürfnis, Helena zu beruhigen. „Ich würde erst einmal gar nicht so viel ändern, außer dass ich endlich Pläne für die Zukunft machen könnte.

Hey, ich könnte eine Tischlerlehre nachholen, ich könnte sogar den Meister machen. Ach, dann würde ich mit Iasso eine Tischlerei aufmachen und wir würden für die Leute die schönsten Möbel der Stadt herstellen." Er lachte über sich selbst.

Das waren natürlich alles Luftschlösser. Aber es war so schön, diese Träume auszusprechen und zu denken, dass sie vielleicht sogar eines Tages wahr werden könnten.

hatte: Hoffnung, Optimismus, Lebensfreude.

Unwillkürlich fragte sie sich jedoch, ob sie auch in diesem neuen Leben, dass sich vor ihm aufzutun begann, einen Platz einnehmen könnte. Wortlos drückte sie sich an ihn.

Er spürte, wie Helena sich an ihn schmiegte. In diesem Moment merkte er, wie still sie geworden war. Freute sie sich nicht mit ihm?

Doch, er spürte es. Aber er merkte auch, dass sie in all den hochfliegenden Plänen, die er gerade ausgesprochen hatte, nicht vorzukommen schien. War es das, was sie bedrückte?

Er drehte sich zu ihr hin und nahm ihre Hände in seine.

„Helena, hör zu. Wenn Dr. Kaltenkrais es schafft, meine Augen wiederherzustellen, wird dies nicht bedeuten, dass sich etwas zwischen uns ändern muss. Ich liebe dich, das wird auch so bleiben."

Helena schaute auf ihre Hände hinunter, die von seinen umfasst waren. Auf seiner linken Hand schimmerte in einem Streifen die rote Narbe, die ihr schon früher aufgefallen war.

„Du hast damals gesagt, dass wir nicht zusammen sein können, und ich habe das akzeptieren müssen. Ich habe verstanden, dass du meintest, du könntest mir ein Leben mit dir nicht zumuten.

Aber wenn sich das alles nun hoffentlich bald ändert, wenn du keine Hilfe mehr brauchst, wenn du einen Beruf hast, wenn du Anerkennung bekommst, für all das, was du getan hast. Bleibt es dann trotzdem bei dem, was du gesagt hast? Haben wir keine gemeinsame Zukunft?"

Als sie ihren Blick hob, schossen ihr die Tränen in die Augen.

Er konnte ihren Gesichtsausdruck nicht genau erkennen, aber er hörte den Schmerz und gleichzeitig die Hoffnung in ihrer Stimme.

Er hatte sie verletzt und enttäuscht, als er sie zurückgewiesen hatte. Damals hatte er gewichtige Gründe für seine Entscheidung gehabt. Hatte sich dies nun geändert?

Ja, Helena würde ihm vielleicht nicht mehr helfen müssen, und er konnte sich sicher sein, dass sie ihn nicht mehr bemitleiden würde. Aber in einer Ehe mit ihm würde sie dennoch auf den Luxus verzichten müssen, an den sie bisher gewöhnt war.

„Bist du dir im Klaren, welche Konsequenzen es für dich haben würde, wenn wir zusammenbleiben? Ich werde nie eine gute Partie für dich sein."

Sie hatte so Vieles gelernt in dem vergangenen Jahr. Sie hatte sich verändert. Was ihr einmal wichtig gewesen war, hatte seine Bedeutung verloren.

„Glaubst du, ich hätte nicht schon tausendmal über all das nachgedacht? Ich bin kein kleines Mädchen mehr. Ich habe es mir gut überlegt. Und ich liebe dich."

Sie versuchte in seinem Gesicht zu lesen und sein Lächeln zu deuten. „Sag: Haben wir eine Zukunft?"

Er lächelte bei ihren Worten. Sie war nun mal ein genauso großer Dickkopf wie er selbst.

„Ja, doch, vielleicht haben wir die." Er hob die Hand und legte sie sanft auf ihre Wange. Er spürte, dass sie feucht von Tränen war. Liebevoll wischte er diese mit dem Daumen fort.

Es war so schön, das Gesicht zu berühren und zu ertasten, das er ansonsten nur unscharf erkennen konnte. Vielleicht würde sich das tatsächlich bald ändern, und er würde Helena wieder sehen können wie einst. Würde sein alter Traum dann in Erfüllung gehen? Eine Zukunft mit ihr?

Sie legte ihre Hand über seine Hand, während sie ihre Wange an seine Handfläche lehnte und zu ihm hinaufsah. Noch nie hatte er sie auf diese Weise berührt.

„Willst du?"

Es war, als würde er mit seiner Liebkosung die gleiche Frage stellen, aber dabei noch viel mehr meinen. Das, was nicht gesagt werden musste.
Sie nickte lächelnd.

Er beugte sich zu ihr hin und küsste sie lange.

***

„Darf ich es machen?" Helena blickte fragend auf Cara und Dr. Kaltenkrais, die beide lächelnd nickten.

„Ja, Helena, mach du es", stimmte auch Taron zu.

Sie trat an Taron heran, der auf einem Stuhl saß, die Hände im Schoß gefaltet. Vorsichtig berührte sie die Bandage über seinen Augen, löste sie und begann, sie behutsam abzuheben.

Die letzte Schicht löste sich, und Helena zog sie ab. Darunter kamen Tarons geschlossene Augen zum Vorschein. Sie sah die dunklen Wimpern, die auf seinen Wangen lagen.

Langsam ließ sie ihre Hände sinken.

Er spürte ihre Nähe, hörte ihren schnellen Atem. Er roch ihren typischen Duft nach Rosen. Jetzt fühlte er ihre Hände an seinem Gesicht. Sein Herz klopfte vor Aufregung.

Er spürte die kühle Luft auf seiner Haut. Er musste die Augen öffnen, aber er getraute es sich kaum. Was würde er als nächstes sehen? Würde er überhaupt etwas sehen?

Er hielt die Luft an und zählte innerlich bis drei.

Seine Lider bebten, dann schlug er die Augen auf.

Sie waren grün.

Seine Augen fokussierten sich. Da war Helenas Gesicht. Ein Lächeln glitt über seine Züge.

„Ich sehe dich."

***

377

Anmerkung

Alle Personen und Orte in diesem Roman sind fiktiv. Ähnlichkeiten mit tatsächlich existierenden Personen oder Orten wären rein zufällig und nicht beabsichtigt.